Amor para um escocês

Copyright © 2016 Sarah Trabucchi

Título original: *A Scot in the Dark*

Publicado originalmente nos Estados Unidos pela Avon, um selo da HarperCollins Publishers.

Todos os direitos reservados pela Editora Gutenberg. Nenhuma parte desta publicação poderá ser reproduzida, seja por meios mecânicos, eletrônicos, seja via cópia xerográfica, sem a autorização prévia da Editora.

EDITORA
Silvia Tocci Masini

EDITORAS ASSISTENTES
Carol Christo
Nilce Xavier

ASSISTENTE EDITORIAL
Andresa Vidal Vilchenski

PREPARAÇÃO
Andresa Vidal Vilchenski

REVISÃO
Nilce Xavier

REVISÃO FINAL
Mariana Paixão

CAPA
Carol Oliveira (sobre imagem de Oleksandr Lipko [Shutterstock])

DIAGRAMAÇÃO
Larissa Carvalho Mazzoni

**Dados Internacionais de Catalogação na Publicação (CIP)
Câmara Brasileira do Livro, SP, Brasil**

MacLean, Sarah
  Amor para um escocês / Sarah MacLean ; tradução A C Reis. -- 1. ed.; 2. reimp – Belo Horizonte : Gutenberg, 2021. -- (Série Escândalos e Canalhas ; 2)

Título original: A Scot in the Dark
ISBN 978-85-8235-431-5

1. Ficção histórica 2. Ficção norte-americana I. Título II. Série.

17-02457   CDD-813

Índices para catálogo sistemático:

1. Ficção : Literatura norte-americana 813

A **GUTENBERG** É UMA EDITORA DO **GRUPO AUTÊNTICA**

São Paulo
Av. Paulista, 2.073, Conjunto Nacional
Horsa I . Sala 309 Cerqueira César .
01311-940 São Paulo . SP
Tel.: (55 11) 3034 4468

Belo Horizonte
Rua Carlos Turner, 420
Silveira . 31140-520
Belo Horizonte . MG
Tel.: (55 31) 3465 4500

www.editoragutenberg.com.br
SAC: atendimentoleitor@grupoautentica.com.br

Série Escândalos e Canalhas - 2

Sarah MacLean

Amor para um escocês

2ª REIMPRESSÃO

Tradução: A C Reis

GUTENBERG

— Você não gosta de Londres.

— Londres não deveria se ofender. Eu não gosto é da Inglaterra.

Ela franziu o cenho.

— Nós temos excelentes atrativos aqui.

Ele arqueou as sobrancelhas.

— Cite um.

— Shakespeare.

— Shakespeare não é melhor que os autores escoceses. — Lily arregalou os olhos, espantada. Ele abriu um sorriso zombeteiro. — Vamos lá, diga o que Shakespeare tem de melhor.

— Tudo é ótimo. É *Shakespeare* — ela fez uma pausa e acrescentou: — *Romeu e Julieta*.

— Crianças sem juízo que se matam por causa de uma paixonite.

— Essa é uma das maiores histórias de amor de todos os tempos — ela declarou, depois de um momento de indignação.

— A menos que você conheça algo melhor.

— E suponho que você conheça?

— Claro. — Ele se inclinou para a frente, em meio às sombras, e carregou no sotaque. — Se você quer romance, peça-o a um escocês.

Para as garotas escandalosas.

Escândalos & Canalhas

Vol. 2 / Edição 1   Domingo, 9 de maio de 1834

A PUPILA MALUCA DE WARNICK

OUVIMOS de fonte fidedigna que os jogadores de St. James estão apostando que um certo duque retornou a Londres para lembrar sua pupila – que já não é nenhuma criança – que as fofocas que ela provoca não o ajudam em nada. O Duque de Warnick aproveita o frescor da primavera para desempenhar o papel de casamenteiro para a Srta. Lillian Hargrove, agora conhecida como SRTA. MUSA por todos que ouviram (ou, melhor ainda, que viram!) falar da pintura promíscua que escandalizou a Sociedade e fez o CANALHA ESCOCÊS viajar para o sul! Espera-se muita agitação com a chegada do Demônio das Highlands (e Duque por acidente). Só podemos concluir que a primavera trará mais xadrez para a cidade... e para a sociedade.

MAIS NOTÍCIAS EM BREVE.

Escândalos & Canalhas

Prólogo   Março de 1829

DEVASTAÇÃO DUCAL!
DOZE DIAS DE ESCURIDÃO E MORTE

* * *

O ilustríssimo Bernard Settlesworth acreditava que nome era uma questão de destino.

De fato, como o terceiro de uma linhagem de advogados da aristocracia, era difícil que não acreditasse nisso. Bernard tinha imenso orgulho de seu trabalho, que executava com afinco em praticamente todos os dias do ano. Afinal, ele dizia para si mesmo, a aristocracia britânica se sustentava com o trabalho duro de homens como ele. Sem os Bernard Settlesworth do mundo para organizar registros contábeis e administrar propriedades imensas com grande perícia, a Câmara dos Lordes desabaria, sem deixar nada que não o pó das linhagens e das fortunas ancestrais.

Ele fazia o trabalho dos lordes, garantindo que a aristocracia permanecesse em pé. E financeiramente saudável.

E embora ele se orgulhasse de todos os aspectos de seu trabalho, não havia nada de que Bernard gostasse mais do que se reunir com herdeiros recentes, pois eram nesses momentos que ele fazia o que sabia melhor: atribuir valores.

Quer dizer, Bernard gostava dessa parte do trabalho até a tragédia se abater sobre o Ducado de Warnick.

Dois marqueses. Seis diferentes condes e baronetes. Um cavalheiro proprietário de terras e seus três filhos. Um vigário. Um capitão de navio. Um chapeleiro. Um criador de cavalos. E um duque.

Perdidos em uma sucessão de tragédias que incluiu, mas não se limitou a, um desastre de carruagem, um acidente de caça, um roubo com consequências trágicas, um afogamento no Tâmisa, uma gripe com resultado infeliz e um incidente bastante perturbador com um pássaro.

Dezessete duques, para ser honesto, Bernard pensou. Todos mortos. Em um período de duas semanas.

Foi uma sequência de acontecimentos – dezessete no total – jamais vista na história britânica. Mas Bernard não era outra coisa que não um profissional dedicado, ainda mais quando recaía sobre ele o papel de protetor de um título tão antigo e venerável, incluindo suas vastas terras (ainda mais vastas em consequência das mortes sucessivas e rápidas de dezessete homens, dos quais vários morreram sem deixar herdeiros) e sua imensa fortuna (tornada ainda mais imensa pelo mesmo motivo).

E foi nesse contexto que Bernard Settlesworth se viu diante do grande portal de pedra do Castelo de Dunworthy, sentindo o frio e o vento selvagem da Escócia, face a face com Alec Stuart, antes 17º na linha de sucessão do Ducado de Warnick e agora o único herdeiro conhecido do título.

"Face a face" não era exatamente como ele poderia descrever a situação. Depois de ser recebido por uma bonita jovem, Bernard foi deixado esperando, rodeado por tapeçarias imensas e um punhado de armas antigas que pareciam ter sido presas sem muito cuidado à parede.

E assim ele esperou. E esperou.

Depois de três quartos de hora, dois cachorros grandes apareceram, maiores do que quaisquer outros que ele já vira. Animais cinzentos e selvagens, que se aproximaram com movimentos enganosamente preguiçosos. Bernard se encostou na parede de pedra, na esperança de que eles decidissem procurar outra vítima mais apetitosa. Mas não. As feras se sentaram aos seus pés, com as cabeças peludas quase alcançando seu peito, e sorriram para Bernard, sem dúvida pensando que o advogado devia ser muito apetitoso.

Bernard não gostou daquilo. De fato, pela primeira vez em sua carreira, ele considerou a possibilidade de que advocacia não fosse uma profissão assim tão agradável.

E então o homem chegou. Ele tinha cabelos castanhos e aparentava ser mais selvagem que os cachorros e maior do que a casa. Bernard nunca tinha visto um homem tão grande – mais de dois metros, ele calculou, e pesando possivelmente uns 120 quilos, distribuídos pelo corpo largo e musculoso, sem um grama de gordura.

Bernard pôde constatar isso porque o homem estava sem camisa. Na verdade, também não usava calças. Ele vestia um kilt e carregava uma espada de lâmina larga.

Por um momento Bernard se perguntou se teria viajado no tempo e no espaço, em sua jornada pela Escócia. O ano, afinal, era 1829, mas aquele escocês fazia parecer que Bernard tinha chegado três séculos antes.

O homenzarrão o ignorou e atirou a espada na parede, onde ela ficou, como se presa pela pura vontade de seu dono – o mesmo dono que virou as costas para Bernard e fez menção de sair.

Bernard pigarreou, um som que ecoou mais alto do que ele pretendia naquele imenso saguão de pedra, alto o bastante para fazer aquele gigante se virar e lançar um olhar penetrante na direção do advogado – que mais parecia um anão em comparação com o senhor do castelo.

— Quem é você? — ele perguntou, depois de um longo silêncio.

Pelo menos foi o que Bernard pensou ter ouvido. As palavras saíram carregadas na língua do homem, envoltas em um pesado sotaque escocês.

— Eu... eu... — Bernard procurou se recompor e desejou parar de gaguejar, apesar de estar cercado de feras caninas e humana. — Estou aguardando uma reunião com o dono da casa.

O homem emitiu um som grave que Bernard imaginou ser uma manifestação de divertimento.

— Cuidado. Estas pedras não vão gostar de ouvir você dizer que elas têm um dono.

Bernard piscou várias vezes. Ele tinha ouvido histórias de escoceses loucos, mas não esperava encontrar um. Talvez ele não tivesse entendido direito no meio daquela confusão de erres enrolados e sílabas perdidas.

— Perdão? — ele disse.

O homem o estudou por um longo momento.

— O meu perdão ou o do castelo?

— Por... — Bernard não soube o que responder. Ele não iria pedir desculpas ao castelo, iria? Ele inclinou a cabeça. — O Sr. Stuart está?

O homenzarrão deu um passo para trás e Bernard teve a clara impressão de que seu óbvio constrangimento agradava àquele bruto. Como se não fosse ele que deveria estar constrangido, andando daquele jeito, seminu, pelo castelo.

— Está.

— Estou esperando por ele há quase uma hora — disse Bernard, e os cachorros, sentindo sua irritação, puseram-se de pé, claramente ofendidos com aquilo. Bernard engoliu em seco.

— Angus. Hardy. — No mesmo instante eles recuaram para o lado do dono.

E foi então que Bernard se deu conta. Ele encarou o homem seminu à sua frente.

— Você é ele.

— Sou, mas você ainda não disse quem é.

— Alec! — a voz de uma jovem ecoou pelo castelo. — Tem um homem aqui. Ele disse que é um advogado de Londres!

O novo Duque de Warnick não tirou os olhos de Bernard enquanto respondia, elevando a voz:

— Ele também disse que está me esperando há uma hora.

— Imaginei que nada de bom poderia vir de um advogado janota de Londres — a voz feminina entoou. — Por que eu o incomodaria no meio do seu treino?

— Por quê, não é mesmo? — o escocês respondeu. — Perdão. Minha irmã não gosta dos ingleses.

Bernard concordou com a cabeça.

— Você tem algum lugar onde possamos conversar em particular?

— Como eu gosto ainda menos dos ingleses do que a minha irmã, nós não precisamos fazer cerimônia. Você pode muito bem dizer aqui mesmo o motivo da sua visita. E depois pode ir embora.

Bernard imaginou que a visão que aquele homem tinha da Inglaterra iria mudar um bocado depois que descobrisse ter se tornado um nobre do reino. Um nobre extremamente rico.

— Claro. É com grande prazer que eu anuncio que, há exatos doze dias, o senhor recebeu o título de Duque de Warnick.

Ao longo de sua carreira, Bernard testemunhou todo tipo de reação ao receber a notícia da herança. Ele presenciou a devastação daqueles que perderam pais amados e reconheceu a avidez no rosto daqueles que não amavam seus genitores. Testemunhou o choque de herdeiros distantes e a alegria daqueles cuja sorte mudava em um piscar de olhos. E, em seus momentos menos agradáveis, Bernard também presenciou o devastador fardo da herança – quando um nobre recém-intitulado descobria que seu título vinha acompanhado apenas de uma dívida incapacitante.

Contudo, nos mais de vinte anos em que servia às camadas superiores da aristocracia, Bernard nunca se deparara com a apatia.

Até aquele momento em que o escocês que ele tinha cruzado um país para encontrar disse, com muita calma:

— Não. — E lhe deu as costas, encaminhando-se para a saída com os cachorros atrás de si.

— Vossa... Vossa Graça? — Bernard gaguejou, confuso.

Uma longa gargalhada acompanhou o título honorífico.

— Eu não estou interessado em um título inglês. E, com certeza, não quero ser a graça de ninguém.

E com isso, o vigésimo-primeiro Duque de Warnick, último de uma linhagem venerável e rico como um rei, desapareceu.

Bernard esperou mais uma hora no torreão de pedra e três dias inteiros na única estalagem do vilarejo próximo, mas o duque não teve interesse em falar de novo com ele.

E foi assim que, ao longo dos cinco anos seguintes, o duque raramente deu as caras em Londres e, quando o fazia, ignorava tudo que dizia respeito à aristocracia. Em poucos meses, a sociedade londrina percebeu o desdém dele e decidiu que era ela, na verdade, que o desdenhava, e não o contrário.

Os nobres concluíram que não valia a pena desperdiçarem tempo ou energia com O Duque Postiço. Afinal, o décimo sétimo na linha de sucessão não era um duque de verdade.

Essa visão a seu respeito agradava bastante a Alec Stuart, escocês orgulhoso, e ele retomou sua vida sem pensar mais nas obrigações do título. Como não era nenhum monstro, administrou suas imensas propriedades com grande cuidado, garantindo que as pessoas que dependiam das terras ducais vivessem bem e com prosperidade. Mas ele evitava Londres, acreditando que enquanto a Inglaterra o ignorasse, ele poderia ignorar a Inglaterra.

E a Inglaterra de fato o ignorou, até o momento em que não pôde mais desviar a atenção dele.

Até o momento em que uma carta chegou, revelando que, além das propriedades, dos criados, das pinturas e tapeçarias que ele tinha herdado, além do título que ele não pretendia usar, o Duque de Warnick havia herdado algo mais.

Uma mulher.

Escândalos & Canalhas

Capítulo 1   Abril de 1834

A ADORÁVEL LILY TORNA-SE A SRTA. MUSA!

* * *

Exposição da Real Academia
Casa Somerset, Londres

A Srta. Lillian Hargrove era a mulher mais linda da Inglaterra.

Esse era um fato empírico que não exigia nenhuma confirmação de especialistas no assunto. Bastava observá-la para ter certeza disso, notar sua pele de porcelana, as feições absolutamente simétricas, as maçãs do rosto altas, os lábios carnudos, as orelhas bem desenhadas e o nariz, belo e reto, que evocava o melhor da escultura clássica. Some-se a isso o cabelo ruivo, que não era exatamente vibrante, mas de uma tonalidade dourada que lembrava o mais celestial dos crepúsculos, e os olhos cinzentos como uma tempestade de verão, e não restaria a menor sombra de dúvida.

Lillian Hargrove era perfeita.

Tão perfeita que o fato de ela vir do nada – Lillian não tinha título, posição social nem dote, tendo sido encontrada sabe Deus onde pelo melhor artista de Londres, com quem ela não era casada – era considerado irrelevante quando a moça entrava em qualquer ambiente. Afinal, nada era melhor para cegar cavalheiros (com título ou não) do que a beleza, um fato que bastava para deixar nervosas as mães com pretensões de casar suas filhas.

Foi por esse motivo que a metade feminina da aristocracia sentiu um prazer imenso com os eventos de 24 de abril de 1834, dia da abertura da Exposição de Arte Contemporânea da Academia Real, e também o dia em que Lillian Hargrove – atual favorita dos jornais de fofocas – tornou-se um verdadeiro escândalo. E foi arruinada por completo.

Mais tarde, enquanto a mesma seção da sociedade sussurrava com ardor sobre os eventos do dia – as luvas brancas escondendo pontas de dedos manchadas de preto pela tinta dos jornais que elas juravam nunca ler –, a conversa sempre terminava com uma expressão horrorizada e alegre: "A pobrezinha não percebeu o que iria lhe acontecer".

E não percebeu mesmo. Na verdade, Lily pensava que aquele seria o melhor dia da sua vida. O dia pelo qual esperou sua vida inteira – exatos 23 anos e 48 semanas. O dia em que Derek faria o pedido.

Claro que Lily não o conhecia desde que nascera. Nada disso. Eles se conheciam há seis meses, três semanas e cinco dias – desde a tarde do dia de São Miguel, quando Derek se aproximou enquanto ela tomava sol no Hyde Park, em um dos últimos dias quentes do ano, e lhe disse, com todas as letras, que iria se casar com ela.

— Você é uma revelação! — ele exclamou com aquela voz fria e cortante, surpreendendo-a em meio à leitura.

Qualquer outra mulher poderia ter considerado a chegada inesperada dele como a razão de ter perdido o fôlego. Mas Lily sabia a verdade. Ele tinha lhe tirado o fôlego porque a descobriu em seu lugar às margens da Sociedade. Apesar de sua beleza, Lily vivia sozinha e ignorada pelo mundo, três vezes órfã. Primeiro do pai, um administrador de terras. Depois perdeu uma série de guardiães ducais que tiveram uma morte súbita; e, afinal, sofreu a negligência do duque atual.

Em sua solidão, Lily se acostumou a ser invisível. Por isso, quando Derek Hawkins reparou nela – quando a fitou com a força plena e deslumbrante de seu olhar –, a moça se apaixonou no mesmo instante.

Lily fez o melhor que pôde para não parecer afetada pelas palavras dele. Afinal, não tinha lido todas as revistas femininas publicadas em Londres nos últimos cinco anos à toa. Ela ergueu o rosto para ele e, armada de seu melhor e mais suave sorriso, disse:

— Nós não nos conhecemos, senhor.

Com isso, Derek se agachou ao lado dela e retirou o livro de seu colo – deslumbrando-a com os dentes brancos ofuscantes e com uma impertinência mais ofuscante ainda.

— Uma beldade como você não deveria ter tempo para livros.

Ela piscou, atraída pelos olhos azuis e frios, que estavam fixos nela como se os dois fossem as únicas pessoas em toda Londres. Em todo o mundo.

— Mas eu gosto de livros.

Ele meneou a cabeça.

— Não tanto quanto vai gostar de mim.

Ela riu da presunção dele.

— Você parece muito seguro de si mesmo.

— Eu estou é muito seguro de *você* — ele disse, levantando a mão dela que repousava sobre a perna e depositando um beijo quente nos dedos enluvados. — Meu nome é Derek Hawkins. E você é a musa que há tanto eu tenho procurado. Pretendo mantê-la comigo. Por toda a eternidade.

Ela ficou sem fôlego ao ouvir aquela promessa. E pelo modo como evocava outras promessas mais formais.

Com certeza encontrar Derek Hawkins foi um choque. Fazia anos que ela lia a respeito dele – o homem era uma lenda, um artista e um astro do palco, renomado por toda Londres e dono de uma das mentes teatrais mais importantes de sua geração. Notícias sobre seu talento e boa aparência o precediam – e embora Lily não pudesse confirmar o talento naquele momento, a aparência correspondia à fama.

Mas não foi a condição de celebridade de Derek que a conquistou. Afinal, ela não se deixava levar assim tão facilmente por banalidades. Lily não sonhava com um pretendente famoso, sonhava com um pretendente que lhe garantisse que nunca mais ficaria sozinha. Afinal, Lily sempre tinha sido solitária.

Derek a cortejou nos dias e nas semanas que se seguiram, interpretando o papel de cavalheiro perfeito, levando-a a festivais de outono e eventos de inverno, e até mesmo contratando uma criada mais velha para servir de acompanhante de Lily nos passeios em público.

E, então, em uma tarde gelada de janeiro, ele enviou uma carruagem para buscá-la e Lily foi conduzida ao seu estúdio – seu santuário artístico. Sozinha.

Lá, em uma sala inundada de sol, rodeados por dezenas de telas, Derek a reverenciou com palavras e promessas, venerando sua beleza e perfeição, jurando mantê-la com ele. Para sempre.

As palavras – tão lindas e tentadoras, tudo o que ela sempre sonhou ouvir de um homem tão atraente, querido além de qualquer medida – preencheram-na de mais esperança e felicidade do que Lily jamais imaginou ser possível.

Por dois meses e cinco dias, ela voltou religiosamente ao estúdio, sentando-se naquele cômodo com mais do que apenas orgulho, aquecida pelo sol de inverno e pelo olhar de Derek. Ela lhe deu tudo que ele pediu. Porque era exatamente isso que alguém apaixonado fazia.

E eles estavam apaixonados, fato que era comprovado naquele momento em que os dois estavam no grande salão da Exposição Real, rodeados pela parte mais renomada e brilhante da população de Londres. Lily estava meio passo atrás do ombro direito de Derek (onde ele preferia que ela ficasse), usando um vestido amarelo claro (com um decote um pouco maior do que Lily gostaria, mas escolhido a dedo por ele), o cabelo preso para cima em um coque apertado (precisamente do jeito que ele gostava).

Enquanto se dirigiam à exposição, protegidos da chuva dentro da carruagem dele, onde as gotas marcavam seu ritmo no teto e os isolavam do mundo exterior, Derek segurou a mão dela e sussurrou:

— Hoje é o dia em que tudo irá mudar. Para sempre. Depois de hoje, tudo vai ser diferente. Meu nome será comentado em todo o mundo. E o seu também.

Lily arregalou os olhos, o coração ribombando, pois soube que ele só podia estar falando de uma coisa. Casamento.

— Juntos — ela acrescentou e sorriu.

A carruagem diminuiu a marcha conforme se aproximava da exposição. E Lily ouviu a confirmação de Derek no trovejar da tempestade lá fora. *Juntos*.

E agora lá estavam eles. Lily se sentia mais orgulhosa do que tinha se sentido em qualquer outro momento de sua vida, por aquele homem que logo seria seu marido e por ela própria também. Afinal, não era todo dia que a filha órfã de um administrador de terras tinha o privilégio de aparecer diante de toda Londres com o homem que amava.

O salão era imenso, com paredes de seis metros de altura completamente cobertas de arte. Quase completamente, na verdade. Um local no centro, atrás de um palco, estava oculto por um tipo de cortina, como se o que estivesse ali merecesse ser revelado de forma magnífica. Derek se virou para piscar para ela.

— Aquilo é para nós — ele disse.

Lily sorriu. *Nós*. Que palavra maravilhosa. Por quanto tempo ela sonhou em ser parte de um *nós*?

— Sr. Hawkins — o secretário da academia foi se encontrar com eles no meio da sala, com um aperto de mão firme enquanto sussurrava no ouvido de Derek. — Que bom que chegou. Estamos prontos para fazer o anúncio imediatamente, se o senhor estiver.

Derek concordou e seus lábios se curvaram em um sorriso amplo que marcava seu triunfo.

— Eu sempre estou pronto para anúncios como esse.

Lily passou os olhos pela sala, assimilando o tamanho da multidão, todas esperando que a exposição começasse. Reconheceu um punhado dos mais notórios de Londres e no mesmo instante ficou nervosa com a ideia de que estava cercada de títulos e fortunas. Ela ficou tensa, desejando de repente que Derek tivesse pedido sua mão no dia anterior, para que pudesse estender o braço para ele e assim se apoiar diante da força dos olhares fixos de toda Londres.

— Ele trouxe aquela garota Hargrove. — Lily resistiu ao impulso de se virar ao ouvir seu nome ser sussurrado, mas ainda assim dito alto o suficiente para que ela ouvisse. E ponderou que era essa mesmo a intenção da pessoa que falou.

— É claro que trouxe — veio a resposta mordaz. — Ele adora esse tipo de devoção. Veja como ela olha para ele. Parece um cachorrinho atrás de um osso.

A primeira pessoa emitiu um som de desgosto.

— Como se não bastasse ela ter *a aparência que tem*.

Lily queria não ter escutado aquilo e fixou os olhos na nuca de Derek, onde o cabelo dele formava espirais perfeitas.

Aquelas pessoas não tinham importância. Só Derek importava. Apenas o futuro dos dois. Juntos. *Nós*.

— Todos sabem que qualquer pessoa com a aparência dela é um escândalo total. Não consigo acreditar que ele a trouxe aqui. Ainda mais hoje. Há *duques* em meio ao público.

— Ouvi dizer que a *Rainha* talvez compareça.

— Se isso for verdade, é uma vergonha ainda maior ela estar aqui.

— A própria amante! — as palavras saíram em meio a uma risada maldosa e satisfeita, como se elas fossem muito inteligentes por dizer tudo aquilo. Não eram.

Lily não suportou a sugestão de que poderia ser outra coisa que não a noiva de Derek. Como se ela fosse um escândalo. E embora não fosse – embora não houvesse nada de escandaloso no amor –, suas faces ficaram vermelhas e ela sentiu o ambiente esquentar.

Ela se virou para Derek, querendo que ele ouvisse o que aquelas mulheres diziam. Desejando que ele se virasse e dissesse para elas que não só estavam falando impropriedades, mas que falavam impropriedades a respeito de sua futura esposa.

Mas Derek não as ouviu. Ele já estava se afastando dela, seguindo na direção dos degraus que levavam ao lugar em que a cortina escondia sua obra-prima. Ele não deixou que ela visse a pintura, é claro. Podia dar azar. Mas Lily conhecia o talento dele e sabia que, qualquer que fosse a peça que escolhesse para a exposição, arrebataria toda Londres. Ele tinha lhe dito isso alguns minutos antes. E quando Londres estivesse arrebatada, as mulheres atrás dela teriam de engolir suas palavras.

Derek chegou ao centro do palco e fez uma cena espiando atrás da cortina antes de se voltar para a multidão, enquanto Sir Martin Archer Shee, o presidente da Academia Real, dava as boas-vindas ao público. O discurso foi impressionante, feito com o trovejante sotaque irlandês daquele homem ilustre, e destacou a história respeitável da academia e suas exposições.

De fato, a arte nas paredes era mesmo muito boa. Não era possível se comparar com o trabalho de Derek, é claro, mas era arte de qualidade. Havia várias paisagens muito bonitas.

E então chegou a hora.

— Todos os anos, a academia se orgulha de uma peça em especial... a primeira exibição de um dos artistas contemporâneos mais talentosos da Grã-Bretanha. No passado, nós revelamos obras notáveis de Thomas Gainsborough, Joseph Turner e John Constable, cada um mais aclamado que o anterior. Este ano temos o orgulho de apresentar o renomado artista dos palcos e das telas, Derek Hawkins.

— Essa é minha obra-prima. — Derek estufou o peito de orgulho.

Sir Martin se virou para ele no momento do comentário inesperado.

— Gostaria de discursar agora?

— Vou falar mais depois que a pintura for revelada — ele disse, dando um passo adiante. — Mas, no momento, direi apenas que é o maior nu de nosso tempo. — Ele fez uma pausa. — O maior nu de *todos* os tempos.

Um silêncio se espalhou pelo salão. Não que Lily pudesse percebê-lo com aquele ribombar que sentia em suas orelhas.

Nu. Que ela soubesse, Derek só havia pintado um nu.

É melhor que Rubens, ele disse enquanto ela permanecia estendida sobre o divã azul-cobalto do estúdio, rodeada por almofadas de cetim e tecidos exuberantes. É mais glorioso que Ticiano.

As palavras não eram uma lembrança, contudo. Ele as repetia naquele exato momento, lançando seu olhar arrogante na direção da plateia.

— Faz parecer que Ingres deveria voltar para a escola. — Ele se voltou para o presidente da academia. — Para a escola da Academia Real, é claro.

A fanfarronice – um insulto a um dos maiores artistas da época – destravou a multidão, e um sussurro coletivo cresceu e se tornou uma cacofonia, acrescentando som ao calor descontrolado que consumia Lily.

— É um ultraje — alguém disse por perto.

Derek jurou que só ele veria essa pintura.

— Nunca ouvi tamanha presunção!

Ele tinha prometido que ninguém mais veria.

As mulheres atrás dela falaram de novo, sarcásticas e desagradáveis:

— É claro. Foi por isso que ele trouxe *essa mulher.*

Não podia ser o nu dela. *Não podia ser.*

— Sem dúvida — veio a concordância. — Ela é baixa o bastante para ser a modelo.

— *Modelo* é muita gentileza. Sugere valor. Ela é reles demais para essa palavra. Só a deixaram passar por aquela porta por causa da boa vontade d...

Lily se virou para encará-las, detendo as palavras no meio da garganta da mulher. A verdade do momento trouxe lágrimas indesejadas aos seus olhos. Elas não se importavam. As duas a encararam, como se ela fosse uma barata na sarjeta.

— É óbvio que o guardião dela entende que beleza não implica valor.

Motivada pelas palavras cruéis, Lily deu as costas para as duas e saiu andando. Primeiro, apenas para sair de perto daquelas mulheres horríveis, depois para escapar do seu próprio medo. E então para impedir que Derek a desnudasse para o mundo.

Ela abriu caminho em meio à multidão, que já estava cercando o palco e a pintura, que continuava oculta. Graças a Deus! Sir Martin tinha voltado a falar, mas Lily não ouvia as palavras, estava totalmente concentrada em chegar ao palco. Em chegar à pintura.

Ela subiu os degraus guiada por algo muito mais poderoso que constrangimento. Vexame. Vexame pelo que tinha feito. Vexame por ter confiado nele. Por ter acreditado nas palavras dele.

Acreditar que poderia ser mais do que era. Sozinha. Acreditar na promessa de *nós*.

E então Lily estava no palco e Derek se virava na direção dela. O salão ficou em silêncio mais uma vez, completamente chocado com a presença dela. Com sua invasão. O presidente da academia arregalou os olhos para ela. Derek se virou, com tranquilidade absoluta, estendendo um braço em sua direção.

— Ah! Minha musa chegou.

Foi a vez de Lily arregalar os olhos. Ele a desgraçou. Como se tivesse tirado as roupas dela na frente de toda Londres. E ainda sorria para ela, como se não percebesse o que estava fazendo.

— Minha linda Lily! A fonte da minha genialidade. Sorria, querida.

Lily nunca teria imaginado que essas palavras poderiam deixá-la tão furiosa. Ela não parou de andar. E não sorriu.

— Você jurou que ninguém veria!

A sala soltou uma exclamação em uníssono. Como se as próprias paredes tivessem voz.

— Eu não fiz nada disso. — Ele arregalou os olhos.

Mentiroso.

— Você disse que era só para você!

Ele sorriu, como se isso explicasse tudo.

— Querida, minha genialidade é imensa demais para que eu não a compartilhe. Ela é do mundo. Sempre será.

Lily olhou para a multidão, para as centenas de olhos que a encaravam com tanta força que a fez recuar. O constrangimento fez seus joelhos amolecerem e seu coração ribombar. Ela estava furiosa.

— Você disse que me amava!

— Disse mesmo? — Ele inclinou a cabeça para o lado.

Lily estava deslocada. No tempo e no espaço. Seu corpo não lhe pertencia mais. O momento não era mais dela. Ela meneou a cabeça.

— Disse. Você disse! Nós dissemos. Nós íamos nos casar.

Ele riu. *Gargalhou*. O som ecoou nas exclamações e nos sussurros da multidão diante deles, mas Lily não deu atenção. A risada dele já era mortífera o bastante.

— Queridinha... — ele debochou. — Um homem do meu calibre não se *casaria* com uma mulher do seu.

Derek falou aquilo na frente de toda Londres. Diante de todas aquelas pessoas. Lily sempre sonhou em se tornar uma delas. E ele falava aquilo diante daquele mundo no qual ela sempre sonhou em viver. Esse homem que ela sempre sonhou amar.

Mas que nunca a amou. Que, na verdade, a ultrajou.

Lily se virou para a cortina com um objetivo claro: destruir a obra-prima dele do mesmo modo que ele a destruiu. Sem se importar que toda aquela plateia visse a pintura.

Ela puxou a cortina, e o pesado veludo vermelho se soltou com facilidade de onde estava preso – talvez devido à força de sua fúria –, revelando... A parede nua. Não havia nada ali.

Ela se virou para o salão, onde espocavam risos, exclamações escandalizadas e sussurros altos como salvas de canhão que a atravessavam.

A pintura não estava ali! Ela sentiu o alívio, quente e avassalador. Então se virou para encarar o homem que amava. O homem que a tinha traído.

— Onde está?

Ele sorriu, os dentes ofuscantes de tão brancos.

— Em um lugar seguro — respondeu, a voz trovejante, expondo-os ao se virar para a plateia. — Olhem para ela, Londres! Testemunhem sua paixão! Sua emoção! Sua beleza! E voltem para este local, dentro de um mês, no último dia da exposição, a fim de contemplar *tudo isso* transformado em algo ainda mais lindo, mais passional. Homens adultos irão *chorar* com minha obra. Como se tivessem visto a face de Deus.

Uma exclamação coletiva de deleite ecoou pelo salão. Eles pensavam que aquilo tinha sido ensaiado. Acreditavam que ela era uma atriz! Eles não perceberam que a vida dela estava arruinada. Não enxergaram seu coração esmagado debaixo da bota brilhante dele.

Eles não perceberam que ela tinha sido partida em duas diante de todos. Ou talvez tivessem percebido. E talvez fosse essa percepção que lhes dava tanta alegria.

𝕰scândalos & 𝕮analhas

| Capítulo 2 | Duas semanas e quatro dias depois |

ESCOCÊS É CHAMADO AO SUL POR CAUSA DE PUPILA DESVAIRADA

* * *

Praça Berkeley

Uma pupila. Pior, uma pupila *inglesa*.

Qualquer um imaginaria que Bernard Settlesworth teria contado tal particularidade para ele.

Qualquer um imaginaria que, em meio às dezenas de casas, vintenas de veículos, centenas de empregados, milhares de arrendatários e dezenas de milhares de cabeças de gado, Settlesworth acharia válido mencionar a existência de uma única jovem.

Uma jovem que, apesar da total falta de decoro no papel, sem dúvida desmaiaria quando estivesse frente a frente com seu guardião escocês.

Inglesas eram especialistas em desmaios. Em 34 anos, ele ainda não tinha conhecido uma sequer que não tivesse selvagem, escandalosa e ridiculamente demonstrado esse tipo de comportamento.

Mas Settlesworth não tinha mencionado a garota, nem mesmo de passagem com um: "A propósito, você tem uma pupila e, por falar nisso, ela é bem problemática". Pelo menos não a mencionara até ela ser tão problemática a ponto de requisitar a presença de Alec em Londres. E então foi um tal de *Vossa Graça* isso, e *escândalo* aquilo, e *você precisa vir o mais rápido que puder para salvar a reputação dessa jovem*, para fechar com chave de ouro.

E era assim que Settlesworth se considerava o melhor advogado da história. Se Alec tivesse alguma vontade de ajudar a aristocracia, ele colocaria um anúncio no *Notícias de Londres* para alertar a todos quanto à inépcia desse homem.

Uma pupila deveria ser o tipo de coisa que um homem precisa saber assim que se torna responsável por ela, e não no momento em que essa droga de mulher faz algo incrivelmente estúpido e acaba precisando, com urgência, de ajuda.

Se tivesse um pingo de bom senso, ele teria ignorado a convocação a Londres. Mas, pelo jeito, bom senso não era seu forte e, assim, Alec Stuart, escocês orgulhoso e relutante vigésimo-primeiro Duque de Warnick, estava ali – nos degraus do número 45 da Praça Berkeley, esperando que alguém atendesse a maldita porta.

Ele consultou o relógio pela terceira vez em três minutos antes de bater na porta mais uma vez, despejando toda sua irritação naquela placa de mogno. Quando parou de bater, deu as costas para a porta e observou o parque, cuidado com perfeição, cercado e verdejante, projetado para os residentes dessa parte impecável de Londres e mais ninguém. O lugar era tão inglês que lhe dava arrepios. Maldita seja sua irmã.

— Uma pupila! — Catherine exultou quando soube da notícia. — Que maravilha! E ela é glamorosa e linda?

Quando ele respondeu para Catherine que sua experiência de vida lhe provou que beleza era a razão da maioria dos escândalos, e que não estava interessado em lidar com aquele, sua irmã insistiu que ele fizesse as malas no mesmo instante e o manipulou sem nenhum remorso.

— Mas e se essa jovem foi difamada demais? E se estiver totalmente sozinha? E se precisar de um amigo? Ou de um *defensor*? — Ela fez uma pausa, piscou várias vezes os enormes olhos azuis para ele e acrescentou: — E se fosse *eu* no lugar dela?

Irmãs mais novas eram, com toda certeza, uma punição por maus feitos em vidas passadas. E na atual.

Alec cruzou os braços à frente do peito e sentiu a lã do paletó apertando seus ombros, prendendo-o como aquela arquitetura da fachada de metal e pedra. Ele odiava aquele lugar.

A Inglaterra será sua ruína.

Um grupo de mulheres saiu pela porta ao lado, o número 44 da Praça Berkeley, e desceu os degraus até uma carruagem que esperava. Uma jovem lady o viu e arregalou os olhos antes de se encolher, chocada, e desviar o olhar no mesmo instante, sussurrando algo para o resto do grupo, que de imediato se virou em sincronia para observá-lo.

Ele sentiu os olhares queimando em seu rosto, que ficou ainda mais quente quando a mulher mais velha do grupo – uma mãe ou tia, se ele tivesse que adivinhar – emitiu sua opinião em voz alta:

— É claro que ela teria um homem *assim* esperando para visitá-la.

— Ele parece *animalesco* de verdade.

Alec ficou petrificado no instante em que o grupo soltou uma risadinha divertida. Ignorando a onda de fúria que o inundou com o comentário, ele voltou a atenção para a porta. Onde diabos estavam os criados?

— Ela deve estar alugando os quartos da casa — falou uma das garotas.

— E outras coisas também — veio a resposta mordaz. — Ela é descarada o bastante para fazer isso.

Em que tipo de escândalo aquela garota tinha se metido? A carta de Settlesworth foi superficial ao extremo, desculpando-se por não o ter informado antes da existência da pupila e jogando a garota no colo dele. *Ela está no centro de um grande escândalo. Com potencial trágico se você não chegar o mais rápido que puder.*

Alec podia odiar tudo que dissesse respeito à Inglaterra, mas não era um monstro. Não deixaria a garota ser entregue aos malditos lobos. E se aquelas lobas da casa ao lado serviam como parâmetro, era muito bom que ele estivesse ali, pois a pobre garota já estava sendo atacada pelas feras. Ele sabia o que era estar à mercê de mulheres inglesas.

Resistindo ao impulso de sugerir àquelas senhoras que entrassem na carruagem e fossem todas juntas para o inferno, ele ergueu o punho para bater mais uma vez.

A porta foi aberta em um instante e, depois de se recuperar do choque inicial, Alec fitou a mulher parada diante de si, que usava o vestido cinza mais sem graça que ele já tinha visto.

Alec presumiu que ela não devia ter muito mais que 25 anos, com maçãs do rosto altas, pele de porcelana e lábios carnudos, um cabelo ruivo que, de algum modo, brilhava como ouro, apesar de ela estar em um saguão mal iluminado. Era como se aquela mulher carregasse seu próprio sol.

Vestindo algo sem graça ou não, não seria nenhum exagero dizer que ela era, facilmente, a mulher mais bonita da Grã-Bretanha.

Mas é claro que era. Nada seria capaz de piorar um dia ruim mais do que uma linda inglesa.

— Até que enfim — ele resmungou.

A criada precisou de vários segundos para se recuperar do choque e levantar os olhos antes fixos no peito para o rosto dele, ao mesmo tempo em que arqueava as sobrancelhas.

Alec estava petrificado. Os olhos dela eram cinzentos – não como ardósia nem aço, mas da cor das nuvens de tempestade mais escuras, cravejadas de prateado. Ele ficou rígido e o paletó pequeno demais repuxava seus ombros, lembrando-o de que estava na Inglaterra e, quem quer que fosse aquela mulher, ela era irrelevante no contexto de seus problemas.

A não ser pelo fato de que estava entre ele e seu retorno imediato para a Escócia.

— Eu sugiro que me deixe entrar, garota.

A jovem franziu as sobrancelhas ruivas.

— Não vou fazer nada disso — ela disse e fechou a porta.

Alec pestanejou, num misto de surpresa e incredulidade por um instante fugaz, até que uma suprema impaciência dominou os outros sentimentos. Ele recuou um passo, avaliou a porta e, inspirando fundo, derrubou-a com o ombro.

A porta caiu no chão do saguão com estrondo. Ele não resistiu e se virou para as mulheres da casa ao lado, agora paralisadas e de olhos arregalados em um choque coletivo.

— Animalesco o bastante para vocês, minhas ladies?

A pergunta as fez entrar em ação, e elas se atropelaram para entrar na carruagem. Satisfeito, Alec voltou a atenção para sua própria casa e, ignorando a dor no ombro, entrou no saguão.

A criada estava lá dentro, encarando atônita a grande tábua de carvalho.

— Você podia ter me matado!

— Duvido. Essa porta não é pesada o suficiente para matar uma pessoa.

Ela semicerrou os olhos para ele.

— Número dezoito, eu suponho.

As palavras não podiam conter mais desdém. Ignorando-as, Alec pegou a porta caída e a levantou para tampar a entrada com ela.

— Então você sabe quem eu sou — ele disse, carregando de propósito no sotaque escocês.

— Não sei se existe alguém em Londres que teria dificuldade para reconhecê-lo. Mas é melhor você aprender a falar direito, se quiser que o compreendam.

Ele arqueou a sobrancelha diante da insolência dela.

— Não gosto de ser deixado esperando à porta da minha própria casa.

O olhar dela correu para a porta, arrancada das dobradiças.

— Ah, então você tem o hábito de destruir as coisas que o desagradam?

Alec resistiu ao impulso de negar aquela afirmação. Tinha passado a maior parte de sua vida adulta provando que não era grosseiro, rude ou um bruto. Mas não iria se defender para aquela mulher.

— Eu pago muito bem para ter esse privilégio.

— Encantador. — Ela revirou os olhos.

Ele se segurou para não revelar seu choque. Embora tivesse pouca experiência com criados de aristocratas, Alec tinha muita certeza de que os empregados não tinham o hábito de falar com a língua afiada com seus patrões. Apesar de tudo, ele não mordeu a isca, preferindo analisar a casa impecável, com a ampla escadaria central, paisagens de tinta a óleo imensas e impressionantes nas paredes, um toque de dourado aqui e ali, indicando modernidade em vez de exibicionismo. Ele se virou lentamente, apreciando o pé-direito alto, os espelhos enormes que capturavam e refletiam a luz das grandes janelas, banhando todo o espaço em luz natural, e apresentavam uma amostra do tapete grande e colorido diante da lareira acesa em uma sala ao lado, através da porta aberta.

Era o tipo de casa que devia pertencer a um duque de linhagem grandiosa, sem dúvida decorada por alguma duquesa anterior.

Ele congelou. Haveria uma duquesa anterior? Com dezessete duques mortos, Alec podia apostar que devia existir mais do que apenas uma duquesa anterior.

Ele rosnou ao pensar nisso. Tudo que ele *não* precisava era ter que lidar com uma viúva – além da pupila escandalosa e da criadagem petulante.

A criadagem em questão ouviu o rosnado de desagrado.

— Eu sabia que você é chamado de *Duque Postiço*, mas não pensei que seria tão...

A impertinência foi cortada ao meio, mas Alec já sabia as palavras que não foram ditas. *Animalesco. Rude. Grosseiro.* Ele perdeu a paciência.

— Sugiro que vá chamar Lady Lillian. Agora mesmo.

— É Srta. Hargrove. Ela não é nobre.

Ele levantou a sobrancelha.

— Estamos na Inglaterra, não é? As regras mudaram, então? As pessoas, corajosamente, corrigem um duque, agora?

— Corrijo quando o duque em questão está errado — ela rebateu. — Mas você vai ficar bem, porque poucas pessoas vão compreender o bastante desse seu sotaque monstruoso para saber se o que disse está certo ou errado.

— Você parece conseguir me compreender o bastante.

— Graças à minha sorte, eu suponho. — Ela sorriu, doce demais.

Ele resistiu ao impulso de rir da réplica aguçada. A mulher não era engraçada. E estava a alguns instantes de ser demitida.

— E quanto ao respeito que o título exige?

— É manifestado pelas pessoas que se impressionam com esse título, eu imagino.

— E você não se impressiona?

Ela cruzou os braços.

— Sinceramente, não.

— Poderia perguntar o porquê?

— Tivemos dezoito duques em cinco anos. Ou, para ser mais precisa, dezessete em duas semanas, seguidos por você durante cinco anos.

E apesar de esta ser a primeira vez em que você põe os pés nesta casa, ela – e tudo o que tem dentro – lhe pertence. E é cuidada para você. Em sua ausência. Se isso não é prova de que títulos são ridículos, não sei o que mais pode ser.

A garota não disse nada com que ele não concordasse. Mas isso não significava que ela não era irritante – assim como a outra mulher que morava naquela casa.

— Embora sua insubordinação seja impressionante e eu não discorde por completo de sua lógica, estou farto — Alec disse. — Pretendo falar com a Srta. Lillian e sua obrigação, quer goste ou não, é ir buscá-la.

— Por que você está aqui?

Alec deixou um silêncio pesado se alongar entre eles durante um minuto inteiro, tentando intimidá-la para que fizesse o que ele pedia.

— Vá buscar sua patroa.

Mas ela não ficou nem um pouco intimidada.

— Eu acho engraçado que você se refira a ela como a patroa desta casa — a moça disse. — Como se ela não fosse uma prisioneira deste lugar.

Foi então que ele percebeu. Sua pupila não era mulher de desmaiar, afinal.

Antes que ele pudesse falar, contudo, ela continuou:

— Como se ela não fosse apenas um item do inventário, como a porta que você destruiu sem motivo, só porque é um escocês bruto.

Ele não queria ouvir aquela palavra. Mas ali naquela situação, parado diante daquela inglesa impecável, naquela casa londrina impecável, situada naquele parque inglês impecável, vestindo um terno desconfortável, mal cabendo no vão da porta que agora estava derrubada, sentindo-se grande e deslocado, ele não pôde fazer nada senão ouvi-la. Não pôde deixar de sentir seu significado, preciso e perturbador, como a gravata apertada ao redor de seu pescoço.

Com que frequência ele ouvia essa palavra sendo dita por belas mulheres? Sussurrada com admiração, como se elas estivessem ocupadas demais imaginando como seria tê-lo na cama para que guardassem seus pensamentos mais íntimos para si mesmas. Quando aparecia um homem do tamanho dele, as mulheres costumavam desejá-lo como se fosse um prêmio. Um touro em uma feira do interior. Imenso e animalesco.

A palavra valorizava o desejo delas, embora aviltasse o dele.

Assim como o aviltou na boca da sua própria mãe, marcando o arrependimento dela quando cuspiu a palavra em Alec – sempre grande demais para ser considerado bom por ela. Grande demais para ser digno. Rude demais. *Escocês* demais.

Uma lembrança grande demais da vida decepcionante que a mãe teve.

Ela odiava o tamanho do filho. Sua força. Sua semelhança com o pai. Ela odiava tanto tudo isso que ao partir deixou aquela palavra como presente de despedida para seu único filho.

Bruto.

E, então, quando ele a ouviu ali, naquele lugar, nos lábios de outra linda inglesa, dita com o mais completo desdém, ele não conseguiu evitá-la. Assim como não foi capaz de evitar a retaliação.

— Eu não esperava que você fosse bonita.

— Esse adjetivo não parece um elogio na sua boca. — Ela estreitou os olhos.

Ele não pôde conter a visão daquela mulher estonteante deitada em uma cama, o cabelo espalhado como fogo e ouro sobre lençóis brancos, as pernas longas convidativas, os lábios rosados entreabertos. Um desejo ardente o atravessou como uma dor, e ele foi obrigado a se lembrar de seu lugar naquela situação. Ele era o guardião daquela moça. E ela era sua pupila. E *inglesa*, além de tudo. *Ela não servia para ele.*

— E não é — ele disse. — Só torna mais provável que você tenha conseguido.

Os olhos dela eram magníficos, mais expressivos do que ele jamais teria imaginado, e foram preenchidos no mesmo instante pela dúvida.

— Conseguido o quê?

— Que tenha conseguido se arruinar.

A raiva deu lugar a outro sentimento, que sumiu com tanta rapidez que Alec não teria reconhecido se não lhe fosse tão insuportavelmente familiar. *Vergonha.*

Diante da vergonha dela, do modo como refletia a sombra da sua própria, ele lamentou pelas palavras. E desejou nunca tê-las dito.

— Eu não deveria ter...

— Por que não? É verdade.

Ele a observou por um longo momento... assimilando a coluna ereta, os ombros arqueados, a cabeça erguida. A força que ela não deveria ter, mas que mesmo assim exibia com honra.

— É melhor nós começarmos de novo — ele disse.

— Eu preferia que nós nem tivéssemos começado — ela respondeu e lhe deu as costas, deixando-o no saguão sem nada para lhe fazer companhia a não ser os sons do parque mais além, que entravam pelo vão da porta arrebentada.

* * *

Lily precisava da ajuda do Duque Postiço do mesmo modo que precisava de um buraco na cabeça. Ela fechou a porta da sala de estar e encostou a cabeça nela, soltando um longo suspiro, desejando que o escocês fosse embora da casa e que sumisse de sua vida. Afinal, ele não tinha manifestado nenhum interesse por ela nos últimos cinco anos.

Mas, é claro, ele *tinha* que estar ali no momento, literalmente arrombando a porta de sua casa, como se pudesse irromper como um rei vingador, como se tivesse direitos sobre ela e seu escândalo. *O que, de fato, ele tinha.*

Maldito seja Settlesworth e sua mania de escrever cartas. E maldito seja o duque por aparecer daquela maneira, sem ser convidado. Sem ser bem-vindo.

Lily tinha um plano e este não necessitava do duque. Ela não deveria tê-lo provocado, não deveria tê-lo insultado. Na verdade, não se consegue atrair moscas com vinagre, e o duque era uma mosca bem gorda.

Ela atravessou a sala até o aparador, na outra extremidade. *Gorda, não.* E serviu um copo com o líquido âmbar que havia ali.

Era forte. Lily nunca conseguiria esquecer a imagem da grande porta de carvalho se soltando das dobradiças, como se fosse feita de papelão. E imaginava que nunca deixaria de ficar sem fôlego ao ver aquele homem enorme, do tamanho de uma casa, e atraente além da conta, parado observando a destruição que causou, emoldurado pela luz do sol como se o próprio céu o tivesse enviado.

Ela se interrompeu. Quanta bobagem. Estava presa em casa há duas semanas e quatro dias, escondendo-se do resto de Londres; ela decerto ficou inebriada pela entrada súbita de ar fresco provocada pela porta sendo derrubada. Só isso já seria suficiente para deixar qualquer mulher abalada. Ainda mais uma mulher que já foi enganada por homens atraentes.

Lily não tinha nenhum interesse por aqueles ombros largos, pelos olhos castanhos ou pelos lábios carnudos que pareciam ao mesmo tempo macios, firmes e tentadores demais. E nem tinha reparado nas maçãs do rosto, ou no nariz e no maxilar, tão fortes que pareciam ter sido esculpidos em ferro pelo mais talentoso dos ferreiros escoceses.

Ela bebericou o uísque que tinha servido.

Não, a única coisa que ela desejava do Duque de Warnick era que ele fosse embora.

— Lillian. — Ela se virou para ver o objeto de sua falta de interesse parado junto à porta agora aberta. O olhar dele desceu até o copo nas mãos dela. — São dez e meia da manhã.

Ela bebeu de novo, decidida. Se havia uma hora para beber, era aquela.

— Vejo que você sabe como as portas funcionam — ela alfinetou.

Ele ergueu a sobrancelha e a observou por um longo momento antes de falar de novo.

— Já que estamos nos embebedando, também aceito um copo.

Ela lhe deu as costas e serviu um segundo copo, e quando se virou para lhe entregar a bebida, descobriu que ele já tinha atravessado a sala em silêncio. Lily resistiu ao impulso de se afastar dele. O duque era grande demais. Dominante demais. *Atraente demais.*

— Obrigado. — Ele pegou o copo.

— A bebida é sua. Fique à vontade.

Ele não bebeu. Em vez disso, afastou-se na direção da lareira, onde admirou uma grande pintura clássica de um homem nu que dormia à sombra de um salgueiro, sendo observado por uma mulher linda enquanto a alvorada se espalhava pelo céu. Lily rilhou os dentes, também estudando a pintura. Um nu. Perturbador ao lembrá-la de...

— Vamos conversar sobre o escândalo? — ele perguntou.

Não. Suas faces arderam. Ela não gostou daquilo.

— Há algum escândalo?

— Diga-me você. — Ele se virou para ela.

— Bem, eu imagino que a notícia sobre o modo como você derrubou a porta em plena luz do dia vá se espalhar.

Algo brilhou nos olhos dele. Algo parecido com diversão. Ela também não gostou daquilo.

— É verdade, garota?

Naquele momento, naquelas três palavras simples, ditas por aquele sotaque escocês pesado, caloroso, rude e quase mais gentil do que podia suportar, ela desejou estar em qualquer lugar que não ali. Porque essa foi a primeira vez que alguém fez aquela pergunta. Mas foi a milionésima vez que ela desejou que a resposta fosse diferente.

— Eu acho que você deveria ir embora.

O duque ficou parado por um longo momento antes de reagir.

— Estou aqui para ajudar — Alec disse, enfim.

Ela riu, mas não havia humor naquele som.

— É impressionante, Vossa Graça, como o senhor consegue parecer um guardião interessado em meu bem-estar.

— Eu vim assim que fiquei sabendo do seu problema.

Ela tinha se tornado uma lenda, ao que parecia.

— A notícia foi buscá-lo na Escócia, não é?

— Minha experiência me ensinou que boatos são rápidos como relâmpagos.

— E você tem muita experiência com boatos?

— Mais do que eu gostaria de admitir.

Lily percebeu que havia verdade naquilo.

— E seus boatos eram verdadeiros?

Ele ficou em silêncio por tempo suficiente para Lily pensar que não responderia, então foi um choque e tanto quando ele admitiu:
— Sim.
Nunca, em toda sua vida, uma única palavra a deixou tão curiosa. Mas é claro que era alguma bobagem. Qualquer que fosse o escândalo dele, não era como o dela. Não o tinha destruído. Não o obrigou a fugir. Ela o encarou.
— E agora? Você veio para cuidar da sua reputação?
— Eu não ligo a mínima para a minha reputação. Estou aqui para cuidar da sua.
Aquilo era mentira. Ninguém jamais tinha se preocupado com a reputação de Lily – não desde a morte de seu pai. Ela nunca teve uma benfeitora, ou amiga. *Nunca teve um amor.*
O pensamento veio com lágrimas abrasadoras, indesejáveis e irritantes, que arderam ao ameaçarem transbordar. Ela inspirou fundo e se voltou para o aparador, recusando-se a permitir que ele a visse chorar.
— Por quê?
— *Por quê?* — ele repetiu, franzindo a testa.
— Você nem me conhece.
— Você é minha responsabilidade — ele disse, após hesitar por um instante.
Ela riu e, sem conseguir resistir, voltou-se para ele.
— Você nunca se interessou por mim. Você nem mesmo sabia que eu existia, sabia? — Ela viu a culpa nos olhos dele. A verdade que havia ali. — Imagino que essa possibilidade seja melhor que a outra.
— Que é qual?
— Que você sabe de mim há anos e apenas resolveu ignorar minha existência.
Ele não teria sido o único.
— Se eu soubesse... — ele parou de falar.
— O quê?! Você teria retornado a Londres anos atrás? Imediatamente teria assumido o papel de guardião e salvador?
O duque se remexeu, desconfortável, e Lily sentiu uma pontada de arrependimento, sabendo que ele não merecia as acusações. Ela mordeu a língua, recusando-se a pedir desculpas. Desejando que ele fosse embora. Desejando que nunca tivesse vindo... Se desejos valessem alguma coisa.
— Eu não sou um monstro — ele respondeu, afinal. — Eu não pedi essa responsabilidade, mas teria garantido que você fosse bem cuidada, sem hesitar.
Era sempre assim. Promessa de dinheiro, abrigo e comida. Uma promessa de tudo que fosse fácil. E uma escassez de tudo que tinha valor.
Ela estendeu a mão para indicar a linda casa.

— Eu estou sendo muito bem cuidada. Olhe que linda gaiola eu tenho! — Ela não esperou que ele respondesse. — De qualquer modo, não importa. Receio que você esteja muito atrasado. — Ela passou por ele e continuou: — Não preciso de um guardião nem de um salvador. Na verdade, se os últimos anos me ensinaram alguma coisa, é que o melhor que posso fazer é salvar a mim mesma. Bancar minha própria guardiã.

Ele não respondeu até ela chegar à porta da sala de estar.

— Você é mais velha do que eu esperava.

Ela parou e se voltou para ele.

— Perdão?

— Quantos anos você tem? — ele perguntou sem se mover.

Ela lhe devolveu a pergunta impertinente.

— Quantos anos *você* tem?

— Sou velho o bastante para saber que você é mais velha do que uma pupila deveria ser.

— Se, há tanto tempo, você não fosse tão desinteressado pela sua pupila, talvez soubesse a resposta para essa pergunta.

— Não leve pelo lado pessoal.

— O quê? O seu velho desinteresse?

— Agora que eu sei que você existe, percebo que estou bem interessado.

— Imagino que esteja, agora que sou uma criatura em exibição, que pode servir de alerta para todas as outras.

Ele levantou a sobrancelha escura e cruzou os braços sobre o peito enorme.

— Segundos atrás você era um pássaro em uma gaiola.

— É nas metáforas que você está interessado? — ela replicou.

Ele respondeu ser hesitar.

— Não, é em você.

As palavras a aqueceram. Não que devessem fazê-lo.

— É uma pena, porque eu não estou interessada em você.

— Deveria estar. Pelo que sei, guardiões têm certo controle sobre suas pupilas.

— Sou uma pupila do Ducado de Warnick, eu não seria tão possessivo se fosse você.

— Eu não sou um Warnick?

— Talvez não por muito tempo. Vocês, duques, têm o hábito de morrer.

— Imagino que você gostaria disso?

— Uma mulher pode sonhar...

Ele torceu os lábios num quase sorriso ao ouvir aquilo e, se Lily fosse dizer a verdade, teria admitido que gostou de ter dito algo que o divertiu. Contudo, ela não estava interessada na verdade.

— Bem, eu ainda não estou morto, Lillian, então você está presa a mim por enquanto. E é melhor responder às minhas perguntas. — Ele fez uma pausa e repetiu a questão: — Você é bem velha para ser uma pupila, não?

É claro que ela era. Lillian tinha se perdido naquela desordem toda. Seu pai morreu e a deixou aos cuidados do duque. Tudo ficou bem por vários anos, até o duque morrer. E outros dezesseis também morrerem. E então esse homem – esse escocês lendário que desprezava tudo que fosse da Inglaterra e que nunca apareceu no Parlamento para receber suas cartas patentes – tornou-se responsável por ela.

E Lily foi esquecida. Sem dote. Sem temporada na Sociedade. Sem amigas.

Ela olhou para ele, desejando encontrar um modo de dizer tudo aquilo para o duque, de fazê-lo entender a parte que desempenhou na maluquice que vinha sendo a vida dela, sem ter que relembrar de tudo. Como não encontrou, ela se contentou em concordar.

— Sim, eu sou.

Ela sentou-se na bela cadeira Chippendale, observando-o estudar os movimentos dela. Como se tentasse compreendê-la, como se analisá-la por tempo suficiente fosse induzir Lillian a se revelar.

A ironia era que, se ele tivesse feito o mesmo um ano antes, ela realmente poderia ter se revelado. Ela poderia ter se aberto para ele e respondido a todas as suas perguntas, expondo-as.

O pensamento fez com que os lábios dela se torcessem em um sorriso triste. Era provável que tivesse se exposto de todas as formas. Ainda bem que ele estava um ano atrasado e ela tinha mudado por completo.

— Sou pupila do ducado até me casar.

— Por que não se casou?

Ela arregalou os olhos.

— Muita gente consideraria essa pergunta inconveniente.

Ele arqueou as sobrancelhas e indicou a porta da casa.

— Eu pareço o tipo de homem que liga para o que é conveniente?

Não, claro que não. Havia uma dúzia de razões pelas quais ela continuava solteira. Razões que incluíam ser órfã, ignorada e estar sozinha, e também ter se apaixonado desesperadamente pelo homem errado. Mas ela não iria revelar suas razões. Então se contentou com uma verdade mais simples, mas não menos honesta.

— Nunca pediram minha mão.

— Isso parece impossível.

— Por quê?

— Porque os homens adoram mulheres como você.

Mulheres como ela. Lillian ficou rígida. Aquele homem fazia sua beleza parecer um fardo.

— Cuidado. Seus elogios vão acabar me deixando convencida, Vossa Graça.

Ele se sentou, encolhendo-se em uma cadeira igual à dela, seu corpanzil fazendo-a parecer minúscula.

— Alec.

— Perdão?

— Você pode me chamar de Alec.

— Embora isso possa ser comum em alguma selva da Escócia, Vossa Graça, é absolutamente inadequado por aqui.

— De novo se importando com o que é ou não adequado — ele disse. — Tudo bem. Pode me chamar de Stuart, então. Ou de qualquer um dos outros adjetivos que você, não tenho dúvida, está pensando. Prefiro qualquer um deles a ser chamado de duque.

— Mas você é um duque.

— Não por minha escolha. — Ele bebeu, enfim, e fez uma careta depois de engolir o líquido âmbar. — Cristo. Isto é pior que lavagem! — Ele jogou o resto do líquido no fogo.

Ela arregalou os olhos ao ver a cena.

— Você desdenha do título e do *scotch* que o acompanha.

— Em primeiro lugar, isso não deveria ser chamado de *scotch*. É combustível de lamparina na melhor das hipóteses. — Ele fez uma pausa. — Em segundo, eu não desdenho do título; apenas não gosto dele.

— Sim, pobre homem explorado. Simplesmente jogaram no seu colo um dos ducados mais ricos e veneráveis da história. Como deve ser difícil viver essa vida horrorosa e aristocrática... — Ele não fazia ideia do poder que possuía. Dos privilégios. Do que ela faria para ter o mesmo.

Alec se recostou na cadeira. — Eu gasto meu próprio dinheiro, conquistado honestamente na Escócia. Garanti que os arrendatários e os empregados que dependem do ducado continuem a prosperar, mas como não pedi esse título, não interajo com seus despojos.

— Incluindo eu. — Ela não conseguiu se controlar.

— Estou aqui, não estou? Convocado à Inglaterra pela minha pupila. Isso deve valer alguma coisa.

— Eu não o convoquei.

— Você pode não ter colocado as palavras no papel, garota, mas você me convocou como se tivesse gritado meu nome na fronteira.

— Como já disse, não preciso de você.

— Ouvi dizer que o mundo inteiro discorda.

— Dane-se o mundo — ela retrucou, voltando a atenção para o fogo antes de acrescentar: — Dane-se você também.

— Estou aqui para salvá-la, imaginei que você seria muito mais grata.

A arrogância do homem era notável.

— Como foi que eu tive essa sorte toda?

Alec suspirou ao perceber o sarcasmo na voz dela.

— Apesar da sua petulância, estou aqui para corrigir sua suposta... — ele procurou uma palavra adequada. — ...*situação*.

— Minha *petulância* — ela disse, franzindo o cenho.

— Você não concorda?

Ela com certeza não concordava.

— Uma *criança* age com petulância quando lhe negam doces.

— Como você se descreveria, senão petulante?

Furiosa. Insensata. Irritada. Desesperada. *Envergonhada*.

— Não importa — ela falou, afinal. — É um pouco tarde pra isso. — Depois de uma pausa, ela acrescentou, contundente: — Eu tenho um plano e você não faz parte dele, *duque*.

Alec olhou enviesado para ela.

— Eu não deveria ter lhe dito que não gosto do título.

— Nunca revele suas fraquezas para o inimigo.

— Somos inimigos, então?

— Com certeza não somos amigos.

Lily percebeu a frustração dele.

— Estou cansado disso. Por que não começamos de novo? Settlesworth me contou que você se arruinou na frente de toda Londres.

Aquelas palavras... não importava a frequência com que pensava nelas, ainda feriam quando vinham da boca de outras pessoas. Ela foi tomada pela vergonha e fez o possível para não demonstrar. Mas falhou.

— Por que a ruína é minha e não... — ela se interrompeu.

Ainda assim, ele ouviu o resto da frase.

— Então há um homem.

— Você não precisa fingir que não sabe. — Ela o encarou.

— Não estou fingindo — ele disse. — Settlesworth me forneceu pouquíssimas informações. Mas eu não sou idiota e, olhando para você, fica evidente que há um homem envolvido.

— Olhando para mim... — Ele não fazia ideia de como aquelas palavras a machucaram.

Alec ignorou a reação dela.

— Então. Você não se arruinou, e sim foi arruinada.

— Você está comparando seis com meia-dúzia — ela murmurou.

— Não — ele disse com firmeza. — São coisas bem diferentes.

— Não para as pessoas que importam.

— O que aconteceu? — ele perguntou depois de um instante.

Ele não sabia... Era inacreditável! Aquele duque não sabia o que ela tinha feito, como tinha se envergonhado. Só conhecia as palavras vagas de um advogado e os limites de sua própria imaginação. E nessas palavras vagas ela continuava, de algum modo, livre do passado.

E embora ela soubesse que era apenas uma questão de tempo até ele ficar sabendo do escândalo da Linda Lily, da Lastimável Lily, da Largada Lily, ou qualquer outro apelido que os jornais de fofocas julgavam inteligente no dia, ela não quis que ele soubesse. E assim ela não lhe contou.

— Isso importa? — ela perguntou.

Alec a encarou como se Lily fosse louca.

— É claro que importa!

— Não importa, não. — Ela meneou a cabeça. — Não de verdade. A única coisa que importa é o que as pessoas acreditam ser a verdade. É assim que um escândalo funciona.

— Os fatos importam, Lillian. Conte-me o que aconteceu. Se estiverem fazendo com que a situação pareça ser pior do que realmente é, vou inundar Londres com a verdade.

— Que sorte a minha! Tenho um guardião e um herói na mesma pessoa — ela disse, injetando sarcasmo nas palavras com a esperança de irritá-lo e assim fazer com que abandonasse o questionamento.

Ele então sussurrou algo em gaélico, algo que ela não compreendeu, mas que identificou de imediato como uma imprecação. Alec puxou a gravata, apertada demais em seu pescoço, assim como o casaco estava apertado demais nos ombros e as calças estavam apertadas nas coxas. Tudo naquele homem era maior do que deveria ser. Talvez fosse por isso que ele soube, no mesmo instante, a verdade sobre ela. Por isso ele enxergava os defeitos dela com tanta clareza. Defeitos enxergam defeitos.

— Nós não vamos conseguir resolver a situação se eu não souber dos detalhes — ele disse, não mais em gaélico.

— Não existe *nós*, Vossa Graça — ela asseverou, firme e cheia de convicção. — Até ontem você nem me conhecia.

— Mas vou conhecer logo, garota.

Mas não por ela. Era ridículo, mas era importante. Porque, de algum modo, isso significava que, com ele, Lillian podia ser alguém que não era com os outros.

— Você não precisa se preocupar com nada — ela continuou. — Dentro de dez dias minha *situação* será resolvida.

De um modo ou de outro... Se ela repetisse isso o bastante, talvez alguém pudesse acreditar. Ela mesma talvez acreditasse.

— O que vai acontecer dentro de dez dias?

A pintura será revelada. Mas não só isso.

— Eu completo 24 anos.

— E? — Alec inclinou o corpo para frente, ainda sentado, os cotovelos apoiados nos joelhos e os dedos entrelaçados.

E a pintura será revelada. Diante de toda Londres. Lily olhou para ele, ignorando o próprio pensamento. Isso não importava. Ela tinha um plano.

— E, de acordo com as regras da minha tutela, eu receberei dinheiro suficiente para deixar Londres – e o meu escândalo – para trás.

Ele juntou as sobrancelhas.

— Deve ser uma boa quantia, garota. Para conseguir apagá-la da memória de todos.

— Ah, mas é — ela concordou. — Eu vou poder ir embora de Londres e nunca mais voltar. Então, como pode ver, Vossa Graça — ela disse, fazendo a voz parecer triunfante —, eu tenho um plano para me salvar. Não preciso de um guardião. Planejo fugir.

Ela detestava aquele plano. E o detestava porque permitia a vitória de Derek. A vitória de Londres. E deixava a vida que ela sempre desejou fora de alcance. Mas ela não tinha escolha, não havia outra maneira de sobreviver àquele escândalo que a marcaria para sempre.

Alec a observou por um longo momento antes de concordar com a cabeça e se recostar na cadeira, fazendo a mobília parecer de miniatura, graças a seu tamanho.

— Esse é um modo de você se salvar.

— Um modo... — Ela não gostou de como aquilo soou.

— Você o ama?

— O quê?! — Ela ficou pálida ao ouvir a pergunta.

— O sujeito. Você o ama?

— Eu não concordei que havia um homem nessa história.

— Sempre há um homem envolvido, garota.

Nós íamos nos casar... As lágrimas vieram de novo. Quentes e furiosas. Instantâneas e indesejadas. Lillian desejou que sumissem.

— Eu não vejo como isso seja da sua conta.

Eu queria não amá-lo. Eu queria nunca tê-lo encontrado. Eu queria... Eu queria não estar tão envergonhada.

Alec aquiesceu, como se ela tivesse lhe respondido. Como se uma decisão tivesse sido tomada.

— Isso basta, então.

Uma decisão, de algum modo, foi tomada. Ela inclinou a cabeça para o lado.

— Basta?

Ele se levantou, imenso como era e, de repente, muito mais imponente — mais até do que quando arrancou a porta de suas dobradiças. Como se ele fosse o rei dela, e não apenas um homem que acabava de conhecer. E quando ele falou, foi com uma certeza tão determinada que fez Lillian – por um segundo – acreditar em suas palavras.

— Você não precisa fugir.

Escândalos & Canalhas

Capítulo 3

ANJOS CAÍDOS NO RINGUE: BRUTO ESCOCÊS PASSA UMA DESCOMPOSTURA CONTUNDENTE EM DÂNDI FANFARRÃO

* * *

Alec foi até o único lugar de Londres que tinha mobília feita para acomodar um homem grande como ele. E, além de ser espaçoso, esse lugar também tinha *scotch* importado de sua própria destilaria, um ringue de boxe se ele sentisse vontade de lutar, mesas de carteado e bilhar, e um punhado de pessoas que ele não odiava.

— Warnick está de volta! — exclamou o Marquês de Eversley, conhecido por todos como Rei, atirando-se em uma grande poltrona à frente de Alec. — Avisem os jornais.

— Estou de folga — resmungou Duncan West, o magnata da imprensa, sentado ao lado de Alec. — Embora eu admita estar curioso por ter sido chamado pelo Duque Postiço.

A associação ao Anjo Caído – o clube de jogos mais exclusivo da Grã-Bretanha – se dava apenas por convite e não era baseada em fortuna ou título. Na verdade, os nobres que frequentavam o White's, o Brook's e o Boodle's raramente eram convidados para se associarem ao Anjo.

Rei era membro, assim como West – apesar de o jornalista ter se envolvido em uma série de confrontos públicos com os proprietários. Por ser amigo daqueles dois, Alec era bem recebido no clube mesmo sem ser sócio, e era grato por isso. Até ele próprio admitia que não existiam clubes de jogos como aquele na Escócia. Ou em qualquer outro lugar.

— Obrigado pelo convite. — Alec olhou para Rei.

O amigo ergueu uma sobrancelha.

— Você praticamente *exigiu* o convite. Não precisa agradecer.

— Eu precisava de um bom drinque.

— Você deveria conseguir um convite para se tornar sócio, considerando que o Anjo é o único lugar em Londres onde dá para conseguir *scotch* Stuart. — O olhar de Rei parou no paletó de Alec. — Mas desde que você arrume um alfaiate melhor! Pelo amor de Deus! Onde você arrumou esse paletó?

— Em Mossband. — Alec encolheu os ombros apertados.

Rei soltou uma gargalhada diante da resposta. Uma cidadezinha inglesa quase inexistente que ficava na fronteira com a Escócia.

— Dá para ver — ele disse.

Alec ignorou a provocação.

— Roupas e clubes londrinos não são necessários na Escócia.

— Mas você vai a clubes londrinos em Londres — West interveio.

— Não sou idiota — Alec disse, bebendo um longo gole antes de se recostar na grande poltrona de couro e encarar West com seriedade. Aquele homem era o proprietário de cinco das publicações mais rentáveis da Grã-Bretanha, três das quais eram tidas como o ápice do jornalismo moderno. Mas não eram as publicações legítimas que interessavam a Alec. Era o jornal A *Folha de Escândalos*.

— Você não está de folga esta noite — Alec disse para o jornalista.

— Não, creio que não — West se recostou.

— Parece que eu tenho uma pupila.

— Como assim *parece*? — West levantou uma das sobrancelhas loiras.

— Meu advogado esqueceu de me informar isso.

— Trata-se de um advogado terrível, se quer saber a minha opinião.

— Ele levou ao pé da letra quando eu lhe disse que não estava interessado nos acessórios londrinos do ducado.

Rei deu risada.

— E ele imaginou que a garota se enquadrava nessa categoria? Cristo. Não diga isso para ela. A experiência me ensinou que as garotas não gostam de ser comparadas com objetos.

Não, Alec imaginou que Lily não gostaria de ser chamada de acessório.

— Enfim, agora eu sei da existência dela.

— Todo mundo a conhece agora — West comentou.

— Por causa do escândalo — Alec retrucou.

— Por causa *dela* — West esclareceu. — Dizem que é a mulher mais linda de Londres...

— Talvez seja mesmo — Alec concordou. Ele nunca tinha visto mulher mais bonita.

— Mas não é — Rei e West falaram em uníssono.

— Tirando suas esposas, é claro. — Alec revirou os olhos.

Os amigos abriram um grande sorriso e West continuou.

— A Srta. Hargrove também é uma curiosidade. Uma mulher linda, ligada a um ducado, mas não apresentada oficialmente à Sociedade. Contudo, é vista regularmente de braço dado com um dos pavões mais venerados da Sociedade.

Alec não gostou do que aquilo sugeria.

— A fonte do escândalo, eu suponho?

— Você não prefere perguntar os detalhes para ela? — West disse.

A lembrança da vergonha óbvia de Lily surgiu na mente dele.

— Acredito que ela não está interessada em me contar.

— Hum...

Alec franziu o cenho.

— O que isso quer dizer?

— Alec, elas nunca estão interessadas em nos contar — O jornalista era casado com uma mulher que também tinha estado no centro de um escândalo – irmã de um duque e mãe solteira de uma garota que agora era motivo de orgulho paterno para West tanto quanto seus próprios filhos.

— Felizmente, essa garota não será meu problema — Alec disse.

— Elas sempre são nosso problema — Rei retrucou.

— Não Lillian Hargrove — Alec insistiu. — Ao contrário do resto de Londres, eu não a conhecia até duas semanas atrás, e não tenho intenção de conhecê-la nas próximas duas semanas. Ela será problema do homem que a desgraçou. — Ele olhou para West. — Eu só preciso saber quem é ele.

O olhar de West voou para uma mesa de carteado ao lado, e o jornalista observou o jogo durante algum tempo. Alec o imitou. Um homem todo vestido de branco se juntou aos três que jogavam ali, dando um grande sorriso para o crupiê e colocando uma grande quantia de dinheiro na mesa.

— Quem é esse? — Alec perguntou, olhando para os amigos.

Rei levantou a sobrancelha para West, que se recostou na poltrona.

— Devo lhe contar o que eu sei sobre o problema da sua pupila?

Alec aquiesceu, tirando da cabeça o jogo de cartas na mesa ao lado.

— Existe uma pintura.

— Que tipo de pintura? — Alec franziu a testa.

Pausa.

— Supostamente? — Rei perguntou. — Um nu.

Alec congelou. As palavras provocaram um rugido em suas orelhas. Não *palavras*, mas sim *a* palavra. *Nu*. Pernas longas, lábios carnudos, seios altos, quadris roliços, pele macia como seda. E olhos como uma tempestade de prata. Não!

— Um nu de quem?

West abriu os braços, como se dissesse, *Não é óbvio?* Claro que era. — Supostamente. O Rei disse *supostamente*. — Alec se remexeu na cadeira.

— Não tem nada de suposto — West respondeu.

Alec se virou para o jornalista.

— Você o viu?

— Eu não, mas minha mulher viu. — Ele fez uma pausa. — Georgiana está no Comitê de Seleção da Academia Real.

— E é mesmo a Lillian... — Alec disse sentindo o coração bater mais forte, e West ficou imóvel. O duque procurou uma alternativa. — Como podemos saber se ela posou mesmo para o quadro? Nós dois sabemos que raramente os escândalos são verdadeiros.

— Neste caso é verdadeiro — West disse.

— Como você sabe disso?

West olhou torto para ele.

— Porque eu sou excelente no que faço e sei a diferença entre fofoca e fato.

Alec pensou na mulher que havia encontrado horas antes. Sim, ela era linda, mas não era imbecil. Ele meneou a cabeça.

— Não neste caso — ele disse. — Eu conheci a garota. De jeito nenhum ela posou nua.

— O amor faz com que as pessoas ajam de formas estranhas. — As palavras de Rei foram simples e diretas, e Alec detestou a verdade delas.

Ele não queria aceitar o fato, não queria imaginar Lillian nua para um homem. Ele já tinha dificuldade suficiente para não imaginá-la nua – e ponto. Mesmo assim...

— Então a garota está apaixonada.

Foi a mesma pergunta que ele fez antes. A pergunta que ela respondeu sem palavras. Ela não precisou dizer nada, ele viu a tristeza nos olhos dela... a melancolia. Como se ela desejasse que o homem em questão aparecesse ali, na sala de estar.

Alec entendia de desejo. E sabia, mais do que ninguém, como um sentimento falso podia permitir que um artista medíocre a manipulasse e abusasse dela.

— Onde está a pintura? — Ele encarou West.

— Ninguém sabe. Está programada para ser a última peça exibida na Exposição Real, dentro de dez dias — West respondeu. — Eles selecionam as melhores obras, Warnick. E Georgiana disse que essa é incomparável.

— O retrato mais lindo já pintado — Rei sugeriu.

— Nós não sabemos se é ela.

— Ela já admitiu, Warnick.

Alec ficou paralisado de novo.

— Ela fez o quê?!

— Ela subiu no palco e fez uma cena. Declarou seu amor por ele e foi rejeitada na frente de toda Londres — West disse. — Só isso bastava para destruí-la diante de todos, mas há quem acredite que ela faz parte do esquema, que ela e o artista trabalharam juntos para garantir que a fama do quadro crescesse antes da excursão pelo país. Pelo mundo.

Alec soltou uma imprecação e meneou a cabeça.

— Por que ela faria isso? Por que se arruinaria? A garota está presa dentro da minha casa, esperando pelo dinheiro para fugir.

Não que ela fosse receber dinheiro dele. Ele já tinha visto mulheres fugindo. Ele próprio tinha fugido. E sabia o que acontecia quando a fuga terminava. Lillian Hargrove não iria fugir.

— Ela quer que você dê o dinheiro? — Rei perguntou.

Alec negou com a cabeça.

— Dentro de dez dias ela vai herdar uma certa quantia.

West balançou o *scotch* dentro do copo.

— Bastante oportuno, já que a pintura será revelada em dez dias.

— O que você está dizendo? — Alec encarou West.

O outro deu de ombros.

— Apenas pense na *Mona Lisa*.

Alec bufou de irritação.

— Quem dá a mínima para a maldita Mona Lisa?

— Muita gente, eu suponho.

Alec olhou torto para o outro.

— Estou ficando cansado do seu "talento brilhante", West.

— Você também é talentoso, não? Só lhe falta o brilho. — O jornalista deu um sorriso irônico.

— O que é uma pena, considerando seu tamanho — Rei provocou. — Imagino que seja verdade quando dizem que não se pode ter tudo.

Alec xingou os dois.

— Tudo bem — ele cedeu. — A Mona Lisa. O que tem?

— Imagine como a modelo seria famosa se soubéssemos o nome dela.

— Você acredita que Lillian quer ficar famosa? — Alec disse, chocado. Ele se lembrou dela, daqueles olhos cinzentos como nuvens tempestuosas de tristeza. — Não.

Rei ergueu a sobrancelha.

— Eu me casei com uma Irmã Perigosa, prova viva de que algumas pessoas gostam da fama. — Não fazia seis meses que Rei, o Marquês de Eversley, tinha encontrado uma passageira clandestina em sua carruagem, filha de uma das famílias mais notórias de Londres. Aquela clandestina se tornou uma companheira inesperada de viagem e, depois que a história ficou conhecida, a integrante mais escandalosa da família. E Marquesa de Eversley.

— Você nunca teria se casado com ela se não fosse por mim — Alec ralhou.

Rei olhou torto para o amigo.

— Ah, sim. Sua participação na história foi muito bem-vinda. Eu nem precisei consertar o que você fez.

— Você teve sorte por ter que consertar alguma coisa — Alec disse. — Alguém tinha que colocar um pouco de juízo na sua cabeça.

— E por isso vou ser eternamente grato. — As palavras foram ditas com notável sinceridade.

— Argh! — Alec exclamou, desviando o olhar. — Não existe nada pior do que um nobre apaixonado pela esposa.

— Cuidado, duque. Postiço ou não, agora você é um nobre. Tudo que precisa é de uma esposa.

Isso nunca aconteceria. Ele aprendeu a lição depois de todas as vezes em que pensou no assunto. Todas as vezes em que foi passado para trás por dinheiro, título ou requinte. Todas as vezes em que foi desejado apenas por seu corpo. O Bruto Escocês.

Ele balançou a cabeça.

— Já tive problemas suficientes com mulheres, muito obrigado.

— É porque você assusta as pobrezinhas — Rei disse, debochando do sotaque de Alec.

— Essa em questão não ficou assustada. — Na verdade, Lillian Hargrove parecia disposta a enfrentá-lo sem medo. — Sinceramente, ela poderia se beneficiar de um pouco mais de receio.

— Outro motivo para acreditar que ela participou do escândalo porque quis — West disse. — A Linda Lily, imortalizada para sempre.

Alec detestou a brincadeira, mas não demonstrou.

— Eu não sabia que ela se apresenta como Lily — ele respondeu, tomando mais um gole. Detestou o fato de que aqueles dois sabiam mais sobre ela do que ele próprio e, principalmente, que eles pudessem estar certos, que Lily tivesse se destruído por um homem, sem hesitar. Ele pensou na garota, no encontro que tiveram antes. Ela não parecia estar orgulhosa do escândalo. Não o ostentava como uma medalha. Ele viu o arrependimento no olhar dela. A vergonha. Soube reconhecê-la pois conhecia a sua própria.

Ele meneou a cabeça.

— Ela não fez parte dessa conspiração.

— Então, a atuação dela na exposição... — Rei começou.

— Não foi uma atuação — West concluiu o raciocínio e olhou para Alec. — Pobre garota. E agora?

Eu planejo fugir. Ela não iria fugir. Mesmo que ele tivesse que desmontar Londres tijolo por tijolo para garantir isso. Ela permaneceria na cidade e veria sua reputação ser restaurada. A Inglaterra não a expulsaria nem a destruiria do modo fácil como fazia com aqueles que não se encaixavam.

Restava uma solução – segura, totalmente aceitável e rápida. Rapidez era com toda certeza uma vantagem. Rapidez permitiria que Alec voltasse para casa, na Escócia, longe de Londres e Lillian Hargrove, que estava se revelando mais problemática do que o esperado.

— Você poderia se casar com ela. — As palavras de Rei assustaram Alec, interrompendo seus devaneios.

— Casar com quem?

West deu um riso irônico.

— O ar londrino está turvando seus pensamentos, escocês. A garota. Srta. Hargrove. Rei está sugerindo que você se case com ela.

Uma visão surgiu em sua mente: Lily linda e perfeita em seu vestido cinza simples, a pele como porcelana e os olhos faiscando. Houve um tempo em que ele teria feito o pedido no mesmo instante, deslumbrado por sua beleza e desesperado para conquistar seu coração. Para tomá-la para si. Apesar de seu tamanho, apesar de ser um brutamontes e de sua falta de elegância. Mas ele tinha aprendido e preferia atos mais sórdidos ao casamento.

— Mesmo que eu não fosse o guardião dela...

Rei o interrompeu.

— Que bobagem! Se eu ganhasse uma libra por cada guardião que se casou com sua pupila, eu seria rico como um rei.

— Você já é rico como um rei — Alec retrucou. — De qualquer modo, ela não me aceitaria. — Ele demorou um momento para perceber que West e Rei o encaravam. — O que foi?

West foi o primeiro a conseguir falar.

— Eu acho que falo por nós dois quando digo que a garota se ajoelharia e agradeceria ao Criador se você a pedisse em casamento.

O Bruto Escocês. Tão grande. Tão animalesco. Apenas para diversão.

As lembranças o queimavam. Quantas inglesas tinham lhe negado qualquer coisa além de sexo? Quantas guardaram-se para outros quando o assunto era casamento? Mesmo que ele estivesse interessado na garota. Mesmo que ela fosse mais que uma mulher bela e problemática que o mantinha longe de casa... Ele sacudiu a cabeça.

— Eu não sou o marido em questão.

Ele sabia que Rei o observava, mas não olhou para o homem que o conhecia desde os tempos de escola, nem mesmo quando o marquês perguntou:

— E então?

— Eu sou um duque, não sou?

Rei saboreou o restante de seu *scotch*.

— Com a patente para comprovar — ele disse.

— E duques têm permissão de fazer o que querem — Alec afirmou.

— É uma das vantagens do título, pelo que eu sei. — West sorriu.

Alec aquiesceu.

— O homem que a arruinou. Ele é quem vai casar com ela.

Uma comemoração ruidosa na mesa de carteado ao lado pontuou as palavras dele. Alec olhou para a origem do barulho e notou mais uma vez o homem de terno branco. Parecia que o pavão tinha perdido uma quantia imensa, se o choque em seu rosto servia de indício.

Era assim nos clubes de jogatina. Em um momento por cima, no outro por baixo. Era assim também quando se tratava de mulheres, o canalha que arruinou Lily logo iria descobrir.

Alec se voltou para os amigos.

— Esse sujeito vai casar com ela, mesmo que eu tenha que colocar uma pistola na cabeça dele e o obrigar.

Rei arregalou os olhos.

— Talvez você tenha mesmo que obrigá-lo.

— Bem — Alec começou —, ser um brutamontes escocês vai me ajudar com isso. O plano é infalível. — Ele se virou para West. — O nome, por favor.

— Vou fazer melhor que isso — West disse, terminando sua bebida e indicando a mesa de carteado. — Nome e localização. Você está vendo Derek Hawkins, artista e gênio teatral. A visão em branco que, no momento, chora sua perda.

Não era possível. Alec não conseguia imaginar aquele homem sequer conversando com Lillian, muito menos... Não. De jeito nenhum aquela mulher de língua afiada se deixaria enganar por aquele pavão tão evidente. Ele olhou para Rei pedindo confirmação.

— Não.

— É verdade — Rei confirmou. — Artista, gênio teatral e verdadeiro cretino.

Ele não sabia o que tinha imaginado. Alguém mais forte, menos emperiquitado. Alec não se surpreenderia com alguém muito atraente, ou muito rico, ou um homem que exsudasse algum tipo de charme. Mas aquele homem – aquele pavão pomposo – não parecia capaz de proteger Lily de uma poça de lama ao levá-la para caminhar pela cidade.

Você o ama? Alec esperava alguém que a merecesse.

De repente seu plano não pareceu mais perfeito. Ele olhou para os amigos e fez a única pergunta que lhe veio à mente:

— *Por quê?*

Antes que eles pudessem lhe responder, outra comoção surgiu na mesa de carteado. Pelo que Alec podia ver, o tal Hawkins tentava negociar um empréstimo com o cassino. O chefe de apostas tinha sido chamado e Hawkins argumentava com o homem.

— Meu nome logo será conhecido em todo o mundo! Como você ousa me recusar?

O empregado do cassino ajustou os óculos e negou com a cabeça.

— Posso lhe garantir — Hawkins vociferou — que seus empregadores ficarão furiosos se descobrirem que você me negou crédito. Vou me tornar o inglês mais famoso que já existiu! Newton? Milton? *Shakespeare?* Vão se tornar sombras em comparação a Hawkins! Vão implorar para me homenagear neste lugar, e eu irei recusar por causa da sua... — ele apontou para os óculos do chefe de apostas — ...óbvia miopia.

— Meu Deus. Ele é pior do que eu imaginava — Alec disse.

— Ele está apenas se aquecendo — West disse, pedindo mais um drinque.

— Se não tem dinheiro, não joga, Hawkins — disse um dos outros homens, ávido para voltar a jogar.

— Eu tenho dinheiro, apenas não o carrego comigo. — Ele se voltou outra vez para o chefe de apostas. — Você é surdo além de cego? Não consegue compreender que sou o maior artista de todos os tempos?

A mesa irrompeu em vaias e Alec não pôde deixar de rir daquele homem insuportável. Ele olhou para os amigos.

— Vocês entenderam tudo errado — ele disse. — É impossível que esse homem seja o responsável pelo escândalo dela. — Lillian não seria capaz de aguentar mais do que um minuto com aquele cretino pomposo. Ela enxergaria a verdade dele imediatamente.

O imbecil continuou, totalmente convencido de sua importância.

— Eu sou Derek Hawkins! Eu não exagero na qualidade do meu trabalho! Meu talento é maior do que qualquer outro que o mundo já viu.

Alec olhou para Rei.

— Ele é sempre assim?

— Se por "assim" você quer dizer um cretino pomposo, então sim — foi a resposta seca. — Ele cortejou minha cunhada durante algum tempo. Não consigo entender por que ela o recusou.

— Não posso obrigar Lillian a se casar com ele.

— Mas ela não o ama?

— Não importa — Alec disse. E ele não se importava. Não havia a menor possibilidade de obrigá-la a casar com aquele palhaço. Teria que lidar com a situação de um modo diferente.

— Exijo uma reunião com o proprietário! — Hawkins insistiu.

E como se tivesse se materializado pela vontade de Hawkins, um dos proprietários do cassino apareceu. O diretor financeiro, um homem ruivo e alto, falou com calma absoluta:

— Hawkins, quantas vezes preciso lhe dizer que você é muito azarado para que nós o banquemos sem nenhuma garantia?

— Você não tem nenhuma compreensão da arte, Cross — Hawkins declarou. — Traga-me alguém que tenha sensibilidade. — Ele implorou por outro proprietário. — Bourne. Ou Chase. Um deles vai enxergar a razão. Minha garantia é meu nome, meu trabalho. Eu sou o astro da Exposição deste ano. Você sabia disso?

— Você está me confundindo com alguém que dá a mínima para a Exposição deste ano. — O homem chamado Cross não se deixou impressionar. — Você vai embora e se voltar com dinheiro nós arrumamos um lugar na mesa. Por enquanto, o jogo continua sem você. — Ele se voltou para o crupiê, sinalizando para que distribuísse as cartas.

— É um erro da sua parte. Não vou agraciá-lo com minha presença depois que a pintura for exibida. É o maior nu desde Rubens! — Alec rilhou os dentes, a palavra *nu* ricocheteando nele. — Melhor que Rubens. Eu sou Leonardo. Eu sou Michelangelo. Sou *melhor*. Você poderia ter tirado proveito. E depois vai *implorar* para que eu volte.

— Ninguém nunca viu essa pintura lendária, Hawkins — alguém disse. — Volte dentro de dez dias, depois que nós pudermos decidir que tipo de *gênio* você é.

Hawkins se virou para o homem.

— Então você sabe que vai ser revelada em dez dias, o que prova que está planejando vê-la.

— A Linda Lily nua? Pode ter certeza que sim.

Alec se levantou de punhos cerrados, sem pensar.

— Warnick. — Rei se colocou ao lado dele em um instante. — Cuidado. Você vai piorar tudo.

West não saiu de seu lugar para alertá-lo:

— O meu jornal não é o único com que você tem que se preocupar, duque.

Mais tarde Alec ficaria orgulhoso por não ter despedaçado aqueles homens, arrancando membro após membro, como tinha planejado a princípio. Em vez disso, ele resolveu falar, e a solução foi lhe surgindo enquanto dizia com seu sotaque carregado de raiva:

— Eu banco o artista.

O salão ficou em silêncio enquanto todas as pessoas se voltavam para ele.

— Quem é você? — Hawkins perguntou. Confusão e alívio se misturavam em sua expressão diante do surgimento de Alec.

O duque abriu os braços em um gesto que aparentava inocência.

— Você olha os dentes de cavalo dado?

— Não — Hawkins disse. — Não necessariamente. Mas eu gosto de saber para quem eu devo.

Alec aquiesceu.

— Isso importa? A minha oferta de crédito é a única que você tem esta noite.

Hawkins apertou os olhos, inclinando a cabeça enquanto estudava Alec, seu olhar parando nos ombros largos dentro do paletó apertado, nas mangas curtas. Ele considerou o sotaque carregado.

— E se eu aceitar? O que acontece?

— Você volta para seu jogo.

— E? — Hawkins inclinou a cabeça.

— Se você ganhar, você ganha.

— E se eu perder?

— Então eu pego meu dinheiro. Com juros.

— Que juros? — A desconfiança brilhou no olhar de Hawkins.

— A pintura.

Hawkins arregalou os olhos.

— A pintura da Exposição?

— Essa mesma.

Hawkins olhou para Rei e em seguida para West, que assistiam à interação. Os olhos dele faiscaram sob o reconhecimento e ele se voltou para o duque. O pavão era menos tolo do que Alec pensava.

— O Duque de Warnick? O guardião desaparecido de Lily!

Lily. Ele detestou o nome na boca daquele almofadinha.

— Srta. Hargrove para você — Alec retorquiu.

Hawkins já estava além do nome.

— Eu nunca o teria reconhecido. Ouvi dizer que você é grande, mas imaginei que teria conseguido encontrar um bom alfaiate com a sua fortuna. O corte desse paletó é... abominável. — Hawkins deu de ombros e ajeitou sua manga com uma risada de desdém.

— Você quer o dinheiro ou não?

— Você acha que se me emprestar dinheiro para jogar cartas vai estar comprando uma obra-prima? — Hawkins estufou o peito cheio de orgulho e certeza. — É o trabalho de um *gênio*. Não que eu espere que um homem com as suas origens consiga entender o que isso significa. — Ele fez uma pausa, medindo Alec de cima a baixo. — Minha obra-prima vai tirar o fôlego de gerações.

Alec deu um passo na direção dele.

— Eu vou lhe mostrar o que é tirar o fôlego.

— Warnick — Rei, de novo. Alec ouviu o restante do alerta. *Não piore as coisas.*

O número de homens por perto tinha triplicado, pois eles sentiam o cheiro de briga no ar. Alec inspirou fundo.

— Dez mil.

O número era escandaloso. Mais do que a pintura poderia valer algum dia. O brilho nos olhos de Hawkins aumentou, algo parecido com ganância.

— Não está à venda.

— Tudo está à venda — Alec devolveu. Ele sabia muito bem disso. — Vinte mil.

Uma exclamação coletiva ecoou dos homens que assistiam ao embate. Vinte mil libras sustentariam Hawkins durante anos. Até o fim da vida.

Mas a oferta foi um erro. Ela revelou a dimensão da vontade de Alec, revelou o tamanho de sua disposição em salvar a garota. A oferta deu poder a Hawkins. Maldição.

O artista abriu um sorriso irônico.

— Se pelo menos você tivesse aparecido aqui um ano antes... pense no que sua noção equivocada de responsabilidade poderia ter evitado.

Alec não se moveu, recusando-se a morder a isca. Recusando-se a arrancar a cabeça daquele dândi, como ele merecia.

— Se pelo menos você fosse diferente, duque — Hawkins continuou —, poderia tê-la salvado.

Hawkins não tinha como saber que essas palavras fariam Alec explodir, não poderia ter previsto o poder delas. O duque fechou os punhos, retesando cada músculo, preparando-se para atacar. Desesperado para fazê-lo.

— Salvá-la de você, é o que quer dizer.

Os olhos de Hawkins faiscavam.

— Posso lhe garantir, Vossa Graça, que ela participou de livre e espontânea vontade — ele disse, com a voz carregada de malícia. — Ela estava desesperada para participar.

Os homens que os rodeavam vaiaram e gritaram incentivos diante daquelas palavras, do modo como destruíam Lillian. As risadas e os gritos se transformaram em exclamações de espanto quando Alec avançou, como um cachorro raivoso solto da corrente. Ele levantou Hawkins do chão pelo colarinho do paletó elegante como se o sujeito não pesasse nada.

— Isso foi um erro.

— Ponha-me no chão — Hawkins guinchou, as mãos segurando nos punhos de Alec.

West se levantou.

— Aqui não, Warnick. Não na frente de todo mundo.

Alec largou o verme no chão. Avultando-se sobre Hawkins, ele disse mais uma vez:

— Quanto?

Hawkins se pôs de pé.

— Você não pode me tratar assim. Eu sou...

— Não ligo a mínima para quem você é. Quanto quer pelo quadro?

— Você nunca vai ficar com ele! — Hawkins disparou, esganiçado e aterrorizado, cheio de fanfarronice vazia. — Eu não aceitaria seu dinheiro nem se me oferecesse dez vezes o que já ofereceu, seu bandido escocês. Vocês dois combinam muito bem. É barato como ela. Só tem mais sorte.

As palavras fizeram Alec se lembrar de sua primeira intenção, de quando ele planejou obrigar aquele vagabundo a casar com Lily... Como se fosse deixar que o cretino se aproximasse dela outra vez. Como se fosse deixar aquele pavão respirar o mesmo ar que ela.

— Eu estou sendo mais do que educado — ele disse, fazendo Hawkins recuar conforme caminhava na direção dele. Os homens que os assistiam resmungavam e tagarelavam. Uma voz se ergueu na multidão:

— Vinte libras no escocês!

Alec ignorou aquilo.

— Eu estava disposto a lhe pagar pela pintura. Um preço justo. Mais do que justo.

— Ninguém vai aceitar essa aposta. Olhem para ele! Os punhos são do tamanho de um porco!

Aqueles punhos fechavam e abriam.

— Eu pagaria só para ver os dois lutarem!

— Eu aposto que ele vai forçar Hawkins a se casar!

— Dez libras nisso!

Hawkins não conseguia manter a boca fechada.

— Como se eu fosse aceitar a reles, solitária e triste Lillian Hargrove. Como se um gênio se casasse com a musa. Eu posso ter qualquer uma. Eu posso ter alguém da *realeza*.

— Leve-o para o ringue, Warnick! Mostre como você está irritado!

— Eu não preciso do ringue. — Alec não estava irritado, estava homicida. — Escute-me e escute bem — ele disse, a voz baixa e quase incompreensível por causa do sotaque carregado de fúria. — Grave minhas palavras, porque eu quero que você passe as próximas duas semanas imaginando *como* eu vou fazer.

— Fazer o quê? — Hawkins estava aterrorizado.

— Destruir você.

Hawkins piscou e Alec o viu engolindo seco, como se estivesse pensando em uma resposta. Então ele sacudiu a cabeça, deu meia volta e correu, passando pela cortina que marcava a saída do clube e chegando à noite de Londres, perseguido pelas risadas e vaias do restante dos membros do clube de jogatina.

Depois de vários e longos segundos, Rei apareceu ao lado de Alec.

— Parece que ele não é um imbecil, afinal. Fugir foi a decisão correta.

Eu planejo fugir. As palavras de Lily ecoaram dentro dele, carregadas de desolação, lembrando-o de outra pessoa que fugiu e foi destruída. Ele meneou a cabeça.

— Esse homem só vai conseguir afugentá-la de Londres por cima do meu cadáver.

West se aproximou deles.

— Então você não pretende mais obrigá-lo a casar com a garota?

Aquilo evocou uma imagem de Lily nos braços de Hawkins, o cabelo escorrendo pelas costas, embaraçado nos dedos dele. Os lábios dela nos dele. Alec teve vontade de virar a mesa de carteado mais próxima, mas procurou se acalmar.

— Nem por todo dinheiro de Londres.

— Qual a solução, então?

— Não importa com quem ela vai se casar. Só importa que se case.

Rei e West se entreolharam, depois se voltaram para Alec, agora decidido a impor seu plano modificado. Ele esperou que um dos amigos falasse.

— O que foi? — perguntou quando percebeu que os outros não falariam.

— Nada. Parece um plano excelente.

— Não posso imaginar o que pode dar errado — Rei disse, levantando uma sobrancelha.

Alec percebeu o sarcasmo na voz do amigo e lhe disse em gaélico contundente o que Rei podia fazer consigo mesmo. Depois deu meia-volta e se dirigiu ao ringue de boxe do clube.

Ele precisava de uma luta.

Escândalos & Canalhas

Capítulo 4

O DUQUE POSTIÇO E OS CACHORROS ESTABELECEM RESIDÊNCIA

* * *

Lily deveria ter percebido que havia algo de errado quando viu a criada passar correndo ao pé da escada às 8 horas da manhã. Deveria ter percebido que o silêncio amedrontado da casa indicava a presença de alguma pessoa importante. Mas ela não percebeu. Não até sentir o cheiro do presunto.

Fazia cinco anos que Lily descia aquela mesma escada, no mesmo horário, para tomar chá com torradas na sala de café da manhã. Não que ela *escolhesse* chá e torrada para o desjejum, o fato é que isso era o que lhe ofereciam. E, mesmo assim, havia dias em que a cozinheira se esquecia dela e Lily tinha que ir procurar sua refeição. Francamente, esses eram os dias mais agradáveis, porque lhe permitia entrar na cozinha e desfrutar da companhia dos empregados.

Lily morava à margem da vida no número 45 da Praça Berkeley. Ela não era nobre nem criada. Bem-nascida demais para ser acolhida pelos empregados, mas não o suficiente para ser respeitada por eles. Durante o primeiro ano, ela ansiou pela amizade daquelas pessoas, mas, no segundo, Lily se tornou simplesmente parte de uma dança, zanzando no meio deles. Não é que ela fosse maltratada. Lily era meio que... invisível.

Embora aquela falta de interesse dos criados a incomodasse no começo, recentemente ela até começou a gostar disso. Afinal, Lily era visível *demais* fora de casa.

Continuava sendo verdade, contudo, que os invisíveis não ganham presunto no café da manhã. E foi assim que, enquanto a criada desaparecia no longo corredor e o convidativo aroma salgado da carne atraía Lily à sala de café da manhã, ela percebeu que não estava sozinha na casa. O duque tinha decidido se estabelecer na residência.

Ela abriu a porta e o encontrou com o rosto escondido por um jornal, um prato cheio à sua frente, e em mangas de camisa. Apenas camisa. O homem não teve nem a cortesia de se vestir para a refeição.

Lily, portanto, também não teve paciência para ser cortês.

— Você dormiu aqui?

Alec Stuart nem ao menos baixou o jornal quando ela entrou na sala.

— Bom dia, Lillian.

As palavras reverberaram dentro dela, carregadas daquele sotaque escocês de que ela não gostava – foi o que disse para si mesma –, pois era grave demais, lânguido demais. *Familiar demais.*

É claro que deveria parecer familiar, afinal o homem estava sentado à mesa de refeições como se fosse dono do lugar. O que ele, de fato, era.

Lily parou de andar quando chegou à metade da mesa comprida, antes de falar de novo:

— Você não vai ficar aqui. — Foi então que reparou nos cachorros sentados dos lados dele; dois lebréus irlandeses de pelo grosso e cinzento e língua de fora. Um deles estava com um fio de baba de vários centímetros pendurado na mandíbula. — E eles, com toda certeza, não vão ficar!

— Você não gosta de cachorros? — Ele não baixou o jornal.

Ela gostava, na verdade. Sempre desejou ter um.

— São cachorros? Pensei que fossem cavalinhos.

— Este é o Angus — Alec apresentou, estendendo a mão por trás do jornal para acariciar a imensa cabeça à esquerda. — E este é o Hardy. — No qual ele fez um carinho semelhante. — São como gatinhos. Você vai gostar deles.

— Não vou ter chance de gostar, porque vocês não vão ficar aqui. Vossa Graça possui *oito* residências em Londres, para não mencionar o lugar onde deitou sua cabeça nas outras vezes em que esteve na cidade. Tenho certeza de que vai encontrar um lugar mais adequado para se hospedar.

Ele baixou um canto do jornal.

— Como você sabe que estive na cidade em outras ocasiões?

— Meu Deus! — ela exclamou. — O que aconteceu com o seu rosto?

— Uma lady não teria comentado sobre isso.

O olho direito dele estava fechado por um hematoma preto e esverdeado.

— A lady em questão é cega?

Um lado do lábio inchado dele se levantou em um sorriso quase imperceptível.

— Você deveria ver como ficou o outro homem — Alec disse e retomou a leitura do jornal.

Ela deveria ficar grata pelas pancadas que ele tomou, pois disfarçavam aqueles lábios enlouquecedores. Nunca, em toda sua vida, Lillian tinha reparado nos lábios de um homem, e agora tudo que ela conseguia fazer era torcer para que o inchaço não fosse permanente. Seria uma tragédia arruinar uma boca daquelas.

Não que ela estivesse interessada nos lábios dele. Não mesmo. Ela pigarreou.

— O que ele fez para você?

— Nada — Alec respondeu, como se aquela manhã toda fosse absolutamente comum. — Eu precisava de uma luta.

Os homens sempre a deixariam perplexa.

— Para quê?

— Eu estava irritado. — Alec colocou o jornal de lado e Lily arregalou os olhos.

— Você está usando um kilt! — ela disse.

Um tecido xadrez vermelho formava uma faixa diagonal no tronco dele, chegando ao ombro, onde se encontrava com outra dobra do tecido à qual estava presa com um broche. Aquela roupa só enfatizava o fato de que ele não se encaixava ali, naquela casa, em um mundo que ele tinha herdado a contragosto. Um mundo que, no passado, ela queria desesperadamente e do qual, agora, desejava se livrar com a mesma intensidade.

— Eu acho mais confortável — Alec explicou e levantou o jornal outra vez.

— Você está usando algo por baixo? — as palavras saíram antes que Lillian pudesse se conter.

Ele a encarou com o olho bom.

— Não.

Lily nunca se sentiu tão constrangida, em toda a vida, como depois de ouvir aquela única palavra. Ela quis se esconder embaixo da mesa. E talvez tivesse feito isso se tal ato não a deixasse ainda mais perto da origem de seu constrangimento. Graças a Deus, ele mudou de assunto.

— Você não me respondeu — Alec começou.

Ela não conseguia se lembrar da pergunta, não conseguia se lembrar de nenhuma pergunta de sua vida inteira, a não ser da última. Lillian estava morrendo de vergonha.

— Como você sabe que eu estive na cidade antes?

— Eu leio os jornais, assim como você. O duque é o assunto favorito da imprensa quando vem a Londres.

— É mesmo? — ele disse, como se já não soubesse disso.

— Ah, sim — ela confirmou, recordando a descrição dos jornais de fofocas: *o sonho proibido das mulheres*. Lillian imaginou que ele podia ser um homem e tanto para quem gostava do tipo alto, grande e abrutalhado. Ela, porém, não gostava desse tipo. Nem um pouco. — Toda Londres é avisada para reforçar a mobília, no caso de você aparecer para o chá.

O rosto dele endureceu, e Lily ficou surpresa por não experimentar a sensação de triunfo que esperava. Na verdade, ela se sentiu um pouco culpada.

Lillian sabia que deveria se desculpar, mas em vez disso mordeu a língua durante aquele momento demorado e constrangedor que se seguiu, no qual ele permaneceu imóvel como uma pedra, apenas a observando. Eles poderiam ter ficado ali por uma eternidade, para ver quem fraquejava primeiro, não fosse pelo longo fio de baba que caiu da boca do cachorro até o tapete.

Lily olhou para o lugar antes de falar.

— Esse tapete custou trezentas libras!

— Como disse?

Ela sorriu ao notar o choque dele.

— E agora foi batizado pela saliva da sua fera.

— Por que diabos você gastou trezentas libras em um tapete? Para as pessoas pisarem em cima dele?

— Você permitiu que eu decorasse a casa como eu bem quisesse.

— Eu não permiti nada disso.

— Ah, é claro... Seu advogado permitiu. E, se eu tenho que viver em uma gaiola, milorde, ela pode muito bem ser dourada, não acha?

— Voltamos à metáfora das aves?

— Sim, com asas cortadas e tudo o mais.

Ele ergueu o jornal mais uma vez, e a resposta veio seca como areia:

— Para mim parece que suas asas funcionam muito bem, pequena andorinha.

Lily ficou imóvel, sem gostar do duplo sentido daquelas palavras. Então decidiu voltar ao tópico original.

— Você nunca se interessou pela casa, Vossa Graça, então não vejo motivo para que queira ficar aqui.

— Agora estou interessado — ele respondeu por trás do jornal.

A declaração fria fez Lillian se lembrar do motivo que a trouxe até a sala de café da manhã. Ela inspirou fundo.

— Você não vai...

— Ficar — ele terminou a frase dela. — Sei. Eu não perdi a capacidade de ouvir.

Ela não duvidava da capacidade auditiva do duque. Ela duvidava da capacidade racional dele. Mas isso não importava. A casa era grande o bastante para que ela o evitasse até seu dinheiro chegar, e então estaria livre dele. E de Londres.

Antes que ela pudesse dizer isso, contudo, eles foram interrompidos pela chegada de Hudgins, o mordomo.

— Vossa Graça — o homem idoso roufenhou enquanto cambaleava pela sala, apoiando-se em uma bengala com um envelope debaixo do braço —, chegou uma carta para o senhor.

Lily se virou para ajudar o mordomo – sempre em dúvida quanto à habilidade dele em ir de um lugar para o outro sem se machucar –, pegando o envelope de sob seu braço.

— Hudgins, você não pode se cansar.

O mordomo olhou para ela, evidentemente ofendido, e tomou o envelope de volta.

— Srta. Hargrove, eu sou um dos melhores mordomos de Londres. Tenho absoluta certeza de que posso levar um envelope até o *senhor* da casa.

Aquela declaração arrogante fez Lily corar da cabeça aos pés – seu próprio constrangimento se espalhando. A réplica do mordomo não revelava apenas que ele tinha se ofendido, mas também servia para lembrá-la de seu lugar, que não era no andar de cima nem no de baixo, e com certeza não lhe permitia dar ordens aos criados na frente do duque.

Ela tentou pensar em um modo de aparar as arestas com o mordomo, que cambaleou até o duque e pôs o envelope sobre a mesa.

— Obrigado, Hudgins — Alec disse em voz baixa, o som grave ressoando em toda sala. — Antes que você vá, quero pedir sua ajuda em outro assunto.

O mordomo se empertigou o máximo que seus ossos envelhecidos permitiam, ansioso para provar que era mais do que capaz de ajudar o duque. Lily tinha sido esquecida.

— É claro, Vossa Graça. O que precisar. A criadagem toda está aqui para ajudá-lo.

— Como se trata de uma questão muito importante, não quero que ninguém mais, a não ser você, me auxilie.

Lily se virou para o duque indignada, querendo enfatizar a fragilidade de Hudgins. Precisava deixar claro que o mordomo não podia mais servir como se esperava, que, embora ele se levantasse e se vestisse para o trabalho todos os dias, Hudgins fazia pouco mais do que atender a porta – isso quando conseguia ouvir a campainha, o que estava se tornando cada vez menos frequente. Hudgins tinha feito por merecer uma espécie de aposentadoria, confortável e discreta. Será que aquele escocês não conseguia ver isso?

— Eu preciso de uma relação completa dos itens de valor dos aposentos da casa — Alec disse. — Pinturas, mobília, esculturas, prataria... — ele fez uma pausa e então acrescentou: — Tapetes.

Mas que diabos... Por quê? Lillian franziu o cenho.

— É claro, Vossa Graça — o mordomo respondeu.

— Veja bem, não quero de todos os aposentos. Só os locais críticos. As principais salas de visitas, as salas de estar, a biblioteca, o conservatório e esta sala aqui.

— É claro, Vossa Graça — o mordomo repetiu.

— Creio que um mês será suficiente para você elaborar esse relatório. Eu gostaria que fosse o mais minucioso possível.

Francamente, isso não deveria tomar mais de uma semana de trabalho, mas Lillian não disse nada.

— Esse tempo será suficiente — Hudgins respondeu.

— Excelente. É só isso.

— Vossa Graça — Hudgins fez uma reverência curta e saiu cambaleando da sala.

Lillian observou o mordomo e esperou até que ele fechasse a porta para se dirigir ao duque.

— Para um homem que diz não gostar de usar seu título, você parece estar se divertindo bastante dando ordens aos criados — ela disse, aproximando-se de novo dele. — Que pedido inútil! Uma relação completa dos pertences da casa? Você tem propriedades que valem, literalmente, milhões de libras, Vossa Graça. Além de todo esse presunto.

Ela não pretendia dizer a última parte. Ele inclinou a cabeça para o lado.

— Você disse presunto?

— Isso é irrelevante. — Lily meneou a cabeça. — Por que se importa com o que está pendurado nas paredes da sala de estar de uma casa que você não sabia que existia até a semana passada?

— Não me importa — ele respondeu.

Ela continuou, praticamente sem ouvir a resposta.

— Para não mencionar o tédio que é essa tarefa. Hudgins vai ocupar cada uma dessas salas durante dias, considerando que ele não tem a menor vontade de parar de trabalhar e viver a vida como... — Ela parou de falar.

Alec jogou um pedaço de presunto para o cachorro à sua esquerda.

— Oh...! — ela exclamou.

E um pedaço de pão para o animal à direita.

— As salas de estar. De visitas. A biblioteca. Aqui — Lily continuou, mas Alec não disse nada. — Todas essas salas têm mobília confortável... Um mês para catalogar os objetos...

— Ele é um homem orgulhoso — Alec disse. — Não precisa saber que está sendo encostado.

Lily pestanejou mediante o entendimento.

— É muito gentil da sua parte.

— Não se preocupe. Vou continuar a bancar a fera com você. — Uma manzorra acariciou a cabeça do cachorro e Lillian viu que estava vidrada naquela mão, na pele queimada pelo sol e na grande cicatriz branca que começava um dedo abaixo da primeira articulação. Ela fitou aquela mão por um longo momento, imaginando se seria quente. Sabendo que seria. — Diga-me, é só o velho? Ou todos os criados a ignoram?

Lillian levantou o queixo, detestando o fato de Alec ter reparado nisso.

— Eu não sei o que você quer dizer.

Warnick a observou por um bom tempo antes de pegar o envelope sobre a mesa. Lily o observou deslizar um dedo por baixo do lacre de cera para abri-lo e depois pegar um maço de folhas.

— Eu pensei que você não lia a sua correspondência.

— Cuidado, Lillian. Você não gostaria que eu ignorasse esta carta em especial.

O coração dela acelerou.

— Por quê?

Ele colocou a carta de lado, longe o bastante para que Lillian não conseguisse vê-la.

— Eu escrevi para Settlesworth depois que você me contou seus planos.

— Meu dinheiro! — Ela prendeu a respiração.

— *Meu dinheiro* — ele a corrigiu —, se vamos ser sinceros.

— Por apenas nove dias.

Lily olhou atravessado para ele. Alec se recostou na cadeira.

— Você já ouviu falar que é mais fácil pegar moscas com mel?

— Eu nunca entendi por que alguém precisa pegar moscas — ela respondeu, abrindo deliberadamente um amplo sorriso vitorioso. — Mas tudo bem, então. Daqui em diante vou pensar em você como um inseto bem grande. — Ela apontou para os papéis. — Por que o interesse no meu dinheiro?

O duque pôs a mão sobre os papéis.

— A princípio era apenas isso, interesse.

O olhar dela se demorou naquela mão grande e bronzeada, pousada sobre o documento que subitamente parecia ser mais importante que tudo no mundo. O documento que possibilitava seus planos de liberdade. Lillian estava tão concentrada naquele papel que quase não prestou atenção no tempo verbal no passado usado na frase dele.

Ela se voltou para Alec, para seus olhos castanhos que a observavam com uma atenção perturbadora.

— E depois o que foi?

Ele fez um gesto exagerado para dar um pedaço de torrada para um dos cachorros. Hardy, ela pensou. Não. Angus. Oras, aquilo não tinha importância.

— Eu conheci um homem, noite passada. Pomposo, arrogante e inexplicavelmente detestável.

O coração dela começou a bater em uma velocidade devastadora.

— Tem certeza de que você não estava olhando para um espelho?

Alec olhou enviesado para ela.

— Não, eu estava olhando para Derek Hawkins.

O coração dela parou. Por sorte ela não teve que falar, porque ele continuou:

— Eu fui procurá-lo.

O que significava que ele sabia... de tudo. Sabia da idiotice dela, de seu desespero, sua disposição em fazer tudo o que um homem lhe pedisse... sua ingenuidade.

Ela sentiu o rosto corar de vergonha e se odiou. E o odiou por ressuscitar o assunto. Lily engoliu em seco.

— Por quê?

— Acredite ou não — ele continuou, e Lillian percebeu a surpresa na voz dele —, eu pretendia forçá-lo a se casar com você.

O quê??? Ela teve certeza de que não tinha entendido direito. Sentiu um pânico surgindo. Ele era louco?!

— Você não fez isso!

— Não, na verdade não fiz. Depois que eu conheci aquele homem, percebi que não haveria nada neste mundo que me faria consentir em vê-la se agarrar a ele.

Agarrar. Lily detestou a palavra. Odiou a grosseria que ela continha, ou o modo como parecia carregada de desespero, obsessão, de um desejo desagradável e imaturo.

Você disse que me amava.

A vergonha surgiu de novo, crescendo com a lembrança dessas palavras, ditas em alto e bom som, esganiçadas e desesperadas, na frente de toda Londres. E recebidas pela risada de deboche do público. Pela risada dele.

E Alec Stuart, vigésimo-primeiro Duque de Warnick, o único homem em Londres que não sabia das circunstâncias de seu escândalo, agora sabe. E o pior, pensou em salvá-la. Ela foi tomada por uma espécie de pânico.

— Eu nunca pedi para ficar agarrada nele.

— Eu soube que pediu, garota. E em público.

Lillian fechou os olhos ao ouvir aquilo, como se não quisesse ver nem ouvir a verdade. Warnick sabia. Sabia de tudo que tinha acontecido entre ela e Derek. Mas, mesmo assim, ele não seria capaz de enxergar a verdade de tudo aquilo. Tudo que ela sempre desejou, tudo que sempre sonhou... havia se tornado impossível. E ela era a responsável por isso.

Lillian cerrou os punhos ao lado do corpo, abriu os olhos, e deparou-se com o olhar de Alec, que a encarava como se conseguisse enxergar sua alma. Ela desviou o olhar no mesmo instante.

— Você ficaria surpreso ao saber o que a ruína diante de toda Londres pode fazer com os desejos de uma pessoa.

Um bom tempo se passou enquanto Alec esperava que Lillian voltasse a olhar para ele. Mas ela não conseguiu. Então, ele soltou um suspiro longo e decidiu falar.

— Se a minha opinião vale algo, Lillian, esse Hawkins deve ser o sujeito mais nojento que eu já tive o azar de conhecer.

Ela olhou para ele, querendo que Alec acreditasse nela.

— Eu não desejo o Hawkins. E também não desejo sua ajuda. Na verdade, tudo que eu desejo é ter uma vida tranquila. Livre de... — *Escândalo. Vergonha*. Ela meneou a cabeça, sem querer dizer essas palavras em voz alta. — Tudo isso! — ela concluiu.

Ela ia fugir, ia recomeçar, e algum dia conseguiria esquecer tudo aquilo com que sempre sonhou. Casamento... Família... a sensação de pertencer a algo maior.

Pelo menos não teve de explicar isso para o Duque de Warnick.

— Eu pretendo lhe dar essa vida, Lillian — ele falou, pegando os papéis na mesa.

Uma sensação de alívio profundo e quase insuportável a inundou. Ele tinha tirado da cabeça a ideia de casá-la! Lily sorriu, incapaz de conter sua alegria ao ouvi-lo. Ela recomeçaria a vida, esqueceria Derek Hawkins, sua manipulação e suas belas mentiras.

— Alec Stuart, você é o melhor guardião do mundo!

Parecia que ela sabia como pegar moscas, afinal.

Então Warnick se levantou e a cadeira balançou antes de voltar ao chão com um baque surdo que enfatizou a sensação que Lily tinha de estar engolindo serragem ao contemplar o kilt em toda sua glória, caindo em pregas até os joelhos, e ver abaixo deles as panturrilhas, perfeitas e musculosas como ela nunca tinha visto, descrevendo uma curva.

Por Deus! O homem era um deus grego. Não era de admirar que as mulheres o adoravam.

O olhar dela desceu até a barra do kilt, saboreando as curvas e reentrâncias daqueles joelhos. Ela engoliu em seco, imaginando como é que nunca tinha reparado na forma precisa de um joelho.

Lillian balançou a cabeça. Que ridículo! Ela não se importava com joelhos. Não quando sua liberdade estava em questão.

— Meu dinheiro.

Ele se encostou na mesa e olhou para os papéis.

— Pelo que eu entendi, você deve receber cinco mil libras no seu vigésimo-quarto aniversário.

O sangue correu mais rápido pelo corpo dela, dificultando seu raciocínio, e Lillian soltou um suspiro longo. Riu, sentindo o prazer do alívio, leve e lindo, que a deixou mais feliz do que se sentia há muito tempo. Mais feliz do que jamais tinha se sentido. Que Deus abençoasse o enorme coração daquele escocês. A quantia bastava para ela ir embora de Londres, comprar uma casinha em algum lugar e começar de novo.

— Em nove dias — ela disse.

— No mesmo dia em que a pintura será revelada — ele lembrou.

— Um presente maravilhoso e outro perverso — ela respondeu, rindo de si mesma. — Uma ironia, pois não consigo me lembrar do último aniversário em que ganhei algum presente.

— Existe algo que você precisa saber, Lily.

Em meio a toda aquela felicidade, ela ouviu o nome pelo qual o duque nunca a tinha chamado. O nome pelo qual ela se referia a si mesma. O nome que Derek usava com ela. O nome que ele usou com os jornais de fofocas de que tanto gostava. O nome que se tornou Linda Lily, Lastimável Lily.

Ela se voltou de repente para ele. Havia algum problema.

— Enquanto você for solteira, receberá o dinheiro a meu critério. — Ele fez uma pausa e ela o odiou no momento em que ouviu as palavras antes mesmo que ele as dissesse. — E eu exijo que você se case.

Escândalos & Canalhas

Capítulo 5

LINDA LILY LÍVIDA... DESAFIA O DUQUE E DESAPARECE!

* * *

— Você não pode me obrigar a casar! — ela protestou pela sexta vez. Aparentemente, Lily tinha o costume de se repetir quando se sentia frustrada. E mais, ela parecia ter o costume de *ignorá-lo* quando se sentia frustrada.

E provavelmente era melhor assim, porque a fúria estampada no rosto dela quando soube dos termos da tutela e dos planos do duque para casá-la deixou muito claro que ela o teria socado e jogado no chão se tivesse força para tanto. De fato, ainda parecia que ela tentaria fazer isso, e por esse motivo ele se mantinha à distância, observando-a andar de um lado para outro. Alec já tinha apanhado bastante no ringue na noite anterior.

Lily hesitou na outra extremidade da sala, olhando pela grande janela que se abria para o belo jardim nos fundos da casa. Angus e Hardy tinham se acomodado junto à lareira, deitados com as cabeçorras sobre as patas, os olhos acompanhando a barra da saia dela. Alec observava como a mão dela torceu o tecido daquela saia antes que ela se voltasse para ele com a raiva renovada.

— Você... — Ela se interrompeu e inspirou fundo.

Alec teria apostado toda sua fortuna que ela quis lhe dizer algo completamente indigno de uma dama. Na verdade, ele não soube dizer se ficou impressionado ou decepcionado quando ela olhou de novo para o jardim e completou sua frase:

— Você não pode!

Ele nem conhecia aquela mulher. Não deveria se incomodar com a sensação que as circunstâncias lhe despertavam. Na verdade, não deveria nem se importar com o que ela sentia. Só deveria se importar com o fato de que estava um pouco mais perto de ir embora daquele país.

Maldita Inglaterra. O único lugar do mundo em que aquele tipo de idiotice tinha importância. No entanto, mesmo assim ele sentiu pena dela.

— De acordo com Settlesworth, você tem razão. Eu não posso obrigá-la a se casar.

— Eu sabia! — ela exclamou, dando meia volta para olhar para ele.

Mas ela se casaria mesmo assim. Ele cruzou os braços e se apoiou na lareira.

— Quantos anos você tinha quando seus pais morreram?

Lillian andou na direção dele, como se quisesse obrigá-lo a voltar ao assunto que discutiam, mas pareceu se controlar mais uma vez.

— Minha mãe morreu quando eu tinha cerca de um ano de idade. No parto de um bebê que também não sobreviveu.

Ele pôde ver a tristeza nos olhos dela, o pesar, o desejo de algo que nunca seria real. Ele foi atraído por aquela emoção familiar como um cachorrinho preso à guia.

— Eu sinto muito. Eu sei o que é passar a infância sozinho.

— Seus pais?

Ele negou com a cabeça.

— Quase nunca presentes. Melhor ausentes.

— Eu pensei que você tivesse uma irmã...

Alec não conseguiu esconder o sorriso quando pensou em Cate.

— Meia-irmã, dezesseis anos mais nova, nasceu quando eu estava... — A lembrança o fez hesitar. Ele pigarreou. — ...na escola. Nós não nos conhecemos até eu completar 18 anos, quando meu pai morreu e eu voltei para casa, para cuidar dela.

— Sinto muito por seu pai — Lillian disse.

Ele respondeu com a verdade.

— Eu não sinto.

Ela arregalou os olhos diante da resposta sincera, e ele imediatamente mudou de assunto.

— Cate dá tanto trabalho que parece até que somos irmãos germanos.

Os olhos dela estavam cinzentos como o Mar do Norte quando respondeu:

— Eu não sei quanto trabalho um irmão dá porque sempre fui sozinha. — Antes que ele conseguisse pensar em uma resposta, ela continuou: — Pelo menos desde que perdi meu pai, aos 11 anos.

Aquilo o lembrou da intenção de sua pergunta.

— Bem, seu pai cuidou muito bem de você.

Melhor do que o pai dele cuidou do filho. Para o pai, Alec sempre foi uma lembrança da mãe. E, para a mãe, ele sempre foi uma lembrança do que ela poderia ter conseguido. Lillian riu, o som desprovido de humor.

— Ele me deixou aos cuidados de uma família que não é a minha. Que está tão acima do meu nível, que...

Ela foi parando de falar, mas Alec não precisou ouvir as palavras que faltavam.

— Como foi que ele conheceu o duque?

— Ele trabalhava para o duque. Era seu administrador. Parece que ele era bom no que fazia, pois o duque concordou em tomar conta de mim. Uma pena que o duque atual não sinta o mesmo. — Ela desviou o olhar. A manhã cinzenta projetava uma luz etérea em torno de Lillian. Cristo, como ela era linda. Alec não duvidava que a pintura de Hawkins fosse mesmo a obra-prima que ele afirmava ser.

Pensar na pintura fez Alec despertar de seu devaneio. Ele se esforçou para soar bondoso e reconfortante. Como um guardião deveria ser.

— Eu sinto o mesmo. Quero tomar conta e assumir a responsabilidade por você. Estou tentando lhe dar a vida que você quer, Lily.

— Não me chame assim.

— Por que não?

— Porque eu não lhe dei permissão.

Também não é como Hawkins deveria chamá-la, mas ainda assim ele o faz, Alec pensou mas resistiu à vontade de dizer isso. Ela não estava errada, o nome era íntimo demais. Na melhor das hipóteses, ela seria Lillian para ele, embora devesse ser Srta. Hargrove. Mas não podia ser Lily.

Não importava que ele queria que ela fosse. Alec, com certeza, não tinha o direito de querer que ela fosse qualquer coisa. Lillian era sua pupila, o que significava, nesse contexto, apenas problemas e responsabilidade, nada mais.

Ótimo. Ele saberia bancar o guardião inglês – frio, insensível e desprovido de sentimentos. Deus sabia que ele conhecia a função o bastante para odiá-la. Alec decidiu começar de novo.

— Os termos da sua tutela incluem os fatores que você conhece. Você não pode se casar sem a aprovação expressa do ducado e, embora deva receber seu dinheiro no vigésimo-quarto aniversário, era suposto que já estaria casada, porque os termos sugerem que eu posso reter seus fundos até que tenha um marido, caso eu pense que você seja...

Foi a vez dele não conseguir terminar. Mas Lily não permitiria que a frase ficasse sem conclusão.

— Caso você pense que eu seja o quê?

— Irresponsável.

— O que, é claro, você pensa. — Uma onda de rubor cobriu as faces dela.

— Não — ele rebateu, sem pensar antes de responder.

— Você pensa, sim. Afinal, que guardião não pensaria assim depois de sua pupila passar por um escândalo tão desastroso?

Lá estava, de novo, na voz dela: a humilhação. Ele deveria ter assassinado Derek Hawkins quando teve a chance.

— Não acho que você seja irresponsável, porém considero irracional o seu desejo de fugir.

Lillian o fuzilou com o olhar.

— Mas eu me casar com um homem que não conheço parece mais racional?

Warnick deu de ombros.

— Escolha um homem que você conhece. Escolha quem você quiser.

Ela perdeu a paciência.

— Eu não conheço nenhum outro homem. Acredite ou não, não tenho o costume de conhecer homens. Eu conheço Derek e agora conheço você. E perdoe-me por dizer isto, Vossa Graça, mas vocês dois são muito parecidos no que diz respeito à atração como marido, com a diferença singular que ele cobre as pernas ao se vestir.

Diferença singular. Alec não resistiu ao impulso de responder àquela louca.

— Ele se veste como um pavão albino, então, pelo que conheço da vida, eu diria que você estaria melhor com o homem de kilt, garota.

Irritada, Lily fez uma careta de deboche para ele, que continuou, incapaz de se conter.

— Você quer que eu faça uma lista de todas as coisas em que somos diferentes?

— Não vou fazer de conta que consigo impedi-lo, *Vossa Graça*.

Aquela garota não era apenas louca, era também enlouquecedora.

— Bem, eu posso começar com o óbvio. Eu não a conheci com a intenção de arruiná-la na frente de toda Londres!

— Não mesmo?

A pergunta foi rápida, simples e perturbadora.

— O que isso quer dizer?

Ela não respondeu, apenas projetou o queixo para frente com determinação, como se estivesse determinada a ficar em silêncio para sempre. Ele bufou de frustração.

— Seja como for, Lillian, eu não a pedi em casamento.

— E agradeço a Deus por isso!

Alec mordeu a língua ao ouvir aquilo. Ela tinha a intenção de o machucar, mas não tinha como saber o quanto suas palavras evocaram uma onda de lembranças dolorosas. Lembranças cheias de vergonha, de desejo por mulheres para quem ele nunca seria bom o bastante. Nunca adequado o bastante, nunca refinado o bastante.

Lily teria um marido bom o bastante.

— Nós estamos dando voltas aqui — ele disse enfim. — Você vai se casar.

— E se eu não quiser me casar com o homem que você escolher?

— Não posso obrigá-la.

Ela meneou a cabeça.

— Talvez essa seja a lei, mas todo mundo sabe que casamentos forçados...

— Você não está entendendo. Não posso obrigá-la porque uma condição à parte da sua tutela é que você deve ter o direito de escolher seu marido, e que permanecerá sob a tutela do ducado até o momento em que se casar.

Ela abriu a boca, depois a fechou.

— Está vendo, Lillian? Seu pai cuidou de você. — Os olhos dela se liquefizeram com aquelas palavras e Alec sentiu uma vontade intensa de puxá-la para si e dizer que ele cuidaria dela. Mas não o fez, então apenas disse: — É por isso, eu devo acrescentar, que você é a pupila mais velha da cristandade e continua sendo meu problema.

Funcionou. As lágrimas desapareceram, sem escorrer, substituídas por um olhar enviesado.

— Eu ficaria feliz em me tornar meu próprio problema se o senhor me desse minha liberdade, duque. Eu não pedi para ser um fardo, assim como você não pediu para me carregar.

E a ironia daquilo tudo era que se Alec fizesse o que ela queria – dar-lhe o dinheiro e mandá-la embora –, ele poderia pegar a estrada de volta para a Escócia no mesmo instante. Só que ele não devia. Porque não seria bom o bastante.

— Por quê? — ela interrompeu seus pensamentos, fazendo-o se perguntar se teria falado tudo aquilo em voz alta.

— Por quê? — ele repetiu, olhando para ela.

— Por que você insiste que eu me case?

Porque ela estaria arruinada se não casasse. Porque ele tinha uma irmã seis anos mais nova que ela, e tão impetuosa quanto, que Alec conseguia imaginar com facilidade sendo vítima de um vagabundo igual ao Hawkins. Porque ele abandonaria sua vida por Catherine se a situação fosse a mesma. E, embora ele estivesse disposto a dar as costas ao resto dos negócios do ducado em Londres, ele não daria as costas para Lillian.

— Casamento... é algo que as mulheres fazem.

Ela arqueou as sobrancelhas.

— É algo que os homens fazem também, e você não está correndo para o altar.

— Não é algo que os homens fazem — ele respondeu.

— Não? Então todas essas mulheres que marcham pela nave da igreja, com quem estão casando?

Ela era irritante.

— Não é a mesma coisa.

Aquela risada sem humor de novo.

— Nunca é.

Ele não gostou do modo como aquilo o atingiu, do modo como aquilo o fez sentir que estava perdendo qualquer que fosse a batalha que travavam.

— Alec... — ela o chamou pelo primeiro nome e aquilo foi outro golpe no peito, só que dessa vez suave, tranquilo e tentador como o pecado nos belos lábios dela. — Deixe-me ir. Deixe que eu vá embora de Londres. Deixe que eles vejam a maldita pintura e me deixe ir. — Ela quase o convenceu. E provavelmente o teria convencido se não tivesse dito, em voz suave e desesperada: — Só assim poderei sobreviver a isso.

Só assim eu poderei sobreviver. Ele inspirou fundo ao ouvir aquilo — palavras que tinha ouvido antes. Faladas por uma mulher diferente, mas com a mesma convicção insuportável.

Eu tenho que ir embora, a mãe dele tinha dito, com as mãos sobre os ombros estreitos de Alec. *Eu odeio isto aqui. Isso vai me matar.*

Ela foi embora. E acabou morrendo. Alec não pôde impedir que acontecesse. Mas poderia impedir que acontecesse de novo. Maldição.

— Não tem como fugir disso, Lillian. — Ela franziu a testa, confusa, e Alec continuou: — A pintura é a peça principal da exposição itinerante da Academia Real.

— O que isso significa? — Ela inclinou a cabeça para o lado.

— A pintura vai viajar por toda a Grã-Bretanha, e depois pelo resto do mundo. Paris, Roma, Nova York, Boston. Você nunca vai conseguir fugir dela. Acha que é conhecida agora? Então espere. Aonde quer que você vá, se as pessoas tiverem acesso a jornais e interesse por fofocas, e é assim em todo lugar que já estive, posso te garantir, você será reconhecida.

— Ninguém vai se importar... — A coluna dela estava ereta como uma flecha, mas sua voz a traiu. Ela sabia que não era verdade.

— Todo mundo vai se importar.

— Ninguém vai me reconhecer — ela argumentou, e Alec percebeu o desespero no tom dela.

Cristo, como ela era linda. Alta, graciosa e absolutamente perfeita, como se as nuvens tivessem se aberto e o próprio Criador a tivesse colocado ali, naquele lugar, destinada a ser arruinada. A ideia de que ninguém a notaria, que ninguém a reconheceria, era absurda. Mas ele suavizou sua resposta.

— Todo mundo irá reconhecê-la, garota. — Ele balançou a cabeça. — Mesmo que eu dobrasse seus fundos ou que lhe desse dez vezes mais, a maldita pintura ainda assim a perseguiria.

Aqueles ombros empertigados se curvaram ligeiramente, apenas o suficiente para Alec ver que ela fraquejava.

— Essa é minha desgraça.

— Esse é seu erro de julgamento — ele a corrigiu.

— Um belo eufemismo. — Ela sorriu, irônica.

— Todos nós cometemos erros de avaliação — ele ponderou, desejando, por algum motivo idiota, ser capaz de fazer com que ela se sentisse melhor.

— Você? — Ela o encarou. — Já cometeu algum erro assim?

Mais do que daria para contar nas mãos.

— Eu sou o rei dos erros — Alec respondeu.

Ela o observou por um longo momento.

— Mas os homens não carregam a vergonha para sempre.

Alec não desviou do olhar dela, das palavras que tantos acreditavam serem verdadeiras.

— Não. Não carregamos — ele mentiu.

Lily aquiesceu e Alec viu que as lágrimas ameaçavam transbordar. Ele resistiu ao impulso de estender as mãos para ela, sabendo por instinto que se a tocasse tudo mudaria. Mas assim que Lillian lhe deu as costas, virando-se para a porta, ele se odiou por não ter lhe estendido as mãos.

— E você acha que vai encontrar um homem que queira se casar comigo. Que tolice!

— Eu lhe dei um dote, Lillian.

Ela parou, com a mão na maçaneta da porta, mas não a girou. Ele entendeu a imobilidade dela como um indício de que estava sendo ouvido.

— Você não tinha dote. Talvez porque era muito nova quando se tornou pupila do ducado. É provável que seja por isso que nunca recebeu nenhuma proposta. Mas agora você tem. Um dote de vinte e cinco mil libras.

— É uma quantia imensa de dinheiro! — Ela falou, virada para a porta.

Mais do que ela precisava para conseguir um marido. *Ela podia conseguir um marido sem nada.*

— Nós vamos encontrar um homem — Alec disse, de repente consumido pela repulsa de ter que lhe comprar um futuro. Isso tinha parecido uma solução tão simples na noite anterior. Mas agora, diante dela, Alec sentiu a coisa toda se esvaindo. — Nós vamos encontrar um homem — ele repetiu. — Um homem bom.

Alec o carregaria até o altar se fosse necessário.

— Temos nove dias — ele disse.

— Para convencer um homem a se envolver no meu escândalo antes que o mundo todo o tenha testemunhado.

— Para convencer um homem de que você é um prêmio bom o bastante para ele ignorar o escândalo.

— Um prêmio. — Lily se virou, os olhos cinzentos faiscando.

— Beleza e dinheiro. Coisas que fazem o mundo girar. — Não apenas essas coisas, ele quis acrescentar. *Mais que isso.*

Ela concordou com a cabeça.

— Antes que a pintura seja revelada. Não depois.

Alec abriu a boca para falar, mas não encontrou uma boa resposta. É claro que precisava ser antes. Depois que estivesse nua diante de todo o mundo, ela seria...

— Antes que a minha vergonha seja totalmente pública — ela continuou. A voz suave, mas com convicção. — Não depois.

Ele ignorou o comentário.

— O casamento vai lhe dar tudo que deseja, garota.

— Como você sabe o que eu desejo?

— Eu sei o que uma mulher quer da vida. — Ele percebeu que era incapaz de olhar nos olhos dela. — E é casamento, não dinheiro.

Ela soltou uma risada bufada.

— Bem, qualquer mulher que se preze quer as duas coisas.

Alec pensou que a tinha convencido.

— Você vai conseguir as duas coisas. Do jeito que queria.

— O que eu realmente *queria* era casar por amor.

Alec rejeitou aquela ideia. Amor era um objetivo ridículo – não apenas implausível, mas inexistente. Sabia disso melhor do que ninguém. Mas ele tinha uma irmã e também sabia algumas coisas sobre as mulheres. Estava ciente de que elas acreditavam nessa grande falácia do coração. E por isso mentiu para ela.

— Então nós vamos encontrar alguém que você possa amar.

Lily o encarou, inclinando a cabeça e observando-o como se fosse uma criatura debaixo de uma lente, um espécime fascinante e ao mesmo tempo nojento.

— Isso é impossível — ela declarou.

— Por quê?

— Porque amor é para aqueles que têm sorte.

— O que quer dizer? — ele perguntou, sentindo-se desconfortável com a triste verdade das palavras dela.

— Apenas que eu não estou entre as pessoas de sorte. Todos aqueles que eu já amei foram embora.

Ele não teve tempo para responder. Lily saiu pela porta e desapareceu, deixando-o com os cães e aquelas palavras, que ecoavam nas paredes da sala.

* * *

Mulheres inglesas deveriam ser dóceis e submissas. Mas, aparentemente, ninguém havia contado isso para Lillian Hargrove.

Quando Alec lhe disse que ela tinha um dote que lhe permitiria casar com qualquer homem que escolhesse, pensou que ela poderia constrangê-lo com um agradecimento. Afinal, 25 mil libras era o tesouro de um rei. O tesouro de vários reis. O suficiente para comprar qualquer homem que Lillian escolhesse – quem quer que fosse – e ter a vida que ela queria. Algo próximo do amor que ela desejava.

É fato que Lillian Hargrove não era do tipo frágil, mas a mulher bem que poderia ter demonstrado alguma gratidão. Algumas lágrimas não seriam nenhuma surpresa. Em vez disso, ela declinou a oferta.

Warnick a deixou sozinha pelo resto do dia, dando-lhe tempo para pensar melhor – para fazer as pazes com aquela ideia e perceber que a decisão dele tinha sido, pelo menos, bem-intencionada. Afinal, ela quis se casar uma vez – ainda que com um cretino consumado –, e se refletisse sobre a solução que lhe foi proposta, Alec tinha certeza de que Lillian concordaria que era a melhor.

Aqueles acontecimentos desastrosos poderiam, sim, ser encerrados com casamento, filhos e o tipo de segurança com que as mulheres sonham.

Eu não estou entre as pessoas de sorte, ela disse. Bobagem. A sorte pode mudar.

Se aquela mulher queria amor, ela o teria, droga! Talvez ele não acreditasse no sentimento, mas faria com que o amor se materializasse caso fosse necessário.

Maldição. Ele era o guardião dela e cumpriria seu papel. Iria restaurar a reputação de Lily e depois voltar para a Escócia. Ela se tornaria problema de outro, e tudo estaria resolvido.

Eles não tinham escolha. Não havia como fugir da pintura, a menos que Lillian estivesse disposta a viver como uma eremita. Com certeza, ela não podia passar o resto da vida vagando dentro da casa número 45 da Praça Berkeley, continuando a ser a pupila do ducado. Já era velha demais para ser uma pupila – como seria então quando tivesse 40 anos? 60? Seria ridículo. Sem dúvida ela conseguia entender isso.

Alec chegou cedo para a refeição da tarde, com planos de ler sua correspondência até o momento em que Lillian chegasse, de preferência tendo recobrado o juízo e com um pedido de desculpas pronto.

Depois de um quarto de hora, ele pediu que seu almoço fosse servido. Meia hora depois já tinha terminado de ler as cartas, mas continuou segurando-as, fingindo ler, sem querer que Lily pensasse que ele a estava esperando. Depois de quarenta e cinco minutos, Alec pediu uma segunda refeição, já que a primeira tinha esfriado enquanto esperava. E depois de uma hora ele chamou Hudgins, que demorou mais dez minutos para aparecer, praticamente se arrastando.

— A Srta. Hargrove está doente? — Alec perguntou assim que o mordomo entrou na sala.

— Não que eu saiba, Vossa Graça. Devo ir buscá-la?

Alec imaginou que o velho demoraria, para ir até o quarto de Lillian, o mesmo tempo que ele próprio levaria para vasculhar a casa inteira. E assim recusou a oferta e foi procurá-la.

Ela não estava na cozinha nem na biblioteca, nem no conservatório ou nas salas de estar. Alec subiu as escadas e foi procurar nos quartos, começando pelo andar onde ele dormia, em uma suíte que lhe foi descrita como sendo "os aposentos do duque". No mesmo corredor, havia portas sequenciais que davam acesso a espaços grandes, arejados, muito bem decorados e evidentemente sem uso. Quantas pessoas podiam morar naquela maldita casa? E onde ficava o quarto de Lily, se não era um daqueles?

Ele subiu ao terceiro andar, imaginando que encontraria aposentos imensos como os seus, contendo as coisas dela. Foi então que lhe ocorreu que não havia nenhum sinal nas áreas comuns da casa que indicassem que Lillian morava ali. Nos dois dias em que Alec estava no local, não tinha visto absolutamente nada fora do lugar. Um livro sobre uma mesa de canto, uma xícara de chá, um xale.

Diabos, Cate deixava rastros por todo o castelo na Escócia, como se estivesse criando com seus objetos pessoais uma trilha de migalhas de pão na floresta. Ele pensava que todas as mulheres faziam o mesmo.

O terceiro andar era mais escuro que o segundo, e o corredor mais estreito. Ele abriu a primeira porta para descobrir o que outrora devia ter sido um berçário ou uma sala de aula, um quarto grande com resquícios do cheiro de madeira e ardósia. A luz da tarde entrava, com raios dourados que revelavam a poeira dançando no espaço. Ele fechou a porta e continuou seguindo pelo corredor escuro, onde avistou uma jovem criada substituindo as velas de uma arandela.

— Perdão — ele começou, e quer tenha sido o sotaque escocês, as palavras gentis ou o fato de que ele era quase meio metro mais alto do que ela, a garota tomou um susto dos diabos e quase caiu no chão.

— Vossa... Vossa Graça? — ela gaguejou, fazendo uma mesura digna de um encontro com a Rainha.

Warnick sorriu para ela, esperando deixá-la mais tranquila. A jovem recuou até encostar na parede. Ele fez o mesmo, no lado oposto, de repente ciente de que estava muito deslocado naquele lugar tão estreito, e desejando ser menor, como sempre acontecia naquele país miserável, onde corria o risco de esmagar a mobília como se fosse feita de palitos de fósforos.

Afastando esses pensamentos, Alec se voltou para o problema imediato.

— Qual é o quarto da Srta. Lillian?

A garota arregalou ainda mais os olhos, e Alec entendeu de imediato.

— Não estou planejando nada abominável, garota. Só estou procurando por ela.

A jovem sacudiu a cabeça.

— Lillian foi embora.

A princípio aquilo não fez sentido.

— Ela o quê?

— Foi embora — a garota repetiu. — Partiu.

— Quando?

— Esta manhã, senhor. — *Depois do café da manhã desastroso.*

— E quando vai voltar?

Aqueles olhos arregalados brilharam de medo.

— Nunca, Vossa Graça.

Bem. Ele não gostou nada daquilo.

— Mostre-me os aposentos dela.

A garota obedeceu no mesmo instante, levando-o pelo corredor que fazia uma volta e seguia até os fundos da casa, ao lugar em que a escada de serviço subia em curvas estreitas até os aposentos da criadagem, nos andares mais altos da casa. Era um lugar tão estranho e diferente dos demais aposentos que ele quase parou a criada para repetir seu pedido original, certo de que tinha assustado tanto a garota que ela o entendeu mal. Mas não. A criada bateu em uma porta pequena e a abriu um pouco, saltando no mesmo instante para trás, para que ele pudesse entrar.

— Obrigado.

— Ao... ao seu dispor — ela gaguejou, e a surpresa em sua voz fez com que Alec renovasse seu ódio por aquele país, com suas regras ridículas sobre gratidão e os serviçais. Um homem devia agradecer a quem o ajudava, não importando sua condição social. Diabos. Devia agradecer *por causa* da sua condição.

— Você pode ir — ele disse gentilmente, empurrando a porta para revelar o quarto de Lillian, minúsculo e escondido, tão pequeno que a porta não abria por completo, parando no pé da cama pequenina.

Um lado do quarto diminuía debaixo do teto bastante inclinado, atrás do qual passava a escada dos criados, fazendo o espaço todo sofrer com uma sensação agoniante de claustrofobia. A luz solar que entrava deixava aquele quartinho mais acolhedor, mas isso também podia ser apenas resultado de seu conteúdo.

Ali estavam todos os pertences de Lillian, as "migalhas de pão" que ela não espalhava pela floresta que era o resto da casa: livros empilhados por toda parte; várias cestas de bordado com linhas de todas as cores; um revisteiro de madeira transbordando de jornais velhos; um cavalete com a pintura pela metade de uma vista de telhados e árvores na primavera – a vista que existia além da janelinha estreita que diminuía a parede em frente.

A cama estava coberta de travesseiros e colchas, mais do que Alec já tinha visto em camas muito maiores. Cada coberta era de uma cor viva que parecia não combinar com as outras.

Aquela era, talvez, a característica mais chocante naquele quarto – mais que o tamanho, a bagunça ou o fato de ser o mais afastado possível do resto da casa, embora todas essas coisas, de fato, fossem surpreendentes – as cores. Eram tantas.

Aquilo era tão diferente de tudo o que ele tinha visto dela até então. Tão contrário do resto da casa que ela tinha decorado de acordo com a última moda e os ditames das inúmeras revistas de senhoras. Aquele espaço desordenado e maravilhoso, cheio de bagunça, cor e... Meias.

Alec olhou para o pé da cama, onde um par de belas meias de seda estava pendurado na estrutura de madeira de forma tão descuidada que ele imaginou que Lillian tivesse retirado as longas peças de seda com muita pressa.

Alec estaria mentindo se dissesse que não parou um instante para imaginar essa ação. Lily com um pé sobre aquela cama colorida, desamarrando os lacinhos brancos no alto das meias e as enrolando pelas pernas, para depois jogá-las sobre a grade antes de cair sob as almofadas para descansar.

Não que *descansar* tenha sido a primeira coisa que ele a imaginou fazendo naquela cama depois de tirar as meias. Ele a imaginou ali, deitada naquela pequena cama, o cabelo espalhado sobre o travesseiro, os olhos quase fechados, os lábios semiabertos... chamando. *Chamando-o.*

Alec ficou duro no mesmo instante, e também furioso consigo mesmo. Pigarreou. Ele era o guardião de Lily, e ela, sua pupila. Sua pupila *desaparecida*. E ele estava naquele quarto para encontrá-la, com ou sem meias.

Alec desviou o olhar daquelas peças provocantes, ignorando seu próprio corpo, para vasculhar o restante do quarto, que era, obviamente, o santuário de Lillian. Estar ali o fez se sentir o pior tipo de criminoso. Um ladrão com as joias da coroa, um leigo na sacristia. Mais tarde ocorreria a ele que, mesmo que tivesse tentado se impedir de entrar naquele quartinho estranho, não teria conseguido.

Ele entrou, então, deixando a porta o mais aberta possível, e sua atenção foi atraída para a escrivaninha de madeira abrigada sob o teto baixo, onde uma pilha de papéis jazia em caos organizado, com uma pena por cima, o que tinha provocado um borrão de tinta na folha antes imaculada. Ele se abaixou para se aproximar e passou os dedos pelo papel, pensando em outras cartas – as que o convocaram à Inglaterra por causa dessa mulher, que poderia enlouquecê-lo se ele permitisse.

Parado ali naquele quarto, ele com certeza pensou que Lillian devia ser mesmo maluca. Ela tinha pelo menos meia dúzia de outros quartos para escolher e uma dúzia de salas nas quais poderia viver e, ainda assim, optou por aquele buraco.

Havia um grande baú na parede ao lado da escrivaninha, que não estava trancado. Alec se inclinou para abri-lo. Estava cheio de cartas, uma coleção de envelopes bem manuseados que obviamente tinham sido abertos e reabertos, cada um contendo uma carta que tinha sido lida e relida.

Ele escolheu uma, sabendo que não deveria fazer isso, sabendo que aquela atitude o tornava um patife, mas era intensa demais a atração do nome dela e do endereço escrito em tinta preta no envelope para que ele se contivesse. Alec o abriu e seus olhos logo procuraram a assinatura.

Hawkins.

Era admirável a rapidez com que um homem podia passar a odiar outro. Os olhos dele percorreram as palavras... uma montanha de baboseiras espalhafatosas: A *mulher mais linda de Londres. Minha musa.*

Alguém tinha desenhado uma flor nas margens da carta: um lírio lindo e perfeito – referência ao apelido dela. Alec imaginou que Hawkins tivesse desenhado a flor, ainda que desejasse que o talento do sujeito fosse menor do que o alegado.

Minha Lily. Alec hesitou ao ler o apelido, manuscrito naquela letra firme e confiante. As palavras dela, no dia anterior, ecoaram em sua cabeça. *Não me chame assim. Não é para você.*

Bem, com certeza também não era para aquele imbecil do Hawkins. Ela não podia pertencer àquele tipo de homem.

Ela pertencia a ele. Alec endireitou o corpo ao pensar nisso, batendo a cabeça com força no teto. E a batida foi tão poderosa que ele soltou uma sucessão de imprecações indecorosas em alto e bom gaélico. Com a mão na cabeça, continuou a declinar seu vocabulário pitoresco. Enquanto a dor diminuía, ocorreu-lhe que devia se sentir grato pelo golpe na cabeça, pois aquilo tinha lhe devolvido o juízo.

Lillian Hargrove não pertencia a ele. De fato, ele estava se esforçando muito para garantir que ela pertencesse ao seu passado.

E se ele lhe desse o dinheiro? Não os cinco mil que lhe eram devidos, mas os vinte e cinco? Cinquenta? O bastante para que ela fosse embora da Grã-Bretanha e viajasse para a Europa ou para a América... algum lugar completamente diferente. Ela teria uma fortuna grande o bastante para garantir um futuro de rainha em qualquer lugar que desejasse.

Ele a imaginou vestindo sedas e cetins em Paris, usando uma peruca que quase tocava o céu, com o mundo a seus pés, e ninguém ali se importando se algum dia ela morou debaixo da escada de serviço de uma casa em Londres.

Ela *não* era como sua irmã, afinal. Cate era uma criança, ainda nem tinha completado 18 anos, não sabia nada do mundo. Lily possuía o conhecimento que vinha com a idade e a condição de mulher. Ela tinha posado para uma droga de nu, não tinha? Foi ela quem se colocou naquela situação, não foi? Com idade para ter um discernimento melhor, deveria saber o que poderia resultar daquilo.

A vergonha ainda a seguiria. Ele sabia melhor do que ninguém que, sim, a vergonha ainda estaria com ela, penetrando em sua pele e nunca mais indo embora. Sussurrando à noite. Lily nunca escaparia, mesmo que fugisse daqueles que faziam questão de lembrá-la da vergonha. Assim como ele nunca escapou.

Alec se inclinou para recolocar a carta em seu lugar e notou o lugar em que o papel esteve e o que revelava. Ele se agachou e recolheu a camada de correspondência que escondia uma montanha de tecido branco. De *roupas* brancas. Roupas de criança, pequenas e brancas, todas bordadas, com colarinhos rendados; vestidos, toucas e mantas. Por instinto, Alec estendeu a mão para tocar as peças – para segurar aquelas roupas imaculadas, obviamente nunca usadas. O vestidinho em sua mão tinha uma fileira de belas florezinhas azuis bordadas ao longo da barra. Outro tinha uma fileira de cavalinhos de balanço marrons, com selas e arreios dourados. Um terceiro, com a lua e estrelas em amarelo delicado.

Ele soube, sem qualquer dúvida, que aquelas roupas tinham sido feitas por Lily. Para seus filhos. Provavelmente para os que esperava ter com aquele imbecil do Hawkins.

Sem pensar, Alec continuou a vasculhar o baú, encontrando touquinhas, meias e sapatinhos macios de tecido com solas de couro vermelhos. Em um estado de pura loucura, ele levou os sapatinhos ao nariz e o encostou nas solas, inspirando o aroma de couro fino, sentindo a maciez em sua pele. Como um louco.

Ele os deixou cair como se estivessem em chamas, mas ainda assim, por algum motivo, não conseguiu desviar o olhar de onde tinham caído, sobre uma camada de cetim e renda que não pareciam nem um pouco ser para uma criança.

Ele olhou por sobre o ombro para a porta aberta, imaginando por um instante o que diria se um criado aparecesse, mas sem se importar de ser descoberto. Àquela altura ele já tinha atingido um ponto sem volta naquele caminho.

Ele tirou o vestido do baú e soube, no mesmo instante, o que era – imaculado e branco, intocado como as roupas infantis que tinha encontrado acima e, por algum motivo, muito mais precioso. Muito mais importante.

Aquele era o vestido de casamento de Lillian. Sem dúvida costurado com sonhos de felicidade e um futuro pleno de amor e família.

Ela queria casar. Ela sonhava com isso e com a família que viria.

Enquanto segurava aquele vestido, prova do desejo dela, do fato de que Lillian não desejava ficar só, que ela não tinha passado sua vida sonhando em ficar sozinha sem a companhia de ninguém que não a dela mesma, ele sentiu a renovação do seu compromisso com o plano de casá-la.

Era responsabilidade dele protegê-la, cuidar dela, e ele faria isso. Ele conseguiria um casamento para ela, realizaria os sonhos dela.

É claro que, para fazer isso, Alec primeiro teria que encontrar a garota, o que não iria acontecer enquanto ele permanecesse parado no que podia ser chamado, com boa vontade, de "o anexo debaixo da escada de serviço". Era provável que ela estivesse visitando alguma amiga.

Um ruído pontuou o pensamento dele. Uma pancada, seguida por diversos golpes e uma risadinha abafada. Alec percebeu que o quarto não era apenas minúsculo, era barulhento. Ele podia ouvir os criados do outro lado da parede. Por que diabos ela dormia ali?

Alec não teve tempo para refletir sobre essa questão, pois lhe ocorreu que a proximidade dos criados era benéfica naquele momento. Ele saiu do quarto e enfiou a cabeça no poço da escada de serviço, onde viu um criado e duas camareiras descendo.

— Vocês aí.

O trio ficou imóvel e uma das moças deu um gritinho. O criado foi o primeiro a falar:

— Vossa Graça?

— Quem são os visitantes mais frequentes da Srta. Hargrove?

Silêncio.

— Os amigos dela — Alec tentou de novo. — Quem costuma visitá-la?

— Ninguém — uma das garotas respondeu, sacudindo a cabeça.

— Ninguém? — Ele franziu a testa.

A outra confirmou com a cabeça.

— Ninguém. Ela não tem amigos.

As palavras soaram fortes na escadaria escura e foram surpreendentes o bastante para que Alec tivesse que se esforçar para segurar uma pergunta instintiva: *Como isso é possível?* Lillian era linda, inteligente e contava com o poder de um ducado. Como ela podia não ter amigos? Talvez eles apenas não a visitassem em casa. Ele aquiesceu.

— Obrigado.

— Vossa Graça? — o criado perguntou, a confusão expressa em sua voz.

— Ah — Alec respondeu. — Parece que na Escócia nós somos mais gratos do que na Inglaterra. Não precisa olhar para mim como se eu fosse um leão enjaulado.

— Sim, Vossa Graça. — Os criados arregalaram os olhos ao mesmo tempo. Alec voltou para o patamar enquanto o trio passava.

— Oh! — uma das garotas exclamou uma fração de segundo antes de sua cabeça aparecer pela abertura da porta. — Ela sempre vê o advogado.

Foi a vez de Alec ficar confuso.

— Perdão?

— O homem mais velho. De óculos. Starswood ou algo assim — ela disse.

— Settlesworth?

A garota sorriu.

— Isso! Ele vem uma vez por mês. Uma das garotas disse que é como a Lillian... — ela se corrigiu: — ...a *Srta. Hargrove* consegue a grana. — Outra pausa. — O dinheiro.

Claro que sim. Ela não podia ir embora de casa sem dinheiro. E Settlesworth ficava com a chave do cofre. Alec deu as costas para a criada, mas outro pensamento lhe ocorreu. Ele se virou para a porta e a encontrou parada ali, observando-o.

— Por que a Srta. Hargrove dorme aqui? — ele perguntou, indicando o quarto.

Ela piscou e observou o quartinho como se nunca o tivesse visto antes. Depois meneou a cabeça.

— Não sei bem — ela disse, afinal. — Sempre foi assim.

Alec balançou a cabeça diante da resposta insatisfatória, agradeceu a garota e decidiu ir visitar seu advogado.

Escândalos & Canalhas

Capítulo 6

O DUQUE VAI PARA OS CACHORROS!

* * *

Se ele quisesse casá-la, primeiro teria de encontrá-la.

O Ducado de Warnick possuía oito residências em Londres. Eram quatro casas espalhadas por Westminster e Mayfair, uma casa a leste da cidade, nas margens do Rio Tâmisa, uma estalagem na Rua Fleet que, segundo disseram para Lillian, era "para renda" (embora não parecesse que o ducado precisava de algo assim), uma mansão com grandes jardins em Kensington, e uma casinha a leste de Temple Bar que, aparentemente, era muito fria.

Lily sempre preferiu a casa 45 da Praça Berkeley, em parte pelo conforto, claro, mas também porque a propriedade tinha pertencido ao Duque de Warnick que ela conheceu melhor – o que tinha morrido cinco anos antes, dando início ao período de má sorte que tirou a vida de dezesseis outros Duques de Warnick, deixando o ducado várias vezes mais rico, graças aos duques temporários que morreram sem deixar herdeiros, esposas ou família. Bernard Settlesworth, encarregado de administrar as posses do ducado em Londres, tinha comprado aquelas propriedades nos meses e anos após as mortes. Como resultado, Alec Stuart, o Número Dezoito, agora tinha tudo aquilo para si, apesar de provavelmente nem saber que as propriedades existiam... O que era problema dele.

Lily, por outro lado, sabia que elas existiam e não tinha medo de usá-las. Não que ela tivesse, de fato, *visto* as outras casas. Nunca teve muito interesse por elas. Depois que foram absorvidas pelo ducado, a criadagem foi reduzida ao mínimo, e Lily sempre pensou que era melhor permanecer no inferno que já conhecia bem – e pelo menos o número 45 da Praça Berkeley tinha sido a residência de um duque que manteve o título por mais de um quarto de hora.

De qualquer modo, Lily não era de examinar os dentes de cavalo dado, e o fato de haver outros sete lugares em que ela podia ficar, além de Praça Berkeley, era uma vantagem e tanto.

Foi assim que, na noite anterior, ela chegou ao número 38 da Praça Grosvenor, onde foi recebida calorosamente pelos Sr. e Sra. Thrushwill, o jardineiro e sua feliz esposa, a caseira. Os dois dividiram o jantar simples com Lily e lhe arrumaram um quarto – que mantinham limpo e arejado para uma ocasião como aquela.

Lily se enfiou na cama com a cabeça fervilhando de ideias sobre como pretendia frustrar o plano maluco do Duque de Warnick de colocá-la no mercado casamenteiro.

Primeiro passo: evitar o Duque de Warnick. Com certeza o número 38 da Praça Grosvenor tinha sido um começo excelente, pois o duque teria que sair à procura dela. Essa casa lhe daria algum tempo. Dois dias, talvez mais.

E no escuro, envolta pelos lençóis limpos, Lily sentiu alívio pela primeira vez em duas semanas e cinco dias. Pela primeira vez, sentiu que era a capitã de seu próprio navio.

Essa sensação durou muito pouco, sendo logo substituída pelos pensamentos que a consumiam desde a abertura da Exposição Real. Pensamentos sobre Derek. Sobre sua própria estupidez.

Se pelo menos ela tivesse conseguido enxergar a verdade a respeito dele. Se tivesse visto que ele nunca a respeitou, que nunca pretendeu respeitá-la, que todas as promessas que ele tinha feito, todas as belas palavras que pronunciou, foram mentiras.

Lily ficou deitada na casa escura e silenciosa, revirando aquelas mentiras em sua cabeça, lembrando do modo como fizeram com que ela se sentisse repleta de desejo e de algo muito mais perigoso... *Esperança.*

Quantas vezes ela sonhou em ser vista? Amada? Respeitada? E então ela mesma destruiu todas as possibilidades de que isso acontecesse. Percebeu a verdade no olhar de Alec durante o café da manhã na residência da Praça Berkeley. A empatia. Não. Não foi empatia. *Pena.* Ele tinha aparecido por pena. Foi por pena que ele ficou, com a promessa ridícula de um dote imenso e um marido – só que encontrar um em oito dias... era uma missão impossível. Mas a outra opção... *A pintura vai persegui-la.* A vergonha iria persegui-la. *Seu erro de julgamento.*

Ela detestava aquele eufemismo, que basicamente concordava com o fato de que ela tinha, mesmo, se arruinado. Que ela nunca seria capaz de superar aquilo. Ela não quis acreditar nisso, ainda que soasse verdadeiro. Afinal, mesmo que se casasse, a Sociedade nunca a aceitaria. E com certeza também não aceitaria um homem disposto a aceitá-la como esposa. Não importava a quantia de dinheiro envolvida.

Mais uma vez, um homem enfatizava seu escândalo. E o fato de que seu guardião outrora ausente o fizesse com intenções das mais nobres não importava nem um pouco... Se pelo menos ele pudesse enxergar isso. *Mas essa não era a única coisa que ele nunca veria*, ela jurou no escuro. Ele nunca veria as lágrimas que molhavam seu travesseiro à noite enquanto a escuridão a envolvia em arrependimento.

Lily não pensou mais na casa até acordar, com os olhos pesados, exausta pela noite mal dormida, para descobrir que a caseira tinha acordado muito mais cedo e que havia retirado as capas das mobílias, revelando uma residência cheia de cachorros. Havia mais cães do que ela conseguia imaginar – pinturas, estátuas e tapeçarias de cachorros, que também apareciam bordados em seda nas cortinas. Cães pastores entalhados nos rodapés de madeira, esculturas de vigia dos dois lados da porta da frente e *spaniels* forjados nas arandelas das paredes.

Lily desceu a escada lentamente, enquanto assimilava a decoração maluca. Quando chegou ao último degrau, deixou que seus dedos acompanhassem as curvas intricadas da cabeça de buldogue em mogno no começo do corrimão. Essa figura era, talvez, a mais perturbadora de todas – a boca aberta, mostrando os dentes afiados e uma linguinha pendurada.

De olhos arregalados, ela se virou lentamente, calculando a quantidade de cães, e chegou à conclusão de que era grande a possibilidade de ter cometido um erro ao escolher a residência 38 da Praça Grosvenor para se esconder do duque.

E então ouviu a voz dele vindo dos fundos da casa e teve certeza de que aquela tinha sido uma péssima ideia. Contudo, como tinha decidido se esconder de Alec Stuart pelo máximo de tempo possível, Lily se encaminhou para a saída.

— Só ficamos sabendo ontem à noite que desejava abrir esta casa, Vossa Graça — a caseira disse com a voz esganiçada. — Fizemos o melhor para nos prepararmos, mas vamos precisar de mais ajuda. — A mulher fez uma pausa e então acresceu: — Ou, se planeja estabelecer residência aqui, podemos chamar os criados da Praça Berkeley.

Lily tinha segundos para conseguir escapar.

— Oh! Srta. Hargrove! Bom dia! — chamou a Sra. Thrushwill.

Ela se deteve a caminho da porta.

— Indo a algum lugar, garota?

Lillian se virou, corando, e foi capturada pelo olhar castanho e pelos lábios perfeitos de Alec, que levantou o canto da boca com um ar de divertimento arrogante.

— Eu ia dar um passeio na praça — ela respondeu, colando um sorriso animado no rosto. — Bom dia, Sra. Thrushwill.

— Espero que o quarto esteja confortável, senhorita. — A mulher devolveu o sorriso.

— Muito — Lily disse.

A Sra. Thrushwill olhou para o duque.

— Nós vamos arejar outro quarto agora mesmo para Vossa Graça.

O quê? Não!

— Ele não vai ficar.

— Oh — a caseira respondeu, com óbvia decepção. — Eu pensei que...

— Eu vou ficar, na verdade — o duque atalhou. — Obrigado.

— Oh — a caseira repetiu. — É claro. É claro. — E então fez uma mesura e saiu apressada, sem dúvida para falar sobre aquele duque bondoso, amável e bonito para todo mundo.

Bonito, não, Lily se corrigiu. Gigantes não eram bonitos. Pelo menos não gigantes que estavam tentando arruinar a sua vida.

— Seu olho está mudando de cor — ela disse. — Roxo. E amarelo.

— Um passeio? — ele incitou.

Já que estava na chuva, ela ia se molhar.

— Eu gosto de passear pela natureza.

— Natureza?

— Isso mesmo — Lily concordou.

— A Praça Grosvenor não é *natureza*.

— Ela é verde, não é? Tem árvores.

— E está rodeada por cercas e edifícios.

— Se você pensar bem, toda natureza é rodeada por edifícios — ela observou. — Talvez você esteja apenas identificando mal os limites.

Ele foi incapaz de produzir uma resposta exasperada, pois naquele exato momento Alec pareceu perceber a decoração canina da casa.

— Que diabos... — ele parou de falar, seu olhar caindo em um retrato espalhafatoso de um galgo na parede. O animal repousava em uma posição impressionante, com as patas compridas e finas cruzadas e a cabeça longa e brilhante repousando em uma almofada de cetim vermelho.

— Aquilo é uma *coroa*?

Lily se aproximou do retrato para investigar a peça na cabeça do cão e observou o título gravado na parte de baixo da moldura dourada.

— A *Joia da Coroa* — ela leu em voz alta. — Você acha que Joia é o nome do cão... ou cadela?

— O que eu acho é que o animal está sendo maltratado de uma forma abominável.

— Talvez Angus e Hardy gostassem de usar coroas. — ela disse, virando-se para ele.

Ele pareceu escandalizado com aquela ideia.

— Esta casa é um horror!

— Eu gostei, na verdade — ela disse. — É aconchegante como um lar deve ser. — Havia uma sensação boa naquele lugar, com ou sem todos aqueles cachorros.

— Eu pensei que você não gostasse de cachorros.

— Eu pensei que você *gostasse* deles, Vossa Graça.

Ele ignorou a provocação.

— Nós não vamos fixar residência aqui.

— Tem toda razão. *Nós* não vamos fazer isso. Eu cedi a Praça Berkeley para você, com prazer. Descobri que prefiro casas com as portas no lugar.

— Você fugiu.

— É claro que não.

— E não foi uma boa fuga, pois estamos aqui — ele disse. — Settlesworth mandou saudações, aliás.

— Settlesworth é um traidor. — Ela apertou os olhos.

— Settlesworth está tentando preservar o emprego, e ficou feliz de poder me fornecer informações importantes.

— Agora minha localização é importante?

Lily pensou ter ouvido o duque suspirar antes de continuar.

— É claro que é — ele disse.

— Ah, certo — ela estrilou, sem querer acreditar que a intenção dele era boa. — Porque é melhor mesmo saber a localização de seus problemas.

— Você não pode fugir de mim — ele disse. — Então por que não trabalha comigo? Nós poderemos corrigir a situação e eu poderei voltar para a Escócia. Eu sei que nós dois vamos gostar disso.

— Por mais que seu plano pareça encantador, tem como objetivo me casar com um homem que eu não conheço.

— Eu já lhe disse, você pode escolher o homem que quiser. Não tenho intenção de atrapalhar.

— Eu *me* escolho — ela disse. — Prefiro ficar comigo mesma a depender de você ou de qualquer outro. Eu me considero mais confiável.

O duque suspirou de novo e Lily percebeu que o som estava carregado de frustração e algo mais. Algo que ela abominava.

— Não ouse! — Lillian o alertou, voltando-se furiosa para ele. — Não ouse ter pena de mim. Eu não preciso disso.

Ele fez a gentileza de parecer surpreso.

— Não é pena o que eu sinto.

— O que é, então?

O duque ergueu um canto dos lábios em um sorriso que Lillian teria classificado como triste, se acreditasse por um momento que ele se importava com ela.

— Arrependimento — ele declarou.

Por atender à convocação do advogado, sem dúvida. Por estar ali com ela.

— Nós todos temos arrependimentos, Vossa Graça. — Ela sabia disso melhor do que qualquer um.

Houve um longo momento de silêncio antes que ele mudasse de assunto:

— Qual duque era dono deste lugar horroroso?

— O Número Treze — ela respondeu sem hesitar.

— Ah. O que alegaram ter sido morto por um carneiro.

— Isso mesmo.

— O que aconteceu com ele, de verdade?

Ela arregalou os olhos.

— Foi isso! Morto por um carneiro.

— Você está brincando. — Ele franziu a testa, incrédulo.

— Não estou. Ele caiu de um penhasco.

— O Número Treze?

— O carneiro. O duque tinha saído para sua caminhada diária. Estava embaixo do penhasco... — Ela juntou as mãos com força. — Esmagado.

— Não... — Ele retorceu os lábios.

— Juro que é verdade! — Ela levantou a mão.

Alec passou os olhos pela sala cheia de cães.

— Era de se imaginar que os cachorros iriam alertá-lo.

Ela riu, incapaz de se conter.

— Os cães sobreviveram, então é possível que o reino animal estivesse trabalhando junto nessa conspiração.

Alec soltou, então, uma risada grave, profunda, mais reconfortante do que Lillian gostaria de admitir. Mais tentadora. Ao pensar isso, ela se recompôs.

— Não devemos rir da desgraça dele.

Ele fez o mesmo e se aproximou.

— Todos nós temos nossas desgraças. Se não pudermos rir delas, o que nos resta?

Lily olhou atravessado para ele.

— Mais uma vez, você me lembra dos seus terríveis sofrimentos, obrigado a ser rico e poderoso, tudo porque dezessete outros homens pobres e explorados foram atingidos por carneiros cadentes.

Warnick continuou a se aproximar.

— Pensei que fosse só um carneiro cadente.

— Um carneiro com uma vingança ducal. Você precisa ter cuidado quando estiver na natureza.

— A natureza da Praça Grosvenor, você quer dizer?

— Não custa ter cuidado.

Alec riu outra vez e perguntou.

— E quanto à Lady Treze? O que aconteceu com ela?

— O número Treze era viúvo. Sem filhos e sem família para herdar o ducado.

— Sem família a não ser os cachorros, você quer dizer.

— Eu soube que os cachorros não gostavam da decoração.

O duque riu baixo e Lily percebeu que gostou da reação, deleitando-se com o som grave de humor, que talvez não escutasse se Alec não estivesse tão perto. Quando foi que ele se aproximou tanto? E por que o cheiro dele tinha um frescor tão maravilhoso? Ele não podia ter o mesmo cheiro que os outros homens? Perfume e fedor? Se não tivesse cuidado, Lillian poderia começar a gostar dele. *E ele poderia começar a gostar dela.*

— Por que quer fugir de mim, Lillian? — ele perguntou com a voz suave, mas grave o bastante para que as palavras a envolvessem. — Por que fugir para cá?

Porque não existe outro lugar. Bem. Ela não podia dizer isso para ele.

— Por que você está sozinha? — ele perguntou antes que ela pudesse encontrar uma resposta adequada.

Lily ficou imóvel ao ouvir a indagação, primeiro sentindo frio, depois calor. *Sozinha.* Que palavra horrível. Que palavra horrível, honesta e devastadoramente adequada. Ela recuou um passo, encostando-se na parede e na pintura. Um cachorro coroado sobre uma almofada de cetim. *Um cachorro mais amado do que ela jamais foi.*

Alec meneou a cabeça e se afastou.

— Perdoe-me. Eu não deveria ter perguntado isso. É só que... — Ele parou, mudando a abordagem. — O que eu quis dizer foi, por que você não teve sua temporada?

— Eu não quis — ela mentiu.

— Toda mulher quer uma temporada — ele argumentou.

— Eu não sou aristocrata — ela tentou explicar.

— Você é a pupila de um dos ducados mais ricos da Inglaterra. Não conseguiria encontrar uma madrinha?

— Infelizmente, Vossa Graça, só dinheiro não é suficiente para uma garota conseguir uma madrinha.

— Uma garota? — Ele ergueu a sobrancelha. — Ou uma garota como você?

Ela se sentiu aliviada com a pergunta, que os devolvia à condição mais segura de adversários. Ela semicerrou os olhos.

— O que quer dizer?

— Uma garota que posa nua.

A raiva a atingiu. Raiva e uma dor que ela tinha escondido e jurado nunca mais permitir que aflorasse.

— Qualquer garota — ela disse, azeda. — É preciso ter contatos para uma temporada.

— Você tem contatos! Eu sou um maldito duque!

— Você se esqueceu de mim — ela disse, afinal. — Eu não tive madrinha porque ninguém me queria. Parece que a sombra de um duque não é suficiente para conseguir a atenção de Londres. Por mais chocante que isso possa parecer.

— Estou aqui, agora.

Lillian ergueu uma sobrancelha.

— Sim, pois bem, mas, por mais surpreendente que seja, seu ducado perdeu um pouco da... força.

— E por que diabos isso aconteceu?

Ela deslizou o olhar lentamente pela faixa xadrez presa no ombro dele, que descia pelo tronco, abria-se no kilt e terminava no lugar em que as pregas encontravam os joelhos.

— Não consigo imaginar! — ela falou com uma careta de deboche.

— Você vai ter sua temporada agora. Este ano.

— Não quero uma temporada — Ela riu para não demonstrar o pânico que sentiu ao ouvir aquilo. Ela já tinha se exposto demais. Os jornais de fofocas já a conheciam demais. E isso foi antes de Derek aparecer na história.

— Receio que isso não me importe. É assim que vamos casá-la.

— Não existe *nós*, duque. Não vai existir casamento. Eu já lhe disse, só quero minha liberdade.

— Se você quer liberdade de mim, garota, ela vem na forma de casamento. Não tem outro jeito.

— Você não consegue me imaginar casando comigo mesma? Não pode me dar o dote por eu assumir minha própria responsabilidade?

— Casamento com um *homem*. — Ele deu um sorriso irônico.

— Está me pedindo para trocar um dono por outro.

Alec arqueou as sobrancelhas.

— Estou lhe dizendo que pode escolher o homem que quiser. Qualquer homem de Londres.

— E eu devo me pôr de joelhos para lhe agradecer?

— Gratidão por um dote tão exorbitante não seria uma má ideia — ele observou.

Lily soltou um suspiro sofrido.

— E se eu não concordar com o casamento?

O duque abriu a boca como se tivesse algo muito importante para dizer, mas pareceu pensar melhor e a fechou. Ele inspirou fundo e depois exalou, frustrado, antes de a encarar.

— Você quer seu dinheiro? Case-se.

— E aí o meu marido fica com o meu dinheiro. — E uma esposa arruinada.

Ele a observou durante um longo e sério momento antes de se repetir:

— Aonde você iria, garota?

Ela deu de ombros.

— Para qualquer lugar longe daqui.

— Como você imagina seu futuro?

Antes, Lily imaginava amor, casamento e filhos. Um idílio sossegado, com a felicidade que acompanhava a satisfação. Com segurança e a consciência de que sua vida estaria bem cuidada.

Tudo que ela sempre quis foi uma família. *Um homem do meu calibre não se casa com uma mulher do seu.* Ela fechou os olhos ao lembrar dessas palavras, pronunciadas por um homem que tinha louvado sua beleza em sussurros maravilhados, afirmado que ela era sua musa.

Lillian meneou a cabeça, afastando o pensamento, voltando-se para a questão do momento: a pergunta de Alec.

— O futuro parece estar em qualquer lugar, menos em Londres —ela disse, percebendo a irritação em sua própria voz.

— Não — ele sacudiu a cabeça. — Isso é *onde* você imagina seu futuro. Eu perguntei *como* você o imagina.

Ela imaginava uma vida em que não sentisse vergonha. O pensamento veio espontâneo e doloroso, carregado de verdade. Ela tinha arruinado a própria vida. Tinha arriscado tudo pelo que acreditava ser amor.

Lillian o odiou naquele momento. Odiou o modo como ele enxergava demais as coisas. Aquele duque grande, inesperado, relutante. Mas ela não lhe daria a resposta. Por mais que Alec pensasse que ela era um problema que ele precisava resolver, estava enganado. Lillian era problema dela mesma. E se resolveria, e faria isso sem a ajuda dele.

— Eu imagino um futuro feliz.

Ele não acreditou nela. *Ele não devia acreditar nela.* Alec bufou sua frustração.

— A felicidade não é encontrada com essa facilidade toda, Lily. Ela não virá se eu simplesmente lhe der o dinheiro e a deixar livre.

Havia tanta certeza nas palavras dele que ela não conseguiu se segurar.

— Como você sabe disso?

— Porque eu sei — foi só o que ele respondeu. E Lily esperou que ele explicasse melhor, desesperada para que continuasse falando. Eles ficaram ali por longos momentos antes que Alec, enfim, dissesse: — Já estou cansado disso. Sua temporada começa hoje à noite.

— Minha temporada...

— Eversley vai oferecer um baile. Você está convidada.

Um baile. Lily sentiu o estômago se contorcer diante das palavras. Ela não conseguia pensar em nada que desejasse menos.

— Não, muito obrigada.

— Acho que você não entendeu que, na verdade, não tem escolha.

Aquilo a deixou furiosa.

— Eu sei. E você sabe que existem sete outras residências em Londres onde eu poderia me esconder.

— E você ainda não se convenceu de que eu iria encontrá-la?

— Você não conseguiria me encontrar a tempo para que minha temporada comece esta noite.

Alec se aproximou e, quando falou, as palavras saíram arrastadas e graves, naquele sotaque escocês, o que fez algo indecifrável provocar um arrepio de alto a baixo na coluna de Lily.

— Eu irei encontrá-la, garota. Sempre.

A boca de Lillian se abriu quando ela ouviu aquilo. A promessa implícita de que valia a pena procurá-la. Ele se endireitou e o momento passou.

— Arrume um vestido, Lillian. Nós vamos sair às nove e meia.

— E se eu não for? — ela perguntou, as palavras mais suaves do que ela pretendia. Lillian pigarreou e tentou provocá-lo. — O que vai acontecer então, Vossa Graça?

Alec a estudou com aqueles olhos castanhos lindos e brilhantes, apesar do hematoma roxo. Ele a observou até Lillian se sentir constrangida, remexendo-se diante dele.

— Encontre um vestido — ele repetiu. — Você não vai gostar se *eu* tiver que arranjar um para você.

O duque de Warnick saiu da sala, deixando Lily sozinha em meio àquela explosão de decoração canina, inundada por um entusiasmo perturbador provocado pelas palavras dele.

Ela resistiu à sensação. Não ficaria perturbada por causa dele. Em vez disso, Lillian decidiu que encontraria um vestido e ela mesma causaria a perturbação.

Escândalos & Canalhas

Capítulo 7

LINDA LILY COMEÇA A TEMPORADA COM ESTILO ESPALHAFATOSO

* * *

Às nove e meia daquela noite, Alec se postou ao pé da escada principal e tentou evitar o olhar de Joia. A cadela coroada parecia ver tudo de sua posição e, enquanto jazia esparramada sobre sua almofada vermelha de seda, parecia estar se divertindo às custas dele. Quase tanto quanto seus próprios cachorros, que montavam guarda do outro lado do vestíbulo de entrada.

A avassaladora zombaria canina parecia ser justificável, entretanto, pois o próprio Alec tinha certeza de estar ridículo. O alfaiate que ele havia encontrado em Savile Row mais cedo, naquele mesmo dia, jurou possuir um traje formal que "acomodaria com perfeição Vossa Graça", quando, na verdade, o tal traje não acomodava nenhuma parte dele, muito menos qualquer graça que ele porventura tivesse. Quando Alec falou isso para o homenzinho afetado, este lhe garantiu que a roupa "parecia feita sob medida".

Mas Alec não era nenhum imbecil. A casaca estava muito apertada. E as calças também, para ser honesto. *Tão grande. Um escocês enorme e bruto. Nada serve em você, seu monstro.* Ele odiava a Inglaterra.

Mas o tempo era curto e ele não podia esperar que o traje fosse ajustado. Nessa noite, com sorte, ele daria início à parte final de sua breve estadia na Inglaterra. Alec pediu a West que noticiasse que Lillian agora tinha posse de um dote imenso, e estava confiante de que os jovens pretendentes de toda Londres entrariam na disputa assim que chegassem à Casa Eversley naquela noite. Afinal, Lillian era rica, linda e tinha a proteção de um duque. Ela certamente se encantaria por alguém antes do sol nascer. Tudo o que precisava fazer era aparecer. Ele olhou para a escadaria. Nada de Lillian. Olhou para o grande relógio na parede da entrada principal, no qual um pêndulo com cachorros forjados balançava para um lado e outro. Vinte para as dez. Ela estava atrasada.

Lillian estava em casa, ele sabia. Alec tinha contratado dois garotos para vigiar as saídas da casa, garantindo assim que, se ela tentasse fugir, os dois a seguiriam e ele poderia encontrá-la. Mas o fato de estar na casa não significava que ela pretendia ir ao baile. Ele estava quase subindo a escada para procurá-la quando ela apareceu.

Para ser honesto, Alec não foi o primeiro a reparar nela. Foi Hardy, o cachorro, que trotou até o pé da escadaria, olhou para ela e – para surpresa de Alec – começou a latir entusiasmado.

— Que diabos... — ele começou, seguindo a direção do olhar do cachorro e engolindo o restante da pergunta depois do choque absoluto.

Parecia que Lillian tinha se vestido como um cachorro.

Ele devia saber que ela teria um plano melhor do que fugir ou se trancar no quarto. É claro que o plano dela envolvia fazer o possível para atrapalhar os planos *dele* para a noite. Aquela seria uma batalha em que venceria o mais determinado dentre os dois. E o primeiro tiro dela foi impressionante.

Ele não era o tipo de homem que reparava em moda, mas aquele vestido, em especial, era impossível de não ser notado. Era uma monstruosidade em dourado e bronze, com saias que inundavam a escadaria e mangas que encobriam Lily. As mangas eram tão grandes que ele apostava que elas *o* encobririam. Como se isso não fosse suficiente, pequenas pérolas douradas tinham sido costuradas nas saias formando silhuetas caninas, e o corpete – muito bem ajustado, o que era impressionante porque Lily teve poucas horas para ajustá-lo ao corpo – estava coberto de fechos dourados decorados, cada um na forma de um cachorro diferente – *spaniels*, *terriers*, buldogues e *dachshunds*.

Os olhos dele chegaram à cintura de Lily, onde um grande cinto dourado acentuava suas curvas com uma decoração vistosa – um cachorro esguio com as patas esticadas, em movimento, ocupando toda largura dela. Joia, sem dúvida.

E só depois de tudo isso ele pôde observar o cabelo, armado em uma pilha complexa de cachos dourados, presos com uma série de grampos em forma de cachorros, atravessado por uma haste dourada que era encimada por um cachorro em plena caça, saltando para pegar uma lebre que, ele não conseguia entender como, balançava mais para cima, sobre um tipo de mola.

— Jesus amado! — Alec exclamou, pois não havia outra resposta possível àquilo tudo.

Lillian não hesitou enquanto descia, toda graciosa, com a postura tão ereta que teria deixado uma rainha orgulhosa, e que quase fez Alec acreditar que ela não sabia estar vestindo uma roupa que poderia ser muito bem descrita como uma abominação. Lily era extraordinária. Ela parou no terceiro degrau da escada, ficando com os olhos no mesmo nível dos dele, ostentando um grande sorriso falso no rosto.

— Alguma coisa errada, Vossa Graça?

— Tantas coisas, Srta. Hargrove.

Ela fez um gesto exagerado para ajeitar as saias imensas.

— Eu sei que este vestido está um pouquinho fora de moda, já que não é usado há mais de cinco anos, mas você insistiu para que eu encontrasse algo para vestir.

— É verdade. O fato de o vestido estar fora de moda é exatamente o problema. — Ele baixou os olhos para a bolsa pendurada no pulso dela, em formato de *terrier*. — Isso é pele?

— Com certeza não é de cachorro. — Ela olhou para o acessório.

— Não consigo imaginar que Lady Treze fosse do tipo que gostasse de vestir sua obsessão — ele disse e Lillian soltou uma risadinha, que Alec apreciou mais do que deveria. Ele pigarreou. — Muito bem, então. Vamos indo, Srta. Hargrove.

Ela hesitou. *Ele tinha vencido.*

— Você não achou que um pequeno detalhe como esse vestido me faria desistir dos meus planos, achou?

— Não há nada de pequeno neste vestido!

— Vai ser um milagre se couber na carruagem — ele concordou, dando as costas para ela e se encaminhando para a porta, ciente do fato de que ela não o acompanhava. Voltando-se para ela, Alec sustentou seu olhar cinzento. — Ora essa, Lillian, você não devia ter pensado que eu desistiria assim tão fácil.

— Eu pensei que você seria inteligente o bastante para reconhecer que, se eu for vista em público com este vestido, nenhum homem irá me querer.

— Você avaliou mal.

— Sua noção de moda?

Alec não mordeu a isca.

— Sua própria beleza.

A resposta dele a desarmou.

— Eu... — ela começou, mas perdeu a voz.

— Não é assim que a chamam? A mulher mais linda de Londres?

— Não. Não usando isto.

Alec desejou que fosse verdade. Desejou que houvesse um modo de olhar para ela e não enxergar sua beleza. Mas algumas coisas são verdades empíricas, a beleza de Lillian Hargrove era exatamente isso. Mesmo ali, vestida como um palhaço canino.

Não que Alec pretendesse fazer qualquer coisa a respeito da beleza dela. Ele já tinha aprendido sua lição sobre mulheres bonitas e não pretendia estudá-la outra vez.

Ele abriu a porta, desafiando-a.

— Para a carruagem, Srta. Hargrove... ou é covarde demais? Gostaria de encontrar um vestido menos espalhafatoso?

Ela endireitou os ombros.

— De modo algum. Estou muito confortável.

Lily passou por ele, a coluna reta, a lebre oscilando para frente e para trás em sua cabeça, e subiu sem hesitar na carruagem que a esperava. Alec a seguiu, sentindo certa curiosidade e muito respeito.

Ele se ajeitou no assento à frente dela, evitando as saias diáfanas e contorcendo as pernas no pequeno espaço livre que Lillian tinha lhe deixado, com as calças apertadas demais ameaçando interromper o fluxo de sangue para as pernas.

— E *você* — ela perguntou —, está confortável?

— Isso importa? — ele devolveu, sabendo que a repetição da pergunta que ela fazia com tanta frequência desde que se conheceram a aborreceria. E Alec gostou da sensação de aborrecê-la, porque isso tornava mais fácil a tarefa de ignorar o desejo de admirá-la.

Ele não a admirava.

— Na verdade, não — ela respondeu, surpreendendo-o. — Mas eu queria estabelecer uma conversa educada.

Alec não queria nenhuma conversa educada, então grunhiu uma resposta incompreensível e se virou para observar as construções que passavam pela janela.

Mas Lillian não olhou pela janela. Ela olhou para ele. Alec se sentia mais apertado a cada momento, até que não aguentou mais e se esforçou para ficar por cima naquela situação:

— Imagino que você gostaria de ter trocado o vestido.

Lillian não fraquejou.

— Tolice. Eu só fiquei com pena de você, meu lorde. Nós vamos formar um belo par, considerando que essa casaca não ficou nada bem em você.

Ele se remexeu ao ouvir a menção à sua roupa. O movimento mostrou que a afirmação dela estava correta.

— Não?

Lillian negou com a cabeça e levou o corpo para frente, segurando a ponta de uma das mangas da roupa dele e dando um puxão, como se para testar a resistência.

— Não — ela respondeu. Ele resistiu ao impulso de se mexer quando sentiu a mão enluvada dela raspar na sua. Por um instante ele considerou a ideia maluca de segurar aquela mão, de pressioná-la contra a sua. E então o olhar dela caiu sobre as pernas dele e Alec imaginou como seria apertar a mão dela contra o tecido esticado em suas coxas. Antes que ele pudesse fazer algo de que se envergonharia, ela acrescentou: — A calça também não está boa. Você deveria procurar um alfaiate melhor. — Ela fez uma pausa antes de continuar com um tom de provocação. — Algum alfaiate inglês, quem sabe.

Ele continuou hipnotizado pela mão dela, não gostava da sensação que causava no corpo dele... *Gostava da sensação que causava nele.*

Antes que Alec pudesse se decidir, ela retirou a mão, e ele – louco – se perguntou se conseguiria convencê-la a recolocar a mão nele, para que pudesse decidir, de modo racional, se gostava ou não da sensação. Mas, em vez disso, ele pigarreou e se recostou no assento.

— Essa roupa *foi* feita por um alfaiate inglês. E ouvi dizer que ele é muito bom.

— Não é, não. *Eu* teria feito um terno melhor para você.

— Sim, bem... levando em conta o que você está vestindo, vou continuar com o pobre alfaiate.

Lillian sentiu aquilo como uma afronta.

— Perdão, milorde. Este vestido não se ajustou sozinho em mim. — Ela deslizou a mão pela costura lateral, onde o corpete parecia uma segunda pele. Alec não pôde deixar de acompanhar aquela mão. Teria sido indelicado não olhar. *Mais indelicado do que isso que você está imaginando fazer com essa costura?* Ele não teve que responder ao pensamento, pois Lily continuou:

— Eu sou uma costureira excelente!

Essas palavras evocaram a lembrança do quarto dela na Praça Berkeley. Do baú com roupas de criança, do vestido de noiva e daqueles sapatinhos. Malditos sapatinhos, cujo cheiro ele ainda podia sentir.

— Mil perdões — ele disse, remexendo-se com a lembrança, sentindo-se, de repente, pouco à vontade. — Sua habilidade como costureira está sendo ofuscada pelo restante das qualidades desse vestido.

Lily sorriu ao ouvir aquilo, os dentes brancos em contraste com a carruagem escura, e ele não gostou do fio de prazer que veio com a resposta dela.

— Acredite em mim, duque, este vestido foi muito bem feito. Ele só é horroroso. *Você* precisa de um alfaiate melhor.

Na verdade, o alfaiate ficou com muito medo do gigante escocês. Aterrorizado demais para lhe dizer que era muito grande para a roupa pronta que ele tinha em estoque. Aterrorizado demais para mandá-lo procurar um traje em outro lugar. Afinal, Alec era um duque. Ninguém diz que não pode atender um duque. Nem mesmo um tão monstruosamente grande e que não se encaixava na fria, bem-arrumada e perfeita Inglaterra.

Que animal. Quase indomado. Bruto... Um desconforto repentino tomou conta dele, algo que não tinha nada a ver com a roupa, e tudo com algo que o melhor alfaiate não conseguiria ajustar.

— Não vou ficar tempo suficiente para precisar de outro. Nós vamos providenciar seu noivado e eu vou voltar para passar o verão na Escócia, onde o clima não nos agride com um fedor pútrido nem com paralelepípedos fumegantes. Onde existe natureza de verdade.

— Natureza que não é delimitada por cercas.

— Não por cercas de ferro, com certeza.

— Você não gosta de Londres.

— Londres não deveria se ofender. Eu não gosto é da Inglaterra.

— Nem dos ingleses — ela concluiu.

— Não gosto de muitos deles.

— Por que não?

Porque a Inglaterra não lhe proporcionou nada além de dor. Ele não respondeu. Ela franziu o cenho.

— Nós temos excelentes atrativos aqui.

Ele arqueou as sobrancelhas.

— Cite três.

— Chá.

— O chá vem do Oriente, mas valeu a tentativa.

— Tudo bem. — Ela suspirou. — Shakespeare.

— Shakespeare não é melhor que Robert Burns.

— Você está sendo ridículo. — Lily arregalou os olhos.

— Vamos lá, então. Diga o que Shakespeare tem de melhor. — Ele abriu os braços.

— Tudo é melhor! — ela disse, convencida. — É *Shakespeare!*

— Parece que você não consegue pensar em nada que possa competir com Burns.

Lily desviou o olhar como se não conseguisse entender por que Alec não aceitava a verdade do que ela dizia.

— Muito bem — ela concordou e começou a citar: — *Minha generosidade é imensa como o oceano, meu amor igualmente profundo; quanto mais eu lhe dou, mais eu recebo, pois nosso amor é infinito.*

— Uma história de amor infantil. — ele disse com desdém.

Ela ficou boquiaberta de indignação.

— É *Romeu e Julieta!*

— Crianças sem juízo que se matam por causa de uma paixonite.

— Essa é considerada uma das maiores histórias de amor de todos os tempos.

Ele deu de ombros.

— A menos que você conheça algo melhor.

— E eu imagino que esse tal de Burns seja melhor? — ela debochou.

Alec se inclinou para a frente, em meio às sombras, e carregou no sotaque:
— Infinitamente melhor. Se você quer romance, peça-o a um escocês.

Lily também se inclinou para frente, diminuindo o espaço entre eles, competitiva e linda, aquele vestido insano de cachorros não atrapalhando em nada. E quando ela falou, imitou o sotaque dele:
— Prrrove.

Mais tarde, Alec imaginaria como aquilo teria continuado se a carruagem não tivesse diminuído a velocidade naquele momento, anunciando a chegada deles à Casa Eversley, onde metade da Sociedade os aguardava do lado de fora.

Ele imaginaria o que teria acontecido se tivesse seguido seus instintos e puxado aquela garota ousada, corajosa e provocadora para seu colo, oferecendo-lhe todas as provas que conseguisse reunir.

Por sorte, ele nunca saberia, porque a carruagem diminuiu a velocidade até parar. E ele se lembrou que beijar Lillian Hargrove estava fora de questão.

* * *

Lillian tinha avaliado mal o tamanho da disposição do duque de Warnick em casá-la. E também tinha avaliado mal o tamanho do constrangimento que a consumiria se usasse aquele vestido de cachorros em público. De repente, parada ao pé dos degraus que conduziam à Casa Eversley, vendo as janelas acima vertendo luz dourada e os ruídos da festa sobre a Rua Park, Lily foi consumida pelo pavor.

Não era uma emoção desconhecida, considerando seu nervosismo quando ficava perto da aristocracia, sentindo-se totalmente deslocada, sem ser nobre o bastante para ser recebida em seu meio, mas perto demais daquele mundo para ser ignorada. Mesmo sem uma temporada.

Se ao menos ela nunca tivesse encontrado Derek, talvez pudesse continuar sendo ignorada. Mas Derek Hawkins fazia questão de ser visto, e a partir do momento em que pôs os olhos em Lily, quando esta vagava às margens do lago Serpentine, oito meses atrás, ela também estava destinada a ser vista. Lily afastou as lembranças daquela tarde e inspirou fundo, como se isso pudesse fazê-la seguir em frente, com coragem.

— Você tem certeza de que não está arrependida de sua escolha de indumentária? — Alec perguntou, irônico, junto à sua orelha.

Ela ignorou o arrepio de prazer que o sussurro grave despertou em seu corpo.

— Eu confesso, *Vossa Graça*, que estou surpresa por você ter familiaridade com a palavra *indumentária*, levando em conta a sua própria situação problemática com seus trajes.

Ele riu, guiando-a adiante, a mão no braço dela, e Lily amou e odiou a sensação de segurança que o gesto lhe transmitiu.

— Nós temos livros na Escócia, Srta. Hargrove.

— Você já disse. Melhores que Shakespeare.

— Isso mesmo — ele murmurou, em voz baixa e íntima, enquanto se aproximava do criado que aguardava junto à porta.

— Você ainda não provou — ela retorquiu, em pânico com o que poderia acontecer quando entrasse na casa. Quando colocasse os pés naquele mundo em que ele a estava forçando a entrar, embora ela estivesse desesperada para fugir.

Esse mundo do qual ela, em segredo, sempre desejou fazer parte. Não! Lily, se recusando a acreditar naquele pensamento, ficou rígida e ele sentiu a tensão. Deve ter sentido, porque continuou falando, como se os dois estivessem na sala de estar da casa na Praça Berkeley.

— *Vê-la era amá-la, amar a não ser ela, e amá-la para sempre...*

Lillian parou no último degrau, chocada pelas palavras. Ela se virou para ele.

— O que você disse?

— *Se nunca amamos com tanto carinho, se nunca amamos com tanta entrega...* — ele recitou, e a fala arrastada, com aquele sotaque sensual apenas para os ouvidos dela, fizeram com que Lily esquecesse onde os dois estavam, o que ela vestia e o que os aguardava lá dentro. — *Nunca nos encontramos ou nunca nos separamos...*

Lily sacudiu a cabeça, como se para clarear os pensamentos. Eles nem mesmo se conheciam. Ela estava apenas atraída pela poesia. Aquele Robert Burns era extremamente talentoso.

— *Infelizes nunca ficamos.*

Ele suspirou o último verso, a voz baixa, melancólica e maravilhosa, e a ameaça de infelicidade lhe causou uma tristeza dolorida. Sem aviso, seus olhos se encheram de lágrimas e ela desviou o olhar para as pessoas que dançavam ali perto, um redemoinho de mangas enormes e vestidos vibrantes de seda.

— Garota? — Ele deu um aperto firme no cotovelo dela, com a intenção de reconfortá-la, mas conseguindo apenas lembrá-la de que o conforto era passageiro. A tristeza era a mais honesta de todas as emoções. Tristeza e arrependimento.

Por sorte eles já estavam dentro da casa e ela pôde se afastar do toque dele, entregando sua capa para um criado que mal conseguiu esconder o choque diante do vestido horrível dela. Lillian aproveitou o momento para secar uma lágrima desgarrada de sua bochecha antes de se voltar para o duque.

— Talvez esse seu Burns não seja terrível — ela disse.

Ele não respondeu, apenas procurou no rosto de Lillian uma resposta que ela nunca estaria disposta a lhe dar.

— Lily... — ele chamou e, por um momento, ela imaginou o que Alec poderia dizer se os dois estivessem a sós. O que poderia fazer.

— O Demônio das Highlands nos dá a honra de sua presença!

E então o Marquês de Eversley estava ali, e ela foi salva, se é que alguém podia ser salvo em uma situação daquelas.

— Eu nem moro nas Highlands — Alec resmungou.

O marquês bateu no ombro de Alec antes de falar.

— A primeira regra de Londres, meu amigo: ninguém liga para a verdade. Você tem uma destilaria lá, então é o Demônio das Highlands. Meu Deus, seu olho está pavoroso! — Ele se virou para Lily com um sorriso e levantou as sobrancelhas quando viu a roupa dela. Mas ela tinha que dar crédito ao marquês porque ele disfarçou seu choque quase no mesmo instante e fez uma reverência baixa enquanto segurava a mão dela. — Srta. Hargrove. A verdade, no seu caso, é mesmo o que dizem. Você é tão linda quanto sua lenda sugere.

— Não precisa disfarçar tão bem — Alec rugiu atrás de Lillian. — Ela está usando um vestido de cachorro.

— Eu o acho perfeito — Eversley disse, sem desviar o olhar de Lily. — Gostaria de comprar um igual para a minha esposa.

Lillian não pôde fazer outra coisa que não retribuir aquele sorriso irresistível. Os jornais de escândalos chamavam o Marquês de Eversley de Canalha Real e Lily entendeu por quê. Ele conseguiria encantar qualquer mulher presente. Mas, obviamente, ele havia trocado o apelido por um novo – o Marido Amarrado –, toda Londres sabia que ele era completamente apaixonado por sua marquesa.

— Só porque você não quer que ninguém repare que sua mulher é tão linda quanto a Srta. Hargrove.

Lily tentou ignorar o elogio e a referência casual à opinião dele sobre ela. É claro que ela já tinha ouvido e lido o elogio nos jornais de fofocas antes. Ela tinha olhos e um espelho. Mas quando era Alec a reconhecer a beleza dela, algo parecia diferente. Algo mais verdadeiro e menos importante do que antes.

— O melhor que você pode fazer é lembrar que eu não quero que ninguém repare na beleza dela, duque. Principalmente você — Eversley rosnou para ele.

Alec revirou os olhos e tirou um pedaço de papel do bolso da casaca.

— Podemos andar logo com isto?

— Cristo, Warnick, você trouxe a maldita lista? — perguntou Eversley.

— Que lista? — Lily franziu a testa.

Os homens falaram ao mesmo tempo:

— Não é nada — Eversley disse.

— Lista nenhuma — disse Alec olhando para o papel.

— Vocês são péssimos mentirosos. — Dois pares de olhos arregalados e belos a fitaram. Lily tentou pegar o papel, mas Alec o colocou fora de seu alcance, esticando o tecido de sua casaca pelo corpo musculoso. Ela recolheu a mão. — Você está se comportando como uma criancinha.

— Não é nada — ele disse, baixando o braço.

— Não se você vai fazer joguinhos comigo durante o baile.

O olhar dele deslizou para o cachorro e a lebre espetados no penteado dela.

— Eu não sou o único fazendo joguinhos esta noite, garota.

Lillian aproveitou o momento de distração dele para arrancar a lista de sua mão, virando de costas no mesmo instante para ver o que havia ali. Eram cinco nomes rabiscados no papel. Um conde, dois viscondes, um barão e um duque.

— O que é isto? — ela perguntou ao se virar para ele.

Alec não respondeu, mas suas faces ficaram um pouco coradas, como se ele tivesse sido pego fazendo algo condenável. E talvez tivesse mesmo. Lily examinou a lista outra vez, procurando algo em comum entre todos os nomes. Todos tinham títulos e propriedades extensas. Todos eram homens decentes, se os boatos fossem verdadeiros. E todos estavam completamente falidos. Eram pretendentes em potencial. Lily olhou para Alec.

— Por que o Duque de Chapin tem um ponto de interrogação ao lado do nome?

Alec olhou para Eversley, que, de repente, parecia muito interessado no tapete debaixo de seus pés. Lily não aceitaria ser ignorada.

— Vossa Graça? — ela insistiu, gostando do modo como ele apertava os lábios ao ouvir o honorífico. Alec se voltou para ela.

— Nós não temos certeza de que ele esteja interessado em casamento.

— Você pretende me vender como gado no mercado! — Ela apertou os olhos.

— Não seja dramática, Lillian. É assim que as coisas funcionam.

Ele nem tinha visto o que era ser dramática.

— É assim que se casa uma pupila escandalosa, é o que você quer dizer?

— Bem — ele olhou para ela —, você não facilitou o processo. Diga o homem que quer e eu vou consegui-lo para você.

— Eu já lhe disse, não quero me casar.

— Então vamos seguir a lista.

Lily olhou para o papel.

— Com *certeza* eu não vou me casar com o Duque de Chapin.

— Risque o maldito duque da lista. Substitua-o por um açougueiro, padeiro ou uma droga de fabricante de velas. Mas você vai casar nem que eu morra.

— Warnick — Eversley o alertou. — Modere o linguajar.

Lily não hesitou:

— Sua morte pode ser o único benefício do meu casamento.

Ele se aproximou dela, chegando bem perto para que o marquês não os escutasse. Perto o bastante para que Lillian reparasse que os olhos dele não eram apenas castanhos, eram castanhos com manchas douradas, verdes e cinzentas. Ela os consideraria lindos se não odiasse o dono daqueles olhos, que se achava um herói, mas mostrava ser o pior tipo de vilão.

— Você que gosta tanto de Shakespeare, o que acha disso: *Venda enquanto puder*, Lillian Hargrove. *Você não é para todos os mercados*.

— O que você quer dizer? — ela perguntou.

— Apenas que nós temos pressa.

Vergonha a inundou, quente e desagradável. Seu coração ameaçou pular para fora do peito e, naquele momento, Lillian o odiou. Ela se endireitou, jogando os ombros para trás e assumindo a postura de uma rainha.

— O senhor é um bastardo.

— Infelizmente não, meu amor. Mas consigo entender por que você gostaria que eu fosse; afinal, foi minha condição legítima que nos colocou nesta situação.

Lillian não respondeu, preferindo passar por ele e seguir a multidão até o salão de baile, de repente ligando muito pouco para sua própria aparência naquele ridículo vestido de cachorro – distraída demais pelo som do sangue pulsando em seus ouvidos para conseguir escutar os sussurros à sua volta enquanto a Sociedade tomava consciência da presença dela.

Ainda assim, ela ouviu perfeitamente a imprecação sussurrada enquanto se afastava, seguida pelo comentário do Marquês de Eversley:

— Isso foi desnecessário, Warnick.

Ótimo! Que o amigo ralhasse com ele! A atitude do duque foi abominável. Lily estava farta daquele homem e de suas grosserias. Ele podia morrer nos degraus da Casa Eversley se quisesse. Que ele se danasse junto com aquela lista infame e sua bela poesia escocesa!

Lily estava mais do que feliz por ficar longe dele, no momento. Ela entrou no salão de festas, atraída pela luz dourada brilhante emitida pelo mar de velas por toda a sala, penduradas em lustres no alto e em candelabros e arandelas por todos os lados para onde ela olhava. Mas não eram as velas o que brilhava com maior intensidade, eram as pessoas. Toda Londres parecia ter comparecido ao baile Eversley usando sedas e cetins brilhantes, que combinavam com seus olhos e rostos marcados pela empolgação com a temporada.

Lily parou logo que entrou no salão, tomada por um pânico imobilizador. O que aconteceria a seguir? Ela estava em um baile, vestida de forma totalmente inadequada, com raiva, frustrada, magoada e desesperada para encontrar alguma saída daquela situação desastrosa.

Ela podia sentir os olhos de toda Londres sobre ela, quentes e fulminantes. As conversas silenciaram enquanto ela endireitava os ombros e erguia o queixo, desejando continuar forte. Ao olhar para a multidão, ela viu que os olhares a evitavam, como seda e pelos, não conseguiam permanecer por muito tempo. Leques foram levantados, cabeças se viraram e os sussurros começaram.

A vergonha veio em ondas e Lily inspirou fundo. Ela estava ali, no meio de um baile, sem alternativa a não ser encontrar seu próprio caminho.

Ela tinha acabado de tomar sua decisão quando alguém apareceu para ajudá-la... Vários alguéns.

Escândalos & Canalhas

Capítulo 8

LILY LARGADA É PEGA PELAS IRMÃS PERIGOSAS; AS BELAS CORAJOSAS SE TORNAM AMIGAS DA PUPILA DE WARNICK

* * *

— Meu Deus! Esse vestido precisa ser queimado agora mesmo!
— Xiu! — outra voz ralhou com a primeira. — Talvez ela goste da roupa.
— Bobagem. Ninguém pode gostar disso.

Lily se virou para o quarteto que acabava de se aproximar dela. A líder a encarou.

— Você não gosta desse vestido, gosta?

Lily ficou tão surpresa com a pergunta franca que respondeu sem hesitar:
— Não.

O quarteto de morenas, todas bonitas e vestidas com perfeição, sorriu em sincronia. Elas formavam um grupo impressionante, para ser honesta, cada uma usando um vestido magnífico de cores diferentes, em tons de amarelo, verde, azul e vermelho – o da líder.

— Isso significa que você o está usando para conseguir um efeito determinado — a líder concluiu.

— Para um homem, se eu tivesse que adivinhar — disse a Azul, investigando o corpete, que Lily tinha ajustado naquela tarde. — Impressionante — ela sussurrou antes de se aproximar. — É para um homem?

— Por que ela usaria isso para um *homem*? — Verde perguntou. — Para assustá-lo?

— Para provar que ela não liga para a opinião dele — foi a vez de Amarelo falar.

— Ela não deveria ligar mesmo — Vermelho respondeu ao parar bem na frente de Lily. — É raro que os homens entendam suas próprias opiniões. E se você é corajosa o bastante para vestir essa monstruosidade, também deve ser inteligente o bastante para saber que as opiniões dele importam muito pouco a longo prazo.

Lily negou com a cabeça.

— Não é bem assim. Quero dizer, não ligo para o que ele pensa.

Amarelo deu um sorriso doce e Lily pensou que, em outra situação, ela diria que aquela mulher era sem graça. Mas não era, não quando sorria.

— Isso significa que existe *mesmo* um homem — Amarelo completou.

— Não do modo que você está pensando — Lily respondeu.

— E que modo é esse? — Verde perguntou.

— Ela disse *homem* com uma entonação tão agradável — Lily observou, sentindo um pouco de vertigem ao falar com esse grupo. — Como se eu sentisse por ele alguma coisa além de ódio.

— Ódio não é o oposto de amor, sabe? — Amarelo comentou.

— Argh! — Vermelho ecoou os pensamentos de Lily. — Não lhe dê ouvidos. Nós todas deploramos o dia em que Sophie se casou por amor.

Sophie. E foi assim que Lily identificou o quarteto.

— Vocês são as Irmãs Perigosas! — ela disparou antes de cobrir a boca com a mão, como se pudesse segurar aquele comentário.

Sorrisos tornaram risadas.

— Nós mesmas — Sophie disse.

Sophie era Lady Eversley, nascida Sophie Talbot, agora Marquesa de Eversley e futura Duquesa de Lyne, casada há seis meses, em meio a um grande escândalo. O que significava que... Lily se virou para a Verde, a menorzinha das três.

— Você é Lady Seleste, que em breve será Condessa Clare e... — Lily se virou para Azul, a mais bela do grupo. — Isso faz de você a Sra. Mark Landry! — Rica como uma rainha, casada com um homem que, por todos os critérios, era grosseiro e espalhafatoso, que não seria bem-vindo na aristocracia se não fosse por sua imensa fortuna.

— Pode me chamar de Lady Seline — respondeu a Sra. Landry inclinando a cabeça.

Elas eram quatro das cinco filhas do Conde de Wight, um mineiro de carvão com grande habilidade para encontrar jazidas valiosas desse combustível – habilidade que serviu para que comprasse, para si e suas filhas, um título. Notórias alpinistas sociais, as mulheres tinham sido apelidadas de "As Irmãs Perigosas" pelos jornais de fofocas londrinos. Lily sempre achou esse apelido melhor que o outro, menos gentil: As Cinderelas Borralheiras.

É claro que depois que três das quatro tinham sido identificadas, Lily deduziu quem seria a quarta. Seu olhar foi para a mulher alta, linda e curvilínea, que usava um vestido vermelho justo, que ficaria absolutamente escandaloso em qualquer outra que não Lady Sesily Talbot. Nela, a peça ficava maravilhosa. Linda o bastante para Lily perceber que sumia ao lado de Lady Sesily. A mulher que estava, apenas um ano atrás, ligada a Derek Hawkins. De repente, Lily não se sentiu tão reconfortada pelo surgimento e pela aceitação tácita desse grupo de mulheres.

— Você nos conhece — Lady Sesily disse —, e o resto da festa parece conhecê-la. Então, quem é você?

— Sesily — Lady Eversley advertiu a irmã —, não seja tão rude.

Lily não queria se apresentar para elas, não queria que a rejeitassem por causa de seu passado com Derek. Ela tinha ouvido falar o que essas mulheres faziam com quem julgavam ser a concorrência, e Lily tinha gostado delas.

Não que ela de fato as conhecesse. Mas Lily gostava do que lia a respeito delas nos jornais de fofocas. E do fato de que falavam com ela, em vez de sussurrar por trás de seus leques. Elas nem mesmo tinham leques.

Lady Eversley se dirigiu para Lily.

— Mas eu diria que, como você está na minha casa, seria muito bom conhecê-la — ela disse, com um sorriso divertido.

— Tem razão, Sophie. Você foi muito mais delicada do que eu.

Seleste riu.

— Como se alguma de nós algum dia tivesse sido delicada.

Sesily pegou as mãos de Lily.

— Ela está usando um vestido de cachorros! É óbvio que não liga para delicadeza. E ela não tem escolha a não ser nos contar quem é, para que possamos protegê-la dos lobos que estão à espreita. — Ela se aproximou de Lily. — Lobos caçam cachorros.

— Como se você soubesse alguma coisa da vida selvagem. Quando foi a última vez que saiu de Londres? — Seline debochou da irmã.

Lily realmente gostou delas. Então estava na hora de acabar com o suspense.

— Eu sou Lillian Hargrove.

Houve um instante de silêncio enquanto elas assimilavam a informação, e Lily imaginou que Sesily fosse largar suas mãos e empurrá-la. O que ela não esperava era que a outra a segurasse ainda mais apertado e dissesse:

— Faz tanto tempo que quero conhecer você, Linda Lily!

Uma sensação de confusão, seguida por uma mistura perturbadora de suspeita, nervosismo e decepção que, em seu cerne, trazia uma semente de esperança tomou conta de Lillian, que ficou ruborizada.

— Você queria me conhecer...

Sesily inclinou a cabeça para o lado.

— É claro que eu queria conhecê-la. Toda Londres quer conhecer você. — Ela se aproximou e sussurrou: — Algumas pessoas querem conhecê-la de uma forma um pouco mais bíblica do que outras, eu diria.

Lily ficou vermelha com aquelas palavras.

— Sesily!

— Ora, é verdade. Olhe só para ela. É linda como dizem.

— Sesily quer dizer que desejava conhecê-la *apesar de Hawkins* — Seline pontuou, voltando-se para Lily e deixando claro que compartilhava da mesma famosa sinceridade de seu marido, o Sr. Landry. — Sesily não liga para Hawkins.

— Meu único interesse é que este vagabundo passe a vida em contínuo e merecido sofrimento — Sesily declarou antes de se voltar para Lily. — Agora eu entendo o vestido de cachorros. Inspirador, na verdade. Mas você deve saber que esse vestido não atrapalha em nada sua beleza.

Antes que Lily pudesse falar, a Marquesa de Eversley se antecipou:

— Não ligue para a Sesily, Srta. Hargrove, ela é incapaz de se segurar e diz tudo que surge em sua cabeça.

— Grande coisa! Ninguém tem tempo para prudência. — Sesily abanou a mão antes de acrescentar: — Derek Hawkins possui dois traços de personalidade que são inaceitáveis em um homem: ele é intolerável e tem uma necessidade desesperada de ser admirado por todos. Eu até estaria disposta a ignorar um desses traços, mas os dois... — ela finalizou a frase, emitindo um ruído nem um pouco adequado a uma lady.

— E ele é terrível com dinheiro — Seleste acrescentou.

— O rico mais pobre da Grã-Bretanha — Sesily concordou. — É como se tivesse um buraco no bolso, as moedas caem até o chão assim que entram. — Ela olhou para Lily. — É uma pena que ele seja tão talentoso, não é? Nós todas ficamos deslumbradas pelo talento dele.

Lily ficou tão aturdida com a franqueza de Sesily Talbot que demorou alguns instantes para saber o que falar, mas Lady Eversley – conhecida por ser a mais tranquila e gentil das irmãs – falou por ela.

— Sesily, você a deixou espantada — a marquesa ralhou com a irmã antes de olhar para Lily. — Você não precisa responder, ela é inconveniente demais quando quer.

— Eu não quis ser inconveniente!

— Para sermos honestas, Sesily é inconveniente também quando *não* quer — Seline comentou, e a marquesa riu e pegou as mãos de Lily.

— Estou muito feliz que você tenha decidido vir ao nosso baile esta noite. Quando Rei me contou que o duque queria começar a sua temporada aqui, confesso que fiquei um tantinho intrigada. — O olhar dela pulou para o cachorro e a lebre no penteado de Lily. — Agora estou ainda mais, por causa da sua... *atitude*.

— Obrigada, milady — Lily disse, ainda sentindo-se perdida em meio às irmãs. — Mas isso não é o início de uma temporada. Não de verdade.

A marquesa meneou a cabeça.

— Pode me chamar de Sophie. Afinal, meu marido e seu duque são amigos demais para que você use *milady*.

O olhar de Lily passou por cima do ombro de Sophie e focou na entrada do salão, onde Alec e o marquês tinham se materializado, como se invocados pelas palavras de Sophie. Ela observou o escocês gigantesco em sua casaca e calças apertadas, que mesmo assim continuava a ser mais imponente que os outros homens no recinto. O coração de Lily martelou – de fúria, sem dúvida, devido ao comportamento indesculpável de Alec.

— Ele não é o meu duque.

— Com licença — Sesily disse em voz baixa, perto do ombro de Lily, com o olhar fixo em Alec. — Ele pode ser o meu, então? O duque está precisando de um alfaiate, mas eu posso ignorar isso por enquanto.

Não! Lily não fazia ideia de onde tinha vindo a rejeição instantânea à noção de ver aquela mulher linda e arrojada com Alec, mas não gostou nem um pouco de pensar nessa possibilidade. Por que ela se importaria com quem Alec escolhesse para ser sua duquesa? Ela não se importava. Nem um pouco!

— Ele teria muita sorte se conseguisse você como rainha daquele castelo escocês gelado — Lily disse, ignorando o que sentia.

Sesily franziu o nariz.

— Eu gosto da ideia de um ducado e um castelo, mas quem quer viver na Escócia? Dever ser terrivelmente entediante.

— É provável que seja melhor assim, Sesily — Seline provocou a irmã. — Acredito que Rei faça o possível para alertar o amigo a tomar cuidado com tipos como você.

— Que bobagem — Sesily retrucou. — Sou eu quem tem que tomar cuidado com ele. Afinal, todo mundo já ouviu falar das conquistas do Bruto Escocês. — Ela se inclinou na direção de Lily. — Não que alguém tenha coragem de chamá-lo disso. Mas é verdade o que dizem? Ele é mesmo *sexual* demais?

Lily arregalou os olhos. *O quê?* O que era que diziam dele? E então o apelido ecoou dentro dela – *O Bruto Escocês* – e Lily o odiou. Ela detestou pensar que o sussurravam pelas costas de Alec. Detestou pensar que sussurravam qualquer coisa a respeito dele. Não era de admirar que ele detestasse Londres; naquele momento ela também detestou.

Lily não conseguia tirar os olhos dele, e se deteve por um longo momento naquela boca perfeita enquanto a palavra *sexual* rodopiava dentro de sua cabeça. Até que ela se lembrou de que não gostava dele.

— Eu não sei dizer — ela respondeu, enfim.

— Hum. É provável que não seja, então. — Sesily deu um sorriso contrafeito.

— Por Deus, Sesily. Pare com isso! — Seline ralhou.

— É importante a pessoa saber de uma coisa dessas antes de se lançar em combate!

— Argh. Você devia casar com ele. A boa Sociedade ficaria encantada de se livrar de você, não tenho dúvida.

Sesily se voltou para Lily com um brilho nos olhos.

— Não ligue para elas. A Sociedade me ama.

— Gosto não se discute — Seleste alfinetou e o grupo todo riu. Lily não conseguiu impedir que seus lábios também se curvassem; a energia das irmãs Talbot era inegável. Elas eram a materialização de tudo que Lily sempre imaginou que fosse a convivência com irmãs. Com uma família. Com amigas. Havia tanto amor entre elas.

E então veio uma sensação de cobiça, espontânea e indesejada, e Lily procurou afastá-la. Ela não queria sentir inveja. Ela não queria invejá-las por serem tão unidas. Mas invejou. Com todas as fibras do seu corpo.

E não invejou apenas a intrepidez combinada delas face ao desdém social, como se nunca em suas vidas tivessem sentido vergonha. Lily sentiu o peito apertar quando ouviu as irmãs rindo, pelo modo como as risadas carregavam humor, amor e confiança, além de uma lealdade profunda. Ela quis – desesperadamente – ser uma delas.

O fato de que elas fofocavam em público, sem qualquer constrangimento, não incomodava.

— Tarde demais, Sesily. Veja quem está atrás dele — Seline disse, despreocupada, o olhar fixo sobre o ombro de Lily.

Lily se virou no momento em que uma mulher linda se aproximava de Alec e Eversley. Mesmo distante, ela percebeu que o duque ficou rígido. Percebeu que o olhar dele desceu e depois subiu pelo corpo da mulher enquanto ela se aproximava, chegando quase perto demais, considerando que os dois estavam à vista de toda Sociedade.

— Quem é essa? — a pergunta saiu antes que Lily pudesse se conter.

— Lady Rowley — Sesily respondeu, fazendo pouco caso. — Casada com o Conde Rowley, lindo de morrer e um mulherengo assumido. Ele arrastou asa para todas nós em algum momento. E não conseguiu nada, é claro, pois é muito provável que tenha sífilis.

— Sesily! — Sophie exclamou.

— Ah, por favor! Como se você mesma também não tivesse pensado nisso.

— Seja como for, não se discute sífilis no salão de bailes!

Um cavalheiro que passava parou e olhou para elas, chocado, o que provocou uma onda de gargalhada entre as irmãs. Seline gesticulou para o homem antes de falar:

— Nada com o que você precise se preocupar, milorde. — Então ela se voltou para as irmãs. — Agora o Barão Orwell pensa que nós temos sífilis.

— Não, não, Lorde Orwell — Sesily chamou, alto demais, fazendo Lily corar. — Nós estávamos falando de Lorde Rowley. O senhor tem alguma opinião sobre a provável sífilis dele?

— Com certeza não — o homem respondeu, constrangido, e se apressou para sair de perto delas.

Todas riram e Lily achou graça, até sua atenção voltar para Alec, que continuava conversando com a Condessa Rowley. Sesily acompanhou o olhar de Lily.

— Bem — ela disse —, parece que o conde não é o único disposto a ignorar seus votos de casamento. — Lillian não pôde deixar de concordar. Eles não estavam se tocando, mas a condessa movimentava os seios com tanta liberdade que só faltava desnudá-los na frente de toda Londres.

Não que Lily se importasse com os seios que Alec quisesse ver.

— Um sorriso desses precisa de anos de prática — Seline disse, admirada.

Lillian apertou os lábios e deu as costas para o casal.

— Imagino que sim.

— Você acha que eles se conhecem? — Seleste perguntou. — Quero dizer, dizem que ele é um homem e tanto, mas não consigo vê-lo com *ela*.

Lily também não conseguia. Não que ela quisesse tentar imaginar.

— Se eles não se conhecem, logo vão se conhecer — Sesily disse.

Lily não ligava. Nem um pouco. Ela se obrigou a dar de ombros, um movimento rápido e afetado.

— Ela que fique à vontade com ele.

— Ooh... Warnick pode até estar precisando de um alfaiate, mas ele acabou de dar uma alfinetada na Lady Rowley — Sesily brincou.

Lily resistiu ao impulso de se virar para ver o que acontecia.

— Ela parece *furiosa!* — Sophie disse, admirada, antes de erguer a voz e dizer, com uma alegria forçada: — E aqui estão os cavalheiros!

— Isso vai dar problema — o Marquês de Eversley disse atrás de Lily, e ela não teve outra alternativa a não ser se virar; era uma simples questão de boas maneiras. O marquês parecia tranquilo e alegre, sem dúvida um quinto elemento bem-vindo ao grupo Talbot. Alec, contudo, estava pálido e tenso. Sem dúvida porque estava outra vez na presença de Lily.

— Não corrompam a Srta. Hargrove, miladies — Eversley brincou. — Lembrem-se de que é a primeira vez dela nos salões de Londres.

— Nós nem sonharíamos em fazer isso.

— Pelo menos não na primeira noite.

— Da próxima vez, contudo, é certeza — Sesily respondeu antes de se virar para Alec e lhe estender a mão. Lily ficou impressionada com o movimento, com a mão esguia que foi estendida e não lhe deu chance a não ser aceitar o toque de Sesily. — Vossa Graça... — ela praticamente ronronou enquanto se abaixava para fazer uma mesura. — Diga-me uma coisa...

— Sim? — Alec voltou sua atenção para o grupo.

Sesily olhou para ele por entre os cílios pretos e até Lily se sentiu atraída por ela por um instante.

— Você está decidido *mesmo* a passar o resto da vida na Escócia?

— Na verdade, estou — ele respondeu sem hesitar.

Sesily afastou sua mão da dele.

— Que pena. — Ela se virou de frente para o salão. — Vou ter que arrumar outro com quem flertar.

— Ninguém disse que você não podia flertar com ele — Seleste comentou. — Como se todo flerte levasse ao casamento.

— Não... — Sesily suspirou, distraída enquanto observava os homens presentes na festa. — Mas fica muito mais divertido se existe essa possibilidade. E eu não vou me esconder na *Escócia*. Sem querer ofender, Vossa Graça.

— Não me ofendi. Eu deveria me desculpar?

— Não seria indesejável— Sesily respondeu.

— É claro que quem perde sou eu. — Alec levou a mão ao peito.

Sesily sorriu.

— Lindo, rico, nobre e, ainda por cima, inteligente. Que pena.

O grupo todo riu e Lily não pôde deixar de participar, ignorando o fio de inveja que sentiu de Sesily pela facilidade que ela demonstrou em conquistar o bom humor de Alec. *Lily queria esse bom-humor para si*. Ela ficou tensa ao pensar isso. Não! Ela não queria! Não queria gostar de Alec. O que ela queria era deixá-lo para trás e começar uma vida nova. Longe dele.

A orquestra começou a tocar e, como num passe de mágica, o Conde Clare e Mark Landry apareceram, de repente, para levar suas respectivas esposas Talbot para a pista de dança. Eversley fez uma reverência caprichada na direção de sua esposa.

— Meu amor? — ele disse, as palavras graves e sensuais como uma promessa.

Sophie corou, graciosa, e pegou a mão do marido.

— Você sabe que, como anfitriã, eu vou ter de dançar com os outros, também.

Eversley fez uma cara feia.

— Que fique claro, então, que não tenho mais nenhum interesse em dar outras festas. Você pode dançar com Warnick. E só.

Sophie riu e olhou para Alec, por cima do ombro, enquanto seu marido a conduzia para a pista.

— Sinto muito, mas vai ter que dançar comigo, Vossa Graça!

Os dois ficaram com Sesily, e Lily fez uma prece de agradecimento por isso, pois não suportaria ficar sozinha com Alec. Não depois do modo como ele a traiu. Lily desejou que ele tirasse a irmã Talbot não comprometida para dançar, mas Sesily foi mais rápida.

— Vocês deveriam dançar — a Talbot disse, virando-se para eles.

— Eu... — Lily começou a falar por cima das batidas de seu coração, mas Alec a interrompeu.

— Não.

Lily tentou ignorar a decepção que veio com a recusa concisa. Ela não estava decepcionada, não queria nada com aquele homem, e com certeza também não queria ter que dançar com ele. Tocá-lo estava fora de questão. Mas Sesily pareceu não concordar.

— Isso não está em discussão — ela interveio. — Este é o primeiro baile da primeira temporada dela e Lily está vestindo... bem, isso aí que ela está vestindo. Você é o homem de maior condição social que a conhece, então tem que dançar com ela.

— Ninguém sabe quem eu sou — ele desconversou.

Sesily deu um sorriso irônico.

— Vossa Graça é um duque solteiro e com a fortuna digna de um rei. O senhor teria que ser um verdadeiro pateta para acreditar que ninguém sabe mesmo quem você é. Você pode ter o pior alfaiate da Europa, mas não é um pateta, é?

Lily tinha sua própria opinião a respeito daquela pergunta, mas preferiu ficar quieta.

— Eu sou o guardião dela, não seria adequado.

Sesily levantou uma sobrancelha.

— Metade dos guardiões de Londres acabam se casando com suas pupilas. É uma verdadeira epidemia.

Lily resolveu interferir dessa vez:

— Definitivamente não esse guardião e essa pupila.

Warnick olhou torto para Lily e completou:

— Posso lhe garantir, Lady Sesily, que isso não vai acontecer.

Sesily os observou por um longo momento antes de falar:

— Claro que não. Ainda assim, vocês têm que dançar.

Com isso, o gigante escocês suspirou e estendeu a mão para Lily, com certeza chegando à conclusão de que seria mais fácil dar uma volta pela pista de dança com sua pupila do que argumentar com Sesily Talbot.

— Vamos logo com isso, então.

Mas Lily puxou sua mão da dele.

— Não, obrigada.

Sesily se virou para ela e a observou com cuidado.

— Não pensei que *você* fosse a pateta dessa história.

— Não sou uma pateta. Apenas não estou interessada em dançar com ele.

Sesily estudou o duque com um olhar demorado, avaliando-o dos pés à cabeça.

— Ele é rude com você? — ela perguntou, afinal.

— Não. A não ser que você considere rude o fato de ele me forçar a vir aqui esta noite.

— Não considero — Sesily pontuou antes de se aproximar e dizer em voz baixa: — Linda Lily, você não tem escolha. Dance com o duque e deixe Londres dar uma boa olhada em você com seu vestido de cachorro antes que todos deem uma boa olhada em você sem vestido nenhum.

Lily congelou e Sesily levantou uma sobrancelha.

— A pintura está na boca de todo mundo e você sabe disso. O fato de Derek Hawkins estar aqui hoje à noite não ajuda em nada. Ele veio sem ser convidado, como o rato que é, de braço dado com uma viúva idosa que está com um pé na cova. Sem dúvida o patife acredita que ela vai lhe deixar uma fortuna se ele bancar o bonitão dela. Vagabundo.

Não havia tempo para Lily se chocar com o linguajar de Sesily, pois ela sentiu o pânico se aproximando, acompanhado de frustração. Lily olhou desesperada na direção de Alec, mas o olhar dele estava fixo na extremidade oposta do salão. Ela engoliu em seco, apesar do nó que sentia na garganta.

— Eu gostaria de ir embora.

— Não — Alec disse e ela deu meia-volta para discutir com ele.

Mas Sesily falou primeiro:

— Escute-me, Lillian Hargrove. Eu conheço, melhor do que qualquer outra, as coisas que Hawkins pode conseguir que uma mulher faça. Se você quer sobreviver a isto, deve fazer de tudo para transformar *ele* no vilão da história, e o primeiro passo é fazer que Londres a ame. Isso começa com uma dança com o seu duque.

Ele não é meu duque. Surpreendentemente, essas foram as únicas palavras que Lily conseguiu pensar enquanto o choque e o horror percorriam seu corpo. Ela mal ouviu o que Alec dizia.

— Venha — ele disse em voz baixa e carregada de sotaque. Quando Lily se virou para ele pela segunda vez, ele a observava com a mão estendida e os olhos castanhos acolhedores. *Segure.*

Ela colocou a mão na dele, embora não gostasse da ideia. Enquanto as palavras de Sesily ecoavam dentro dela, Alec a puxava para a pista de dança, para perto dele.

Em outro momento, outro lugar, ela poderia ter percebido que Alec Stuart, vigésimo-primeiro "Duque Postiço de Warnick", era um dançarino de primeira. Poderia até ter se perguntado o porquê disso, uma vez que ele se afastava de todas as coisas da Sociedade. Mas ela não percebeu nem perguntou. Estava concentrada demais em outro homem, um que ela tinha acreditado amar. Um homem que mentiu para ela e a seduziu com belas promessas. Que a convenceu a confiar nele, a posar para sua pintura sem refletir sobre as repercussões daquele ato, sem refletir sobre o que poderia acontecer se o quadro fosse descoberto. Que tipo de mulher o mundo pensaria que ela é. Enquanto Derek continuava imaculado. Enaltecido, até. E estava *naquele baile.*

Alec a conduziu nos passos da dança durante os longos e silenciosos minutos em que Lily tentou aceitar a ideia de que tinha entrado no covil do leão, que era provável que ela o visse, e que estava vestida de cachorro. Seu olhar caiu no pescoço de Alec, aquela coluna comprida que se elevava a partir da gravata. No nó que subia e descia quando ele engolia.

Ela estava ali, debaixo dos olhos curiosos da aristocracia, por causa dele.

O olhar dela foi subindo pelo maxilar bem definido, pelos lábios volumosos e pelo nariz longo, chegando aos olhos, que ela esperava encontrar focados em qualquer lugar, menos nela. Mas estava enganada. Ele a encarava diretamente, e aquele olhar castanho capturou o dela com facilidade, despertando a consciência dela. Não, não a consciência. A fúria.

— Você fez de propósito. — Ele ficou em silêncio, então ela continuou com a acusação. — Você me pôs na mesma sala que ele. Agora sou material para a crítica e as fofocas de Londres. Estou aqui por sua causa, por causa do seu plano maluco.

— É o único modo de salvar seu futuro.

— Destacando meu escândalo na frente de todos? Tornando-o maior?

— Fazendo com que você se case. A tal lista... são todos homens bons. Eversley apostou a reputação dele nisso.

— O Duque de Chapin foi deixado no altar três vezes. E ele é um *duque*! Isso é praticamente impossível, a menos que haja algo de muito errado com ele.

— Como o quê?

— Não sei, mas se três solteironas o abandonaram em um momento desses, imagino que a resposta possa conter a palavra *escamas*.

— Bem, tenho certeza de que ele não tem escamas, mas eu já disse que você pode tirá-lo da lista.

— Ele nunca deveria ter entrado nessa lista, pra começo de conversa.

Alec suspirou.

— Então faça sua própria lista.

— Eu não quero uma lista! — Lily exclamou e as palavras saíram ansiosas e altas demais para a pista de dança, atraindo a atenção dos casais próximos. Ela baixou a voz. — Por que você está tão preocupado comigo? Eu já estou arruinada, então por que não me deixa ir? Por que me obrigar a passar pela cerimônia de execração pública?

O duque hesitou e, naquele instante fugaz, Lily percebeu que o que ele estava para dizer mudaria tudo. Ela podia ver nos olhos de Alec que ele diria a verdade. E então ele disse:

— Lily, eu vi seu vestido de casamento.

Ela ficou paralisada. Esqueceu, até mesmo, como se fazia para respirar.

— O que você disse?

Warnick a puxou pela cintura e pela mão.

— Não pare de dançar.

Ela não se mexeu, e percebeu que estava presa ao chão.

— O que você disse? — ela repetiu.

Ele apertou os olhos.

— Eu o encontrei — ele disse, com a voz suave, como se fosse o tiro de arma de fogo mais silencioso já disparado, pelo estrago que causou no peito de Lily. — E também vi a pilha de roupinhas bonitas para seu futuro bebê. E aqueles sapatinhos, com as solas vermelhas macias. Você sonha com o dia em que poderá usar aqueles sapatinhos, Lillian Hargrove. E esta é sua melhor chance de fazê-lo.

Lily ficou boquiaberta, tomada pela incredulidade. Ela se afastou um passo, afastando sua mão da dele.

— Como você teve coragem de mexer nas minhas coisas?

— Você tinha fugido. Eu precisava encontrá-la — ele disse, aproximando-se de novo, olhando ao redor e tentando evitar que os outros casais trombassem neles.

Como se Lily estivesse preocupada com isso. Ele tinha mexido nas coisas dela! E encontrou o vestido de noiva. As roupinhas de bebê. As coisas que ela tinha feito, com todo cuidado, para um marido que nunca amaria, filhos que nunca conheceria e uma vida que nunca teria.

O duque tinha descoberto... seus segredos mais íntimos. E, apesar disso, não era raiva que ela sentia... Era constrangimento. O vestido, as roupinhas, as meias e os sapatinhos eram sonhos de uma garota mais nova e inocente do que Lily era nesse momento. Eram promessas que ela imaginou sussurradas no escuro enquanto descansava debaixo da escada de serviço e pensava em um futuro mais promissor e mais bonito do que aquele. Um futuro que ela não teria.

Eram belas mentiras, ela sabia disso. Ela tinha enfiado tudo aquilo no baú por um motivo. *E ele encontrou.*

Um sentimento de vergonha tomou conta dela, mais forte do que qualquer constrangimento que já tinha sentido. Mais forte do que o constrangimento que ela sentiu quando Alec revelou que sabia da pintura. Como era possível que ela tivesse mais vergonha de um simples vestido branco do que de não usar vestido nenhum?

— Então você remexeu nas minhas coisas, como um... — Ela hesitou, desviando o olhar, aterrorizada pelo que ele tinha visto. Pelo que podia saber a respeito dela. — Como o grande bruto escocês que você é! Eu não o quero aqui, na minha vida. Encontre outra mulher para maltratar. Ouvi dizer que você é muito bom nisso. Sua reputação o precede.

Ele ficou tenso ao ouvir aquilo, e Lily teve a impressão repentina de que tinha dito algo de muito errado. Não que ela se importasse.

E então ele falou, a voz baixa e sombria, praticamente expulsando as palavras furiosas:

— Você se esquece de quem é — ele disse. — Como minha pupila, suas coisas são *minhas* coisas.

— Seu animal! — Ela o fuzilou com os olhos.

Alec apertou os lábios em uma longa linha reta.

— E você é a mulher mais linda de Londres — ele disse, como se linda fosse a pior coisa que ela pudesse ser. — Nós fazemos um par e tanto, *Lastimável Lily.*

O apelido a destravou. Ela se afastou dele e fugiu do salão.

𝕰𝖘𝖈â𝖓𝖉𝖆𝖑𝖔𝖘 & 𝕮𝖆𝖓𝖆𝖑𝖍𝖆𝖘

Capítulo 9

GUARDIÃO? OU CÃO DE GUARDA?

* * *

Em toda sua vida, ninguém tinha deixado Alec tão frustrado quanto a Srta. Lillian Hargrove.

Ele observou a pupila se afastar, com aquele vestido ridículo, o tecido em tons de ouro, prata e bronze balançando à volta dela. O cão e a lebre oscilando bem acima da cabeça, enquanto Alec ardia de raiva, constrangimento e frustração, desejando deixá-la ali mesmo na Casa Eversley e voltar para a Escócia. Um desejo quase tão forte quanto o que o impelia a correr atrás dela.

Alec praguejou em voz baixa. Ele a magoou. Não deveria ter dito que tinha visto o vestido de noiva. Deveria ter falado que só queria o melhor para ela, que só desejava protegê-la, que *iria* protegê-la, droga! Era tudo o que ele quis fazer desde que aquela droga de carta chegou na Escócia, convocando-o para ajudá-la. Ele não era nenhum monstro, afinal. Alec reconhecia seu dever e iria cumpri-lo.

E quanto mais tempo passava ao lado dela, mais desejava cumprir seu papel.

Talvez ele tivesse dito tudo isso se os dois não estivessem ali, em um salão de festas lotado, debaixo do olhar crítico da aristocracia. Se ele não estivesse tão consciente de sua roupa apertada demais, sua estatura grande demais e sua incapacidade de ser educado ou refinado.

Se ele não tivesse sido surpreendido pela chegada de Margaret momentos antes. Lady Margaret, agora Condessa Rowley. Mais linda nessa noite do que vinte anos antes, quando era apenas Meg, a irmã mais velha de seu colega de escola, quando ele a queria acima de qualquer coisa. Quando ele a teve e acreditou que Meg seria sua para sempre. *Case comigo.*

Alec soltou uma imprecação quando a gargalhada distante dela pontuou a lembrança do momento em que Meg se aproximou dele nessa noite, como se ainda o possuísse, mesmo estando casada com um refinado conde inglês – o que ela sempre quis. O momento em que ela se aproximou demais, lembrando-o de quão próximos tinham sido. O momento em que ela foi embora com o coração dele nas mãos, esmagado.

Mulheres sonham com homens como você, querido. Mas por uma noite, e não pela vida toda.

Seu amigo, o Marquês de Eversley, não o alertou de que ela estaria no baile. Alec imaginou que devia ter esperado por isso. O baile era um dos primeiros da temporada, e o primeiro oferecido pelos futuros Duque e Duquesa de Lyne desde o nascimento de seu primeiro filho. Mesmo que Eversley não fosse cunhado das irmãs Talbot, toda Londres estaria ávida para comparecer. Mas, ainda assim, Eversley poderia ter mencionado que Meg estaria presente.

Alec afastou as lembranças confusas de um coração partido e uma alma abatida, restando apenas a lembrança da fúria de Lillian. Ele deveria ter sido capaz de administrar essa fúria. Controlá-la. E talvez tivesse sido, não fosse o choque e a dor de rever Meg... de lembrar dela. E então Lily o chamou de bruto e animal, e ele lembrou dessas mesmas palavras em outro par de belos lábios. Em outro momento, com outra mulher, outro encontro que o deixou sozinho, sentindo-se imperfeito. E Lily, magoada, querendo agredi-lo. *Sua reputação o precede. Droga.*

Isso não era desculpa para seu comportamento, ele deveria ter protegido Lily. E a única coisa que ele parecia *não* conseguir fazer era protegê-la, apesar de essa ser a primeira obrigação de um guardião.

Talvez ele conseguisse ter mais sucesso se ela não fosse tão linda, se aqueles olhos cinzentos não parecessem enxergar tudo, se ela não estivesse tão disposta a repreendê-lo quando ele ultrapassava os limites ou se comportava como um bruto. Se ela não fosse tão forte e independente, se não estivesse sempre disposta a se defender. Se Lily não fosse tão perfeita, talvez ele pudesse ser um homem melhor quando estava com ela.

Ela o chamou de animal, o que ele era mesmo. De algum modo, ela o transformou em um. Ou, talvez, ela apenas enxergou a verdade e o deixou ali, no centro do salão, sentindo-se como um.

A orquestra parou de tocar, e os casais ao redor dele – ao mesmo tempo fazendo o possível para observá-lo e fingir que não o viam – começaram a se dispersar enquanto os músicos se preparavam para as próximas apresentações. A movimentação fez com que Alec acordasse e ele se virou, com um único objetivo em mente: conseguir uma bebida decente.

Ele atravessou o salão, abaixou-se para passar pelo vão de uma porta e alcançar um corredor escuro que, ele lembrava vagamente, conduzia a uma série de salas. Se tivesse que arriscar, diria que havia *scotch* guardado em algum lugar por ali.

Depois que encontrasse seu drinque, iria atrás de Lillian, que sem dúvida estava se escondendo no salão das mulheres, desejando ter escolhido um vestido adequado e – Alec esperava – lamentando o fato de tê-lo deixado no meio da pista de dança, com os casais dançando ao redor dele.

O mais provável era que não estivesse se lamentando nem um pouco, pois ele era o culpado por ela ter fugido.

Alec tinha feito por merecer o constrangimento, e Lily merecia seu pedido de desculpas. E ela o teria, mas na forma da presença de um dos homens da lista. Ele iria procurá-la e lhe entregaria o pretendente – para uma valsa e uma bebida. Então eles poderiam dar uma volta pelo salão ou fazer o que fosse necessário para se cortejar uma mulher segundo as regras ridículas da Inglaterra.

Alec não a exibiria pelo salão, se fosse ele a cortejá-la. Ele a levaria para a escuridão do terraço do salão de festas – e depois até o jardim, lá embaixo, onde as luzes do baile não chegavam e as estrelas acima eram tudo que podiam ver, e a beijaria até ela não querer outra coisa que não casar com ele. Até ela não lembrar de outra palavra além de *sim*. Em seguida, ele a deitaria no gramado frio, tiraria suas roupas e se deliciaria com ela, tendo apenas o céu como testemunha. Depois disso, Alec a levaria para a Escócia, onde a desposaria. Imediatamente. *E Lillian lamentaria tudo isso. Para sempre.*

Ele passou a mão pelo rosto ao pensar nisso, e a ideia de tocá-la – de estragar a perfeição de Lily – fez com que ele desejasse estar em qualquer outro lugar, menos ali. *Cristo.*

Alec precisava casar aquela mulher. Ainda que isso o matasse, ele precisava fazer a coisa certa e casar Lillian... Mas, primeiro, precisava de uma bebida.

Alec abriu a primeira porta que encontrou e entrou na sala escura, deixando a porta aberta para permitir que um pouco da luz, já escassa, penetrasse no ambiente. Ele apertou os olhos na escuridão do cômodo, que imaginou ser um tipo de escritório, e foi atraído, na outra extremidade, pela silhueta de uma garrafa sobre um aparador.

Ele foi até lá, grato pela distância silenciosa e momentânea do baile, da aristocracia e de Londres em geral. Tanto o Marquês quanto a Marquesa de Eversley tinham passado a infância a poucos quilômetros da fronteira escocesa, de modo que Alec estava confiante de que o líquido âmbar na garrafa devia mesmo ser uísque.

Serviu-se de dois dedos e bebeu, apreciando o sabor intenso e familiar que o envolvia, junto de uma onda de satisfação. Rei era um bom amigo, abastecendo sua casa com o uísque de Alec – destilado e engarrafado nas terras dos Stuart. Alec teria que se gabar para Lillian sobre a qualidade superior do uísque escocês – outro ponto em que a Inglaterra perdia.

Ele se recostou no aparador e suspirou, apreciando as sombras que o escondiam. Era tão raro se sentir invisível em Londres, e aquele momento estava sendo o mais acolhedor e caloroso que a Inglaterra consegue ser.

Então ela entrou na sala e Alec foi lembrado de como a Inglaterra é imperfeita. De como esse país o destruiu e ameaçava destruí-la. De como ela seria muito mais feliz se estivesse na Escócia, longe desse lugar cheio de olhos críticos e regras fúteis. Por um momento, ele imaginou Lily nas florestas de seu país. Ele queria vê-la nas margens do rio Oban, nas colinas acima do estuário do Forth, nos campos de urze que se espalham como fogo roxo até onde a vista alcança.

Ela ficaria bem na Escócia. O pensamento veio com uma saudade que o arrancou da fantasia e o jogou no presente. Ele deveria ter dito algo de imediato, deveria ter se identificado. E o teria feito, se ela não tivesse ido logo para a janela na outra ponta da sala. Fosse o luar ou o brilho residual do salão de festa no jardim dos fundos, ela foi envolta em uma luz que a tornava etérea e tão linda que Alec ficou com a respiração presa no peito.

Lillian levantou a mão até a janela, os dedos longos e delicados desceram pelo vidro enquanto ela soltava um suspiro longo e vigoroso, que preencheu a sala de emoções – frustração, tristeza e algo muito mais poderoso: *desejo.*

A respiração de Alec voltou com força ao perceber isso, diante da familiaridade dessa emoção. Porque, naquele momento, ele sentia o mesmo.

A ideia o abalou. Ele era o guardião dela... Lily era sua pupila... *Ela era uma mulher adulta. Ser sua pupila era um detalhe jurídico.* Isso não importava, ela continuava sendo sua pupila, continuava sob sua proteção. E ele, talvez, tivesse sido terrível como protetor até aquele momento – podia ter falhado em proteger a reputação e as emoções dela –, mas faria o necessário para protegê-la dele próprio.

Além disso, ele não gostava de mulheres lindas. Elas eram sempre belas promessas que logo se tornavam mentiras.

O pensamento o devolveu ao presente e ele se moveu para falar com ela, pedir desculpas e recomeçar. Para convencê-la de que ele desempenharia seu papel com perfeição e conseguiria para Lillian a vida que ela desejava. Um homem decente, uma família amorosa, um futuro que contivesse um lar com uma lareira e felicidade. Era o que Lily merecia, e ele faria tudo que ela quisesse.

Mas antes que Alec pudesse se pronunciar no meio da escuridão, a porta da sala se fechou com um clique suave, assustando os dois, chamando a atenção deles para a figura sombria que acabava de entrar.

— Olá, Lily.

Hawkins. Alec teve o desejo instantâneo de destruir o homem por arriscar ser encontrado a sós com Lillian. Por mais uma vez estar disposto a provocar um escândalo em uma sala escura e com uma mulher solteira. Apesar disso, Alec não esqueceu que há poucos instantes ele mesmo estava sozinho com ela, mas isso era diferente.

Não havia tempo para analisar a ambiguidade da situação, pois Hawkins se movia na direção de Lily com uma velocidade que Alec não gostou. Ele se endireitou onde estava, pronto para se aproximar e arrancar membro por membro daquele homem, mas antes que ele se movesse Lily começou a falar.

— Derek... — Alec odiou Hawkins quando o primeiro nome dele saiu dos lábios lindos e macios de Lily para a escuridão. — O que está fazendo aqui?

— É Londres na temporada. É claro que eu estaria aqui — Hawkins disse. — Eu estou em todos os lugares. — Ele abanou a mão. — Como o ar.

Alec revirou os olhos.

— Sesily disse que você está acompanhado de uma viúva rica. Por dinheiro.

Boa garota. Desdém era exatamente o que ela precisava sentir.

— Sesily Talbot não é nada. Mulher vulgar, como o resto da família.

Que cretino completo aquele sujeito era!

— Acabei de conhecer as irmãs dela. Parecem bem refinadas e muito honestas. Ao contrário de certas pessoas.

— Nem tudo que brilha é ouro, doce Lily.

— Para mim, parece que Sesily é feita de um material mais resistente do que ouro. A sociedade a julgou mal, em grande parte por causa de você e sua breve corte, mas ela continua altiva diante do menosprezo dos outros. Eu gostaria de ser forte como ela — a acusação veio em seguida. — Ela se recusou a deixar que você a arruinasse.

— Eu não arruinei você, Lily.

— É claro que arruinou! Sem se importar. — A acusação não veio com raiva nem mágoa, mas com um fio de honestidade que Alec, ao mesmo tempo, admirou e detestou. Ela devia estar magoada e furiosa. *Com ele.*

— Pobre Linda Lily... — Hawkins disse, estendendo as mãos para ela e passando o dedo por sua face, a pele que Alec imaginava ser impossível de tão macia. — Você... você era o espelho que refletia a minha genialidade.

Lily fechou os olhos ao sentir o toque. Ou, talvez, ao ouvir as palavras. De qualquer modo, Alec odiou o desejo e a dor no rosto dela. Ele decidiu, naquele momento, destruir Derek Hawkins. Por tocá-la, por magoá-la. Ele o deixaria destroçado ali mesmo, naquela sala escura. Alec teria que se desculpar com a Marquesa de Eversley, claro, e comprar um tapete novo para ela, mas ela entenderia, sem dúvida, que o mundo estaria melhor sem aquela ratazana odiosa.

Contudo, antes que pudesse fazer qualquer coisa, Lily falou:

— Você prometeu que não iria contar para ninguém sobre a pintura. Você me disse que o quadro era só para você. Disse que só você veria.

— E no começo era, querida.

— Não me chame de querida. — As palavras dela soaram cortantes e duras.

— Por que não? — Hawkins disse, rindo. — Oh, Lily. Não seja tão prosaica. Você era minha musa. Sinto muito que tenha entendido mal seu papel. Você era um canal para minha arte, a imagem através da qual o mundo conhecerá a verdade da minha influência eterna. O retrato é minha Madona. Minha Criação do Homem. Pelos séculos que virão, as pessoas irão ver essa obra e suspirar meu nome com um espanto reverente. — Ele fez uma pausa dramática, depois praticou o tal suspiro: — *Derek Hawkins*.

Que palhaçada. Se Alec já não odiasse aquele homem, com certeza começaria a odiá-lo naquele instante.

— E quanto ao *meu* nome? — Lillian perguntou.

— Você não entende? Não importa o que vai acontecer com você. Isso é pela *arte*! Para sempre! Você é um sacrifício à beleza, à verdade, à *eternidade*. O que você quer que eu faça, Lily? Que esconda minha obra?

— Sim!

— De que adiantaria isso?

— Faria você parecer um homem decente! — ela exclamou. — Nobre! O homem que eu...

Alec ficou tenso, ouvindo o resto da frase em sua mente tão claramente como se ela a tivesse dito. *O homem que eu amo*.

— Revelar a pintura é o ato mais nobre que eu posso fazer, querida.

Houve um silêncio demorado, durante o qual Alec praticamente conseguiu sentir a decepção de Lily no ar. Quando ela falou, afinal, Alec pensou que seu coração fosse explodir dentro do peito.

— Eu pensei que você me amasse — ela disse, a voz baixa e delicada.

— Talvez. Mas eu a amei do meu próprio jeito, querida. Agora casar com você... impossível. Eu sou o maior artista da nossa época. De *todas* as épocas. E você é linda... mas... como eu disse... sua beleza existe como um espelho do meu talento. E mundo todo em breve poderá ver o tamanho desse talento.

Ele pôs a mão no rosto dela.

— Querida, eu nunca a mandei embora. Eu estava feliz em ter você. E ainda estou disposto a tê-la. Foi por isso que a segui até aqui.

Vagabundo. Alec ficou tenso quando Lily encarou Hawkins.

— Ainda? — ela perguntou.

O artista se aproximou e Alec segurou um rugido de fúria diante daquela proximidade.

— Ainda. *Agora.* — Era impossível não perceber a sugestão sexual nas palavras. — Você gostaria disso, minha querida. Não gostaria?

Chega! Alec correu para cima dele... Só que Lily foi mais rápida.

* * *

Foi extremamente boa a sensação de socar o nariz do sujeito. Ela sabia que não deveria ter feito isso, sabia que não resolveria seu problema. Sabia, também, que isso não teria outro efeito que não enfurecer Derek e deixá-lo ainda mais disposto a arruiná-la. Só aumentaria a vergonha dela – a vergonha que tinha de seus sentimentos, seu comportamento e as consequências dele. Mas havia um limite para o que uma mulher conseguia suportar, e depois que ele fez renascer a vergonha – acompanhada de toda dor, tristeza e dúvida que ele tinha causado nela..., Lily não conseguiu se conter.

— Ai! — Derek levou a mão ao rosto para conferir o estado de seu belo nariz, exagerado de tão reto. — Você me acertou!

— Você mereceu — ela disse, sacudindo a mão, esforçando-se para ignorar a própria dor. Era a primeira vez que ela socava alguém e, para falar a verdade, aquilo doía mais do que ela imaginava.

— Ah, sua vagabundinha! Você vai se arrepender disso!

— Não tanto quanto você vai se arrepender de usar esse linguajar com ela — rugiu o sotaque escocês da escuridão.

Lily soltou um gritinho de surpresa ao se virar e se deparar com Alec cruzando a sala, mais de dois metros de fúria imensa e musculosa, com um único objetivo: terminar o trabalho que Lily tinha começado.

O punho dele era bem maior que o dela, e desferiu um soco impressionante. Lily não deveria ter gostado de ouvir o som de osso colidindo com carne, mas ela tinha que confessar que foi empolgante. Assim como o modo que Hawkins caiu no chão, parecendo um saco de aveia. E como Alec foi atrás dele para levantá-lo, com a força de um braço gigantesco, e acertá-lo uma segunda vez. E uma terceira.

Quando ele puxou o braço para o quarto golpe, seu casaco se rasgou em dois, bem na costura das costas. Com o som do rasgo, Lily encontrou sua voz:

— Pare!

Alec congelou, como se ela o controlasse com cordões, feito uma marionete. Ele olhou por cima do ombro.

— Você o quer?

Ela meneou a cabeça, confusa com a pergunta e o sotaque, que estava mais carregado por causa da fúria.

— O quê? — ela perguntou.

— Você o quer? — ele repetiu. — Como marido.

— O quê? — Desta vez foi Derek quem cuspiu a pergunta.

Alec voltou sua atenção para ele.

— Eu não lhe dei permissão para falar! — Ele olhou de novo para Lily. — Se você o quiser, ele é seu.

Ela acreditou nele. Lily não teve nenhuma dúvida de que, se declarasse que queria se tornar a Sra. Derek Hawkins, Alec faria isso acontecer. Eles estariam casados antes do raiar do sol. Ela conseguiria o homem com o qual sonhou por meses, o homem que a fez chorar até dormir mais vezes do que ela podia se lembrar.

Alec o daria para ela... Uma semana atrás, talvez, ela teria dito que sim, mas naquele momento...

— Não — ela sussurrou.

— Com convicção, garota!

— Não! — ela repetiu, com mais firmeza. — Você está tão disposto a me casar que pensa em me unir a *ele*, Vossa Graça?

— Eu não vou casar com ela! — Derek declarou. — Você não pode me obrigar!

Alec o fuzilou com o olhar.

— Vou repetir: não estou interessado em ouvir o que você tem a dizer.

Lily encarou Derek.

— Só para deixar claro, como ele é o *Duque* de Warnick, acredito que ele pode *sim* obrigar você a casar comigo, *Senhor Hawkins*. — Ela enfatizou a falta de título do artista, sabendo que isso o deixaria louco de inveja, antes de voltar sua atenção para Alec. — Mas o que Vossa Graça não pode fazer é *me* obrigar a casar com *você*. Ou com qualquer outro, a propósito.

Por um momento, Lily pensou ter visto o duque retorcer os lábios ao ouvir aquilo, pelo modo como ela se defendeu. Lillian se perguntou se ele teria sentido pelo menos um pouquinho de orgulho dela. Ela, para falar a verdade, sentia muito orgulho de si mesma.

— Eu não sonharia em forçá-la a se casar, Srta. Hargrove — ele respondeu.

— Nós dois sabemos que isso não é verdade — ela retrucou. — Mas não estou interessada na opção atual.

— Graças a Deus por isso — Alec disse.

— Você teria sorte de me conseguir — Derek soltou.

No mesmo instante, Alec olhou para ele.

— Essa coisa voltou a falar. — Ele ergueu o punho e socou Derek mais uma vez. — Da próxima vez vou arrancar seus dentes.

Uma emoção a percorreu diante da reação decidida dele, diante do modo como ele a protegeu instantaneamente. Ela gostou demais disso. Se Lily não tomasse cuidado, Alec se tornaria tão perigoso quanto Derek tinha sido. *Ainda mais.*

— Agora chega, Vossa Graça — Lillian disse. — Você já provocou bastante estrago. — Alec se endireitou ao mesmo tempo em que colocava Derek de pé. Mas ele não soltou o artista de imediato. — Solte-o — Lily disse.

Mas não sem um último recado. Alec se aproximou do outro, aterrorizando-o, apreciando o horror naquele rosto idiota.

— Eu lhe disse que o destruiria, não disse? E isso foi antes de você tocar nela, antes de insultá-la.

Alec abriu a mão, deixando Derek cair no chão, o que fez com que ele fugisse rastejando como um besouro.

— Você quebrou meu nariz! — Derek disse, levando a mão ao nariz ensanguentado. — Eu sou um *ator*!

Alec levou a mão ao bolso e retirou um lenço para limpar o sangue de seus dedos.

— Se você se aproximar dela de novo, vou fazer mais do que quebrar seu nariz. Vou tornar impossível para você voltar a andar em seu maldito palco. Vou fazer isso sem hesitar, e com um prazer imenso.

— Isso não vai mudar nada — Derek retrucou. — No momento em que o mundo vir a minha pintura, todos conseguirão ver a verdade. — Ele olhou para Lily. — Ninguém a aceitará de forma honrada, e a única companhia que vai conseguir encontrar será a do seu duque selvagem e de um punhado de homens que a irão querer para isso, apenas como *companhia*.

A vergonha veio de novo. Quente, furiosa e desesperada. E, de algum modo, em meio a tudo isso, tudo que ela desejou foi que Alec não tivesse ouvido aquela declaração. Lily queria que ele tivesse uma opinião melhor sobre ela. Mas ele não tinha, é claro. Ele não disse a mesma coisa para ela, há menos de uma hora, no meio do salão de festas? *Venda quando puder.*

Mas o duque pareceu não perceber a semelhança entre as declarações, pois foi atrás de Derek outra vez, erguendo-o pelo colarinho até o homem que ela um dia amou ficar pendurado acima do chão. Lily arregalou os olhos enquanto Derek agarrava os punhos de Alec, parecendo não conseguir nada com isso.

— Pense em uma razão decente para eu não o matar agora mesmo — Alec disse.

Hawkins soltou um gritinho ao tentar protestar.

— Solte-o — Lily disse.

— Por quê? — Alec não olhou para ela.

— Porque eu já estou arruinada, com ou sem o assassinato dele na minha consciência — ela respondeu. — E porque eu lhe pedi.

Então Alec olhou para ela e a luz projetou um lindo brilho nos ângulos e nas linhas do rosto atraente do escocês. Ele era o homem mais bonito que ela já tinha visto, mesmo naquele instante, com o casaco rasgado e os olhos chispando de fúria. *Principalmente* naquele instante.

— Porque eu pedi que você o soltasse — ela repetiu, encarando-o.

Ele recolocou Derek no chão, que endireitou os ombros e alisou as mangas da casaca, parecendo não ter ciência de que seu rosto e sua gravata estavam manchados de sangue. Por Alec. Pela honra de Lily.

Jamais alguém tinha se preocupado com a honra dela antes. Lillian não sabia muito bem se gostava disso. *Ela gostou disso*. Mas não teve tempo de pensar no assunto. Ela se virou para Derek e disse:

— Lembre-se disso quando acordar de manhã e for capaz de ver o sol. Lembre-se que eu lhe dei algo que você me negou.

— Eu nunca ameacei sua *vida*.

Ela inspirou fundo.

— Foi exatamente isso que você fez.

— Lillian — Alec começou, mas ela ergueu a mão para impedir que ele continuasse. Que manifestasse sua discordância. Ele podia ser o guardião dela, mas Lillian não permitiria que ele a controlasse. Ela o rodeou e ficou de frente para o homem que um dia tinha amado, o homem que um dia Lillian acreditou que faria tudo por ela.

— Não posso mudar a opinião das pessoas à minha volta, a opinião de toda Sociedade, a opinião que vai ser cristalizada quando você exibir o retrato. — Ela fez uma pausa e inspirou fundo antes de acrescentar: — Eu nunca vou conseguir me livrar da vergonha que sinto desse desastre todo. — Ela olhou para Alec e reconheceu que ele estava certo, que o plano dele era o melhor. — Eu nunca vou conseguir fugir disso.

A compreensão iluminou os lindos olhos castanhos dele e Lillian esperou que Alec demonstrasse sua sensação de vitória ao perceber o que ela faria. Ela encontraria um homem e casaria com ele. Não havia outra opção.

— Vá embora, Derek.

Mas ele teve que dar a última palavra:

— Um homem menos digno revelaria a pintura esta noite, só para puni-la. Para punir esse bruto que você tem como guardião. Mas eu tenho uma mente grandiosa, mais evoluída do que qualquer outra que o mundo já conheceu. E assim eu lhe concedo minha benevolência... — Derek fez, então, sua pausa de costume, como fazia quando ela posava para ele. Lillian costumava ficar na maior expectativa durante essas pausas, certa de que pressupunham a genialidade dele. Mas agora ela sabia a verdade: tudo que saía da boca de Derek Hawkins era lixo. — Considere isso um presente, pequena Lily. Pela... *inspiração*. — O modo como a palavra emanou dele fez Lily ter vontade de vomitar de arrependimento. — Durante a próxima semana, você pode pensar em tornar seu animal menos selvagem.

Alec ficou tenso e olhou para as mãos dela, depois para Derek.

— A única coisa que está me impedindo de arrancar cada um dos seus membros é a benevolência *dela*, seu verme pomposo. Caia fora!

O duque parecia se conter a muito custo e suas palavras aterrorizantes foram o suficiente para fazer Hawkins sair correndo pela porta.

Lily olhou para a porta por um longo momento depois que Derek saiu e falou, ainda virada para lá, incapaz de encarar Alec.

— Diga-me, se ele tivesse pintado um homem nu, Londres estaria tão escandalizada? — Como Alec não falou nada, Lily respondeu sua própria pergunta: — É claro que não.

— Lillian — ele sussurrou, e por um momento fugaz, ela se arrependeu de não ter deixado que ele usasse seu apelido. Afinal, se alguém podia usá-lo, não devia ser o homem que lutou por ela sem hesitação? Sem que ela merecesse? Ela inspirou fundo.

— Minha reputação está arruinada porque eu sou uma mulher, e nós, mulheres, não nos pertencemos. Nós pertencemos ao mundo. Nosso corpo, nossa mente.

— Você não pertence a ninguém. Essa é a questão. Se pertencesse, isso tudo não seria um escândalo.

— Eu pertenço a você, não? — Ela levantou uma sobrancelha.

— Não.

Os lábios dela se torceram com a resposta instantânea.

— É claro que não. Você nunca me quis. — *Ninguém nunca me quis. Não de algum modo que importe.*

Foi a vez dele sacudir a cabeça.

— Não foi isso que eu quis dizer.

— O que não torna o que eu disse menos verdadeiro.

Ele a observou por um longo momento.

— Não importa qual é a verdade. Só importa aquilo em que você acredita.

Lillian aquiesceu ao ouvir suas próprias palavras na boca dele.

— Então nós concordamos. Eu não estou interessada em culpar ninguém, Vossa Graça. Só estou interessada em sair desta sala e decidir qual cavalheiro de sorte eu preciso encantar para que me aguente como esposa.

Ele praguejou e ela aproveitou o momento para sair, dando meia-volta e encaminhando-se para a porta por onde Derek havia passado alguns minutos antes. Uma vez lá, ela se virou para ver que Alec continuava imóvel sob o luar, a casaca em farrapos, um rasgo na calça, na parte da coxa. Em contraste com a decoração refinada daquele escritório, ele parecia um personagem saído de um romance – um criminoso que invadia uma casa decente para roubar seus pertences. E ao mesmo tempo, de algum modo, ele parecia perfeito.

Mas e se ele a quisesse? Ela afastou o pensamento.

— Deixe que eu conduza este navio, Alec. Pode ser que eu bata nas pedras e vá parar no fundo do mar, mas pelo menos eu mesma terei feito isso.

Antes que ele pudesse responder, ela se virou e abriu a porta, ficando frente a frente com a Condessa Rowley, que não parecia nem um pouco surpresa de encontrar Lily dentro da sala escura. De fato, Lady Rowley apenas abriu um sorriso de cumplicidade e se aproximou.

— Alec está aí, querida?

Lily ficou aturdida com a intimidade da pergunta.

— Alec?

— Seu guardião — a condessa esclareceu.

Lily deu uma risadinha desprovida de humor ao ouvir isso e escancarou a porta, revelando Alec. Um brilho, como os olhos de um predador, acendeu o olhar de Lady Rowley.

— Eu sabia. Acabei de ver seu ex-amante sair deste corredor parecendo ter levado uma surra de um bruto devastador. E eu sabia que tinha sido o *meu bruto devastador*. — Lily ficou tensa ao ouvir aquilo. Ela detestou o som das palavras ditas com a bela voz da condessa, detestou o sentimento implícito de posse. E, acima de tudo, detestou o adjetivo, ofensivo e sexual, como se ele fosse um urso que precisasse ser domado, não um homem.

— Alec, seu animal heroico — Lady Rowley ronronou. — Eu esperava encontrá-lo em algum lugar escuro, amor. Para retomar nossa *conversinha*.

Não havia como entender mal as palavras da condessa. *Eles eram amantes.* Lily ignorou a pontada de decepção que sentiu, dizendo para si mesma que a decepção era porque ela imaginava que Alec teria um gosto melhor para amantes. Não tinha nada a ver com a ideia de que ele tinha uma amante – e ponto.

Lily olhou por cima do ombro para Alec, que olhava diretamente para Lady Rowley com uma intensidade que Lily nunca tinha visto. E ela não conseguiu deter o sentimento que a invadiu. Traição.

— Querido... — A condessa suspirou. — Olhe só para você. A casaca em farrapos. Continua grande, forte e imenso como sempre. Meu Deus, como senti sua falta.

Lily fechou a porta antes que pudesse ouvir a resposta. Ela não queria ouvir a resposta. Que ele passasse o resto da noite com a amante! Que ela cuidasse das mãos esfoladas e do ego ferido dele! Lily queria sair dali, queria sair daquela casa e daquele maldito mundo com suas regras que significavam coisas diferentes para pessoas diferentes.

E ela pretendia sair dali sem ele. Afinal, essa não era a primeira vez que ficava sozinha. Lillian Hargrove tinha se acostumado a viver sozinha. E a chegada do escocês imenso não mudaria isso.

Quando chegou à entrada do salão de festas, quase ficou surda com a cacofonia que emanava dali. Ninguém dançava, apesar de a orquestra estar tocando uma quadrilha perfeita. Toda Londres estava reunida em pequenos grupos, com cabeças baixas e leques agitados, conversando em voz baixa. Apesar do fato de esse ser um evento feito para enfatizar as diferenças sociais entre as pessoas, a fofoca continuava sendo um grande denominador comum.

Lily não era boba. Ela sabia qual o assunto da fofoca. Sabia, também, que logo faria parte da conversa. E isso antes mesmo que Sesily Talbot se aproximasse e segurasse suas mãos.

— Por Deus! — ela falou, a voz baixa e discreta. — Quando eu disse que você e Warnick deveriam transformar Hawkins no vilão, não estava querendo dizer que deviam espancá-lo até a morte!

— Não foi até a morte — Lily disse.

— Ele passou por aqui com o rosto inchado, um lábio partido e um olho que faria um boxeador estremecer. — Sesily fez uma pausa. — Não que eu não tenha gostado dessa imagem.

— Posso imaginar que você tenha gostado. — Lily não conseguiu evitar um sorriso.

— Ele merecia isso e ainda mais — Sesily concordou antes de acrescentar: — Foi empolgante assistir a Warnick acabando com ele? Ele é um bruto magnífico!

— Ele não é um bruto. — Lily estava começando a odiar essa palavra.

— Claro que não — Sesily se corrigiu no mesmo instante. — Ele gosta muito de você, é óbvio.

Lillian não gostou do modo que as palavras de Sesily a fizeram se sentir, confusa e até um pouco nauseada.

— Todo mundo viu o Derek? — ela perguntou.

— Sim! Foi maravilhoso! — Sesily exclamou, alegre.

— Imagino que eu esteja no centro de outro escândalo.

— Bobagem. — Sesily fez um gesto de pouco caso. — É o mesmo escândalo. Você ainda não conseguiu superar as irmãs Talbot. Mas eu tenho que reconhecer, você sabe como entrar em um salão de festas. — Sesily olhou para o vestido de Lily. — E sabe como se vestir para a ocasião.

Lily não achou isso engraçado. Na verdade, ela achou aquilo terrível e se sentiu tomada por arrependimento, desejando estar em qualquer outro lugar que não aquele.

— Eu não sei o que estou fazendo.

— Ouça — Sesily disse, convicta e firme, apertando as mãos de Lily e forçando-a a encará-la. — O que você deve fazer é não deixar que eles vençam. Nunca! Não existe nada neste mundo que eles gostem mais do que destruir uma mulher por ela ser corajosa demais. E não existe nada no mundo que os deixe mais furiosos do que não conseguir destruí-la.

Lily olhou para a Talbot, uma amazona no coração de Londres. Linda em seu vestido vermelho justo – um vestido que, sem dúvida, deixava as outras mulheres verdes de inveja. Ela era tudo que Lily não conseguia ser: confiante, certa de sua capacidade e feliz com suas escolhas.

Lily imaginou como seria ser assim. Talvez tenha sido toda essa autoconfiança de Sesily que deixou Lily disposta a falar. Com coragem o bastante para dizer algo que provavelmente não deveria:

— Derek me pediu para ser amante dele outra vez.

— Derek é um ogro — Sesily disse.

— Ele é mesmo — Lily concordou e riu, porque era isso ou chorar.

— Um ogro arrogante, retardado e insignificante.

Lily arregalou os olhos ao ouvir insulto tão criativo.

— Um ogro com poder suficiente para me arruinar, ao que parece...

Sesily pegou as mãos dela outra vez e Lily sentiu conforto no calor e na firmeza daquele aperto.

— Nós vamos sobreviver a isso.

O *nós* espantou Lily.

— Nós vamos?

— É claro — Sesily disse, dando de ombros. — É o que as amigas fazem. Ajudam uma à outra a sobreviver.

Amigas. Ela nunca teve uma amiga. Mas tinha lido a respeito. Ela meneou a cabeça.

— Por que você está sendo tão boa comigo?

Uma sombra passou pelo rosto de Sesily, depois desapareceu.

— Porque eu sei qual é a sensação de ser odiada por todo mundo. E já vi essa gente tentar afastar outras pessoas. Mulheres como nós têm que permanecer unidas, Linda Lily.

Lily quis fazer mais perguntas, mas não havia tempo para isso, pois Alec escolheu aquele momento para emergir do corredor, com a casaca rasgada, as calças em farrapos, as luvas manchadas de vermelho com o sangue de Derek.

— Céus! Ele parece um lutador profissional. Ou coisa pior! — Sesily exclamou, o olhar fixo nele enquanto Alec se aproximava e pegava Lily pelo cotovelo. — Oh, a parte feminina da Sociedade gostaria de ser você esta noite, Lillian Hargrove.

Lily não conseguia imaginar o porquê, pois parecia que Alec queria matar alguém. Ou que já tinha matado alguém.

— Nós vamos embora agora — Alec rosnou, ignorando Sesily, e Lily se deixou levar, pois sabia que não adiantava discutir quando aqueles olhos castanhos cintilavam de raiva e o maxilar anguloso estava travado.

Sesily se inclinou para beijar Lily na bochecha e aproveitou o momento para sussurrar um conselho:

— Tome cuidado. Minha experiência diz que homens com essa expressão estão prontos para duas coisas: beijar ou matar. E ele já tentou matar alguém.

Escândalos & Canalhas

Capítulo 10

ELE AINDA É O NOSSO ESCOCÊS VINGADOR! O DUQUE POSTIÇO DÁ UMA LIÇÃO EM DEREK

* * *

Alec não confiava o bastante em si mesmo para se arriscar a falar. Não depois de testemunhar o pior de Londres no salão de baile de Eversley, ardendo sob o calor dos olhares combinados e disfarçados de toda a Sociedade. Tampouco depois de arrastar Lily pelo salão, ouvindo os sussurros. *O Duque Postiço... Coberto do sangue de Hawkins... Essa garota só cria problemas... Pobre Hawkins...*

E, acima de tudo, Alec não confiava em si mesmo para se pronunciar diante da ideia de que era Hawkins quem merecia simpatia naquela farsa. Como se tudo que Lily merecesse fosse crítica. *O Bruto Escocês.*

Ele se virou ao ouvir esse último sussurro, encontrando uma mulher próxima, cujos olhos revelavam o que ela pensava. Ele rilhou os dentes enquanto as palavras ecoavam dentro dele. Suas roupas estavam em tiras e ainda retinham o perfume adocicado de Meg. A lembrança das mãos dela deslizando por seu peito evocou ódio, não dela, mas de inúmeras inglesas que só pensavam nele como mais um troféu em suas coleções de conquistas — bom para levar para cama, mas não para algo mais. Uma conquista. O grande bruto escocês.

Venha me ver, querido, Meg tinha sussurrado, as mãos habilidosas descendo por seu peito, como se ele pertencesse a ela, como se ele fosse segui-la igual a um cachorrinho na guia. Ela enfiou um cartão com seu endereço no bolso dele, lembrando-o do passado que tiveram, da facilidade com que ela o manipulou, apesar de considerá-lo inferior. Indigno.

Quantas outras tinham pensado o mesmo? Com que frequência ele pensou o mesmo? O lugar dele não era ali, naquele baile com Lillian – linda, inglesa e absolutamente perfeita.

Alec não falou enquanto ele e Lily saíam do salão de baile, passando por um Eversley chocado. Ele nem parou para se despedir. E também não falou quando escancarou a porta da carruagem e colocou Lily lá dentro.

Ela falou, contudo, pontuando seu gritinho de surpresa ao ser carregada para dentro da carruagem com um: *Eu sou capaz de subir os degraus sozinha, Vossa Graça.*

Alec não respondeu, apenas entrou na carruagem logo depois dela, fechando a porta com estrondo e dando duas batidas no teto, o que colocou o veículo em movimento.

Ele não pôde responder, tomado de frustração, vergonha, constrangimento e uma sensação profunda de indignidade. Entre o estado de suas roupas, o embate com Hawkins e a chegada de Meg, ele estava farto daquela cidade horrível. Seu desejo era destruí-la toda, derrubar tijolo por tijolo e voltar para o norte como os escoceses saqueadores de outrora, que odiavam a Inglaterra com cada fibra de seus corpos. *Ele a levaria consigo. Uma presa.*

Alec passou a mão pelo rosto, desejando estar em qualquer outro lugar que não ali. Nunca, em toda sua vida, tinha se sentido tão deslocado, como se cada gesto seu estivesse errado. E então havia Lily, que parecia assimilar cada golpe recebido e se defender com uma habilidade maior do que sua pouca idade parecia permitir, o que era um lembrete constante da total incapacidade de Alec fazer alguma coisa certa.

Assim, ele ficou menos do que entusiasmado quando ela falou de novo, preenchendo a carruagem com seus comentários.

— Bem... Imagino que, depois desta noite, nós vamos ser bem recebidos nas melhores casas de Londres.

Ele mordeu o lábio para não proferir a imprecação que queria soltar, preferindo ficar em silêncio. Ela, contudo, não fez a mesma opção.

— Você acredita mesmo que alguém vá se casar com a musa de Hawkins?

— Não se chame disso — ele disse, lançando um olhar penetrante.

— Tudo bem. A amante de Hawkins.

Aquilo o enfureceu ainda mais.

— Você foi mesmo? Amante dele?

— Isso importa? — Ela o encarou.

Só importa que ele não a tenha honrado. Que ele não a merecia.

— Alguém vai casar com você. Faça sua lista. Eu garanto o resto.

— Alec... — ela disse, com a voz de uma mãe que tenta explicar para seu filho por que ele não pode fazer pudim de creme com nuvens. — Hawkins ficou todo estropiado e você está coberto de sangue. Ainda que alguém neste mundo estivesse disposto a ignorar o escândalo inicial, esta noite piorou tudo.

— Isso não vai impedir que você se case. — Ele olhou pela janela.

Ela riu, o som desprovido de graça.

— Eu não passei muito tempo na Sociedade, Vossa Graça. Mas posso lhe garantir que vai sim.

— Então nós vamos duplicar o dote. Triplicar.

Lily suspirou o nome dele no escuro, e Alec ouviu a resignação na palavra... E a detestou.

— Eu queria casar — ela disse, e ele parou, bastante interessado na sinceridade da voz dela. — Eu queria a promessa de uma família e um futuro. E, sim, de amor. Mas se eu tiver que me conformar... — Ela parou de falar e então retomou a ideia, com mais convicção: — Alec, eu não desejo me conformar.

Finalmente algo com que os dois podiam concordar.

— Não vou fazer com que você se conforme — ele disse. — Eu nunca lhe pediria isso.

Aquela risadinha de novo, tão descrente que ele achava difícil suportá-la.

— É exatamente isso que você está me pedindo para fazer. — Ela fez uma pausa. — Oito dias não é o bastante para que um homem nessa lista faça outra coisa que não se conformar. Oito dias não são suficientes para encontrar o amor.

— Droga, Lillian, como isso vai acabar? — A cabeça dela foi para trás como se ele a tivesse acertado. E talvez tivesse mesmo, com frustração e raiva. — Digamos que eu lhe dê o dinheiro e você fuja. Para onde iria?

Ela abriu a boca. E a fechou. Até falar, afinal:

— Para longe.

Ele não a queria longe.

— Para onde?

Uma pausa.

— O que é a Escócia para você? — ela perguntou.

— Lillian... — ele começou.

— Não. — Ela sacudiu a cabeça. — Sério. Por que você prefere morar lá?

— É meu lar. — Ele deu de ombros.

— E o que isso significa? — ela perguntou.

— É... — *Seguro.* — ...confortável.

— Ao contrário daqui.

A diferença entre a Escócia, acolhedora e inculta, e Londres, com suas regras e etiqueta, era tão imensa que o fez rir.

— A Escócia é tudo que isso aqui não é. Totalmente diferente.

Ela concordou.

— É isso o que eu quero. Eu quero ir para longe daqui. Deste mundo. Por que você pode ter isso e eu não?

Alec queria dar tudo isso para ela. Queria que ela conhecesse a sensação de estar em um campo de urze quando a chuva caía e levava embora suas preocupações. Mas nem a Escócia podia apagar o passado.

— Você acha que este mundo não a encontraria? Você acha que conseguiria viver como uma viúva rica em algum lugar? Ir para Paris e reinar como uma rainha? Viajar para a América e usar o dinheiro para erguer um império? Não conseguiria. Este mundo vai persegui-la e assombrá-la. Isso é o que acontece com...

— Com quem? — Ela esperou que ele terminasse.

— Com quem foge.

Ele tinha fugido, não? Alec tinha jurado nunca deixar que os outros o lembrassem do passado. E veja só o que aconteceu nessa noite. Veja as roupas esfarrapadas, as mãos ensanguentadas. *Ele nunca conseguiria fugir disso.* Mas se ela encontrasse um marido, talvez conseguisse sobreviver. *Ela sobreviveria.*

— Você deve ficar... conhecer os homens... ver o que acontece.

Ela jogou as mãos para cima, frustrada.

— Que Deus me proteja de guardiões intrometidos. Tudo bem.

Veio o silêncio e Alec se sentiu, ao mesmo tempo, grato e incomodado pela quietude que, por sorte, não durou muito.

— Eu lhe disse que a casaca não servia.

— O que você disse? — Ele a encarou.

— Sua casaca. Você a rasgou toda. As calças também. Você está com a aparência de alguém que veio da selva e foi direto para o salão de baile.

— É o que se espera do Bruto Escocês — ele bufou.

— Não — ela protestou de imediato, o que o surpreendeu. — Você não é bruto.

Era mentira. Ele estava coberto de sangue e suas roupas caíam em farrapos de seu corpo. Se algum dia ele pareceu um bruto, era aquele.

— O que eu pareço, então?

Lily olhou enviesado para ele.

— Está querendo ouvir um elogio, duque?

— Só a verdade.

Lily deu de ombros, um movimento que Alec começava a gostar bastante. Não que ele devesse gostar daquela mulher.

— Grande — ela disse, enfim.

Todo mundo sabia que isso era verdade.

— Grande demais — Alec retorquiu.

— Para essas calças e essa casaca, sim — ela observou —, mas não grande *demais*.

— O resto da Inglaterra talvez discorde.

— Eu não sou o resto da Inglaterra. — Ela parou e refletiu sobre suas próximas palavras antes de continuar. — Eu gosto bastante de como você é grande.

As palavras vibraram ao passar por ele. Ela não pretendia que a frase saísse daquele jeito. Era culpa da escuridão da noite, do movimento da carruagem e do espaço fechado. E não importava se ele quisesse que ela repetisse aquilo de novo e de novo. Lillian Hargrove não estava ali para satisfazer as vontades dele. Mas o corpo dele parecia não entender isso.

— Eu posso lhe garantir que o resto da Inglaterra discorda — ele insistiu, remexendo-se no assento, perguntando-se se faltava muito para eles chegarem.

— Acho que sua condessa concorda. — Lillian fez uma careta.

— Minha condessa? — *Meg*. Ele fingiu não saber do que ela falava.

— Lady Rowley. Ela não acha que você é grande demais.

Meg não achava isso agora porque ele era o Duque de Warnick, com uma condição social mais elevada do que ela tinha conseguido para si. Mas houve um tempo em que... Meg lhe dava muito, muito menos valor. Mesmo quando ele não desejava outra coisa que não pertencer a ela.

Alec olhou pela janela.

— Ela é a condessa de Lorde Rowley, não acha?

— Não acho, na verdade — Lily disse. — Eu vi o modo como ela tocou em você. Como se fosse sua dona. E o modo como você olhou para ela, como se... — Ela não conseguiu continuar.

Alec disse a si mesmo para não falar, para não perguntar. Mas no silêncio que se formou entre eles havia algo que ele estava desesperado para compreender.

— Como se...? — ele insistiu.

Ela meneou a cabeça e também olhou pela janela.

— Como se você quisesse ter uma dona.

Ele quis isso. Desde o primeiro momento em que Meg sorriu para ele, quando era um garoto, mostrando-lhe o que era desejo. Antes que ele soubesse que ela o transformaria, que ele se transformaria por ela. Ele teria feito qualquer coisa que ela pedisse. E fez. Ele a seguia como um cachorrinho carente. Até ela deixar tudo muito claro.

Alec, querido, garotas como eu não se casam com garotos como você.

Mas ele não iria contar nada disso para Lillian Hargrove.

— Meg não é minha condessa.

— Mas você era da Meg — Lily disse, e aquele vestido bobo começou a fazer sentido, pois ela parecia um cachorro que não largava o osso.

Alec suspirou e ficou olhando para fora da carruagem por algum tempo.

— Séculos atrás — ele concordou, afinal. — Ela era irmã de um colega de escola.

— E você não era um duque.

Ele soltou uma risada abafada ao ouvir isso.

— Não. Se eu já fosse... — Foi a vez de Alec não conseguir continuar.

— Se você já fosse...? — Lily quis saber, e ele se voltou para ela, encontrando o olhar fixo nele, como se pudesse esperar uma eternidade pela resposta. Mas ela não a teria. Ele sacudiu a cabeça.

— Você a queria?

Como nunca quis outra coisa antes. Ele queria tudo que ela representava. Todas as belas promessas que Meg nunca lhe fez. Ele quis tudo. O tolo que era. Lily não se mexeu por um longo momento, e Alec se recusou a perguntar no que ela estaria pensando.

— Como pode ver, Lillian, eu conheço a sensação de não conseguir quem se quer.

— Parece que conhece mesmo — ela concordou.

Um silêncio se interpôs entre eles e Alec foi ganhando cada vez mais consciência dela no escuro, de suas pernas longas debaixo das saias de seda do vestido, das mãos graciosas envoltas em pelica, repousando juntas sobre as pernas.

Aquelas mãos começaram a consumi-lo. Ele as observava, desejando que não estivessem dentro de luvas, desejando poder vê-las nuas. Poder tocá-las. Desejando que elas pudessem tocá-lo.

Ele se endireitou no assento ao pensar nisso. Alec não devia tocá-la. E Lily não devia tocá-lo. Ele olhou para fora de novo. A que distância eles deviam estar da maldita casa-cachorro? Não deviam estar perto, era evidente.

E então ela disse, com a voz suave:

— Eu acreditei que ele me amava.

Essa frase acabou com ele, enchendo-o de ciúme, fúria e um desejo que seria capaz de parar a carruagem, procurar Hawkins e terminar o que tinha começado. Ele fechou a mão direita e o ardor bem-vindo nos nós dos dedos o lembrou que ele tinha feito um estrago bom, mas insuficiente.

— Você o amava? — Alec se arrependeu da pergunta assim que as palavras saíram de sua boca. Ele não queria saber a resposta.

E então ela respondeu, destruindo-o lentamente com cada palavra:

— Minha mãe morreu quando eu era uma criança. Meu pai não casou de novo e, quando ele morreu, eu fui morar com o duque, que foi muito bom para mim. Ele me abrigou. Eu consegui um lugar para morar e passei a receber uma mesada mais do que generosa. — Ela hesitou, procurando as palavras certas. — Ele se esforçou muito para ser um bom guardião.

Até pretendia me dar uma temporada... antes de morrer. Mas, mesmo assim, não era a mesma coisa que ter uma família.

— E a criadagem? — ele perguntou, lembrando de como eles a conheciam pouco.

Ela sorriu, encabulada, sob a luz do luar.

— Eles não sabem como interagir comigo. Eu não sou peixe nem mamífero. Não sou aristocrata nem criada. Não sou da família nem uma hóspede. Intocável, duplamente, por algum motivo. — Ela fez uma pausa, passando os próprios braços ao seu redor, como se tivesse sentido um arrepio, e desviou o olhar. — Eu ficava meses sem ser tocada por outra pessoa que não uma criada que me ajudava a abotoar o vestido ou uma mão enluvada que me ajudava a subir em uma carruagem.

De novo, Alec baixou o olhar para as mãos dela, e seu ódio pelas luvas se renovou.

— Seu quarto. Debaixo da escada.

Ela deu de ombros – aquele movimento conhecido.

— Era gostoso ouvir as pessoas falando enquanto subiam e desciam a escada. Isso ao menos me lembrava que havia mais gente no mundo. Pelo menos eu ficava fisicamente perto delas. Mesmo que não as tivesse na minha vida. Eu as ouvia rindo... as garotas. Elas riam o tempo todo que estavam na escada, por algum motivo bobo que eu nunca sabia. E eu teria dado qualquer coisa para trocar de lugar com uma delas. Para estar com elas. Em vez de estar naquele lugar... entre dois mundos.

— Lily — ele disse, sentindo o peito arder com o desejo de apagar todo esse tempo em que ela esteve sozinha.

Ela nunca mais ficaria só. Ele iria garantir isso.

— Às vezes eu me perguntava se algum dia tocaria outra pessoa de novo. Se algum dia eu seria amada. — Lily se voltou para Alec e ele viu a sinceridade em seus olhos. — Hawkins fez com que eu me sentisse amada.

Aquelas palavras o destruíram, fazendo com que ele, ao mesmo tempo, quisesse puxá-la para perto e empurrá-la para longe. E também que quisesse pulverizar Hawkins por ter se aproveitado de Lily. — E você? Amava Hawkins?

— Quem pode dizer? — Ela desviou o olhar de novo.

Alec detestou a resposta, por não negar o sentimento dela. Dava para ver. Ele quis colocar palavras nos lábios dela. Uma negativa categórica.

— Ele não a merecia. — Foi só o que Alec resolveu dizer.

Um canto dos lindos lábios dela se ergueu.

— Você tem uma opinião boa demais a meu respeito, Vossa Graça. O resto do mundo diria que *eu* não o mereça.

— O resto do mundo que se dane.

Lily levou a mão ao vidro embaçado da janela e arrastou a ponta do dedo, deixando marcas.

— No entanto, eu o amava — ela disse, a voz baixa, perdida em lembranças.

— Por quê? — ele não pôde conter a pergunta.

— Era uma promessa tentadora. Às vezes... — Ele se perguntou se Lily terminaria a frase, pois ela ficou tanto tempo em silêncio que ele imaginou que não iria terminá-la. Mas então: — Às vezes, você espera tanto tempo que qualquer coisa parece ser amor.

De repente, ele sentiu o peito ficar devastadoramente apertado. O que ela estava fazendo com ele? Alec se inclinou para frente, diminuindo a distância entre eles.

— Eu não quero magoá-la — ele disse.

— Eu sei.

— Eu nunca deveria ter vindo. — Nada de bom acontecia quando Alec estava em Londres. Ainda mais quando Londres vinha acompanhada daquela mulher linda, que estava transformando seu mundo em caos.

— Existe algo de muito nobre em você vir por mim.

Talvez tenha sido o modo como ela falou, fazendo as palavras soarem quase mágicas, como se ela fosse uma deusa pagã, nua sob as estrelas, conjurando a presença dele. Talvez tenha sido a escuridão, combinada com o luar prateado incidindo na pele de porcelana dela, que o fez levar sua mão até as dela, mesmo sabendo que não deveria. Sabendo que era um erro do mais alto grau.

Lily entregou a mão, sem hesitar, e ele virou a palma para cima, revelando um quarteto de pequenos botões no lado de dentro do pulso. Lentamente, ele desabotoou a luva e, puxando pelos dedos, fez com que deslizasse da mão dela, revelando a pele nua e macia.

Primeiro ele só olhou para aquela mão, sentindo como se estivesse à beira do precipício, olhando para o abismo profundo do qual nunca voltaria. A respiração de Lily ficou rápida, entrecortada – ou talvez fosse a dele, provocada por seu desejo de tocá-la.

Eu me perguntava se algum dia tocaria outra pessoa de novo. A lembrança dessas palavras ecoou à volta deles e, naquele silêncio carregado, Alec levou a própria mão à boca, puxando os dedos da luva com os dentes, retirando-a com eficiência, antes de jogá-la de lado e – antes que pudesse se arrepender – deslizar sua palma nua sobre a dela.

Lily prendeu a respiração quando os dedos se encontraram, com a forma como ele capturou sua mãozinha na dele – que era muito maior.

A pele dela era tão suave, parecia seda. Suave foi também o som do pequeno e delicioso suspiro que ela soltou. Ele não olhou para ela ao ouvir esse som. Recusou-se, porque sabia o que aconteceria se olhasse. Sabia que não conseguiria se impedir de fazer o que viria a seguir.

Então ele apenas acariciou a mão dela, sua palma passando pela dela, seus dedos percorrendo os caminhos e vales dos dedos dela, até apenas as pontas se tocarem, antes que ele tomasse a mão dela de novo, entrelaçando os dedos bem apertados.

— *Palma com palma* — ela sussurrou, e ele entendeu a provocação sutil. A referência a *Romeu e Julieta*. À discussão que tiveram antes.

Ele deveria soltá-la. Era o que pretendia fazer. Alec não pretendia dizer o que veio a seguir:

— A única parte da peça que vale alguma coisa.

Ele não pretendia olhar para ela e encontrá-la tão perto e ao mesmo tempo tão distante. Ele queria se afastar, recostar-se em seu assento, soltá-la. Mas, então, ela sussurrou:

— *Deixe os lábios fazer o que as mãos fazem.*

— Maldito Shakespeare — ele praguejou, apertando a mão e puxando-a para si, enquanto a outra mão, ainda enluvada, capturava-a, deslizando pelo rosto dela, seus dedos longos curvando-se ao redor do pescoço dela e enroscando em seu cabelo, soltando os grampos enquanto seus lábios cobriam os dela e ele a beijava como se estivesse faminto e Lily fosse um banquete.

Ela tinha gosto de pecado, de sexo e... ele não sabia como isso era possível, mas tinha gosto de Escócia – selvagem, livre e acolhedora. Ele parou e se afastou só um pouco, o suficiente para apenas um fio de cabelo se interpor entre eles, e fechou os olhos. Ele precisava parar, esse não era o plano, isso não era possível.

Ela tinha gosto de lar. Só mais um beijo. Só mais um gostinho. Rápido. Só o bastante para ele se recuperar e conseguir respirar de novo.

— Alec? — ela sussurrou e a interrogação após seu nome acabou com ele. Não era um protesto. Não era confusão. Era desejo. Ele sabia porque sentia o mesmo.

Alec gemeu e a puxou para mais perto, soltando a mão nua dela e puxando-a para si, para seu colo, onde ele poderia saboreá-la melhor. Ele passou um braço ao redor dela, protegendo-a para o caso de a carruagem acertar uma valeta e fazê-la pular, e então voltou aos lábios dela, tocando-os com carinho e delicadeza, provocando-a com a língua até ela arfar com as sensações e ele a tomar por completo, saboreando aquele calor sedoso com uma dedicação demorada e exuberante.

Ela gemeu, inesperada, sem reservas, e ele ficou duro como ferro debaixo dela, querendo ouvir aquele som de novo e de novo – a prova do prazer dela. De sua paixão.

Lily enfiou os dedos no cabelo dele e o segurou perto, levando sua língua de encontro à dele, beijando-o de um modo que ameaçou fazer com que pegassem fogo, consumindo até a carruagem.

Ele gemeu de prazer e capturou o rosto dela com as mãos, mantendo-a parada enquanto a beijava, roubando os suspiros dela como um ladrão. E ele era um ladrão, que saqueava sem hesitação. Ou talvez ela fosse a ladra. Os dois roubavam juntos, saqueavam juntos, pilhavam juntos.

Essa foi a sensação mais magnífica que ele já tinha experimentado. As mãos dela deslizaram para dentro da casaca esfarrapada enquanto ela se movimentava contra ele, e Alec levantou as saias dela, deslizando as mãos pelas coxas cobertas por meias de seda, e então a levantou de novo, fazendo-a montar nele – escandalosa, íntima e tudo que ele sempre quis.

A carruagem pulou de novo e ela o agarrou, suspirando de encontro aos lábios dele.

— Alec — ela sussurrou. — Por favor.

Não. Ela não sussurrou, ela implorou. E quem era ele para lhe negar um pedido, ainda mais quando ela se encaixava em seu quadril. Nele.

Alec estava terrivelmente duro. De repente, suas calças ficaram apertadas demais, torturantes de tão desconfortáveis.

Ele gemeu o nome dela, roubando seus lábios de novo ao puxá-la ainda mais para perto, até poder sentir o calor dela através de suas calças. Lily subiu uma das mãos até o peito e os ombros dele, e depois a enfiou de novo no cabelo de Alec, puxando-o enquanto sua língua tocava a dele de novo e de novo, deixando-o louco de desejo.

Com a mão livre, Lily pegou o braço dele, guiando-o, dirigindo-o, fazendo com que deslizasse pelo corpete até o lugar em que a seda encontrava a pele linda e imaculada.

— Toque-me — ela suspirou. — Por favor.

Ele precisava parar. Os dois precisavam parar. Alec levantou o rosto, tentando respirar.

— Lily. Nós não podemos.

Ela abriu os olhos, o desejo lutando com algo muito mais complicado. Ele podia sentir o coração dela ribombando sob seus dedos, no lugar em que ela segurava sua mão, onde ela o queimava com sua beleza.

— Por favor, Alec — ela pediu, a voz suave como seda. — Por favor, me deseje.

Lily falava como se ele tivesse escolha. Como se cada centímetro dele já não a desejasse. Como se ele não desejasse possuí-la da forma mais primitiva possível para apagar a lembrança de qualquer homem que ela já tivesse desejado. Como se ele fosse digno dela. Ele engoliu em seco várias vezes enquanto tentava encontrar força, e poderia ter encontrado. Poderia, se ela não tivesse tomado o assunto em suas próprias mãos, se ela não tivesse pegado a mão dele e a feito envolver aquele seio magnífico.

— Por favor, Alec.

Ele resistiu ao impulso de se mexer, aterrorizado que, se o fizesse, ela pudesse continuar com aquela tentação maluca. Aterrorizado que, se o fizesse, ela pudesse parar.

Em vez disso, ele tirou a mão debaixo das saias dela e segurou seu rosto. Depois a puxou para perto, o mais perto possível sem encostar nos lábios dela, e a olhou no fundo dos olhos, enquanto a luz fraca dos lampiões na rua jogava sombras sensuais naquele rosto lindo.

— Mostre para mim — ele disse.

Mas o que Alec queria mesmo dizer era *use-me*.

Lily arregalou os olhos ao ouvi-lo, e, por um instante, ele pensou que o espanto pudesse fazer com que ela parasse. Diante dos olhos dele, contudo, a surpresa se transformou em desejo e, como um presente de Deus, ela fez o que ele lhe pedia. Como ele lhe disse.

O tempo ficou mais devagar naquele espaço reduzido, e a mão dela orientou a dele, apertando-a contra seu corpo.

— Toque-me aqui — ela disse.

Ele obedeceu, sentindo-a endurecer debaixo de sua mão, mesmo coberta por camadas de tecido. Ela suspirou de frustração, apertando-se nele, querendo mais – como ele também queria. Ele sentiu pena dela.

— Você pretende usar este vestido de novo?

— O quê? — Ela não entendeu.

— O vestido. Você gosta muito dele?

— É horrível. — Lily negou com a cabeça.

— Então vamos ser justos com ele. — Alec rosnou e suas mãos agarraram o decote. Sem hesitar, ele puxou, rasgando o corpete em dois, libertando-a para suas mãos e seu olhar. Ela arfou de surpresa.

— Você...

— Mostre-me, Lily. — Ele não tinha tempo para discutir.

E ela mostrou, colocando a mão dele em seu seio. Eles gemeram juntos de prazer mútuo com o contato, antes que Alec pegasse o bico teso, usando polegar e indicador para tentá-la até ela não resistir mais. Então ele levou os lábios ao outro mamilo, e ela soltou um gritinho quando ele a tocou e enfiou os dedos no cabelo dele, que chupava o bico levemente. Mas ela precisava de mais, então o puxou para perto, implorando por mais em silêncio.

Quando Alec lhe deu o que ela queria, deliciando-se com o sabor dela, certo de que se existia um paraíso era onde ele estava, de onde nunca mais queria sair, ela se moveu, pressionando-o ainda mais, e o calor maravilhoso dela o envolveu, deixando-o duro, grosso e desesperado por alívio. Ele rugiu com o sentimento, desesperado para se aliviar, sem querer fazê-lo... incapaz de confiar em si mesmo, de que pararia quando necessário se ele fosse...

E então ela começou a se mover de encontro a ele, fazendo os barulhinhos mais lindos, suspirando de prazer e gemendo de desejo enquanto ele trabalhava com a língua e os lábios, fazendo promessas ao seu corpo que nunca poderia cumprir. Ele não a possuiria. Não a sujaria. Lily merecia algo melhor que ele.

Alec levantou a cabeça e olhou para ela, que estava de olhos fechados, a frustração clara enquanto se mexia de encontro a ele, desesperada por algo que ela própria não conseguia encontrar. Desesperada por algo que ele poderia lhe dar com tanta facilidade. Por algo que ele *queria* lhe dar.

Ele deslizou a mão por baixo das saias, e o toque da ponta dos dedos dele no lado de dentro do joelho a fez abrir os olhos. Lily abriu a boca, mas ele meneou a cabeça, impedindo-a de falar.

— Aqui? — ele provocou, acariciando o joelho.

Ela sacudiu a cabeça.

— Não.

Ele deslizou a mão pelas roupas íntimas dela, detestando o tecido, o modo como o impedia de tocá-la. Mas ele merecia ser impedido pelo que tinha feito, por não ter sido bom o bastante para ela. Ele merecia isso, assim como ela merecia o prazer que ele podia lhe dar. Nesse momento. Só uma vez. Sem receber sua recompensa.

— Aqui? — ele perguntou de novo, mais no alto da coxa, perto da dobra que marcava o início do lugar mais secreto dela, onde ele queria estar mais do que queria respirar.

Ela negou com a cabeça de novo, mas dessa vez a palavra saiu como uma pequena exclamação:

— Não!

Ele encontrou a abertura na roupa e foi mais fundo, encontrando os pelos macios ali, tocando-os enquanto ela ofegava de prazer, imaginando a cor deles – um tom secreto de ruivo.

— Aqui, então?

Lily ficou cansada daquele jogo e Alec percebeu a irritação no olhar dela. E então ela falou, deixando-o absolutamente surpreso:

— Eu *preciso* lhe mostrar?

Ela era maravilhosa.

— Por favor — ele respondeu no mesmo instante.

E então a mão dela segurou a dele e Lily o fez ir mais fundo, passando os pelos e entrando na maciez sedosa dela, quente e deliciosamente molhada. Ele praguejou, uma palavra baixa e grave em gaélico. E ela exclamou uma única palavra quando conseguiu o que queria, o olhar impenitente encarando-o.

— *Isso.*

Então ele a beijou, um beijo longo e profundo, enquanto seus dedos procuravam, acariciavam e extraíam os segredos dela até os dois ficarem sem fôlego. Soltando os lábios dela, Alec viu que Lily estava de olhos fechados, balançando os quadris de encontro aos dele, segurando sua mão, mostrando-lhe todas as formas como ela o queria.

Ele parou e aqueles olhos se abriram no mesmo instante. Furiosos. Alec não pôde evitar o fio de diversão que sentiu, seguido por uma onda de desejo ardente.

— Olhe para mim — ele disse.

Ela franziu a testa, confusa.

— Eu vou lhe dar tudo que você quer, *mo chridhe*. Tudo que você precisa — ele prometeu, as palavras sensuais e graves, carregadas do sotaque que ele tentava tanto não deixar aflorar quando estava com ela. — Eu vou lhe mostrar o paraíso. Mas só se você me deixar vê-la chegar lá. Esse é o meu preço.

As palavras ficaram entre eles, perversas e carregadas de sexo, e por um momento fugaz, Alec se arrependeu da última, que sugeria que Lily lhe devia algo.

Lily nunca lhe deveria nada. Desse momento em diante, tudo que ela precisava fazer era pedir e ele lhe atenderia. Ele nunca tinha encontrado uma mulher tão perigosa.

Mas ela já tinha acabado com ele, com sua pele macia, seus suspiros de prazer e seu olhar magnífico, enquanto ele a provocava e tocava, enquanto testava suas curvas e reentrâncias e o magnífico canal escuro onde ele queria estar – além da razão. Os olhos dela ficaram fixos nos dele enquanto ela balançava os quadris contra ele, implorando-lhe mais, apertando-os até quase fechar quando Alec lhe ofereceu toques lentos, sensuais, e então arregalando-os quando ele encontrou o lugar que daria a ela um prazer maravilhoso.

Alec ficou observando aqueles olhos, cinzentos como o Mar do Norte, pregados nele enquanto a respiração dela acelerava. Com a mão, Lily agarrou seu pulso, ofegante de desejo, e ele a encarou até ela exclamar seu nome e perder o foco, fechando os olhos e gritando uma vez, depois outra, marcando-o com seu prazer. Possuindo-o no escuro. Mostrando o sol para ele.

Quando ela abriu de novo os olhos, estes encontraram Alec de imediato, e as mãos dela se enroscaram no cabelo dele, seus lábios pressionaram os dele, e sua língua percorreu a boca de Alec, dando-lhe um beijo que o expôs e destruiu por completo, conjurando o prazer dele – quente, duro e quase insuportável debaixo dela.

Alec tirou seus lábios dos dela, querendo respirar, ainda duro e grosso como se não tivesse chegado ao êxtase, desejando deixá-la nua, tirar as calças e fazê-la sua ali, naquele instante. *Para sempre.*

E então ela começou a afastar as saias com as mãos, o que fez Alec pensar se tinha falado em voz alta. Os dedos dela mexeram no fecho das calças dele, tocando-o de leve – leve demais – e ele precisou de um momento para detê-la.

— Oh, meu... — ela sussurrou.

E ele detestou a reverência na voz dela. *Mulheres sonham com homens como você, querido. Mas por uma noite, não por uma vida.*

— Não. — Ele a soltou no mesmo instante, como se Lily fosse um ferro em brasas que o estivesse queimando.

— Mas... — Ela arregalou os olhos, confusa.

— Não. — Ele a tirou do colo e a colocou de volta no assento em frente, com tanta rapidez que ela precisou de alguns segundos para entender o que tinha acontecido.

Os dois estavam ofegantes e ele não conseguia desgrudar os olhos dela, com o corpete rasgado, as pernas tortas e fraca devido ao prazer que tinha encontrado nos braços dele. Alec sabia que ela estava fraca porque ele sentia o mesmo. E também sentia desejo. Lily estava tão perto. Ele poderia possuí-la... Ela o deixaria fazer o que quisesse.

Ele apertou as costas contra o assento, desejando se virar para o lado. Olhar pela janela. Olhar para o chão. Para qualquer coisa, menos para ela. Mas não conseguiu, porque ela era a coisa mais linda que ele já tinha visto.

E então ele cometeu um erro ao levar sua mão até os lábios, querendo apagar a sensação dela ali, esquecendo que o cheiro dela estaria nele, como uma promessa. E o desejo foi maior do que ele poderia suportar. Alec então a saboreou, chupando seus próprios dedos com gosto, deliciando-se com ela.

Os olhos dela foram tomados por chamas enquanto o observava e via a verdade no gesto. Ele poderia tê-la. Ela permitiria. *Cristo, como ele a desejava.* Mesmo naquele instante, com o penteado desfeito e as mechas ruivas de qualquer jeito ao redor do rosto. Mesmo com a lebre e o cão, que no começo da noite estavam no alto da cabeça dela, agora pendurados em sua orelha esquerda. Ela parecia ter sido possuída. *Pelo Bruto Escocês.*

Essa mulher queria casamento, filhos e amor, coisas que ele não poderia lhe dar. Essas não eram coisas que ela queria dele. Ele era grande demais, escocês demais, abrutalhado demais. *Ele não era para casar.* Ele não era o homem que ela merecia. *O que ele tinha feito?* Precisava se afastar dela.

Alec bateu no teto da carruagem, fazendo com que diminuísse a marcha de imediato. Confusão surgiu nos lindos olhos cinzentos de Lily enquanto ele começava a tirar a casaca esfarrapada de suas costas. Ela precisaria disso para cobrir seu vestido rasgado.

— O que você está fazendo? — ela perguntou, olhando pela janela. — Onde nós estamos?

— Isso não importa — ele disse, jogando a casaca no banco ao lado dela e abrindo a porta antes mesmo que a carruagem parasse por completo.

— Alec — Lily chamou e Alec sofreu ao ouvir seu nome nos lábios dela. Ele pulou da carruagem e se virou para ela.

— Você não me perguntou o título do poema de Burns.

Ela sacudiu a cabeça, como se para clareá-la, surpresa com a mudança brusca de assunto.

— Não quero saber de poesia.

Ela estava frustrada, assim como ele.

— *"Um beijo carinhoso e então nos separamos."* — Antes que ela pudesse responder, ele acrescentou: — Sinto muito, Lily. Por tudo.

E Alec fechou a porta da carruagem.

𝔈𝔰𝔠â𝔫𝔡𝔞𝔩𝔬𝔰 & 𝔠𝔞𝔫𝔞𝔩𝔥𝔞𝔰

Capítulo 11

MULHERES!
ENCAREM SEUS MEDOS COM SEUS MELHORES VESTIDOS!

* * *

Lily não usou um vestido de cachorro na manhã seguinte. Embora houvesse vários vestidos caninos para o dia a dia no armário, Lily refletiu que não precisava de nenhum motivo adicional para constrangimento. Ela decidiu usar um vestido que considerou bem bonito – em seda verde, feito para receber visitas, mas estas eram escassas no número 45 da Praça Berkeley, de modo que ela raramente o usava.

Quando fugiu para essa casa – a qual se referia, com afeto, como a Casinha do Cachorro –, Lily levou consigo o vestido por impulso. Nessa manhã, contudo, ela se sentia grata por ter pensado em levá-lo.

Afinal, não era todo dia que ela era beijada dentro de uma carruagem por um homem atraente. Mais do que beijada. Muito mais.

Ela sentiu as bochechas arderem. Não que quisesse que isso acontecesse de novo. *Mentirosa*. Era verdade. Ela apenas achava que o correto era se vestir bem ao estar com a pessoa que a beijou, ou que ela beijou, afinal, Lily tinha correspondido ao beijo. Mais do que isso.

Mas por algum motivo, e apesar de ter sido beijada antes – e ter beijado antes –, beijar Alec Stuart, Duque de Warnick, foi uma experiência diferente de todas as outras.

E, assim, ela decidiu vestir uma roupa bonita, desejando que isso lhe desse coragem para encará-lo pela manhã. Lily entrou na sala de café da manhã da Casinha do Cachorro e fez seu prato, e sentiu o coração martelando ao ver que havia dois lugares postos na mesa, o que significava que Alec ainda não tinha tomado seu café.

Usando a pinça em forma de cachorro para colocar uma salsicha e uma torrada em seu prato, ela foi até a extremidade da mesa e se sentou, fazendo o possível para se comportar com a elegância casual e despreocupada que uma mulher deveria mostrar ao se reencontrar com o cavalheiro com que teve um momento romântico na noite anterior. Momento esse que ela não desejava repetir.

Meu Deus. Aquilo tinha sido magnífico. E então ele fugiu. Ela concentrou a atenção no prato de comida. Fugiu como um covarde, depois que ela o tocou... percebendo que estava tão desesperado quanto ela.

Sinto muito, Lily. Por tudo. Que bobagem. Como se ela não tivesse tomado parte do acontecimento, como se não quisesse aquilo. Com toda certeza ela quis. Lily apenas não desejava repetir o acontecido. De modo algum.

Mentirosa. O pensamento recorrente e incômodo fez com que ela apertasse os lábios até estes desaparecerem em uma linha tensa. A respeito da questão de *querer*, ele também queria, ou pelo menos pareceu que sim quando a jogou na carruagem para incendiá-la e mostrar-lhe um prazer com o qual Lily não tinha sequer sonhado. E assim fazer com que ela desejasse lhe implorar para nunca parar.

Xingar Shakespeare pareceu desnecessário – e maravilhoso, na verdade. Por sorte ela não precisou implorar, porque estaria ainda mais envergonhada do que já estava se tivesse implorado para Alec não parar e ele parasse mesmo assim. Do nada. Para depois fugir. O covarde escocês.

Aquilo tinha sido um desastre constrangedor. Por isso, o vestido. Não importava, Lily tinha outras coisas em que pensar, coisas que não tinham nada a ver com o belo e musculoso escocês. Coisas que eram muito mais relevantes para sua situação atual, para seu futuro. Coisas como maridos.

Angus e Hardy pontuaram esse pensamento ao abrir a porta com seus corpos peludos, fazendo o coração de Lily disparar, porque se os cães estavam ali, o dono não podia estar muito longe.

Angus foi de imediato investigar o que havia sobre o bufê, enquanto Hardy foi cumprimentá-la, fazendo uma reverência sobre as patas da frente antes de sorrir para ela. Lily estendeu a mão e passou os dedos no pelo do cachorro, parando para coçá-lo atrás da orelha. Ele inclinou a cabeça e sua língua pendeu pelo lado da boca, suspirando de satisfação.

Ela não conseguiu deixar de sorrir. Aquele animal enorme não era mais que um gatinho. Um gigante meigo.

— Vai acabar ficando mimado, Hardy, tome cuidado.

A voz carregada de sotaque veio da porta, com certa rouquidão matinal, e fez o coração de Lily ribombar. Ela ergueu o rosto para encontrar o olhar de Alec, mas ele já estava a caminho do bufê, com a cabeça baixa e o *kilt* balançando nos joelhos. Se Alec não tivesse falado, Lily pensaria que ele talvez não a tivesse visto.

O fato de Alec não olhar para ela, contudo, facilitava para que Lily olhasse para ele, e foi o que ela fez ao observar o *kilt* com muito mais atenção do que na última vez que o viu com esse traje, quando estava envergonhada demais para dar uma boa olhada.

Era espantoso como aquele saiote caía bem nele, apesar de ser algo tão trivial. *Mas na verdade*, Lily pensou, *era possível que Alec ficasse bem até com um saco de farinha.*

Aquele homem tinha pernas lindas. Nunca tinha dado muita atenção a pernas de homens, isso até Alec aparecer. Agora, sempre que ela o via de *kilt*, não conseguia parar de pensar em pernas masculinas. Isso era indecoroso demais.

Lily engoliu um nó na garganta e sua boca, de repente, ficou seca, mas ela se esforçou para fingir que sua manhã estava absolutamente normal, que ele não a tinha transformado em um poço de desejo incapaz de falar. *Não pense em coisas como poço de desejo.*

— Ele é um bom garoto. Merece ser mimado.

Alec grunhiu e colocou uma garfada de presunto em seu prato, ao lado de vários tomates assados. Lily esperou que ele dissesse alguma coisa, mas o duque permaneceu calado.

Ela empurrava a comida no prato com o garfo, fingindo estar muito interessada nos bocados de comida, enquanto ele terminava de se servir e se sentava à mesa, escolhendo o lugar na outra extremidade. O mais longe possível dela. Tudo bem que aquele era o lugar que tinha sido arrumado para ele, mas ainda assim... Ele poderia ter se sentado mais perto.

Um criado apareceu do nada – parecia que a Casinha do Cachorro possuía uma equipe rápida e eficiente – e encheu a xícara de Alec com chá fumegante.

— Obrigado — ele disse, e o pobre criado não soube o que responder.

Lily teve vontade de dizer para o homem de uniforme que ele deveria estar grato pelo fato de o duque falar com ele, pois parecia que ela não merecia a mesma atenção. Nem mesmo depois da noite anterior. Nem mesmo depois que ele a deixou atordoada na carruagem.

Isso não era bom, ela não conseguiria evitar de pensar naquilo. Na verdade, toda vez que Lily olhava para Alec, ela sentia a palma dele na sua, aquelas mãos fortes erguendo-a como se não pesasse nada. Os braços dele ao redor de si, os lábios dele nos dela, a boca firme, os *dedos*.

De repente, a sala ficou desconfortável de tão quente. Alec, por sua vez, parecia todo à vontade, esparramado na imensa cadeira de madeira à cabeceira, parecendo o verdadeiro senhor da casa, apesar dos pratos decorados com cenas de uma caçada à raposa, dos talheres gravados com imagens caninas.

De fato, ele comia como um esfomeado, o apetite em nada afetado pela presença dela. Lily, por outro lado, sentia como se fosse regurgitar em meio ao silêncio pesado que pairava na sala.

Percebendo a falta de apetite de Lily, Hardy suspirou e descansou a cabeça nas pernas dela, fitando-a com um olhar desamparado, como se para lembrar-lhe de que ele estava ali, ansioso para ajudar. Ela lhe deu um pedaço de linguiça.

Angus, que estava à direita de seu dono, percebeu, e foi de imediato para o outro lado dela, lambendo os beiços. Ela deu um pedaço de carne para ele também.

— Agora eles nunca mais vão deixá-la em paz — Alec disse.

Ela ergueu os olhos e viu que ele continuava com a atenção na comida, sem olhar na direção dela, e isso a irritou.

— Pelo menos os cachorros percebem que eu estou aqui.

Alec ficou paralisado, o garfo a meio caminho da boca, e Lily ficou orgulhosa de ter falado. Ele levantou o rosto para ela, os olhos castanhos brilhando como uísque dentro de um copo.

— O que isso quer dizer?

— Só que o dono deles parece incapaz de demonstrar um mínimo de educação para dizer "bom dia".

Ele deixou o garfo no prato e se virou para o trio de criados que tentavam ficar invisíveis junto à parede da sala.

— Deixem-nos.

Eles não hesitaram, fechando a porta atrás de si com um estalido surdo que pareceu reverberar pela sala, fazendo o coração de Lily ir parar na garganta.

Ele a beijaria de novo? Ele faria *algo mais*? Era cedo para isso, não? Ela o imaginou atravessando a sala para arrancá-la de sua cadeira, colocando aquelas mãos lindas e enormes no rosto dela e tomando seus lábios, para lhe mostrar mais uma vez o que tinha mostrado na noite anterior – que fazer amor podia ser algo selvagem, livre, louco e delicioso. Não que ela se importasse com o que Alec faria. Lily não queria nada daquilo.

Ele a observou em silêncio por um longo momento antes de falar:

— Bom dia, Lillian. — Não havia provocação nem complacência na voz dele. Aquilo foi apenas um cumprimento civilizado. Só que algo fez com que Lily se sentisse totalmente incivilizada. E muito petulante.

— Pronto. Não foi tão difícil, foi?

— Não foi. Eu peço desculpas. De novo.

De novo. *Eu sinto muito, Lily. Por tudo.*

— Por quê?

Ele piscou.

— Por... — E perdeu a voz.
— Por deixar de me dar um bom-dia?
— Entre outras coisas.

Lily espetou um tomate com o garfo, gostando do modo como o suco escorreu pelo lado. Pensando bem, aquilo foi violento e macabro, mas Lily estava se percebendo cada vez mais disposta à violência e ao trágico.

— Que outras coisas? — Ela não deveria perguntar, sabia disso, mas ainda assim não conseguiu se segurar.

Ele não hesitou para responder.

— Pela minha participação neste drama desastroso.

— A qual participação você se refere? — Ela se sentiu orgulhosa por mantê-lo pressionado.

Alec olhou para Lillian e percebeu o que ela estava fazendo. Mas não recuou.

— A parte que a ameaçou com mais escândalo.

— Eu já estava mergulhada em escândalo muito antes de você ir atrás dele. Derek e eu não mantínhamos nossa *amizade* em segredo, para dizer a verdade. Mas quando você entrou no jogo, as colunas de fofocas começaram a me dar *apelidos*, pelo amor de Deus.

— Quando eu entrei no jogo?

Ela abanou a mão.

— Eu era a Linda Lily quando saía com Derek, mas quando comecei a ser vista sozinha no Hyde Park, na Oxford Street, ou em qualquer outro lugar, virei a Largada Lily...

Ele a interrompeu.

— O que eu tenho a ver com isso?

— A Pupila Perdida.

Ele praguejou baixinho, os olhos chispando de raiva.

— Eu não sabia...

— Que eu existia. Eu sei. Não precisa se preocupar tanto com isso, sério.

— Bem, eu me preocupo com isso — ele resmungou. — Mais do que Hawkins se preocupava. Mais do que me preocupei noite passada. Mais do que você deveria.

Ela apertou os olhos na direção dele.

— Perdão?

Ele parecia não ver como estava perto do precipício. Alec apenas explicou suas palavras, como se ela fosse uma criança.

— Eu entendo que você não tem mãe, uma acompanhante ou o que quer que uma mulher da sua idade precise, Lillian, mas até você devia saber que se ficasse sozinha com Hawkins, sua reputação seria afetada.

Ela o observou por um longo momento.

— Então, a culpa é minha — ela enfim disse.

Ele hesitou.

— É claro que não.

Mas tudo que ela ouviu foi a hesitação.

— Mas é. Eu não fui forçada, não estava drogada. Eu posei para o nu, para um homem que eu pensava amar. Para um homem que eu pensei que me amava. — As palavras saíram carregadas de raiva. — Foi para ele. E só. Não foi para você. Não foi para a Sociedade. Não foi para ser eterno. Mas eu fiz isso, Alec. Então, a culpa recai sobre mim.

— Não — ele quase latiu. — A culpa é do Hawkins, droga. Se ele não tivesse se aproveitado de você... se eu não tivesse...

Ela ergueu a mão para impedi-lo de continuar.

— Então chegamos ao ponto. Eu entendo. Ao mesmo tempo eu sou responsável o bastante para que pudesse prever minha ruína e incapaz o suficiente para ser uma vítima. — Ela fez uma pausa. — Imagino que você se convenceu de que fui sua vítima na noite passada?

Havia poucas coisas mais satisfatórias do que ver o Duque de Warnick, com mais de dois metros de altura e pesando cento e trinta quilos, ficar corado. Mas ele ficou, e suas bochechas se tingiram de rosa com a referência casual que ela fez, na mesa do café da manhã, ao evento da noite anterior. Foi evidente que a conversa o desagradou. Lily percebeu que não se importava com o constrangimento dele.

— Não precisa ficar com vergonha, Vossa Graça. Não existe nada de que se desculpar.

— Há muita coisa de que me desculpar — ele disse, a voz alta e agitada, o sotaque ficando mais forte com o sentimento de frustração. Ele olhou para a porta, como se para se certificar de que estavam a sós antes de continuar, com a voz baixa. E o sotaque contido. — Eu nunca deveria ter feito aquilo. Nada daquilo.

As palavras, e a convicção nelas, doeram como se ele tivesse acordado pela manhã para descobrir que tinha feito algo abominável. Isso doeu. E muito.

Lily detestou a sensação. Ela se endireitou na cadeira e fez sua melhor imitação de lady inglesa, fingindo indiferença aristocrática e mentindo.

— Nossa, que dramático. O que aconteceu nem merece ser mencionado.

Ele congelou.

— O que quer dizer com *nem merece ser mencionado*?

É claro que valia ser mencionado! Aquilo valia ser lembrado e relembrado para sempre. Se ela tivesse a habilidade necessária, teria se lançado a escrever sobre o evento, para que pudesse relê-lo todas as noites, pelo resto de seus dias.

Com Derek, a sensação era sempre de que ele não se importava muito com ela, que Lily sempre precisava se esforçar para que ele a visse. Mas Alec... Alec a fez sentir como se ela fosse o sol – quente, brilhante e no centro de um universo. O universo *dele*.

— Eu não sou totalmente inexperiente — ela disse, afetando indiferença.

Ele levantou com tanta rapidez que sua cadeira foi para trás e caiu no chão com um baque, o que fez os cachorros saírem correndo pela sala. Alec pareceu não notar.

— Outro guardião arrastaria para o maldito altar o homem que lhe deu essa experiência.

Ótimo. Ele estava com tanta raiva quanto ela.

— Você é virgem, Vossa Graça?

Se ele arregalasse um pouco mais os olhos, estes cairiam das órbitas.

— Que diabos de pergunta é essa?

Lillian resistiu ao impulso de gritar de alegria por conseguir colocar aquele homenzarrão arrogante na defensiva.

— Como você ainda é solteiro — ela respondeu —, eu fico me perguntando como é que ninguém arrastou a mulher que lhe deu experiência para o maldito altar.

Ele apertou os olhos até estes quase sumirem.

— Você não deveria praguejar.

— Ah! — ela exclamou. — Outra regra diferente para homens e mulheres. Não importa — ela acrescentou, levando a xícara de chá até os lábios. — Eu declino, gentilmente, sua oferta de casamento.

— Minha o *quê*? — Ele voltou a arregalar os olhos.

— Bem, você aumentou minha experiência noite passada e, seguindo seu raciocínio, isso deveria resultar em casamento, não?

Ele ficou parado ali por um longo momento, observando-a como se Lily fosse um animal dentro de uma jaula em um circo.

— Lily — ele disse, afinal —, estou tentando fazer o que é certo para você. Tudo que eu fiz, *tudo*, foi para protegê-la. Eu sei que estou fazendo um péssimo trabalho. A noite passada, na carruagem, não deveria ter acontecido. — Ele fez uma pausa. — Eu sou o seu *guardião*, pelo amor de Deus.

Ela não respondeu. O que mais havia para ser dito? Ele se arrependia do evento que a tinha feito se sentir mais viva, apreciada e desejada do que qualquer outro momento em sua vida. Infelizmente, o arrependimento dele causou o dela. Não que ela esperasse que ele fosse irromper na sala de café da manhã com uma proposta de casamento. Afinal, eles não tinham completado o ato oficial. Mas Lily não esperava que ele a magoasse tanto.

Ela se afastou dele, indo para as janelas na outra ponta da sala, inspirou fundo e tentou ignorar aquela dor familiar – a dor que sentia com frequência demasiada. A dor que vinha quando era rejeitada.

Lily estava bancando a boba, e *odiava* bancar a boba. De algum modo, isso era tudo que ela parecia ser naquele momento.

Hardy pareceu perceber a frustração dela, pois se aproximou e encostou seu corpo grande e quente na coxa dela. Havia algo de reconfortante na presença daquele cachorrão, e, no mesmo instante, ela desceu a mão para a cabeça dele, acariciando as orelhas macias enquanto olhava pela janela, para os jardins da Casinha do Cachorro.

— Lá fora tem uma árvore podada em formato de poodle — ela disse depois de um longo tempo.

Alec não pareceu achar graça quando respondeu:

— Eu não esperava outra coisa.

— Não foi minha culpa — ela disse, a voz suave.

— É claro que não foi — Alec respondeu e, por um momento, ela acreditou nele.

— Também não foi do Derek. Não de verdade.

— Nisso nós discordamos.

Ela meneou a cabeça, mas não olhou para ele.

— As regras são tão diferentes para homens e mulheres. Por que tem que importar para o mundo com quem eu sou vista? Por que deve importar o fato de eu ter um encontro em particular com um homem? Não devia ser da conta de ninguém. Devia ser apenas isso: *particular*.

Houve um longo silêncio enquanto ele refletia sobre o que ela tinha dito. Quando ele respondeu, estava mais perto que antes. Logo atrás dela.

— Não é assim que funciona.

Não era justo. Lily tinha ficado só por tanto tempo que conseguir algum tipo de companhia tinha lhe trazido esperança. Ela nem pensou em sua reputação enquanto esteve com Derek, estava desesperada demais por companhia. Assim como ela não pensou em sua reputação na noite anterior, dentro da carruagem com Alec. Mas não era por companhia que ela estava desesperada, era por ele.

— Mas é como deveria funcionar — ela disse, olhando para o cachorro, cujos expressivos olhos castanhos pareciam entender exatamente como ela se sentia.

— É verdade — ele concordou.

Não deveria ter acontecido. Palavras dele, carregadas de arrependimento. Ela fechou os olhos. *Deveria* era uma palavra terrível.

Ela endireitou os ombros e se virou para encará-lo, firme em sua decisão de ignorar o rosto anguloso e belo, com aqueles olhos castanhos que brilhavam na cor do uísque. Ela não iria reparar em nada disso. Nem nos ombros largos nem no modo como o cabelo caía, descuidado, pela testa, nem nos lábios dele.

Com toda certeza, ela não iria reparar nos lábios. Eles já tinham feito estrago demais sem que ela reparasse neles.

Tristeza e frustração passaram por ela, e algo que poderia se tornar vergonha se Lily permitisse. Mas ela não permitiria. De novo, não. Não com outro homem, não com um que, de repente, parecia muito mais importante que o primeiro.

Ela procurou afastar aquelas emoções, deixando espaço para uma coisa apenas: determinação. Ela não sentiria vergonha. Hoje não. Dane-se o Duque de Warnick e a tentação que exercia. Se ele queria que ela fosse cortejada, ela seria cortejada. Faltavam sete dias para a pintura ser revelada e ela se apaixonaria nesse tempo.

Impossível. Ela sacudiu a cabeça, resignando-se ao plano dele e fazendo sua aposta.

— O Conde de Stanhope — ela disse, selecionando o primeiro nome daquela lista idiota. — Ele é o meu escolhido.

* * *

É incrível a rapidez com que alguém pode ir do momento em que consegue aquilo que desejava para o instante em que questiona por que desejou aquilo.

Quando Alec entrou na sala de café da manhã, estava receoso de encontrar Lily, certo de que ela planejava acusá-lo do pior tipo de patifaria e insistir que ele ou a deixasse fugir de Londres ou se casasse com ela.

Ele não tinha certeza de que conseguiria ter concordado com a primeira opção. Não depois que ela caiu em seus braços na noite anterior – toda linda, perfeita e tentadora. E ele não se casaria com ela, de modo algum. Lily merecia um homem muito melhor do que alguém que era bom para o prazer sexual e pouca coisa além disso. Melhor que um animal bruto que, até herdar o título de Duque de Warnick, mal merecia um segundo olhar das damas inglesas. E, com toda certeza, não merecia uma segunda noite. *Grosseiro demais. Abrutalhado demais.*

Lily valia uma dúzia de Alecs. A noite passada tinha provado isso e o manteve firme em seu plano. Ele faria com que Lily se casasse. E quando isso estivesse feito, poderia retornar à Escócia, e nunca mais voltaria à Inglaterra.

Alec tinha entrado na sala com a intenção de deixar essas regras muito claras. Contudo, não esperava encontrá-la tão linda, usando o vestido de seda verde mais bonito que ele já tinha visto, acariciando a cabeçorra de Hardy como se o conhecesse desde filhote.

Não devia importar o fato de ela gostar de seus cachorros. Isso não importava, na verdade. O que importava era fazer a garota se casar. Assim, ele deveria ter se sentido aliviado quando ela concordou e escolheu seu alvo, mas não foi alívio o que ele sentiu no momento. Foi algo muito mais perigoso, algo que, se ele não se conhecesse, diria parecer demais com ciúme.

Ele respondeu mesmo assim, fingindo não se perturbar com o anúncio:

— Stanhope. Você o conhece?

— Toda mulher solteira de Londres conhece Stanhope.

Ele não gostou do modo que ela falou aquilo, como se o homem fosse algum tipo de prêmio.

— Eu não o conheço.

Ela deu um sorrisinho.

— Você não lê *Pérolas & Pelicas*.

Alec sentiu orgulho de não conhecer o que devia ser, obviamente, uma revista feminina.

— Como sou um homem adulto, creio que não.

— Ele é um Lorde Para Casar — Lily anunciou, como se isso significasse algo.

— Que diabos isso significa? — Alec não foi capaz de esconder sua ignorância.

Lillian suspirou, e quando respondeu, parecia irritada com a chocante falta de conhecimento dele.

— Lorde Stanhope está no topo da lista de Lordes Para Casar de Londres desde que eu comecei a ler os jornais de fofocas.

— Nós logo vamos falar dos motivos que você tem para ler os jornais de fofocas — Alec disse. — Mas vamos começar com o porquê de Stanhope ser tão... — Ele fez uma careta antes de pronunciar a palavra ridícula: — *Casadoiro*.

Lily foi enumerando as qualidades de Stanhope nos dedos.

— Ele é bonito, encantador, tem título e é solteiro.

Alec imaginou que as mulheres gostassem dessas qualidades.

— Não é rico?

Lily levantou uma das sobrancelhas perfeitas.

— É aí que eu entro, como você bem sabe; não é essa a sua estratégia para me casar?

As palavras doeram.

— Não é só o dinheiro que eu espero que ele queira — Alec disse, antes de conseguir se conter. Ela não era boba. Ela perguntaria...

— O que mais ele pode querer?

Provavelmente seria melhor não ter respondido isso, mas havia algo em vê-la ali, com Hardy a seus pés, adorando-a com o olhar, que fez Alec responder:

— Sua beleza.

Lily levantou as sobrancelhas em uma pergunta silenciosa. Era verdade. Ela era a mulher mais linda que ele já tinha visto, com o cabelo ruivo, os olhos cinzentos e o rosto com o formato perfeito de um coração – além do corpo que havia se desenvolvido da melhor forma possível.

Um corpo que Alec tinha tentado não notar até a noite anterior, quando foi pressionado contra ele, que não teve escolha senão reparar. Memorizá-lo. Ela era completamente magnífica. *E nada dela era para Alec.*

— Uma beleza arruinada, na melhor das hipóteses, agora que o mundo sabe da pintura.

— Isso é bobagem — Warnick disse, sentindo a garganta seca demais. Tossindo, ele pegou mais chá e bebeu um grande gole. — A pintura não muda o fato de que você é perfeita.

— Ainda assim — ela respondeu sem hesitar —, quando diz isso, Vossa Graça, não parece um elogio.

— Porque não é. — Ele sabia que estava resmungando, mas não conseguia evitar. Ele recolocou no lugar a cadeira que tinha jogado ao chão antes. *Quando ela mencionou já ter experiência.*

Enquanto ajeitava a cadeira, Alec foi inundado por visões do que, exatamente, essa experiência poderia ser. Essas visões foram logo acompanhadas por outras, que retratavam o tipo de *experiência* que ele poderia proporcionar a Lily. E aí estava o perigo.

— A beleza é acompanhada de problemas — ele acrescentou, um lembrete mais para ele próprio do que para ela.

Lillian Hargrove não era outra coisa que não um problema. Do pior tipo, do tipo que obrigava os homens a fazer coisas estúpidas, como beijá-la até perder a razão dentro de uma carruagem, até estarem os dois fracos de prazer.

Ele ignorou o pensamento e se ocupou em beber o chá. Não haveria fraqueza de prazer outra vez. Não com ela. Nunca mais. Lily merecia um homem milhares de vezes melhor do que um escocês atrapalhado que batia a cabeça em batentes de portas e rasgava a própria roupa enquanto arrebentava o nariz dos outros. Ela merecia um homem que não fosse tão bruto, e sim refinado como um príncipe. O oposto dele.

Ele imaginava que um Lorde Para Casar – o que quer que isso significasse – seria um homem assim. E se Stanhope era alguém assim, Alec ficaria feliz por ela. De fato, um Lorde Para Casar era o que Lily precisava.

Alguém que fosse tão bem visto pela Sociedade que seu casamento seria notícia. Isso ofuscaria a pintura. *Se é que algo poderia ofuscar a imagem de Lily nua.* O que Alec duvidava, por causa da beleza dela.

— Talvez o ar da Escócia tenha prejudicado seu cérebro, Vossa Graça. A maioria das pessoas diria que a beleza é uma vantagem.

— Eu não sou a maioria das pessoas. Eu sei das coisas, e uma beleza como a sua não é vantagem.

Lillian abriu a boca, fechou, e abriu de novo.

— Eu acho que nunca, em toda minha vida, fui tão insultada com um elogio.

Ótimo. Se ele a insultasse, ela manteria distância.

— Não tenha medo, garota. Nós vamos capitalizar suas qualidades e casá-la.

— Minhas qualidades?

— Isso mesmo — ele confirmou.

— Que são: beleza... — Ela se aproximou dele. Alec se moveu para colocar a mesa do café da manhã entre eles, sentindo a irritação dela e lembrando da noite anterior, quando ela demonstrou possuir um belo gancho de direita. — E um dote — Lillian completou.

— Correto — ele concordou. Pelo menos ela tinha entendido essa parte.

— E quanto ao meu cérebro?

Alec refletiu antes de responder, sentindo que aquela era uma pergunta perigosa.

— É um belo cérebro.

— Não se esforce demais com esses elogios tão elaborados.

Ele suspirou e olhou para o teto, exasperado.

— Eu quero dizer que seu cérebro é desnecessário.

Ela arregalou os olhos. Alec parecia ter escolhido a resposta errada.

— Bem, é claro que *eu* penso que seu cérebro é essencial para o plano.

— Oh, bem, que ótimo — ela disse, mas ele notou o sarcasmo na voz dela. — Mas *você* é escocês.

— Vejo que você está começando a entender.

O olhar dela ficou mais duro.

— Que tal você só me expor na porta de uma das casas, das nove da manhã às três da tarde, para que todos possam ir até lá e dar uma boa olhada no produto?

Ele conseguiu irritá-la, o que era bom. Uma Lily irritada não estaria disposta a beijá-lo. Ele se esforçou para mantê-la assim.

— Embora eu não me oponha a esse plano, em teoria — ele disse —, imagino que talvez não seja adequado.

— *Talvez* não seja?

— Com certeza não é. — Warnick sacudiu a cabeça. — Vou enviar uma mensagem para Stanhope. Vocês vão se encontrar amanhã.

— Amanhã? — Ela arregalou ainda mais os olhos.

— Não temos tempo a perder. Você tem sete dias para conquistá-lo.

Eu tenho sete dias para resistir a você, Alec pensou e rilhou os dentes.

— E se ele estiver ocupado?

— Não vai estar.

Ela ergueu uma sobrancelha ruiva.

— Você pode não gostar do título, duque, mas é certo que já aprendeu a exibir a arrogância que o acompanha.

— Você escolheu a porcaria do homem! — ele estrilou. — Eu vou trazê-lo até você, certo?

O silêncio começou a pesar entre eles até Alec se sentir o pior tipo de animal por ter gritado. Ele abriu a boca para dizer mais alguma coisa, para se desculpar, mas ela o impediu.

— Por favor, então, vá pegá-lo.

— Lily — ele disse, de repente sentindo que perdia o controle daquela manhã.

— O que eu disse sobre me chamar de Lily? — Ela apertou os olhos para ele. O nome não era para ele. Ela tinha deixado isso claro.

— Lillian — ele tentou de novo. — A noite passada... eu fui... isso foi... — Essa mulher o transformava em um idiota gago. Como isso era possível? Ele inspirou fundo. — Vamos pôr na conta da minha brutalidade.

— Pare de dizer isso. Você não é um bruto.

— Eu estraçalhei uma casaca — *e outras coisas,* como o corpete dela... Ele não devia pensar no corpete.

— Você só precisa de um alfaiate melhor.

Ela era exasperante.

— Isso não me torna menos animalesco.

Lily ficou quieta por tempo suficiente para Alec pensar que ela não responderia. Mas ela disse a pior coisa que ele poderia imaginar:

— Por que você faz isso? — ela perguntou.

— O quê?

Ela se moveu de novo, ao redor da mesa, e ele a imitou, mantendo a distância.

— Você fica se chamando de animal e bruto...

O Bruto Escocês. Ele hesitou.

— Você também já me chamou disso, esqueceu?

— Eu estava com raiva. Você diz como se fosse verdade.

Porque eu sempre vou ter isso em mim. E eu nunca serei bom o bastante para você.

— Como é que me chamam nas revistas femininas? — Alec perguntou.

— De todo tipo de coisa. O Duque Postiço, o Demônio das Highlands...

— Eu não sou um Escocês das Highlands. Não mais.

— Perdoe-me, Vossa Graça, mas ninguém parece se importar com a verdade.

E Alec se sentia grato por isso. Ele não queria discutir sobre a verdade.

— Seja como for — ele disse —, não vai acontecer mais. — Se ele fizesse essa promessa para Lily, talvez parasse de querer que acontecesse.

Depois de um longo momento ela anuiu.

— Eu vou precisar de uma acompanhante — Lily disse.

— Não. Uma acompanhante vai atrapalhar.

— É para isso que servem as acompanhantes, para atrapalhar os noivos e manter o decoro.

— Não temos tempo para decoro.

Hardy latiu; os cachorros começavam a pensar que dar voltas ao redor da mesa era como algum tipo de brincadeira.

Lily ignorou o cachorro.

— Claro, para que uma acompanhante, não é mesmo? Minha reputação já não é lá essas coisas, para que se preocupar?

Mas ela precisava de proteção. Lily era o sonho de qualquer homem. Só que uma velha trêmula com vista ruim e audição pior não era o que eles precisavam. A acompanhante ideal tinha que ser alguém que compreendesse a natureza crítica, urgente, da situação, e que fosse capaz – se necessário – de nocautear um homem caso este fosse ousado demais.

Não havia muitas acompanhantes pugilistas em Londres, Alec ponderou. Mas havia uma solução ideal, uma que ele tinha pensado na calada da noite, enquanto se obrigava a pensar nela como pupila e não mulher. Ele ficou orgulhoso de ter conseguido isso.

— Não estou preocupado.

— Você não está. — Ela se virou para ele, encarando-o sem entendê-lo.

— Nem um pouco — ele confirmou, cruzando os braços à frente do peito. — Eu tenho o acompanhante ideal para você.

Aquela sobrancelha ruiva se levantou outra vez, correndo o risco de se perder no cabelo.

— Quem?

— Eu. — Ele sorriu, satisfeito.

Lily riu, um som leve e encantador. A própria tentação.

— Sério?

— Muito sério.

Ela franziu a testa e ele resistiu ao impulso de massagear as ruguinhas que se formaram acima do nariz dela.

— Você não leva jeito para acompanhante.

— Bobagem. Sou o melhor acompanhante possível. — Ele fez uma pausa e começou a contar seus motivos nos dedos: — Eu tenho um interesse pessoal em conseguir um bom marido para você, para que possa ir embora de Londres e nunca mais voltar.

— Algo que você poderia fazer agora mesmo, se me desse o dinheiro para eu partir.

Ele ignorou a interrupção e continuou:

— Eu tenho predisposição para odiar todos os ingleses, de modo que estarei mais de guarda do que alguma velhota solteirona.

Ela fez uma expressão de surpresa.

— Você também é velho e solteiro, Vossa Graça. Deveria ter cuidado com quem chama de solteirona idosa.

Ele ignorou a provocação.

— E, como homem, sou mais do que capaz de prever situações comprometedoras.

Lily apertou os lábios e ficou em silêncio por um longo minuto – longo o bastante para Alec concluir que tinha vencido aquela discussão, ainda mais quando ela aquiesceu.

— Parece que você já planejou a coisa toda à perfeição.

— Planejei mesmo.

Ele tinha levantado cedo para tanto, comprometido com a ideia de conseguir um marido para Lily o quanto antes. Ele pretendia assinar os papéis do dote no momento em que ela escolhesse o noivo e voltar para a Escócia em seguida... E esquecer dela.

— Só existe um problema no seu plano — ela disse.

— Qual é? — Não havia nenhum problema no plano. Ele o tinha estudado de todos os ângulos.

— Tem a ver com as *situações comprometedoras*.

Ele não gostou daquela frase nos lábios dela. Ou, talvez, tivesse gostado demais da frase nos lábios dela.

Irrelevante. O plano não tinha problemas.

— Veja, Vossa Graça, desde que você chegou a Londres, eu me encontrei em apenas uma situação comprometedora. — Ela se endireitou e o encarou com o olhar cinzento e frio. — Ontem à noite. Com você.

Parecia existir um problema naquele plano.

Escândalos & Canalhas

Capítulo 12

A PERDA DE UM DUQUE É O GANHO DE UM CONDE

* * *

Quando saiu da Casinha do Cachorro na tarde seguinte, vestida para um passeio no Hyde Park com um cavalheiro que não conhecia, Lily esperava encontrar um veículo simples. Preto. Talvez marcado com algum tipo de brasão canino, se fosse levar em conta sua residência atual. O que ela encontrou, contudo, foi um cabriolé diferente de qualquer meio de transporte que já tinha visto.

Não era a carruagem elegante que os cavalheiros jovens gostavam de conduzir por toda Londres, nem era o tipo de cabriolé dourado nos quais as ladies passavam suas tardes no Hyde Park. Aquilo não tinha nada igual, não só porque Angus e Hardy estavam sentados no meio do assento do condutor, como perfeitos cães de guarda. Era enorme, com assento alto e grandes rodas pretas, que quase chegavam ao ombro dela. O veículo todo brilhava sob a luz do sol – até as rodas, que pareciam ter evitado, de algum modo, a sujeira dos paralelepípedos da cidade.

Como se o veículo e os cachorros não fossem suficientes, os cavalos eram magníficos. Tão pretos que quase pareciam azuis, brilhando sob o sol. E combinavam perfeitamente – a mesma altura, o mesmo porte. Eles deixaram Lily sem fôlego.

E tudo isso antes que o condutor aparecesse, vindo pelo lado do veículo, alto, forte e vestindo kilt, ao mesmo tempo parecendo excessivamente rico e selvagem, com pernas bronzeadas, ombros largos, olhos que pareciam ver tudo e lábios... Não. *Nada de lábios.* Ela não pensaria em lábios nesse dia. Com certeza não nos lábios do Duque de Warnick.

Ela ergueu o queixo na direção do cabriolé enquanto descia os degraus da Casinha do Cachorro.

— É lindo.

— É mesmo, não é? — Ele sorriu e se virou para admirar o veículo.

Ela não pôde deixar de imitar o sorriso dele.

— Eu nunca vi nada parecido.

— É porque não existe nada parecido com isto — ele respondeu. — Foi feito sob encomenda.

Ela franziu a testa.

— Você possui um cabriolé personalizado? Por quê? Você passa muito tempo passeando de cabriolé pelo campo escocês, ansioso para ser visto?

Ele riu da pergunta, o som quente como o dia atípico.

— Foi feito para disputar corridas. É leve, balanceado com perfeição, rápido como uma bala. É praticamente imbatível.

Lily não gostou de pensar nele correndo em disparada por uma estrada, colocando-se em perigo, mas ignorou essa preocupação. Afinal, ele não era nada dela.

— Você que projetou?

— Foi Eversley, na verdade.

— Então pertence ao marquês? — ela perguntou, confusa mais uma vez.

— Não. Ele trocou comigo.

— Pelo quê? — Ela não conseguia imaginar algo comparável.

— Uma sela usada.

— Por que ele faria uma coisa dessas? — Ela ficou boquiaberta.

Alec deu um sorriso de deboche e esticou o corpo.

— Porque aquele idiota se apaixonou.

— Eu não entendo... — Ela meneou a cabeça.

— Nem eu, mas não iria recusar uma oferta dessas. — Alec estendeu a mão para ela. — Vamos?

Lily não hesitou, deixando que ele a ajudasse a subir no assento – mais alto que qualquer assento de cabriolé em que ela já tinha sentado –, onde ficou ao lado de Hardy, que no mesmo instante colocou a cabeça no colo dela para ser acariciada. Lily ficou feliz de fazer a vontade do cachorrão. Alec se acomodou ao lado de Angus.

— Você vai estragar meu cachorro com comida e tanto carinho.

— Bobagem! Eu nem coloquei uma coroa cheia de joias nele.

Alec sorriu do gracejo, e o gesto foi tão rápido que ela não teria percebido se não estivesse olhando para ele. Mas Lily estava. O duque tinha um sorriso lindo. Não que ela tivesse reparado nisso por alguma razão específica. Era uma simples constatação, como o céu ser azul, ou cachorros terem rabos.

Ela foi demovida daquela linha de pensamento imbecil quando o veículo começou a se mover no que era o passeio mais suave que ela já tinha feito. A boleia mal se movia com o movimento das rodas. Era mesmo um cabriolé magnífico.

— Eu gostaria de ter um desses.

— Vou comprar um para você. Como presente de casamento.

Sempre com aquele objetivo em mente: casá-la. Torná-la problema de outro homem.

— Se for um presente de casamento, não será meu. Prefiro que seja...

— O quê? — Ele olhou de soslaio para ela.

Lily meneou a cabeça.

— Eu ia dizer que prefiro que seja um presente de aniversário.

— O seu dinheiro não é suficiente? — ele perguntou, seco.

— Meu dinheiro é meu direito. Um presente, entretanto... sempre pensei que deve ser bom ganhar um.

— Sempre pensou? — Alec olhou para ela. — Você nunca ganhou um presente de aniversário?

Ela virou o rosto para o lado, sem querer responder com ele a observando. Alec enxergava demais.

— Quando eu era criança, recebia algumas bugigangas. Mas depois que meu pai... — Ela hesitou, então meneou a cabeça. — São para crianças, eu acho, os presentes. Quando foi a última vez que você ganhou um?

— No meu último aniversário.

Ela arregalou os olhos.

— Catherine me deu um gatinho. Ela pensou que eu merecia algo que fosse tão arrogante quanto eu.

— E? — Lily riu.

— Ela deu o nome de Aristófanes para a coisa. É claro que é arrogante.

— E você o ama de verdade?

— Eu o tolero — Alec disse, mas Lily reparou que os lábios dele se curvavam em um sorriso contido, mas afetuoso. — Ele deixa meu travesseiro cheio de pelos e fica miando nos momentos mais inoportunos.

— Inoportunos?

— Quando estou na cama.

Lily ficou corada ao imaginar os momentos aos quais o duque se referia.

— Deve ser desagradável para suas companhias.

Mas ele não perdeu o ritmo.

— Você não sabe o que é viver até ser acordado por estes dois animais perseguindo um gato pelo quarto.

Lily riu e acariciou a cabeça linda e macia de Hardy.

— Bobagem. Aposto que são verdadeiros príncipes.

Sem olhar, Alec esticou a mão para afagar a cabeça de Angus, primeiro, e depois... sua mão caiu sobre a dela, na cabeça de Hardy, provocando um arrepio que a percorreu toda em um instante, antes que ele se retraísse.

— Perdoe-me — Alec disse. Eles seguiram em silêncio por um longo tempo, e Lily desejou que ele a tocasse de novo. Então, ele pigarreou.

— Nós devemos discutir os objetivos desta tarde.

— *Objetivos?* — Ela olhou para ele.

— Isso mesmo.

Ela esperou que ele continuasse. Como não continuou, resolveu falar:

— Pensei que o objetivo era conseguir um noivo antes que a pintura seja revelada.

— E é.

Ela olhou para o lado, tentando ignorar a pontada desagradável que sentiu ao ouvir a confirmação. Esse nunca foi seu sonho. O sonho era paixão e amor, e algo mais poderoso que um passeio no parque. Olhos se cruzando através de um salão lotado... Ela se conformaria com olhos se encontrando em uma sala com algumas pessoas. Olhos se encontrando. E pronto.

Em vez disso, ela seria exibida como gado. E tudo isso na esperança de que pudesse convencer um homem a aceitá-la antes que a cidade inteira a visse nua. Era humilhante.

— É importante que você o encante.

Ela se virou com rapidez para encará-lo.

— *Que eu o encante?*

Ele aquiesceu e o veículo ganhou velocidade na rua larga enquanto corriam em direção ao Hyde Park.

— Eu tenho algumas sugestões.

— Sobre como eu posso encantá-lo?

— Isso mesmo.

Aquilo não estava acontecendo.

— Essas sugestões... você as faz como meu guardião?

— Como um homem.

Não. Antes não estava sendo humilhante. A humilhação vinha agora. Talvez ela conseguisse virar aquele veículo admirável. Talvez sua velocidade incomum pudesse jogá-la no Tâmisa, onde Lily afundaria no lodo. Se pelo menos estivessem mais perto do Tâmisa. Ela não teria essa sorte.

— Continue — foi só o que ela disse.

— Homens gostam de falar de si mesmos — Alec começou.

— Você acha que eu não sei disso?

— Imagino que deva saber, considerando sua amizade com Hawkins — ele disse, o vento sufocando suas palavras.

— Nós nunca fomos amigos — ela retrucou.

— Isso também não me surpreende — ele admitiu. — É difícil imaginar que alguém possa querer a amizade dele.

Ela quis muito mais que a amizade de Derek Hawkins, mas isso era irrelevante. Ela observou Alec durante um bom tempo antes de continuar.

— Você não.

— É claro que eu não. Não quero aquele homem respirando o mesmo ar que eu nunca mais.

— Eu quis dizer que você não gosta de falar de si mesmo.

Exceto para chamar a si próprio de bruto ou animal. O que tinha acontecido com ele para que acreditasse nisso? Para se julgar grosseiro? Se ela se permitisse pensar nele, diria que Alec era elegância e majestade. Músculos e força, e uma aparência que devia ser motivo de inveja dos outros homens por toda parte. E os beijos dele... *Não*.

Graças a Deus, ele interrompeu seus pensamentos desobedientes e perigosos.

— Eu sou escocês — ele disse, como se isso explicasse tudo.

— Escocês — ela repetiu.

— Nós somos menos arrogantes que os ingleses.

— Diz o escocês que acredita que os ingleses são piores em tudo.

Ele deu de ombros.

— Isso não é arrogância. É um fato. A questão é que você deve fazer perguntas para Stanhope, sobre ele, e deixar que ele fique tagarelando.

Ela piscou.

— Tagarelando? Que romântico.

Ele fez uma careta, mas continuou:

— Pergunte-lhe de coisas que os ingleses gostam. Cavalos, chapéus, guarda-chuvas.

— Guarda-chuvas... — Ela levantou uma sobrancelha.

— Ingleses nobres parecem preocupados demais com o clima.

— Não chove na Escócia?

— Claro que chove, garota. Mas nós somos homens adultos e a umidade não nos faz chorar.

— Ah, não. Eu consigo imaginar os escoceses brincando na chuva — ela disse, irônica. — Existe aroma melhor do que o de um kilt de lã molhado?

Ele levantou a sobrancelha.

— Segunda sugestão: faça o possível para não discordar.

— De você? — ela retrucou.

— Na verdade, isso seria muito útil a longo prazo, mas eu estou falando de Stanhope. Homens gostam de mulheres cordatas.

— Obedientes.

— Isso mesmo. — Alec pareceu ficar feliz que ela estivesse entendendo.

— Bem, eu posei para um retrato nu lendário. Se isso não é prova de obediência, o que é?

— Eu não mencionaria o retrato, se fosse você. — Alec olhou torto para ela.

— Você está exigindo demais do meu pequeno cérebro feminino, Vossa Graça, com todas essas regras.

— Você quer casar ou não? — Ele suspirou.

— Ah, sim — ela respondeu. — Eu sonho com um marido que tagarele comigo.

— Você está sendo obtusa de propósito — ele resmungou.

— Tem certeza que é de propósito? Afinal, você me encorajou a deixar meu cérebro em casa, não é mesmo?

— Isso me leva à última sugestão.

— Dar o meu melhor para parecer uma cabeça de vento? — Alec teve de segurar o riso, estava se divertindo. — Deve ser muito bom ser capaz de achar graça nesta situação, Vossa Graça. Por favor, continue e diga-me qual sua próxima sugestão brilhante.

— Faça uso das suas melhores características.

— O que diabos isso significa? — Lily perguntou depois de um instante boquiaberta.

— Só que, se ele é assim tão *pegável*, é provável que você tenha muita concorrência.

Eles entraram no Hyde Park e a trilha chamada de Rotten Row se abriu diante deles. O cabriolé parou e um homem bem vestido, a vários metros de distância, reparou neles e os saudou com um sorriso caloroso. Lily pensou que, se aquele fosse mesmo Frederick, Lorde Stanhope, ele era exatamente o que a *Pérolas & Pelicas* afirmava. Alto, cabelo claro e lindo, com um sorriso grande e encantador e olhos gentis.

— Bem, com toda certeza ele é um Lorde Para Casar — ela disse.

Lily sentiu que, se pudesse sentir alguma empolgação com Stanhope, sua tarde teria um início fantástico. Mas como, se ela estava recebendo conselhos românticos de um escocês? Sobre suas melhores características. Aquilo não prenunciava nada de bom para a tarde.

— Se você gosta desse tipo de coisa... — Alec resmungou.

Ela se virou para ele.

— Bonito, nobre e solteiro? Tem razão. É um gosto muito esquisito.

Alec grunhiu e Lily interpretou aquele som de irritação como sinal de que ela tinha vencido aquela batalha. Enquanto Lorde Stanhope se aproximava, Lily se virou para Alec, notando que as manzorras enluvadas continuavam segurando as rédeas.

— Estou esperando sua sugestão a respeito de qual das minhas características seria melhor eu enfatizar?
— Não — ele disse.
— Não? — Lily não conseguiu esconder a surpresa.
Ele meneou a cabeça.
— Enfatize o que você quiser. — Alec pulou do assento e Lily ficou olhando enquanto ele dava a volta no cabriolé até chegar ao seu lado, para ajudá-la a descer.
Quando ele segurou a cintura dela, o toque perturbador se espalhou por seu corpo todo. A sensação cresceu quando ele disse, em voz baixa, para que só ela pudesse ouvir:
— Todas as suas características são ótimas.

* * *

Alec antipatizou de imediato com o Conde de Stanhope. Era óbvio por que as mulheres gostavam mesmo dele, apesar de ser um pobretão. Lily tinha enumerado as qualidades positivas dele várias vezes ao longo do dia, não é mesmo? Bonito, nobre e solteiro.
Encantador, também. Isso ficou claro no momento em que o dândi se aproximou deles caminhando à vontade, com uma bengala com ponta de prata e calças e paletó perfeitamente ajustados, de algum modo sem qualquer amassado. Stanhope, então, fez uma reverência completa sobre a mão de Lily e disse, com uma entonação perfeita aprendida em alguma escola inglesa:
— Srta. Hargrove, obrigado por me dar o prazer de sua companhia.
Encantador demais. E então o vagabundo a beijou. Está certo que o conde beijou os dedos enluvados dela, o que Alec poderia considerar como algo absolutamente adequado – ainda que um tanto ridículo – quando alguém cumprimenta uma mulher com que talvez se case um dia. Poderia considerar, claro, se não estivesse ocupado pensando em arrancar aquela cabeça bonita demais daquele corpo bem proporcionado por colocar seus lábios onde não deviam estar.
Em vez disso, Alec foi segurar os cavalos, ignorando o rubor nas faces de Lily e fazendo o possível para esquecer a sensação do corpo dela em suas mãos quando a desceu até o chão, alguns segundos antes.
— O prazer é meu, Lorde Stanhope — ela disse, a voz musical e encantadora. — Tirando as circunstâncias inusitadas.
Alec olhou para Stanhope, que olhava diretamente para os olhos dela, o vagabundo grosseiro.
— Inusitadas? — o conde repetiu.

— Nós não fomos apresentados — Lily explicou.

— Eu a vi no baile Eversley, mas você saiu antes que eu tivesse a oportunidade de pedir para ser apresentado — Stanhope disse, aproximando-se demais. — A Sociedade vai ficar escandalizada. Demais.

Alec quase grunhiu. Ela não podia achar aquele homem encantador. Ele era tão... *inglês*.

— Eu não o vi lá — ela disse.

— Bem, foi fácil encontrá-la na multidão — o conde observou e ela riu.

— Vestida como estava, eu acredito.

O conde a acompanhou no riso, um som alegre e ressonante. Alec sentiu vontade de bater em algo.

— O que havia com sua roupa? Eu não notei.

Ela abriu um sorriso grande, o que fez o coração de Alec martelar nas paredes do peito.

— Você é um ótimo mentiroso, milorde.

Aquilo tinha sido um erro. Ela estava gostando daquele aristocrata idiota, e ele dela, Alec podia apostar ao observar o modo como Stanhope segurava a mão de Lily – como se fosse dono dela.

Alec não gostou disso. Ninguém era dono dela. Lily era sua própria dona, maldição.

— Mantenha distância, Stanhope — ele rosnou.

No instante que Alec falou, Angus e Hardy desceram do cabriolé para fazer uma inspeção completa do conde. O almofadinha soltou a mão dela e se abaixou para agradar os animais.

— Que cães magníficos — ele disse e Angus lambeu o queixo dele. — Quem é um bom garoto?

Primeiro Hardy gostou de Lily, e agora Angus se encantava com aquele pavão. A Inglaterra estava destruindo seus cachorros. Essa talvez fosse a razão principal para ele casar Lily logo e voltar para a Escócia. Mas ela não iria se casar com aquele homem, isso era certo.

— Angus, chega — Alec ordenou de onde estava, segurando os cavalos.

Angus parou, não sem um ganido de protesto, e o conde se levantou. Alec reparou que o homem fez um último agrado atrás da orelha do cachorro antes de se endireitar por completo. E pensou que talvez o outro não fosse *tão* mau.

— Warnick — Stanhope disse com um sorriso amistoso. — É raro encontrá-lo em Londres, ainda mais aqui, na hora elegante. — Seus olhos desceram até o saiote de Alec e brilharam de bom humor. — Estou vendo que se vestiu para a ocasião.

Alec levantou uma sobrancelha escura.

— Estou de casaca, não estou?

Lily sorriu atrás de Stanhope e Alec ignorou o fio de prazer que sentiu por fazê-la sorrir. Ele tinha vestido uma casaca por ela, uma deferência à sua apresentação na Rotten Row. Mas ele manteve o kilt. Uma questão de princípios. Para se lembrar de que seu lugar não era ali. *Com ela.* Lily fez questão de lembrá-lo disso.

— Você pode tirar o escocês da Escócia... — ela começou.

Stanhope sorriu como um idiota e terminou a frase.

— Mas não pode tirar a Escócia do escocês. Estou vendo.

Eles já estavam terminando as frases ridículas um do outro. Alec grunhiu algo e deu as costas para eles. O conde não parava de tagarelar.

— Não vai ser *a casaca* que irá chamar a atenção das mulheres de Londres.

— É você que está preocupado em atrair mulheres — Alec disse por sobre o ombro. — É para isso que você está aqui.

Um silêncio constrangedor se fez entre eles. Os únicos sons eram o farfalhar do vento nas folhas das árvores e o alarido na trilha, distante o suficiente para soar como um zunido indistinto, ou talvez o zunido indistinto estivesse dentro de sua cabeça. Ele não deveria ter dito aquilo, não deveria ter dito que aquela tarde tinha sido arrumada para fazer Stanhope e Lily ficarem juntos. *Arrumada por Alec.*

Ele se virou e viu que Lily estava com o rosto vermelho e o olhar fixo no chão entre ela e o conde. Alec quis se aproximar dela e se desculpar pela grosseria. Por tudo. Teve a sensação de que isso era tudo que fazia ultimamente: desculpar-se com Lillian Hargrove. Por ser uma droga de um bruto.

Ele não teve a chance de se desculpar, contudo, pois Stanhope a salvou do constrangimento com uma velocidade impressionante, oferecendo-lhe um braço, como se Alec não tivesse dito nada.

— Eu ficaria muito honrado se você passeasse pela trilha comigo, Srta. Hargrove.

Lily levantou os olhos e sorriu para o conde.

— Eu gostaria muito.

O coração de Alec começou a martelar com irritação, frustração e algo mais que ele não estava interessado em descobrir o que era. Então ele apenas olhou Angus e Hardy, que tinham se sentado ao seu lado e o observavam com superioridade canina.

Ele fez uma careta para os cachorros. E Stanhope olhou para o cabriolé vazio.

— Você tem uma acompanhante que possa ir conosco?

Alec cruzou os braços à frente do peito.

— Ela tem sim.

Stanhope olhou para Lily. Ela apoiou a mão no braço que o conde lhe oferecia e deu as costas para Alec.

— A situação do meu acompanhante também é um tanto inusitada.

Stanhope levou a situação na esportiva, baixando os olhos para os cachorros.

— Um acompanhamento impressionante. — Ele se aproximou dela e sussurrou: — Não tema. Sou muito bom com animais.

Uma piada besta. Que divertido. Aquele cretino merecia perder a cabeça. Mas ela riu.

— Espero que sim, milorde.

Ela estava flertando? Aquilo era um flerte?

Alec não se importou com isso.

Eles começaram a andar pela trilha, que Alec supôs ser o que Lily e o resto de Londres considerassem ser "natureza". É claro que aquilo nem lembrava a natureza. Era lotado de gente, com grupos de mulheres em vestidos refinados, ladeadas por formas mais rápidas de locomoção – casais em cabriolés e homens a cavalo. Com certeza era a hora elegante; parecia quase não haver espaço para caminhar no passeio; a pessoa era levada pelo fluxo de gente.

Ele sabia que acompanhantes deviam manter uma distância adequada do casal em situações como essa, mas se o fizesse, ele poderia perdê-los de vista. Stanhope podia ficar tão perdido em sua tagarelice a respeito de si mesmo que outro homem poderia aproveitar a oportunidade para roubar Lily. Ou, pior, o próprio Stanhope poderia roubá-la.

Qualquer coisa poderia acontecer com ela.

Era melhor que Alec ficasse por perto. Angus e Hardy concordavam, pois estavam logo à frente, um de cada lado do casal.

— Isto é sempre tão lotado? — Lily perguntou ao conde, sua voz envolvendo Alec, que precisou morder a língua para não responder.

— Nem sempre — o conde respondeu. — Só posso imaginar duas razões para que o dia esteja tão concorrido. Pode ser o clima maravilhoso... — Stanhope parou de falar e ficou sorrindo para Lily até esta olhar para ele. — ...ou todos souberam que você estaria aqui.

Lily era inteligente demais para cair naquela conversa. Alec não conseguia ver o rosto dela por causa da aba de seu belo chapéu rosa, mas ele viu os dentes brancos aparecerem antes que ela abaixasse a cabeça e olhasse para o lado. Ela tinha gostado... Meu Deus.

— Não constranja a garota, Stanhope.

Lily levantou a cabeça, de repente, e olhou para ele por sobre o ombro, arregalando um pouco os olhos – diante da proximidade do duque, sem dúvida. Ela estava corada, as faces vermelhas como se estivessem no sol a tarde inteira, não apenas quinze minutos.

Alec levantou as sobrancelhas, esperando que ela respondesse. Lily se voltou para Stanhope.

— Você é um especialista em elogios.

Alec bufou. Com certeza ele era um especialista, Stanhope era um inglês pretensioso, treinado para encantar e seduzir mulheres.

O conde colocou a mão enluvada sobre a dela, que continuava apoiada no braço dele.

— Eu faço o meu melhor, é claro, mas é muito fácil elogiar uma mulher tão linda.

Alec, então, rosnou.

— Diga, milorde, você costuma passear na Trilha?

— Costumo. Eu gosto daqui. — Ele se virou para ela, os olhos castanhos brilhando. — Ainda mais quando a companhia é desta qualidade.

Alec fungou e Lily olhou feio por sobre o ombro antes de apertar o passo, sem dúvida para se afastar dele. O conde se ajustou à nova velocidade, assim como Alec.

— Imagino que sua companhia seja muito solicitada — ela comentou, depois de uma pausa.

Ah, a atrevida! *Ela* estava flertando.

— Receio que nem tanto quanto eu gostaria que você acreditasse.

Lily meneou a cabeça, rindo.

— Sua humildade é desnecessária, milorde. Estou certa de que as mulheres de Londres estão felizes por você continuar disponível.

— E você, Srta. Hargrove? — Ele sorriu. — Também está feliz por isso?

Com toda certeza ela não estava, Alec quis gritar. Não havia nada naquele inglês que valesse a felicidade dela. E com certeza nada que a atraísse. Nada com que ela estivesse interessada em casar.

— Eu fico feliz pela companhia — ela disse e a respiração de Alec ficou presa quando ele se lembrou da conversa que tiveram na carruagem, duas noites antes.

Eu me perguntava se algum dia tocaria outra pessoa de novo. Nunca, em toda sua vida, Alec quis tanto tocar alguém como naquele momento em que ela lhe confessou seus medos, suas dúvidas e as razões pelas quais se voltou para Hawkins. E então ele tocou, beijando-a, adorando-a, até só conseguir pensar nos motivos pelos quais não deveria tocá-la. Ou por que ele acreditava que Lily merecia um homem melhor.

Um homem bom. Um homem com graça e requinte que não a corrompesse com sua grosseria, seu tamanho e seu passado. Um homem muito mais adequado para ela do que Alec era. Um como o Conde maldito de Stanhope.

Acreditando-se que o Conde maldito de Stanhope fosse adequado para ela. Ele não sabia se ele era adequado de verdade. Afinal, o conde tinha 37 anos e continuava solteiro. Se isso não fosse prova de algum problema, Alec não sabia o que era.

O caminho fez uma curva suave e o sol da tarde projetou a sombra de Alec sobre Lily e Stanhope.

— Por que você ainda não se casou, Stanhope?

Lily soltou uma exclamação e se virou para Alec.

— Você não pode fazer uma pergunta dessas!

— Por que não?

Ela abriu a boca e depois a fechou, como se fosse um peixe.

— Porque isso é indecoroso!

— Como você sabe se a pergunta é adequada ou não? — o duque perguntou. — Você nunca teve uma temporada.

Ela olhou para o céu, exasperada.

— Porque o universo inteiro sabe que isso não é certo. — Ela se voltou para o conde. — Mil perdões, milorde. Meu *acompanhante*... — ela jogou a palavra por sobre o ombro, fuzilando Alec — ...*é escocês*.

Stanhope olhou de Lily para Alec e se voltou de novo para ela, uma sobrancelha castanho-claro arqueada como se ele tivesse milhares de perguntas, mas as segurasse. Afinal, ele riu.

— Não precisa se desculpar. O duque apenas fez uma pergunta que metade de Londres gostaria de ter a coragem de fazer. Imagino que continuo solteiro pela mesma razão que muitos continuam. — Ele fez uma pausa antes de continuar. — Eu não sou o melhor dos partidos.

— Ou é um maldito cafajeste — Alec resmungou baixo e Lily parou de andar. Soltando o braço do conde, ela sorriu para ele.

— Pode nos dar licença, milorde? — ela disse entredentes.

— É claro. — Stanhope concordou, erguendo as sobrancelhas.

— Dar licença para quem? — Alec perguntou.

— Para nós — Lily respondeu. — Você e eu.

— Eu? — ele disse, levando a mão ao peito. O que diabos ele tinha feito de errado?

— Você mesmo! — Ela o fuzilou com o olhar.

Lillian disse isso e deu as costas para os dois homens, dirigindo-se em meio à multidão para a margem da trilha.

Alec olhou para Stanhope, que sorriu para ele como se a tarde estivesse sendo extremamente agradável. Resistindo ao impulso de enterrar o punho no rosto do conde, ele foi atrás de Lily.

E a alcançou quando ela passava por entre cavalos que vinham trotando para chegar à grama que margeava a Trilha. Alec tentou ignorar o modo como seu coração falseou quando ela se virou, os olhos cinzentos chispando de raiva. Ela estava ao alcance de seu toque, e ele percebeu que era isso que queria fazer. O que não era próprio de um acompanhante. Alec recuou um passo.

— Que joguinho é esse que você está fazendo? — ela perguntou.

— Não sei do que você está falando.

— Você acha que nós não conseguimos ouvir seus grunhidos e resmungos? Suas perguntas inconvenientes?

Ele abriu os braços.

— Eu só estou fazendo meu trabalho.

— Seu trabalho como o quê, exatamente? Uma criança malcriada fazendo birra? — Ela apontou para os cachorros, que os tinham acompanhado. — Hardy sabe se comportar melhor do que você.

Ele olhou para o cachorro, que pôs a língua de fora ao ouvir o nome, com um fio de baba comprido brilhando ao sol para provar o argumento de Lily. Compará-lo com o cachorro era injusto, Alec pensou.

— Estou exercendo meu trabalho como acompanhante. Apenas quero que ele seja honesto.

Ela escarneceu disso.

— Se o objetivo é me casar, Vossa Graça, honestidade é a última coisa que nós dois queremos.

Lily olhou por sobre o ombro e Alec a acompanhou, encontrando Lorde Stanhope parado no meio da multidão na trilha, conversando com um casal que estava sentado no banco de um cabriolé, rindo e se divertindo. Era o candidato perfeito para o casamento.

— Você é, sem qualquer dúvida, o pior acompanhante em uma longa e venerável tradição de acompanhantes. Solteironas no mundo todo estão se contorcendo debaixo de suas toucas rendadas.

Alec sabia que Lily estava certa, mas não tinha nenhuma intenção de admitir *isso*.

— Imagino que você seja especialista no comportamento de acompanhantes.

— Eu sei que eles não devem ficar em cima de quem estão acompanhando.

— Eu não estou em cima.

— Você tem mais de dois metros. Tudo que sabe fazer é ficar em cima.

— O que você quer que eu faça? Que eu encolha para ficar do tamanho de um duende como o seu pretendente?

— Ele é mais alto que a maioria dos homens londrinos! — Ela revirou os olhos.

— Mas não é mais alto do que eu. — Alec deu um sorriso convencido.

— Ora, é claro que não. Você é praticamente uma árvore com pernas. — Ela suspirou. — Não fique grudado em mim. Siga-nos de uma distância decente.

— E se ele for abusado?

Ela abriu os braços.

— Há mais de dez mil pessoas à distância de um grito. Está louco se pensa que ele vai ser abusado. E pensei que seu objetivo fosse me conseguir um noivo.

— Não precisamos de hipérboles. Não são dez mil pessoas. E, sim, esse é o objetivo.

— Bem, então preocupe-se com os seus problemas. Escolha uma das centenas de mulheres que não conseguem tirar os olhos de suas pernas escandalosas.

— Como é?! — O comentário o surpreendeu.

Exasperada, Lily soltou um grande suspiro, pôs as mãos na cintura e olhou para a trilha.

— Estão todas olhando para suas pernas. O que eu só posso imaginar que você goste, ou então estaria vestindo uma roupa respeitável.

Ele se virou para onde ela estava olhando e notou que várias mulheres, no mesmo instante, desviaram o olhar dele.

— Minha roupa é perfeitamente respeitável.

— Na *Escócia* — ela disse. — Neste país não temos o hábito de mostrar nossos joelhos.

— Isso é ridículo.

Ela baixou as mãos e segurou a saia.

— Oh... — Ela fez menção de levantar o vestido. — Então eu posso mostrar os meus?

— Não faça isso. — Ele franziu a testa.

— Por que não? Elas são minhas melhores características. O resto de Londres logo irá vê-las, e Lorde Stanhope iria apreciá-las, eu tenho certeza.

Alec não tinha dúvida disso. Na verdade, a simples discussão sobre os joelhos dela fez Alec ter vontade de cair de joelhos, levantar as saias dela e inspecioná-los.

Ele assassinaria Stanhope ali mesmo se o conde visse os joelhos de Lily. Alec afastou esse pensamento.

— O que você quer que eu faça, Lillian?

— Vista calças.

— Por quê? — disse, fazendo questão de sorrir para um grupo de mulheres que fingia não estar olhando para ele. Elas ficaram coradas, deram umas risadinhas e foram para o outro lado. Lily gemeu, contrariada. Alec levantou a sobrancelha. — Está com ciúme, garota?

Ela pareceu ter vontade de bater nele.

— Por que eu estaria? Se você ficasse com uma dessas mulheres babonas, causaria menos problemas para mim. — Ela acenou para a massa de gente. — Pode escolher dentre toda Londres, Vossa Graça. Divirta-se.

Eu escolho você. Não. Ele não escolhia. Alec olhou para ela.

— É você que está aqui para ser escolhida, Lillian.

— Eu seria escolhida com mais facilidade se a minha sombra escocesa sumisse. — Ela fez uma pausa e acrescentou: — Vou voltar para Stanhope.

Cada parte dele resistiu a essa ideia.

— Ótimo.

— Não quero que você me siga.

— Eu tenho coisas melhores para fazer do que ficar atrás de você.

Ela fez um aceno com a cabeça.

— Excelente. Adeus, então.

Alec concordou, sentindo-se cada vez mais irritado.

— Adeus — ele disse.

Então ela se virou e se afastou, o bonito vestido de musselina rosa atraindo-o, com o jogo das saias fazendo-o pensar em todas as belas coisas rosadas que a roupa escondia. Tornozelos, panturrilhas, coxas e... *Joelhos.*

Alec soltou um palavrão em gaélico e desviou o olhar dela quando Lily chegou à trilha. Ele resistiu ao impulso de observá-la, segui-la ou vigiá-la. Mas isso funcionou só até Alec ouvir uma exclamação alta vinda da direção dela.

— Ei!

Ele se virou para ver um cavalo imenso, montado por um cavaleiro jovem. Um cavaleiro que, era óbvio, tinha perdido o controle do animal, que agora se dirigia, aterrorizado, na direção de Lily.

Alec saiu em disparada no mesmo instante.

Escândalos & Canalhas

Capítulo 13

A AUSÊNCIA FAZ O ESCOCÊS FICAR MAIS AFETUOSO

* * *

Ele era o homem mais enlouquecedor da face da Terra. Num momento estava fazendo amor com ela, no seguinte recomendava que ela usasse suas melhores características para atrair outro homem, e no terceiro fazia todo o possível para afastar esse homem – que parecia ser totalmente decente, um ótimo partido.

Ele queria que ela se casasse? Ou não? E quanto ao que *ela* queria?

Lily levantou o rosto para a multidão que andava pelo passeio e seus olhos encontraram os de Lorde Stanhope, a cerca de cinco metros de distância. Ele era perfeito, em teoria. Nobre e charmoso, bonito e refinado, ele parecia gostar da companhia dela – o que era melhor ainda. Ele seria um ótimo marido, se pelo menos ela conseguisse se entusiasmar com a ideia.

Lily tinha certeza de que conseguiria fazer isso, se não fosse pelo horroroso Duque de Warnick, que tornava impossível para ela pensar em qualquer outro homem que não ele – não que seus pensamentos a respeito dele fossem muito lisonjeiros àquela altura. Ela estava tendo, na verdade, pensamentos bem desagradáveis.

Como se para provar para si mesma que ele não servia, ela começou a listar mentalmente seus motivos. Primeiro, ele era grande demais. Homens modernos não tinham motivo para ser do tamanho de caçadores pré-históricos. Segundo, pelo que ela podia dizer, ele não possuía um par de calças que lhe servissem. Que tipo de homem não possui calças? Terceiro, ele só parecia capaz de ser sociável com cachorros. Cachorros lindos, ela reconhecia, mas ainda assim cachorros. Ela ainda precisava testemunhar uma interação dele com algum humano que não terminasse em raiva ou banho de sangue.

A *não ser com ela*. Com ela, as interações às vezes terminavam em magníficos passeios de carruagem, repletos de prazer.

Ela meneou a cabeça, saindo do gramado para a trilha. *Pensamentos desagradáveis, apenas.* Quarto...

— Ei! — o grito veio alto, carregado de pânico, à direita dela. Lily se virou para olhar e viu um cavalo castanho furioso, galopando em sua direção. Ela congelou, de repente, sem conseguir se mover. Fechou os olhos e esperou ser pisoteada.

E então algo caiu sobre ela, jogando-a para trás, expulsando o ar de seus pulmões, xingando em gaélico furioso em meio a um coro de gritos masculinos e femininos e vários latidos agitados.

Não. Espere. Ela não estava sendo pisoteada. E o cavalo não xingava em gaélico.

Lily abriu os olhos e o encontrou debruçado sobre ela, examinando seu rosto enquanto ela lutava para respirar.

— Lillian — ele disse, e ela percebeu o alívio na voz dele. — Respire.

Ela tentou. Não conseguiu. Sacudiu a cabeça.

— Lillian.

Ela não conseguia respirar.

— Lillian! — Ele a sentou.

Ela não conseguia respirar. *Não conseguia respirar.*

— LILY! — Ela olhou para ele e encontrou seu olhar castanho firme a centímetros dela. — Você vai respirar. O ar foi expulso dos seus pulmões. — Ele deslizou as mãos pelos braços dela e recuou quando Lily abriu a boca para inspirar. Ela não conseguiu. — Fique calma. — As mãos quentes dele chegaram ao rosto dela, emoldurando-o como um quadro, e com os polegares, ele massageou as bochechas dela. — Escute-me. — Ela balançou a cabeça. — Agora. *Respire.*

O ar entrou como se por ordem dele. Ela o engoliu em inspirações profundas, e ele concordou com a cabeça, orientando-a durante o processo. — Ótimo, garota. De novo. — Lágrimas vieram, inesperadas, em uma onda de alívio. Alec a puxou apertado contra si e Lily agarrou as lapelas do paletó dele. — De novo. *Respire, mo chridhe.*

Durante longos momentos, pareceu como se os dois estivessem sozinhos, sentados na terra da Rotten Row, com toda Londres desaparecida. Ela se agarrou nele, inspirando-o em grandes lufadas, o aroma de roupa limpa e flor de tabaco trazendo-lhe força e calma. E então Londres retornou com uma cacofonia. Lily ergueu o rosto para encontrar uma parede de pessoas olhando para eles, vendo-a recuperar o fôlego. O mar de olhos curiosos fez com que ela corasse de constrangimento e soltasse o paletó de Alec.

— Eu estou... — Ela inspirou de novo. — Eu estou... — Ela não sabia o que dizer em uma situação daquelas. Então, ela se conformou com: — Olá.

Ninguém se mexeu. Ninguém a não ser Lorde Stanhope, que abriu caminho em meio à multidão para ficar do lado dela.

— Srta. Hargrove! A senhorita se machucou?

Ela negou com a cabeça.

— Só o meu orgulho.

Ele sorriu e tirou uma folha do cabelo de Lily, antes de se abaixar para pegar o chapéu dela, sujo, no chão.

— Bobagem. Poderia ter acontecido com qualquer um. Aquele cavalo estava descontrolado.

— Lily! — Ela olhou na direção do grito e viu várias mulheres, na frente da multidão, protestar quando Sesily, Seline e Seleste Talbot abriram caminho para chegar até ela. — Meu Deus, Lily! — Sem hesitar, as três se abaixaram, formando poças de seda, para protegê-la de todos os lados. — Você poderia ter morrido!

Sesily sabia ser dramática.

— Eu não morri, ainda bem! — Lily disse. — Tive muita sorte de o duque ter sido tão rápido em agir. — Ela se virou para encontrar o olhar de Alec, querendo buscar forças na presença dele.

Só que o duque não estava ali. Ela examinou a trilha de cima a baixo, procurando o xadrez vermelho característico, a altura reconfortante dele, suas mãos fortes e aquele queixo escocês. Ele não estava à vista. Na verdade, a única evidência de que ele esteve ali eram Angus e Hardy, sentados de guarda atrás dela, como se tivessem sido deixados assim por seu dono. Deixados, com ela.

Tenho coisas melhores para fazer do que ficar atrás de você. Ela sentiu o peito apertar com a lembrança e lutou para respirar de novo.

— Ele foi embora — ela disse, a voz baixa.

— Ele saiu correndo como um morcego fugindo do inferno — Sesily disse e um vozerio se levantou na multidão. Ela se virou para as pessoas. — Oh, por favor. Nós não podemos nem falar a palavra *inferno*? Está na Bíblia, não está? Eu posso falar Jerusalém, Jericó ou...

— Sodomia — Seline interveio, provocando uma onda de exclamações ultrajadas na multidão.

Lily tossiu para disfarçar o riso. Lorde Stanhope se agachou para ajudá-la a levantar, e quando ele falou, Lily percebeu diversão na voz dele.

— Isso vai ser mais rápido do que qualquer outra coisa para dispersar a multidão.

— Isso está mesmo na Bíblia? — ela perguntou, sorrindo.

— Bem — ele torceu os lábios —, a Bíblia tem Sodoma.

— Então ela até que acertou — Lily disse.

— Parece que ter as irmãs Talbot na equipe é bem útil para redirecionar a atenção dos outros.

— É melhor você lembrar disso, Lorde Stanhope — Sesily disse —, pois não gostaria de nós se não estivéssemos na sua equipe.

— Bolha às vezes é mais trabalho e complicação — Seleste disse, citando Shakespeare.

Lily e Stanhope se entreolharam.

— É "Duas vezes mais trabalho e complicação" — Seline corrigiu a irmã.

— É mesmo? — Seleste perguntou a Lily, e ela fez que sim.

Seleste se voltou para Stanhope.

— Bem, isso não faz sentido. É um caldeirão, não é? Com bruxas?

— É, sim — Stanhope concordou.

— Não deveria borbulhar?

— Tem bolha no verso seguinte — Lily sugeriu.

— Isso não é relevante. — Seline revirou os olhos.

— Só estou perguntando — Seleste disse.

Os olhos de Stanhope estavam rasos de riso.

— Seja como for, milady, eu não sonharia em contrariá-la.

— Pronto, então. Objetivo alcançado.

Lily riu, mas o som logo se transformou em tosse.

— Pelo amor de Deus, Seleste. Lily quase morreu! — Sesily exclamou. — Pare de fazê-la rir.

Stanhope ofereceu seu braço a Lily.

— Minha carruagem não está longe, Srta. Hargrove. Ficarei feliz de levá-la para casa. — Ele olhou para as outras mulheres. — Talvez vocês queiram nos acompanhar?

O trio de irmãs não hesitou para concordar.

— Excelente — ele disse, voltando-se para Lily. — Permita-me acomodá-las no gramado que, em seguida, irei buscar o veículo.

Lily deixou que ele a conduzisse para fora do caminho de terra, com Hardy e Angus seguindo-a em silêncio, observando-a com atenção, parecendo perceber a multidão de sensações que aquela tarde tinha provocado nela.

Quando chegou ao gramado, Lily acariciou as belas cabeças dos cachorros e falou, erguendo a voz para que todos por perto pudessem ouvi-la:

— Milorde, estou me sentindo melhor a cada instante que passa...

Pelo menos as partes dela que não se perguntavam aonde Alec teria ido se sentiam melhor a cada instante que passava.

Ela não conseguia acreditar que ele a tinha deixado sozinha. Sim, aquilo aconteceu depois que eles brigaram e concordaram – era melhor assim, não? – que seria melhor se os dois se separassem durante a possível corte dela.

Mas Lily quase foi pisoteada por um cavalo, poderia ter se machucado com seriedade. *Ele estava lá para salvá-la.* Mas então Alec a deixou sozinha, com Stanhope, que não foi embora. Stanhope ficou, como qualquer homem decente deveria fazer. Então Lily também ficaria. Ela apontou para uma elevação no gramado, onde um grande toco de árvore sobressaía.

— Vamos nos sentar um pouco e conversar? — Ela se virou para as companheiras.

Instantes depois, ela estava sentada no toco, com o sol quente de maio aquecendo-a. Suas amigas fizeram um círculo ao seu redor, como se para protegê-la. Hardy foi até Lily e colocou a cabeça no colo dela, enquanto Angus se ajeitou aos seus pés. Percebendo como aquela situação estava bizarra, Lily se sentiu um pouco culpada de forçar o conde a acompanhá-las e resolveu liberá-lo.

— Milorde, você está sendo mais do que gentil. E eu odeio abusar dessa gentileza. Tenho certeza de que minhas amigas estão dispostas a me levar para casa.

Stanhope sorriu para ela.

— Bobagem. Este é, com toda certeza, o dia mais animado que eu tenho há meses, e espero que continue sendo assim. Você não faz ideia de como as sessões do parlamento podem ser entediantes.

— Espere — Seleste disse.

— Você a está... — Seline continuou.

— *Cortejando?* — Sesily concluiu o pensamento.

Lily corou e Stanhope sorriu.

— Na verdade, eu e a Srta. Hargrove nos conhecemos há menos de uma hora. Estávamos apenas passeando pela trilha.

— Oh! — as irmãs exclamaram em uníssono, antes de se entreolharam com uma expressão de entendimento coletivo que um passeio no parque era precursor de algo muito mais importante.

— Bem, nós não gostaríamos de atrapalhar — Seleste disse.

As irmãs começaram a se afastar.

— Não! — Seline disse. — Isso parece importante.

Era incrível como a presença das três conseguia ser ao mesmo tempo muito agradável e bastante constrangedora. E então Sesily falou, com os olhos azuis encarando Lily, parecendo enxergar muito mais do que Lily gostaria.

— O que Warnick estava fazendo aqui, então?

Sendo um herói. Lily ignorou esse pensamento.

— Ele pensou que poderia bancar meu acompanhante.

— Ele é um acompanhante terrível! — Seline exclamou. — Ele a deixou jogada numa vala!

Ele a deixou.

— Não foi exatamente em uma vala — o conde observou, seus olhos sérios em Lily.

— É como se fosse — Lily disse.

— Não importa — Sesily concluiu. — *Nós* seremos suas acompanhantes. Oh, céus.

— É muita gentileza, mas...

— É uma ideia excelente — ele disse. — Você não acha?

Lily olhou para Stanhope, que parecia estar levando tudo na esportiva, mas Lily pensou que, se lhe pedissem para imaginar um primeiro encontro mais desastroso com um lorde casadouro, ela não conseguiria.

O único modo daquilo virar um desastre maior seria ela estar interessada em casar com ele. O que ela não estava. Não que ele não fosse um belo homem, em todos os sentidos; de fato, ele a fazia se sentir muito bem.

Sentir-se bem não era o objetivo? Um casamento não devia ser baseado em gentileza e bom humor, e se o marido fosse bonito, melhor ainda, não? Só que parecia para Lily que ela deveria se sentir atraída pela beleza do marido, deveria desejá-lo, deveria ter dificuldade para ignorar o queixo quadrado, os cabelos revoltos e os belos joelhos do marido. Não joelhos, exatamente. Joelhos era só um exemplo. Ela não ligava para nenhum par de joelhos específicos, ainda mais o par que havia acabado de abandoná-la aos lobos aristocráticos da Rotten Row. Sozinha.

Solidão não era um sentimento estranho para Lily. E ela se sentia mais à vontade com a solidão do que a maioria das pessoas. À vontade o bastante para falar a verdade sobre uma situação que não precisava se arrastar mais que o necessário. Uma mão acariciou as orelhas de Hardy e ela voltou sua atenção para o conde, decidida a falar o que eles dois, sem dúvida, sentiam.

— Milorde, você não precisa fingir que esta foi uma tarde bem-sucedida. Eu admiro seu cavalheirismo, mas não quero prendê-lo quando estou certa de que você tem inúmeras atividades que lhe seriam mais agradáveis.

O grupo todo ficou em silêncio diante da honestidade dela, até Lorde Stanhope concordar e falar:

— Você acha que nós não combinamos.

— Eu acho que você precisa de uma mulher muito menos problemática do que eu.

— Eu acho que uma mulher problemática pode ser exatamente o que eu preciso.

Lillian meneou a cabeça.

— Não o meu tipo de problemática.

Stanhope a observou por um longo momento antes de falar.

— Não penso que você seja tão problemática como diz.

Ela riu, o som desprovido de humor.

— Pelo contrário, milorde. Sou tão problemática como digo.

As palavras foram de algum modo libertadoras, talvez porque a pintura seria revelada em breve – esse escândalo acabaria por arruiná-la, mas havia algo de poderoso e reconfortante em assumir a verdade. Se ela iria ser exposta, porque não falar disso? Era a verdade, não? Era a verdade dela e Lily podia divulgá-la.

Ela olhou para o belo rosto do conde e esclareceu:

— A pintura.

As acompanhantes ficaram duras como pedra e o único som que se seguiu à confissão dela foi o alarido abafado da trilha, a cerca de dez metros. Ocorreu a Lily que o silêncio podia ser pior do que sussurros. O silêncio era solitário. Ela não queria continuar solitária. A ameaça de lágrimas fez com que Lily se obrigasse a respirar fundo, para não permitir que elas emergissem. Não iria chorar. Não na frente dos outros. Ninguém jamais veria como ela sofria com a solidão ou com o medo da solidão.

Quando ela estava a ponto de se levantar, o conde agachou, dando a impressão que era para acariciar Angus, mas Lily teve a sensação de que ele assumiu aquela posição para poder encará-la de frente.

— Não é da conta deles. Da Sociedade, eu digo.

Ela riu das palavras, tão honestas e tão irrelevantes.

— Eu não acredito que a Sociedade concorde com você, milorde. Na verdade, ela diria que é sim da conta dela. E da sua conta, também, considerando esta tarde.

O conde ergueu um lado da boca, em um pequeno sorriso de entendimento.

— Eu tenho quase 40 anos, Srta. Hargrove, e estou em busca de uma esposa com dinheiro. Eu sei o que é cometer erros.

Ela acreditou nele, mas ainda assim...

— É mais fácil para você conviver com os seus, *Conde de Stanhope* — ela enfatizou com delicadeza o título para provar seu argumento.

Ele inclinou a cabeça para o lado.

— Talvez seja mais fácil diante da Sociedade. Mas, ainda assim, tenho que me encarar no espelho da mesma forma que você.

Lily o observou por um longo momento antes de falar.

— Você não deveria me cortejar, milorde.

Uma das irmãs Talbot exclamou de surpresa e Stanhope levantou uma sobrancelha.

— E se eu quiser?

Lily sacudiu a cabeça.

— Londres está praticamente transbordando de herdeiras imaculadas e respeitáveis. Você seria gentil demais para se conformar com tal escândalo.

— Gentil demais? — ele perguntou depois de um longo tempo. — Ou inglês demais?

— Eu falei para você! — Sesily exclamou, voltando-se para as irmãs com um sorriso triunfante antes de olhar para o conde. — Você também percebeu!

Lorde Stanhope se levantou, dando um sorriso largo para Sesily.

— Seria preciso que eu fosse cego para não perceber.

Uma sensação de desconforto passou por Lily, que parou a mão no meio do carinho que fazia na cabeçorra cinzenta de Hardy, enquanto olhava de Sesily para Stanhope.

— Não sei do que vocês estão falando.

— Você viu o olhar no rosto do duque quando ele a salvou? — Seleste interveio, suspirando. — Não sei se algum dia já vi alguém tão enlouquecido com a emoção.

Seline deu um sorriso irônico.

— Eu fiquei tão distraída com a expressão dele que me esqueci de ver o que ele estava usando por baixo da saia.

Sesily olhou para a irmã.

— Ah, droga! Eu também esqueci! — ela disse e Lorde Stanhope tossiu. — Perdão, milorde, mas sabe como é... a curiosidade.

— Eu entendo. — Ele levantou as sobrancelhas.

Lily franziu a testa, ficou pasma com o relato a respeito da preocupação de Alec.

— Que absurdo. Ele me deixou sozinha com vocês. — Ela fez uma pausa. — Sem querer ofender.

— Não ficamos ofendidos — os quatro responderam em uníssono.

Respire, mo chridhe. Ela não entendeu as palavras, mas percebeu a preocupação nelas, até mesmo a promessa que carregavam: Que ele estava com ela, que ele cuidaria dela, que Lily não estava sozinha. E então ele a deixou.

— Não que eu me importe com o fato de ele ter me deixado — Lily disse, sentindo que precisava enfatizar essa ideia.

— É claro que não — Stanhope disse, e Lily teve a nítida impressão que, embora ele dissesse que concordava com ela, não acreditava.

Sesily foi muito menos gentil, pois lançou um olhar desconfiado para Lily.

— Pare com isso. Quando Warnick sumiu você ficou decepcionada como um bebê de quem tiraram a mamadeira.

Lily se levantou ao ouvir isso, irritada.

— Quanta bobagem! — ela exclamou. — Ele não liga a mínima para mim, só quer que eu me case para poder voltar para sua vidinha na Escócia.

Ele nem liga com *quem* eu me case. — Ela se voltou para o conde. — Sem ofensa, milorde.

— Não me ofendi. — Stanhope fez uma careta.

Lily aquiesceu.

— Eu só concordei com esse plano imbecil por causa da maldita pintura. Ela vai ser revelada e minha ruína estará completa, e Alec não vai me dar dinheiro para eu ir embora porque está convencido de que eu preciso me casar. Está convencido de que eu *quero* me casar.

— Você quer? — Sesily perguntou. — Quer se casar?

Quero. Mas com outro.

— Não. Não assim. — Ela olhou para o conde. — De novo, sem ofensa, milorde.

Stanhope sorriu, parecendo estar se divertindo imensamente.

— De novo, não me ofendi.

A tarde parecia ter destravado Lily, que não conseguia parar de dar voz a seus pensamentos:

— A questão é, não desejo impor a algum homem bom um noivado que vai terminar em desgraça, ou... — ela se interrompeu. — Ou...

Ela parou, a cabeça girando.

— Ou...? — Sesily a estimulou.

A solução estava clara. Ela olhou para Sesily, depois para Stanhope.

— Preciso ir.

* * *

Naquela noite, Lily não compareceu ao jantar na Casinha do Cachorro. Alec chegou na hora certa e sentou em seu lugar, à cabeceira da mesa, e esperou durante vários minutos, que se estenderam por meia hora. Enquanto o tempo passava, ele se preparou para o embate que deveria acontecer – a explicação do porquê ele a abandonou no meio do Parque Hyde após o apuro pelo qual ela passou, com toda Londres como plateia. O que ele estava pensando.

A verdade era que ele não pensou em nada a não ser perseguir o imbecil que entrou no Hyde Park montando um cavalo que não conseguia controlar. No instante que Alec teve certeza de que Lily estava viva, respirando e ficaria bem, ele pegou o cavalo mais próximo, derrubou de cima dele algum aristocrata pomposo e, sem dizer nenhuma palavra, disparou na direção do corcel desembestado, deixando o barão espumando de raiva.

Isso não fez com que ele se sentisse nem um pouco melhor em relação àquela situação, quando seu coração foi parar na garganta ao ver o cavalo indo na direção dela, correndo a toda velocidade. Alec ficou desesperado para alcançá-la e aterrorizado com a ideia de que talvez não chegasse a tempo. E então, quando a pegou nos braços, não importou onde estavam nem quem assistia; tudo que importava era que ela estivesse bem.

Ele odiou o pânico que viu nos olhos dela enquanto Lily lutava para conseguir respirar. Alec quis livrá-la dessa sensação para então ir machucar o homem responsável por isso tudo.

Ele conseguiu alcançar o cavaleiro – um jovem que devia ter acabado de sair da escola, tão assustado quanto incompetente, que ficou ainda mais apavorado quando Alec surgiu. Quando ele voltou para procurar Lily, ela tinha ido embora, levada para casa pelas irmãs Talbot. Foi o que lhe disseram quando ele irrompeu pela porta da frente da Casinha do Cachorro. Trazida para casa com os dois cachorros.

Angus estava lá para recebê-lo, mas Hardy, o traidor de quatro patas, devia estar recolhido com Lily.

Alec pensou que a reencontraria no jantar, mas quando trinta minutos se tornaram quarenta e cinco, e depois uma hora inteira, ele percebeu que, mais uma vez, Lillian Hargrove tinha o deixado sozinho em uma refeição.

Se ele quisesse falar com ela, teria que sair à sua procura. O mesmo se quisesse encontrar seu cachorro perdido. Saindo da sala de jantar, com Angus logo atrás, ele quase atropelou a governanta idosa e curiosa.

— Vossa Graça! — ela anunciou, como se não estivesse parada no corredor, sem dúvida imaginando o que ele fazia, sozinho, na sala de jantar. Ele não estava com paciência para amabilidades.

— Onde ela está?

— Vossa Graça? — A Sra. Thrushwill arregalou os olhos.

Ele olhou para o teto e implorou por paciência.

— A Srta. Hargrove! Onde ela está?

— Ela pediu o jantar no quarto, esta noite. Acho que está doente.

Ela estaria machucada? Era possível que ela tivesse se ferido mais do que ele pensava. Talvez tivesse quebrado uma costela, ou batido a cabeça quando ele a jogou no chão. Ele deu um passo na direção da governanta, até ficar perto o bastante para pairar sobre a mulher.

— Ela pediu para chamar um médico?

— Não, milorde. — A governanta sacudiu a cabeça.

Merda. Alec já estava indo ao encontro dela.

— Chame a droga do médico! — ele disse por sobre o ombro.

Ele correu para o andar superior, onde ficavam os quartos, ignorando os aposentos maiores, indo na direção dos pequenos, reservados para hóspedes. Ele abriu várias portas até encontrar Hardy, que veio de uma esquina e parou perto dele com um latido curto. Alec olhou para o cachorro.

— Onde ela está?

Como se tivesse entendido, Hardy voltou pela mesma esquina. Alec o seguiu e encontrou o cachorro parado, em posição de guarda, de frente para uma porta de mogno, abanando o rabo e soltando ganidos curtos e urgentes.

— Bom garoto. — Alec o acariciou, distraído. — Mais tarde nós vamos ter uma conversinha sobre sua lealdade.

Mas, primeiro, ele pôs a mão na maçaneta da porta e a virou. Dentro do quarto a escuridão era absoluta.

— Lily? — ele chamou, indo com rapidez até a cama, o coração disparado. Era cedo e ela já estava dormindo profundamente... talvez estivesse ferida, ou coisa pior.

Ele disse o nome no escuro mais uma vez, tomado de preocupação.

— Lily.

Sem resposta. Nenhum movimento na cama. Ele tateou à procura de um acendedor na mesa de cabeceira e encontrou a vela. Assim que acendeu a chama, largou o acendedor e se voltou para a cama. Lily não estava lá... Nem os lençóis.

Foi então que ele reparou na janela aberta e na corda de lençóis passando por sobre o parapeito e atravessando o chão do quarto até chegar ao pé da cama de carvalho. Ela tinha fugido. Desaparecido na noite.

Se, claro, tivesse conseguido descer três andares sem se matar no caminho. Ele correu para a janela e se debruçou sobre o jardim escuro, vasculhando o chão com muito medo de encontrar o corpo dela destroçado lá embaixo. Mas tudo que ele encontrou foi uma corda de lençóis balançando ao vento.

Praguejando, examinou o resto da propriedade, na esperança de que ela estivesse praticando algum tipo de manobra militar, e não fugindo, de fato, da Casinha do Cachorro no meio da noite, para ir sabe-se lá onde e com sabe-se lá quem.

Isso o fez pensar. Será que ela tinha gostado tanto da companhia de Stanhope que decidiu fugir? Seria possível que os dois tivessem fugido juntos?

Isso era um absurdo, claro. Alec a queria casada. Ele daria seu consentimento. Ainda assim, não conseguia parar de imaginar as coisas nefastas que ela e o aristocrata perfeito poderiam fazer depois que sumissem na noite.

Se Stanhope a beijasse, Alec arrancaria seus dentes... E foi então que ele a viu, as costas dela, sumindo na escuridão, escalando o muro do jardim como se tivesse praticado escalada a vida toda... Usando roupas masculinas.

— Aonde ela está indo? — ele perguntou em voz alta para a escuridão e os cachorros.

Ninguém lhe respondeu, nem mesmo quando testou a força da corda de lençóis que ela fez e, sem hesitar, seguiu-a na noite.

Ele desceu pela corda – surpreendentemente bem-feita –, atravessou o jardim e escalou o muro em três minutos, rápido o bastante para vê-la: o cabelo escondido em um chapéu de homem, com calças que revelavam muito mais do que deviam, escondida em uma viela próxima.

Ele quase a alcançou. Mas quando emergiu, na outra ponta do caminho, viu, a cerca de dez metros, a porta de uma carruagem de aluguel se fechando com um estalido singelo. Ele a perdeu por segundos.

Alec se virou e chamou uma carruagem para si, subindo na boleia com o cocheiro, em vez entrar na cabine.

— Ei! Não me importa quem o senhor é. Tem que ir dentro da carruagem.

Alec simplesmente o ignorou.

— Siga aquele carro.

O cocheiro não era novato, ainda bem, e estalou as rédeas sem hesitar.

— Seguir custa o dobro — ele disse.

— Eu pago o triplo. Mas nem pense em perdê-los de vista.

Ele não a perderia de vista. Alec a manteria em segurança nem que isso o matasse.

O cocheiro continuou, com vigor renovado, seguindo a carruagem de Lily, que atravessou o bairro de Mayfair, rumo ao sudeste, onde as ruas foram ficando mais estreitas e sujas. *Onde diabos ela estava indo?*

Stanhope possuía um título venerável e uma casa tradicional em Mayfair. Ele era um cavalheiro, de modo algum teria chamado Lily sozinha para ir até sua casa.

Talvez ela não estivesse sozinha. Talvez o conde estivesse dentro da carruagem com ela, fazendo sabe-se lá o quê.

Alec sabia muito bem. Ele sabia qual era a sensação de tocá-la, qual era o gosto dela. Ele lembrava de cada momento que passou com ela em sua própria carruagem há apenas duas noites. Se Stanhope estivesse fazendo algo parecido com aquilo, ele o mataria.

Alec grunhiu alto ao pensar nisso, sabendo que não tinha motivo para esses pensamentos. A carruagem seguia muito devagar.

— Passe as rédeas para cá.

— Não, senhor! — O cocheiro olhou torto para ele.

— Eu vou lhe pagar cinco vezes o valor da corrida.

— Não vou deixá-lo conduzir, milorde.

— Cinquenta libras! — As rédeas ficaram frouxas e os cavalos diminuíram o passo. Alec pensou que enlouqueceria. — Eu vou lhe dar cinquenta libras se me deixar conduzir.

Era dinheiro suficiente para comprar outra carruagem. Uma melhor do que aquela.

— Quem nós estamos seguindo? — o cocheiro perguntou, aturdido.

— Eia! — Alec gritou ao pegar as rédeas e os cavalos pareceram entender que eram conduzidos por um homem poderoso, habilidoso e desesperado de desejo.

Eles saíram em disparada pelas ruas, as rodas estalando nos paralelepípedos, o vento frio soprando no rosto de Alec e assim diminuindo a frustração que o envolvia – e crescia – desde que tinha chegado a Londres alguns dias antes. Ele queria correr, queria seu cabriolé com cavalos fortes nas estradas desertas da Escócia, no meio da noite – aterrorizantes, libertadoras e só suas.

Em vez disso, ele tinha que fazer curvas fechadas em Londres para perseguir uma mulher que ele queria, mais do que qualquer coisa, manter em segurança... Como ele odiava Londres.

— Quem nós estamos seguindo? — o cocheiro gritou por cima do alarido das rodas, segurando-se, em pânico, na boleia.

— Ninguém importante. — Alec estalou as rédeas de novo.

— Perdão, senhor — o homem falou, soltando uma risada —, mas cinquenta libras não são para alguém sem importância.

Alec ignorou o comentário. É claro que ela era importante, aos poucos ela ia se tornando tudo. A carruagem entrou no Soho, onde as vitrinas estavam muito iluminadas, com prostitutas e seus clientes andando pelas ruas, pubs e cassinos chamando os transeuntes.

— Aonde, diabos, ele está indo? – ele disse ao segurar os cavalos, sentindo a frustração crescer mais uma vez.

— Eu diria Covent Garden, se tivesse que arriscar, meu senhor.

E assim ele soube o que ela estava fazendo. Lily não estava indo atrás de Stanhope, mas de Hawkins.

Derek fez com que eu me sentisse amada. A lembrança da história dela, do modo como o cretino pomposo a manipulou com belas promessas, fez com que o sangue de Alec fervesse. A raiva foi seguida por um temor, que veio com uma segunda lembrança, mais assustadora. A lembrança de Hawkins oferecendo-se para torná-la sua amante. De Alec debruçado sobre o verme pomposo na sala escura da Casa Eversley, olhando por sobre o ombro para uma Lily de olhos arregalados, perguntando-lhe se o queria.

Não. Ela respondeu com a negativa, mas Alec não acreditou nela. Ele tinha percebido a dúvida na resposta... a incerteza. Ele pediu que ela repetisse. Ele a forçou a negar. E ela negou, mas talvez não estivesse sendo sincera, talvez ela ainda o quisesse. Por que mais estaria ali à...

— Eles pararam, milorde.

Alec puxou as rédeas, o olhar concentrado na carruagem parada diante de uma casa geminada comum enfiada atrás da Rua Bow. A porta do veículo abriu e Lily desceu com sua roupa ridícula — calças e camisa que se enfunava ao redor dela, obviamente tiradas do guarda-roupa de um homem muito maior – e o cabelo escondido debaixo de um chapéu cuja aba cobria o rosto.

Ela jogou uma moeda para o cocheiro, que colocou a carruagem em movimento, distanciando-se com rapidez em busca de um novo passageiro. Ela não pediu que ele aguardasse. Isso significava que ela pretendia ficar ali por muito tempo.

Lily não pensava que sua ausência seria sentida em casa?

Casa. A palavra o perturbou. Não que a Casinha do Cachorro fosse sua casa. Ela não parecia em nada com sua casa na Escócia. Mas por algum motivo, ele queria que Lily se sentisse em casa ali. Ele queria que ela se sentisse segura, que acreditasse que havia algo de bom, lá, para ela. Algo que fosse um pouco melhor do que quer que houvesse dentro do prédio ao redor do qual ela se esgueirava no momento.

Alec entregou uma quantidade exorbitante de dinheiro ao cocheiro.

— O resto eu lhe dou quando voltar, espere por mim.

O cocheiro não hesitou, apenas se recostou na boleia e puxou a aba do chapéu sobre os olhos.

— Sim, senhor.

Em segundos, Alec estava sob o abrigo das sombras, movendo-se na direção dela, que havia parado diante de uma porta enquanto tirava algo do bolso. Uma chave? Ela tinha a chave daquele lugar escuro, silencioso e próximo o bastante do Teatro Hawkins. Isso fez Alec ter certeza do que havia lá dentro. De *quem* estava lá dentro.

Ela entrou pela porta, deixando-a se fechar atrás de si. A fechadura produziu um estalido quando Alec se aproximou, e ele praguejou na escuridão.

Ele teria que arrombar.

𝕰𝖘𝖈â𝖓𝖉𝖆𝖑𝖔𝖘 & 𝕮𝖆𝖓𝖆𝖑𝖍𝖆𝖘

Capítulo 14

UMA IMAGEM VALE MAIS QUE MIL PALAVRAS

Homem possuidor de uma autoestima imensa e um valor real minúsculo, Derek Hawkins passava a maior parte do seu tempo exibindo-se para a Sociedade, tentando convencer a aristocracia a adotar seu ponto de vista e ignorar a realidade. Como consequência, ele nunca estava em casa à noite.

Sem dúvida, naquela noite em especial, ele estaria em um clube, ou jantar, ou revelando sua pompa revoltante para um grupo de mulheres inocentes – uma mais desesperada que a outra para conquistar a atenção do grande Derek Hawkins, ainda que apenas por um momento.

Não que Lily não compreendesse esse desespero. Ela tinha, afinal, se deleitado com o brilho de Hawkins por tempo suficiente para ser arruinada.

Lily não tinha dúvida de que se Hawkins não fosse tão obcecado com a percepção que o mundo tinha dele e de seu gênio, ele não a teria arruinado daquela forma. Com certeza ele não a teria exposto ao mundo, em sua pintura já famosa, sem hesitar, sem consentimento.

Mas ninguém tinha sido importante o suficiente para Derek Hawkins de modo a inspirá-lo a agir com dignidade. Agora Lily sabia disso. Ela se sentia grata por isso, até quando percebeu que não possuía pruridos de entrar na casa dele sem ser convidada, quando sabia que Hawkins não estava. Se ele não a queria ali, deveria ter pedido que ela devolvesse a chave, não?

Trancando a porta com cuidado atrás de si, ela se virou, pronta para subir rapidamente a escadaria até seu destino, com cuidado para evitar a governanta, que também era a cozinheira, e o mordomo, que também era o criado particular de Derek.

Contudo, Lily não esperava encontrar a casa tão escura e silenciosa. Ela esperava que as lareiras acesas jogassem um pouco de luz em seu caminho, mas não havia nada. Encontrou uma vela sobre o aparador ao lado da porta e se atrapalhou um pouco para acendê-la.

Com isso feito, ela deveria ter se dirigido logo para seu destino, mas alguma coisa no vazio escuro a deixou curiosa. Lily entrou na sala da frente, que, quando ela interpretava o papel de musa do Derek, estava repleta de móveis dourados. Mas a sala estava vazia agora.

A descoberta a fez avançar pela casa, na direção da cozinha, onde o fogo estava sempre aceso. Os dois criados idosos quase não se afastavam do calor desse ambiente. Nessa noite, contudo, eles não estavam à vista. O fogo, apagado. E havia uma pilha inesperada de pratos perto da grande pia. Alguém estava morando ali sozinho.

Voltando para a frente da casa, ela examinou os outros aposentos, descobrindo que todos estavam vazios. Uma cadeira aqui e outra ali, mas nenhuma sala estava em condições de receber visitas. Com o coração na boca, ela subiu a escada. *Seria possível que ele não morasse mais ali?* O pensamento a apressou e deixou nervosa. *E se não estivesse ali?*

Ela abriu a porta do quarto dele e logo se sentiu grata pelo aroma adocicado do perfume preferido de Hawkins. Ele ainda morava ali, o que significava que a pintura também estava ali. Ela atravessou o quarto e colocou a mão na porta que levava ao aposento mais precioso para ele, que chamava de Sala do Gênio. Ela virou a maçaneta, mas descobriu que a porta estava trancada. É claro.

Apoiando a vela na mesa baixa entre a cama e a porta do estúdio, Lily abriu uma gaveta para procurar a chave. Tinha que estar ali, ela tinha ido longe demais para que a chave não estivesse.

Foi então que ela ouviu o som, suave e quase inaudível, do lado de fora do quarto. Havia alguém no corredor.

Com o coração ameaçando pular para fora do peito, Lily se virou para a esquerda e direita, desesperada à procura de uma saída. Ela estava no terceiro andar da casa, então fugir pela janela não era uma opção. Havia um armário grande do outro lado do quarto, com espaço suficiente para duas pessoas, ela calculou, mas que estava perto demais da porta que levava ao corredor para ser considerado um esconderijo.

Ela ouviu o barulho de novo e seu olhar voou para a maçaneta, certa de que podia ouvi-la virando. *Derek estava ali.*

Segundo depois, ela estava debaixo da cama fazendo uma oração de agradecimento ao Criador pelas roupas de homem. Ela nunca caberia ali com as saias e a crinolina.

Lily segurou a respiração quando a porta foi aberta e fechou os olhos bem apertados, tentando, com toda sua convicção, resistir ao impulso de se mover, de virar a cabeça e fugir.

A porta foi fechada, ele estava no quarto com ela. Foi só então que Lily se deu conta de que havia deixado a vela acesa. Ele saberia, no mesmo instante, que alguém tinha estado ali. Que alguém *estava* ali. *Ela tinha cometido um erro terrível.*

Soaram passos, firmes e discretos, enquanto ele se movia pelo quarto. Ele rodeou lentamente o pé da cama, suas botas pretas aparecendo diante dela enquanto ele ia até a mesa onde a vela ardia. A luz se moveu e, embora Lily não pudesse ver, imaginou que ele tivesse levantado a vela.

Então a cama se mexeu em cima dela, só um pouco, e ela arregalou os olhos quando as botas se moveram, e uma perna nua apareceu diante dela, seguida por um joelho e um tecido xadrez. E pela vela, empunhada por uma mão imensa e bronzeada, e depois, afinal, pelo rosto de Alec.

Lily deu um gritinho de surpresa e seu coração pareceu bater mais forte quando ela descobriu que era Alec, e não Derek.

— O que você está fazendo aqui?

— Você tem duas opções — ele disse, as palavras abafadas e carregadas de sotaque. — Pode sair daí ou esperar que eu te puxe.

Ela apertou os olhos para ele.

— Agora você quer a minha companhia?

Ele também fechou a expressão.

— O que isso quer dizer?

Você me deixou, ela quis dizer. *Sozinha e querendo você.* Em vez disso ela se conformou com:

— Eu não posso sair até que você se mexa, duque. — Ele levantou uma sobrancelha, mas se mexeu e ela saiu, levantando-se e já o enfrentando. — O que você está fazendo aqui?

— Garantindo que não seja pega ou morta.

— Morta — ela debochou. — Ninguém vai me matar.

— Você poderia ter caído da janela... Como conseguiu fazer uma corda com lençóis?

— Sesily me ensinou.

Ele olhou para cima.

— É claro que sim. A escandalosa ensinando a outra escandalosa.

— Ela é minha amiga — Lily disse. — E eu não caí, como pode ver, estou bem viva.

— O que é admirável — ele respondeu. — Você pegou uma carruagem de aluguel até aqui vestindo essas... — Ele parou de falar e seus olhos chisparam de fúria. — Seja lá o que isso for.

Ela olhou para si mesma, examinando as calças, a camisa e o casaco, todos grandes demais.

— É roupa de homem!

— Você está ridícula! Ninguém com a cabeça no lugar vai acreditar que você é um homem. No máximo pensariam que você é um moleque brincando de adulto.

— O cocheiro não reparou nisso.

— O cocheiro também não reparou que vocês estavam sendo seguidos, então não posso elogiar a capacidade de observação dele.

Ela franziu a testa.

— Você não pode sair por aí seguindo uma mulher por todos os lugares! Quase me matou de susto!

— Você invadiu a casa de um homem e se escondeu debaixo da cama! — ele disse. — E se fosse ele e não eu?

— Não era ele! — ela sussurrou, irritada. — Era você. E você não deveria estar aqui!

— Ah, mas você deveria?

— Mais do que você!

— Eu esqueci que você tem a droga da chave! Imagino que este seja o quarto do Hawkins?

— Não que isso seja da sua conta — ela respondeu —, mas ele nunca pediu a chave de volta.

— Isso não é motivo para usá-la — Alec retrucou. — Você está esperando por ele? Planejando convencê-lo a voltar para você?

Ele era horrível. A raiva tomou conta da expressão de Lily.

— Oh, você adivinhou — ela respondeu, sem conseguir esconder o sarcasmo. — Este é o meu estilo especial de sedução: roupas masculinas mal ajustadas e me esconder debaixo da cama dos homens que não têm escrúpulos na hora de me arruinar.

Ele levantou as sobrancelhas.

— Não vou fingir que entendo a cabeça das mulheres.

Lily tirou a vela da mão dele.

— Vá embora. Você não é bem-vindo aqui.

— E você é?

— Eu tenho que fazer uma coisa. Não vou demorar muito.

Ele parou para observá-la por um longo momento, depois apertou os olhos.

— Por que você está aqui? — ele perguntou.

— Isso importa?

— Importa se você ainda o ama.

As palavras a deixaram muda por um instante.

— Se eu o amo? — ela disse, afinal.

Isso parecia impossível, passados dois meses, depois de tudo que aconteceu. A pintura, a exposição, *Alec*. Não que Alec tivesse alguma influência em seu coração, de modo algum. *Mentirosa*. Ela pigarreou ao pensar nisso.

— Por que não diz o que está pensando, Vossa Graça?

Ele fez uma careta ao ouvir o honorífico.

— Você ainda o ama?

— Não — ela respondeu, incapaz de disfarçar o choque em sua voz. — É claro que não. Ele não é nada do que eu pensei que era. Ainda mais agora. Ainda mais agora que eu... — *Ainda mais agora que eu posso comparar Derek com você.*

— Então por que você está aqui? — Alec continuava de cara fechada.

Ela suspirou e olhou por cima do ombro dele, para a porta do estúdio de Derek.

— Se você precisa saber, decidi resolver o assunto eu mesma.

— O que isso quer dizer?

— Apenas que estou cansada de esperar ser salva. Já tive guardiões, pretendentes e homens que me fizeram inúmeras e belas promessas. Estou cansada de acreditar nelas. Está na hora de eu fazer minhas próprias promessas, para mim mesma.

— E que promessa é essa? — Ele não se mexeu.

— A promessa de eu mesma me salvar. — Ela apontou para a porta interna. — Aí fica o estúdio dele. Há dois meses, foi aí que ele pintou o retrato.

— E daí? — Alec inspirou fundo.

— E daí que, como modelo da pintura em questão, eu pretendo pegar o que é meu.

Houve um longo silêncio enquanto ele absorvia o significado dessas palavras.

— Vamos lá, então.

Ela sacudiu a cabeça.

— Eu acabei de falar que não preciso de um salvador. Eu mesma vou me salvar desta vez.

Ele se virou para a porta do estúdio.

— Eu entendi. Mas agora estou aqui e a porta está trancada.

— Eu estava começando a procurar a chave quando você me matou de susto e fez eu me esconder — ela retrucou.

Ele olhou para ela.

— Embaixo da cama, a propósito, é um péssimo lugar para se esconder. E se ele fosse dormir? Você ficaria presa aí a noite toda.

Ela levantou uma sobrancelha.

— Você só está com inveja porque não caberia debaixo da cama.

Ele sorriu diante da tentativa de ofendê-lo, e Lily odiou o calor que a percorreu quando percebeu que tinha feito Alec sorrir.

Ela não se importava se o fazia sorrir.

De qualquer modo, ele se virou para a porta do estúdio. Com um empurrão firme, ele arrancou a porta do batente, como se a fechadura fosse feita de papel e cola, e o calor foi substituído por choque quando ela se deu conta da destruição.

— Diga-me, Vossa Graça, as casas na Escócia têm portas?

— Raramente — ele respondeu sem hesitar.

Ela não estava achando graça naquilo.

— Agora Derek vai saber que estivemos aqui.

— Você não pensou que ele iria saber disso quando a pintura sumisse? — Alec perguntou, como se fosse simples assim.

Ocorreu a Lily, então, que deveria ser simples assim. Que ela estava disposta a entrar no estúdio e pegar a pintura, e Derek saberia, ao voltar, que alguém tinha pegado o quadro. Mas, por algum motivo, a madeira quebrada, prova de que Alec tinha estado ali, a afetou. Ele a seguiu desde a Casinha do Cachorro até ali, entrou na casa para garantir a segurança dela e, depois de ouvir o plano, não tentou dissuadi-la. Pelo contrário, ele se ofereceu para ajudar, do seu próprio modo, removendo a porta, que era o último obstáculo para o sucesso de seu plano.

De certo modo, apesar de ser um homem enorme, autoritário, absolutamente difícil, ele também era muito bondoso. Ele colocou a porta de lado e pegou a vela na mesa de cabeceira, erguendo-a diante da escuridão do estúdio. E foi então que a vela se tornou um lembrete brilhante do que ele encontraria lá dentro.

— Espere! — Lily exclamou ao passar por ele, jogando-se na escuridão, dando as costas para o estúdio ao se colocar entre a luz dele e as pinturas presentes. — Não! — Ela estendeu a mão. — Dê a vela para mim.

Ele devia estar pensando que ela tinha enlouquecido.

— Nós não temos tempo para isso, Lillian.

Ela sacudiu a cabeça.

— Você não vai entrar.

— E por que não?

— Porque não quero que você veja.

— Que eu veja o quê? — Alec perguntou e Lily olhou feio para ele. — Oh! — ele exclamou.

— Isso mesmo — ela disse. — "Oh!"

— Eu não vou olhar — ele disse, avançando e a empurrando para dentro do quarto.

— Tem razão — ela respondeu, obrigando-se a parar de se mover. A não ceder terreno. — Você não vai olhar, porque não vai ter a chance de ver a pintura.

— Lillian. Nós não temos tempo para isso. — Ele olhou para o teto.

Ela estendeu a mão para a vela.

— Dê isso para mim.

Ele a entregou.

— Pronto. Você pode encontrar essa porcaria, para que nós possamos ir embora?

— Primeiro prometa que não vai olhar.

— Você está sendo ridícula.

— Talvez. Mas é minha reputação que precisa ser protegida.

— Eu estou tentando protegê-la desde o começo! — ele argumentou.

— E você pode continuar me protegendo se prometer desviar os olhos de qualquer coisa que pareça escandalosa.

— É uma *pintura*, Lillian. Foi feita para ser vista.

Um sentimento de tristeza, acompanhado da frustração e da vergonha que ela tanto odiava, a acometeu. Ele estava certo, como ela podia imaginar que a pintura não seria vista? De algum modo, contudo, a ideia de que ele pudesse vê-la... mudava tudo.

— Eu nunca quis que fosse vista.

Ele ficou em silêncio por um longo tempo e ela quis que houvesse mais luz, para que pudesse enxergar os olhos dele, quando Alec disse, finalmente:

— Tudo bem.

— Prometa.

— Eu prometo.

— Continue.

— Eu prometo que não vou olhar. — Ele suspirou.

— Vire de costas.

— *Lillian*.

Ela não cedeu.

— Você quer ser meu guardião? Então faça seu papel e vigie a porta.

Ele hesitou por um instante mínimo antes de soltar um suspiro longo e exasperado para então lhe dar as costas.

— Pegue logo essa droga.

— Ótimo — ela concordou, virando-se para começar a procurar.

Havia só um problema, ela percebeu ao levantar a vela e redirecionar sua atenção para aquele aposento que conhecia tão bem.

O lugar também estava vazio. Tudo tinha sumido. As pinturas que cobriam as paredes, o divã baixo em que ela posou durante dias, o cavalete onde Derek trabalhava furiosa e diligentemente, enquanto o sol inundava o estúdio, fazendo o pó dançar à volta deles. Tudo tinha sumido.

Ela pensou que não deveria estar surpresa. Afinal, tudo que se relacionava a Derek Hawkins era fugaz, como se só existisse na presença dos outros.

Talvez isso também fosse verdade a respeito da pintura. Talvez ela só existisse quando vista por toda Londres.

Ela riu, um som de pânico esganiçado, e Alec se virou.

— O que foi? — Foi então que ele notou o espaço. — Onde estão as coisas?

Ela meneou a cabeça.

— Sumiram.

— Sumiram, como?

Ela se voltou para ele.

— Não sei. A pintura estava aqui. — Ela apontou para a parede do lado sul, em que as janelas recebiam a luz do sol o dia todo. — A pintura estava bem ali.

Alec fez uma careta.

— Você posou aqui?

Ela ignorou a pergunta, preferindo repetir uma das anteriores.

— Onde está tudo? — Ela riu, o som agudo, perturbador e desesperado. — Onde a pintura foi parar?

Alec caminhou até ela.

— Lily — ele disse em voz baixa —, nós vamos encontrá-la. Existe um número limitado de lugares onde ele pode tê-la escondido.

— Existem centenas de lugares — ela disse. — Milhares! — A frustração cresceu e ela sentiu um aperto no peito. — Nós não estamos em um vilarejo escocês, Alec. Isto aqui é *Londres*. — Ela fez uma pausa e olhou para ele. — Você acredita em destino?

— Não.

Lily abriu um sorriso pequeno e triste.

— Eu acredito. Esta era minha única chance, minha oportunidade de me salvar. Talvez, no entanto... a desgraça seja meu destino.

— Não é.

Lily não respondeu, dando as costas para o quarto e sussurrando para as paredes vazias.

— Eu queria encontrá-la.

Pela primeira vez em três semanas e um dia, ela teve a esperança que sua vida poderia voltar a lhe pertencer, que ela poderia sobreviver. Lily olhou para ele.

— Eu implorei para que você me deixasse fugir. Para que me deixasse resolver isso do meu modo. E então você me deu esperança e eu pensei que esta podia ser a solução.

— E é — ele disse, o olhar firme e carregado de algo parecido com orgulho. — Garota esperta. É, sim. Nós vamos encontrar a pintura em algum lugar de Londres. Fugir não é a resposta, isto é.

E, que Deus a ajudasse, ela quase acreditou nele. Em sua certeza resoluta, como se tudo que ele precisasse fazer era querer. Ela *quase* acreditou nele.

— Eu pensei que estaria aqui.

— E se fosse minha, eu a guardaria aqui — a resposta veio sem hesitação.

Ela levantou o rosto e encontrou os olhos dele – uísque brilhante à luz dourada da vela.

— O que você quer dizer?

Ele desviou o olhar, como se tivesse sido pego confessando algo que não deveria.

— Eu a manteria perto de mim.

— Se essa fosse sua esperança de deixar um legado, é o que quer dizer.

— Não — ele disse, a voz suave. — Não foi o que eu quis dizer.

Ela ficou sem fôlego ao ouvir aquilo, pelo modo como as palavras deixaram o ar pesado ao redor deles.

— O que foi, então?

Ele estava perto o bastante para tocá-la, e Lily foi consumida com a lembrança viva de duas noites antes, dentro da carruagem. Quando o tocou, e ele a tocou.

Ela não deveria fazer isso, não ali ou em lugar nenhum.

Ainda assim, ela ergueu a mão, sentindo-a tremer enquanto a colocava no peito dele, onde o coração de Alec batia forte e rápido, por baixo da faixa xadrez que descia de seu ombro. O tempo parou. Os dois olharam para aquele lugar, onde a mão pálida dela descansava contra o xadrez do kilt dele. Ele era tão forte. Tão quente.

Lily levantou o rosto para encontrar o olhar dele sobre ela, esperando-a. Silencioso, forte e paciente, como se esse fosse seu único propósito: esperar por ela, estar com ela, *ser dela*.

Esse pensamento fez com que Lily entreabrisse os lábios, e o movimento chamou a atenção dele. A escuridão e o silêncio os protegia do mundo.

Lily ergueu o queixo, oferecendo-se para ele. Alec baixou a cabeça, fechando a distância entre os dois. *Sim. Por favor.* Ela daria tudo por ele. Lily fechou os olhos.

— Lily — ele sussurrou, a palavra era um beijo em seus lábios, cheia de desejo e emoção.

Sim. E então ele a soltou e pigarreou.

— Nós devemos ir embora antes que ele volte.

O momento passou e o estúdio girou com a velocidade dessa passagem.

Ela levou os dedos aos lábios, desejando poder afastar a dor que sentia — o desejo. Ele quis beijá-la. Ela viu isso. *E por que ele não a beijou?* Era por causa de Derek? De seu passado? Ele ficou incomodado com o que ela tinha feito naquele lugar? Em quem ela tinha se transformado ali?

O arrependimento veio, agudo e doloroso, e Lily ficou rígida, detestando tudo aquilo, detestando cada minuto que a levou àquele momento, no quarto em que ela se expôs nua para um homem. Onde ela ansiava por outro.

Sem escolha, ela seguiu Alec de volta para o quarto, tentando parecer, como ele, não afetada pelo momento.

— E se ele foi embora? — ela perguntou. — E se ele fugiu com a pintura?

Alec abriu as portas do grande guarda-roupa no canto, revelando um mar de roupas em seda, cetim, algodão e lã — de todas as cores imagináveis.

— Não acho que ele foi embora.

Ela meneou a cabeça, aproximando-se.

— Derek nunca abandonaria suas roupas.

— Ele é um pavão, você sabe — Alec disse, olhando para ela.

— Eu sei — ela disse e estendeu a mão para um colete turquesa com bordados dourados. — Mas pavões podem ser muito atraentes.

O peito de Alec emitiu um rugido grave, seguido por um comentário azedo:

— Atraente não quer dizer digno.

Os dedos dela pararam sobre o tecido azul brilhante.

— E escoceses são dignos, eu imagino? — Mais tarde ela se perguntaria por que tinha pensado em dizer aquilo, de onde aquelas palavras tinham vindo. Mas naquele momento, os dois parados no escuro, com o passado e o futuro de Lily trombando com decepção e frustração, ela não se importou.

Alec olhou para ela. O silêncio da casa era uma cacofonia entre os dois. Ele pigarreou e Lily percebeu o nervosismo no som.

— Mais dignos do que ele.

Mais atraentes, também. Ela fechou as portas do guarda-roupa e se virou, apoiando as costas nelas, olhando para Alec, uma torre ao seu lado.

— Por que você me abandonou? — Lily perguntou.

— Eu estou aqui — ele respondeu, franzindo a testa.

Você me deixou aqui também. Ela sacudiu a cabeça.

— Esta tarde, com Stanhope.

— Você me disse para deixá-la.

Ela disse? Talvez tivesse dito mesmo. Mas então... ela meneou a cabeça.

— Mas você não me deixou. O que você fez foi me salvar. Mas então me abandonou.

Ele ficou em silêncio por um longo momento, e ela teria dado qualquer coisa para saber o que ele estava pensando.

— Você estava bem — ele disse, afinal. — E Stanhope ficou com você.

Era o que ela esperava: uma resposta rápida e superficial. Mas não era verdadeira. E ela sabia disso. Lily meneou a cabeça.

— Mas por que você me deixou lá?

— Porque... — ele perdeu a voz e o silêncio se estendeu entre eles por uma eternidade antes de ele acrescentar: — Porque você merece alguém como ele.

— Eu não quero alguém como ele — Lily disse.

— Por que diabos não? Stanhope é uma droga de príncipe comparado aos outros homens.

— Ele é muito gentil — ela disse.

— Isso é um problema? — ele perguntou. — Gentil, atraente, nobre e encantador. A santa trindade das qualidades.

Ela sorriu.

— Você disse quatro qualidades.

Ele apertou os olhos.

— Qual o seu problema, Lily? Você poderia tê-lo. Ele sabe da pintura e não liga. Na verdade, ele parecia apreciar a sua companhia.

Ela deveria querer Frederick, Lorde Stanhope. Lily deveria cair de joelhos e agradecer aos céus por ele estar disposto a ficar com ela. Ainda assim... ela não o queria. Estava muito ocupada desejando outro homem. Um homem impossível. Não que ela pudesse dizer isso para Alec.

— Nós convivemos por menos de duas horas. Não é possível que ele já esteja me desejando.

— Qualquer homem com a cabeça no lugar desejaria você depois de dois minutos.

Ela arregalou os olhos. Ele calou a boca.

— O que você disse?

— Nada. Precisamos ir embora.

— Eu sou um escândalo.

— Você é o melhor tipo de escândalo — ele grunhiu ao se dirigir para a porta do quarto.

Pelo menos foi isso que Lily pensou que Alec tinha falado.

— Não ouvi o que você disse. — Você é o pior tipo de escândalo — ele disse mais alto.

Não era o que ele tinha dito antes, e Lily não conseguiu deixar de sorrir.

— O que isso quer dizer?

— Você é o tipo de escândalo que um homem quer que seja dele.

Ela ficou boquiaberta. Em toda sua vida, Lily nunca tinha ouvido algo tão romântico. E, com certeza, ela não esperava ouvir algo assim da boca daquele escocês imenso e mal-humorado.

— É muita gentileza — ela disse.

— Não tem nada de gentil nisso — Alec retrucou.

— Tem sim — ela insistiu. — Derek não queria que eu fosse dele. E isso antes de eu ser um escândalo.

— Hawkins é um idiota — ele disse, as palavras emboladas. Ele parou, então, junto à porta fechada do quarto, uma mão espalmada sobre o mogno.

Ela ficou hipnotizada por aquela mão, por seu relevo, pela cicatriz que descia do primeiro nó do dedo, um risco branco contrastando com a pele bronzeada.

— O que aconteceu com a sua mão?

Ele não se mexeu.

— Ela encontrou a extremidade cortante de uma garrafa quebrada.

— Como?

— Meu pai era um bêbado furioso.

Lily estremeceu e quis se aproximar.

— Sinto muito — ela disse.

Ainda assim, ele não olhou para ela.

— Não precisa. Eu fui embora no dia em que ele fez isso.

— Eu sinto por não ter ninguém para cuidar de você na época.

Os dedos apertaram a superfície da madeira. Esse foi o único indício de que ele a ouviu.

— Nós precisamos ir embora.

— Você acha que alguém vai me querer? — ela perguntou, olhando para a mão dele, sabendo que não deveria. Sabendo que a pergunta revelava demais o que ela queria.

Ele encostou a testa na porta e respondeu com um rugido baixo, em gaélico, antes de falar em inglês:

— Sim, Lillian. Eu acho que alguém vai querer você.

— Será que... — Lily se interrompeu. Ela não podia fazer essa pergunta para ele. Não importa o quanto gostasse da ideia.

— Não me pergunte — ele sussurrou, e esse som a fez sofrer.

Ele não podia, ele não gostava dela. Quer dizer, ele nunca pareceu gostar dela. Ele parecia não ver nada nela além de problemas. Será mesmo? Ela não aguentou:

— E você? Você me quer?

Ele não praguejou em gaélico dessa vez. O palavrão saiu em alto e bom inglês.

— Não responda — ela pediu, em seguida, ao mesmo tempo aterrorizada que ele respondesse e desesperada para que o fizesse.

Ele não levantou a cabeça da porta.

— Eu devo protegê-la — ele disse, como em uma prece para si mesmo. Para Deus, mas não para ela. — Eu devo protegê-la.

— Não responda — ela repetiu, ignorando a pontada de desejo que a atravessou. Mas, naquele momento, Lily desejava que ele a quisesse desesperadamente.

Porque se Alec a quisesse, ela poderia ter uma chance de conseguir a vida com que sempre sonhou. Com um homem muito mais nobre do que ela jamais imaginou. *Eu devo protegê-la.* E talvez fosse por isso que ela tinha passado tanto tempo de sua vida sozinha, mas a ideia de ser protegida, de ficar com alguém que desejava a segurança dela tanto quanto a própria, era a coisa mais tentadora que ela já tinha sentido.

Mas ele a tinha deixado. Foi embora, como se não representassem nada um para o outro. E talvez não representassem.

Lily nunca foi muito boa em compreender o que ela era para os outros, ou o que os outros eram para ela.

Lily aquiesceu, desesperada para esquecer aquela conversa toda.

— Eu entendo. A resposta é não. Eu nunca deveria ter perguntado.

Houve um longo momento durante o qual ela pensou que Alec poderia responder. No qual ela pensou que ele poderia virar a cabeça e olhar para ela.

Diga-me que você me quer, ela pediu em pensamento. *Diga-me isso... nós... pode ser verdade.*

Alec não disse. Ele apenas expirou com força e fechou a mão que a hipnotizava. Ele pressionou o punho contra a porta até as juntas ficarem brancas e os tendões retesados. Então ele falou:

— Não — ele disse. — Você não deveria ter perguntado.

Ele abriu a porta com uma força que a teria arrancado das dobradiças, se estivesse trancada como estava a porta do estúdio. E então ele desapareceu na escuridão.

Escândalos & Canalhas

Capítulo 15

O DUQUE POSTIÇO ABANDONA A TRÁGICA PUPILA

* * *

Ele merecia uma medalha por dizer não, por não se virar para ela, pegá-la e fazer amor com Lily até que suas mãos parassem de tremer de desejo. Por não arruiná-la por completo, ali, no escuro, no chão do quarto despojado de Derek Hawkins.

Você me quer? Ele a queria do mesmo modo que as Highlands querem neblina. Mas maldito fosse ele se iria tomar o que queria e assim destruir a possibilidade que Lily tinha de conseguir o que merecia. Uma vida com um homem que fosse digno dela. Ele pensou nisso antes de descobrir o plano dela para roubar a pintura, mas depois que se comprometeu a ajudá-la, a encontrar e destruir o retrato antes que fosse revelado, sua convicção foi reforçada.

Ele encontraria aquela coisa e protegeria Lily, droga. *Eu devo protegê-la.*

Onde Alec foi buscar forças para deixá-la, para não se voltar para Lily. Ele ouviu na respiração dela a verdade – que ela se entregaria a ele, que desejava fazê-lo, que o queria de novo, que queria mais.

Mais. Alec pensava que sabia o que era sentir desejo. O que era ter vontade de possuir, e então ele conheceu Lillian Hargrove e percebeu a verdade – que tudo o que ele sempre quis não era nada se comparado a ela. Não havia o que ele não pagaria, o que ele não faria para ter mais um gosto dela.

Mas a verdade era que ele não era digno dela. E enquanto ela estava naquela casa vazia, naquele quarto vazio onde uma vez ficou nua para outro homem, ele se sentiu disposto a pagar, a fazer, e resistiu.

Para protegê-la. Para que ela tivesse a chance de ter a vida que desejava.

Porque agora ela tinha a chance de conseguir algo mais que um casamento de conveniência. Agora, se eles conseguissem encontrar a pintura e conseguissem roubá-la, ela talvez continuasse arruinada aos olhos de Londres, mas poderia evitar sua ruína aos olhos do mundo. Garota inteligente.

Alec deveria ter pensado nisso. Teria pensado, se não estivesse deslumbrado pela beleza dela. Pela força de Lily. Por tudo a respeito dela. Mas ele esteve ocupado demais protegendo-a de Londres, de seu futuro, de seu passado. *Dele mesmo.*

Sim, ele merecia uma maldita medalha. Quando eles saíram da casa de Hawkins tinha começado a chover forte, e ele continuou fazendo o que era melhor para ela, colocando-a dentro da carruagem que aguardava e subindo na boleia, ao lado do cocheiro, para a segurança dela. *Ou dele próprio.*

Alec não tinha certeza do que faria se ficasse dentro da carruagem com ela, perto dela. Dividindo o mesmo espaço. Respirando o mesmo ar. Cheirando-a, que, de algum modo, lembrava urze e as Highlands.

A chuva ardia no rosto dele enquanto a carruagem corria, fazia curvas e a devolvia à segurança da Praça Grosvenor, onde eles se deitariam em suas camas, separados por paredes enfeitadas com cachorros, e Alec fingiria dormir, doente de vontade de ir até ela, de deixá-la nua e venerá-la com suas mãos, seus lábios e sua língua...

Esse pensamento o fez rugir sob a chuva fria de maio, lembrando do gosto dela, lembrando do relevo do corpo dela e imaginando como seria a sensação dos lugares mais secretos dela em sua língua.

— Algum problema, milorde?

É claro que havia um problema. Ele queria Lily com uma intensidade furiosa, e ela não podia ser dele.

— Pare a carruagem aqui — Alec disse, enfiando a mão no bolso para pagar o cocheiro. — Onde nós estamos?

— Praça Hanover.

— Eu vou andando daqui.

— Senhor. Está chovendo.

Como se ele não tivesse percebido.

— Leve seu passageiro até Praça Grosvenor.

Os dedos dele tocaram um pedaço de papel no bolso do paletó, que Alec pegou junto com a bolsa. Ele examinou o papel à luz da lanterna da carruagem. *Condessa Rowley.* Era o cartão de visita de Meg. O camareiro, que ele não conhecia, devia ter transferido o cartão do paletó rasgado para esse.

Ele pagou ao condutor a quantia exorbitante que havia prometido, recebeu agradecimentos efusivos e desceu da boleia enquanto a porta era aberta por dentro.

Não me deixe vê-la, ele pediu em pensamento. Ele não sabia se conseguiria resistir outra vez. E, ao mesmo tempo, *Deixe-me vê-la.*

— Alec? — Seu nome nos lábios dela foi um presente em meio à chuva.

— Feche a porta — ele disse, recusando-se a olhar, sem confiar em si mesmo para vê-la.

Uma pausa.

— Está chovendo — ela disse. — Você deveria entrar.

E ficar perto dela, tocá-la. Ele não pôde evitar a bufada de frustração que as palavras provocaram nele. Alec não podia ir dentro da carruagem, ele não podia ficar perto dela. Ele tinha uma única missão, que era protegê-la. E nesse momento ele era a coisa mais perigosa no mundo dela.

— A carruagem vai levar você para casa.

— Mas e você? Quem vai levá-lo para casa? — a pergunta suave quase acabou com ele. A ideia de uma casa compartilhada por eles dois... a impossibilidade disso.

— Eu vou andando.

— Alec... — ela começou, mas se interrompeu. — Por favor.

Ao ouvir aquelas duas palavras – que ela sussurrou várias vezes enquanto em seus braços, palavras que prometiam tanto e pediam muito mais do que ele era capaz de dar – as mãos dele começaram a tremer de novo, do mesmo modo que na casa do Hawkins. Ele as crispou, querendo afastar o desejo.

Algum dia ele não a desejaria?

— Feche a porta, Lily — Ela não teve escolha se não obedecer a ordem quando Alec olhou para o cocheiro. — Pode ir.

A carruagem partiu no mesmo instante. Ele passou a mão pelo rosto, odiando Londres, desejando estar em qualquer lugar, menos ali. *A Inglaterra será sua ruína.* Tirando a mão do rosto, ele observou o cartão, o endereço debaixo do nome, *Praça Hanover.*

Venha me ver, Meg sussurrou ao colocar o cartão no bolso de seu paletó.

Mais cedo Lily tinha lhe perguntado se ele acreditava em destino, e Alec respondeu com sinceridade. Não foi o destino que o colocou ali, na Praça Hanover, com o cartão de visita de Meg. Foi um camareiro preocupado demais e uma pupila complicada demais que o fizeram. E, enquanto ele observava a carruagem desaparecer na escuridão, com o som dos cascos dos cavalos e das rodas abafado pela chuva, não foi o destino que o colocou na porta do número 12 da Praça Hanover.

Venha me ver. Foi a própria vergonha que ele sentia.

Ele não esperou quase nada até uma criada aparecer no vestíbulo para conduzi-lo ao interior da casa, até uma escada nos fundos que o levou a um quarto que ele identificou antes mesmo de a porta se abrir. O quarto de Meg.

Onde ela estava, perto da lareira, com o cabelo loiro brilhando naquela luz, dourado como a camisola de seda que ela vestia, decotada e marcando as curvas que ele venerou muito tempo atrás, pensando que seriam as primeiras e últimas curvas que ele veneraria, pensando que ela desejaria que Alec as venerasse para sempre.

— Eu sabia que você viria — ela sussurrou, a voz baixa e misteriosa, como se a criada nem estivesse ali. E então a garota sumiu, desaparecendo no corredor e fechando a porta atrás de si com um estalido suave.

— Eu não iria vir — ele disse.

A condessa sorriu, aquele sorriso eloquente de duas décadas atrás, que fazia promessas que ela nunca cumpriria.

— Você deve ter se esquecido que eu sou irresistível. E você veio de kilt, seu homem magnífico. — Ela foi até a cama e se deitou sobre as almofadas, ajeitando-se de um modo tão à vontade que só podia ser ensaiado.

E era mesmo. Afinal, Alec a tinha visto nessa mesma posição, antes. Em um lugar diferente, um mundo diferente, quando ele era jovem, inexperiente e desesperado pela beleza e perfeição dela.

E aquilo terminou de um modo diferente do que essa noite terminaria. Porque naquela época ele estava desesperado por tudo aquilo que ela representava, por um futuro que ele nunca teria, para ser aceito no mundo dela, para ser aceito pela Inglaterra.

Nessa noite ele não queria nenhuma dessas coisas. Tudo que ele queria era Lily. E Alec estava ali para se lembrar de que ele não servia para ela. Toda vez que a tocava, ele a sujava com seu passado e sua vergonha.

— Eu não estou aqui por você — ele disse com frieza.

— Tem certeza? — Ela arqueou as sobrancelhas loiras e delicadas.

— Absoluta.

Ela suspirou e se recostou, sem se abalar com a declaração.

— Então você está gastando meu tempo, querido. *Por que* você está aqui?

Por quê, mesmo? O que Alec queria daquele momento? Quando foi que Meg tinha lhe dado algo que ele queria?

Ela não esperou que ele encontrasse sua resposta.

— Se você não está aqui para brincar, então é melhor voltar para seu escandalozinho.

Com isso, Alec se concentrou nela.

— O que você está dizendo?

— Só que ficou muito claro, no baile Eversley, que você estava disposto a fazer qualquer coisa pela garota. Até mesmo uma cena. E eu sei que anos atrás você aprendeu sua lição a respeito de fazer cenas. — Meg fez uma pausa antes de continuar. — Confesso que, se soubesse que Alec Stuart, que não tinha família nem dinheiro, iria se tornar um duque rico como um rei, eu poderia ter reconsiderado sua oferta tão gentil.

Todas elas teriam reconsiderado. E ele teria tido uma vida diferente. Uma que não incluiria uma longa fila de mulheres que o achavam digno de brincar, mas não de casar.

Meg deu um sorriso frio e feio. Alec pensou que ela devia se acreditar linda – e ele mesmo acreditou nisso um dia. Nesse momento, contudo, ele sabia o que a beleza realmente era. Como ela podia se apresentar com força, altivez, determinação e olhos da cor do mar da Escócia.

— Ajudaria se eu dissesse que a sua proposta foi a mais bonita? — Meg disse. — Eu ainda me lembro. *Eu vou fazer o que for bom para você. Nós vamos viver felizes o resto dos nossos dias.* — Ela emitiu um som de reprovação. — Jovem, ingênuo e sem conhecer nada das mulheres e do mundo.

Por uma fração de segundo, ele foi um garoto idiota de 15 anos de novo.

— Eu aprendi minhas lições sobre as mulheres anos atrás. — Houve lições que ele merecia e outras que não. E, é claro, a que ele queria mais que tudo caía na segunda categoria.

Meg reforçou esse pensamento.

— E nós, mulheres, aprendemos nossas lições a seu respeito, não aprendemos?

Aí estava. A razão pela qual ele estava ali. O lembrete de sua posição social. Da vida que ele nunca pôde ter. Ainda assim, ele resistia.

— Você não sabe nada a meu respeito.

Meg ergueu os lábios em um sorriso irônico e eloquente.

— Aposto que eu sei mais do que ela. — Uma pausa. — Ou ela já cavalgou o Bruto Escocês?

Ele estreitou os olhos antes que pudesse se deter, incapaz de negar a vergonha e a fúria que o agitaram. Incapaz de esconder a verdade de Meg. Meg fez um beicinho.

— Oh, querido, continua doce como sempre. Você gosta da garota.

— Não — ele disse.

Mentiroso. Aquele som de reprovação de novo, seguido pelo movimento dela, que se levantou da cama e foi na direção dele, a camisola dourada de seda lhe acariciando a pele.

— Você esquece, Alec Stuart, que eu fui a primeira mulher que você amou.

— Eu nunca te amei — ele disse, recusando-se a recuar quando ela se aproximou, recusando-se a estremecer quando ela estendeu a mão fria e a colocou em seu rosto, apagando a lembrança da mão de Lily.

Ele acreditou que merecia aquilo.

— Não foi isso que você disse na época — ela falou com a voz baixa. — Alec, o escocês grande como uma casa, mas com o rosto cheio de doçura, diferente de tudo que eu tinha visto. Diferente de tudo que eu tinha *senti-*

do. — Meg se encostou nele e Alec resistiu ao impulso de empurrá-la para longe, pois queria receber sua lição. Queria o lembrete de quem ele tinha sido. Do que tinha sido. Ela baixou a voz para um sussurro e levou a mão à bainha do kilt, a ponta dos dedos roçando a coxa dele, fazendo-o estremecer. — Dê para a garota o que ela quer, meu querido. Deixe que ela o sinta. Você não vai ser o primeiro dela, mas ela também não vai ser sua primeira. Pense bem, vocês combinam.

Alec quis rugir de fúria pelo modo como Meg falou, como se ele estivesse à altura de Lily. E então Meg acrescentou:

— E quando ela se cansar de você, volte para mim. Eu adoraria tê-lo mais uma vez.

— Nunca.

Ela apertou o corpo no dele.

— Nem mesmo se eu o lembrar do meu incrível desempenho?

— É engraçado que você o descreva assim, pois eu não tenho interesse em repetir.

A mão de Meg voou, rápida e furiosa, e o estalo soou como um alarme no quarto silencioso. Ele levou a mão ao rosto para aliviar o ardor do tapa, mas gostou da sensação, da mensagem que trazia, do aviso que continha.

— Não se entusiasme muito, Alec Stuart. Você pode ser o Duque Postiço agora, mas houve um tempo em que você só existiu por causa de minha benevolência. Você não gostaria que o mundo soubesse a verdade.

— Não dou a mínima se *este* mundo souber da verdade. Lembre-se, Lady Rowley: meus segredos também são seus. Cuidado quando contar para suas amigas. Nenhuma mulher gosta que suas baixezas sejam divulgadas.

— *Você* é uma baixeza — ela escarneceu.

Ele a tinha encurralado.

— Em algum momento nosso passado tinha que trazer algum benefício, não?

Houve um longo silêncio antes que ela falasse de novo:

— Mesmo que eu tenha segredos, você não gostaria que sua Linda Lily soubesse da verdade a seu respeito. Eu tomaria cuidado com a língua se fosse você.

Meg estava errada. Ele bem que gostaria que Lily soubesse a verdade. Isso tornaria mais fácil desejá-la, porque tornaria impossível tê-la.

Ainda assim, ele não deveria estar ali, fora de casa. Ele se perguntou por que estava visitando Meg, por que permitiu que o cartão de visitas dela o invocasse. Agora ele sabia a verdade.

Ele a queria, queria a advertência que ela lhe dava, a prova de que a perfeição de Lily não era para ele.

Ele saiu da casa Rowley com duas decisões tomadas: primeira, Lily encontraria a felicidade nas mãos do melhor homem que eles conseguissem encontrar; e segunda, esse homem nunca seria Alec Stuart.

* * *

Apesar de ter admirado a caixa de fitas no ateliê da modista Madame Hebert, na rua Bond, por quinze minutos, Lily não conseguia se lembrar de nenhuma das cores disponíveis. Ela estava absorvida demais com a reprimenda que se repetia sem parar em sua cabeça há quase três dias, desde a última vez em que viu Alec.

Ela não deveria ter lhe perguntado se ele a queria, não deveria ter revelado aquele pensamento insidioso que havia se infiltrado em sua cabeça, produto de ações protetoras e beijos provocantes e um fio de esperança. Ela não deveria ter permitido que isso se instalasse em seus pensamentos ou em seu coração.

Ainda assim, parecendo uma sedutora imbecil, ela fez a pergunta a ele. *Você me quer?* O rosto dela ardeu com a lembrança. Como ela podia ter imaginado que isso resultaria em qualquer coisa que não constrangimento? Ela viu como ele se debateu com a resposta, como se não quisesse magoá-la, como se não quisesse dizer a verdade.

Apesar disso, ele lhe disse, porque Alec era mais nobre que outros homens. Melhor e mais nobre. *Ele lhe disse que não.* Melhor, mais nobre e não servia para ela. Nem mesmo se ela o quisesse desesperadamente.

E então, como se lhe dizer a verdade não fosse o bastante, ele desapareceu.

Três noites antes, ela ficou esperando que ele voltasse, mas acabou pegando no sono na sala de visitas da Casinha do Cachorro. Ele não voltou naquela noite, e também não voltou no dia seguinte nem no terceiro dia.

Ele tinha até levado os cachorros consigo, o que fez Lily acreditar que ele não tinha intenção de voltar, não importava o quanto ela desejasse vê-lo.

E então, nessa manhã, Lily decidiu resolver ela mesma a questão e chamou reforços.

— Você não está feliz que nós decidimos assumir o papel de acompanhantes? — Ela ergueu os olhos da caixa de fitas e encontrou Lady Sesily Talbot à sua frente, sorrindo. — Nós parecemos fadas madrinhas com todos nosso esforço e dedicação.

No canto, Seleste e Seline examinavam uma coleção de presilhas para cabelo e acessórios que algumas mulheres chamariam de indispensáveis, enquanto outras chamariam de indesejáveis. Elas riram de alguma coisa na coleção e Lily imaginou como seria ter tão pouco com que se preocupar. Elas eram casadas – ou quase – com homens que as adoravam, segundo os comentários. E assim viviam sem hesitação, sem solidão, sendo sempre parte de um *nós*.

Lily sentiu uma pontada aguda de inveja enquanto as observava, imaginando como sua vida poderia ter sido diferente. Se o seu pai não tivesse morrido, se não tivesse acontecido o mesmo com o duque e todos os seguintes, como soldadinhos de chumbo enfileirados. Talvez ela não estivesse sozinha na Festa de São Miguel. Talvez ela nunca tivesse conhecido Derek. Nunca tivesse posado para a pintura. *Nunca tivesse conhecido Alec.*

Ela inspirou fundo ao pensar nisso, rejeitando a ideia de imediato. Conhecer Alec não era negociável nem mesmo se ela o tivesse afastado, nem mesmo se ela nunca mais o visse.

— Lily, querida — Sesily disse, interrompendo seus pensamentos, o que Lily agradeceu mentalmente. — Que tal você nos contar por que estamos aqui?

Eu encontrei.
Nós vamos à apresentação do Hawkins amanhã, com Stanhope.
Você precisa de um vestido. Nada de cachorros.

O bilhete tinha chegado com orientações para ela ir ao ateliê de uma modista na Rua Bond, nessa manhã. Não estava assinado, mas não precisava. Ainda assim, ela queria que tivesse alguma marca pessoal. O que ele teria escolhido? Alec? As iniciais? O título?

Com certeza não seria o título. Argh. Ela estava sofrendo à toa. Ele tinha convidado outro homem para ir com eles. Se isso não fosse o bastante para provar que o sofrimento dela era uma tolice, Lily não sabia o que seria. Então olhou para Sesily e tentou responder com um pouco de animação.

— Eu preciso de um vestido.

Sesily ergueu uma sobrancelha.

— E por que você está parecendo um garoto que perdeu seu cachorrinho favorito?

— Eu não sei do que você está falando — Lily respondeu, meneando a cabeça.

— Como nós somos amigas, vou ter paciência e esperar você me contar.

Amigas. A palavra inesperada, que Sesily usava com tanta facilidade, como se amizade fosse natural e sincera para ela. Como se pudesse ser para Lily.

A dor no peito de Lily ficou mais insistente.

— Miladies. — Madame Hebert, tida pela Sociedade como a melhor costureira de toda Londres, entrou pelas cortinas. Os jornais de fofocas diziam que ela tinha sido resgatada da corte de Josephine no ápice das guerras. — É um prazer rever minhas irmãs favoritas... — Ela olhou para Lily. — *Non!* Não são só as irmãs. Três e um rosto novo! — Ela se aproximou e, pegando o queixo de Lily, virou o rosto dela para a esquerda, depois para a direita. — Acho que você é a mulher mais linda que já entrou no meu ateliê.

Não foi um elogio, mas a constatação de um fato. Lily piscou várias vezes.

— Obrigada?

— Esta é Lillian Hargrove — Sesily interveio. — Pupila do Duque de Warnick.

A modista levantou uma sobrancelha perfeita, a única indicação de que tinha ouvido.

— Ou apenas Lily — Lily completou.

A costureira concordou com a cabeça.

— Você está aqui por Warnick.

Se desejar fizesse acontecer.

— Não — Lily respondeu.

— Para outro — Seleste disse, alegre. — O Conde de Stanhope.

Só que ela não estava ali por Stanhope. Não de verdade.

Madame Hebert não desviou o olhar de Lily.

— Ouvi dizer que você usou um vestido de cachorro no baile Eversley.

— Ouviu?

— É verdade? — A francesa estreitou os olhos.

— Eu estava tentando provar uma coisa — Lily disse, de repente se sentindo mais constrangida do que na noite do baile.

— Para Stanhope? — a francesa perguntou.

— Para Warnick — Lily respondeu, remexendo-se em seu lugar.

Um longo momento se passou enquanto a costureira refletia sobre aquelas palavras.

— *Oui* — ela disse, enfim. — Vamos vestir você.

— Oh, que ótimo! — As três irmãs bateram palmas, animadas. — É óbvio que ela vai precisar de *tudo*.

— Não de tudo — Lily interveio. — Só um vestido para...

Madame Hebert já estava em movimento, passando pelas cortinas como se Lily fosse segui-la. E ela a seguiu, sendo praticamente carregada pelas irmãs Talbot.

— Ela não costura para qualquer uma — Seline sussurrou. — Ela é muito exigente.

— Se fosse exigente, será que não evitaria um escândalo? — Lily suspirou de volta. — Você acha que ela sabe a meu respeito? — Elas entraram na oficina do ateliê, onde também ficavam os provadores e haviam várias costureiras trabalhando debaixo de janelas ao longo da parede oposta, e também uma mulher sobre uma plataforma elevada, de costas para a porta, com uma jovem a seus pés marcando a bainha de um vestido de seda ametista.

— Eu nunca evito escândalos — Hebert respondeu, como se fizesse parte da conversa. — Escândalos são vistos, e eu gosto que minhas roupas sejam vistas. — Ela se virou para Lily, indicando uma plataforma ao lado. — Eu a teria evitado quando ainda não era um escândalo, Linda Lily. Quando você era a Lily Largada.

— Eu adoro a Hebert. — Sesily sentou-se em uma das cadeiras próximas e repetiu o que já havia dito para a costureira: — Ela vai precisar de *tudo*.

A costureira inclinou a cabeça de lado, estudando Lily por um longo momento antes de falar.

— *Oui*.

— *Non* — Lily disse. — Eu só preciso de um vestido para o teatro.

— Valerie! — Hebert já estava se virando para chamar uma jovem assistente. — Traga-me os azuis. — Voltando-se para Lily, ela continuou: — Eu tenho um punhado de vestidos que devem ficar bons em você e vão precisar de ajustes mínimos para a noite de amanhã. Mas eu falei para o seu duque que o resto do enxoval vai demorar.

— Ele não é o *meu*... — ela começou a negativa antes de assimilar toda a frase da costureira. — Enxoval?

— Uma das minhas palavras favoritas. — Seline suspirou de onde estava, sentada em um sofá com as irmãs. — A melhor parte do casamento.

— Bem, a segunda melhor parte — Seleste disse, fazendo as irmãs rir.

— Lily ainda vai aprender essa parte — Seline respondeu. — E com Stanhope... que delícia.

— Ele é lindo demais — Seleste concordou.

Sesily, por outro lado, permaneceu em silêncio, observando Lily atentamente, com olhos que pareciam enxergar demais.

— O Conde de Stanhope não vai casar comigo — Lily disse, virando-se para a costureira, que estava ocupada revirando a braçada de vestidos que Valerie segurava, até escolher um vestido azul-cerúleo deslumbrante. — É lindo! — Lily exclamou, sem conseguir evitar de estender a mão para a peça de roupa.

— *Oui* — Madame Hebert concordou. — E você vai ficar linda nele! — Ela o colocou nas mãos de Lily e apontou para um provador. Lily foi até lá e voltou em alguns minutos, com o vestido quase perfeito para ela.

— Minha nossa! — Seleste exclamou.

— É isso! — Seline completou o pensamento.

Sesily abriu um sorriso largo.

— Ele não vai saber o que o atingiu.

Por um instante fugaz, as palavras invocaram uma visão de Alec, com os olhos semicerrados, estendendo as mãos para ela, como ele fez na carruagem enquanto voltavam do baile Eversley. O que ela faria para capturar a atenção dele outra vez? Para atrair seu toque e seu beijo? Ela usaria aquele vestido todos os dias para sempre.

E então ela lembrou que a roupa não era para Alec, mas para outro homem. Um que ela precisava conquistar em três dias.

A costureira apontou para a plataforma vazia, para onde sua equipe foi como um enxame de abelhas circulando ao redor de Hebert, que disparava ordens em francês e marcava o vestido com alfinetes em velocidade estonteante, como se tivesse nascido com uma almofada de alfinetes no pulso. Lily não falava francês suficiente para entender o que estava sendo dito, então fez o possível para ficar parada enquanto as mulheres se moviam, deixando que apenas seus olhos se movessem, das irmãs Talbot no sofá próximo para as outras no ateliê; costureiras, uma mulher no canto que parecia estar calculando, e outra cliente que parecia ter acabado de fazer sua prova e estava, naquele momento, saindo de um provador.

Lily arregalou os olhos. A Condessa Rowley examinou o vestido azul de alto a baixo, assimilando o corte, o caimento do tecido, a bainha, depois procurou os olhos de Lily com um brilho eloquente e perturbador nos dela. Quando ela falou, foi com a calma de uma rainha:

— Ele vai adorar.

A sala toda ficou em silêncio com aquela declaração, e o único movimento veio das três irmãs no sofá.

Lily não falou. Estava amedrontada demais para falar. A condessa não sentia o mesmo.

— Ele sempre gostou de azul.

Lily decidiu não morder a isca.

— Obrigada — ela disse, devolvendo o olhar de avaliação da condessa. — *Eu* gosto de azul.

A condessa ficou ligeiramente surpresa e então continuou:

— Você sabia que ele veio me ver três noites atrás?

— De quem ela... — Seleste começou.

— Ela esteve com... — Seline continuou.

Sesily levantou a mão, interrompendo as irmãs enquanto se levantava, como se pudesse salvar Lily daquela situação. Como se alguém pudesse salvar Lily daquela situação.

Três noites atrás, ela perguntou a Alec se ele a queria. Três noites atrás, ele disse que não.

— Não acredito em você.

Era mentira, Lily acreditava. Três noites atrás, ele foi procurar aquela mulher fria, sem emoções, o oposto de Lily. Aristocrática por completo, carregando a perfeição londrina e o passado dele.

Enquanto Lily tinha voltado para casa e esperado por ele, que não apareceu.

A condessa enxergou a mentira e sorriu, aproximando-se, parecendo ter sido feita para aquele lugar e aquele momento. Parecendo ser o tipo de mulher que qualquer homem desejaria, além do escândalo, *além da vergonha*.

Uma pontada de ciúme atravessou Lily quando a condessa se aproximou com um sorrisinho eloquente nos lábios.

— Ele veio até mim porque queria se lembrar que você não serve para ele.

As palavras arderam como uma pancada forte e cruel. Lily se recusou a demonstrar o que tinha sentido. Apenas se endireitou, querendo se mostrar forte.

— Se ele foi procurá-la, *Meg*, então posso lhe garantir que não sirvo para ele.

— Boa, garota! — Lily pensou ter ouvido uma das Talbot dizer.

Surpresa e raiva se debateram no rosto da condessa, mas logo sumiram, substituídas por aquela máscara fria.

— Pobre Linda Lily. Você não vê? Alec não serve para a vida toda. É melhor usá-lo só por uma noite.

Mesmo sem que Lily entendesse plenamente seu significado, as palavras a machucaram, e tudo que ela pôde fazer foi virar para a modista.

— Terminou, Madame?

— Ainda não — a francesa disse de onde estava, abaixada junto à bainha do vestido. — Mas a condessa sim. — Lady Rowley não teve chance de responder porque a costureira estalou os dedos e uma tropa de mocinhas apareceu para levá-la para a sala da recepção.

Seline e Seleste soltaram a respiração no sofá e Sesily correu até Lily.

— Essa mulher é uma megera! — Ela se aproximou. — Você lidou muito bem com ela. Fiquei impressionada quando você usou o apelido.

O nome que Alec usou com ela. O nome que ele usou com ela sabe-se lá por quanto tempo. *Ele tinha ido procurá-la, e tinha deixado Lily.*

— Eu... — Ela parou de falar, incapaz de encontrar palavras, olhou para suas mãos e descobriu que tremiam. Então ela levantou o rosto para Sesily. — Eu não sei o que fazer.

Sesily a encarou e segurou suas mãos, apertando-as, fazendo com que parassem de tremer.

— Continue forte. E nunca, jamais, deixe-a ver que está tremendo.

— Isso mesmo. — Seleste se juntou a elas, acompanhada de Seline. — Nem ele.

Lily meneou a cabeça.

— Não sei de quem vocês estão falando.

Sesily sorriu ao ouvir aquilo.

— É claro que não. Mas se você soubesse... — uma pausa. — ...de quem estamos falando, quero dizer... se você soubesse... imagino que o escolheria no lugar do outro?

Lágrimas ameaçaram correr e Lily olhou para o teto, procurando afastá-las. Desejando estar longe dali. Quando Madame Hebert se levantou de onde estava, aos pés dela, e atravessou a sala até um armário cheio de tecido, Lily lembrou que Alec não era uma opção. Nunca tinha sido. E três noites atrás ele deixou mais do que claro. Ela olhou para a amiga.

— Ele não me quer.

— Bobagem — Sesily disse.

— É verdade. — Ela meneou a cabeça. — Ele me deixou sozinha na casa. Eu não o vejo há três dias, e parece que ele me deixou para procurar carinho nos braços da... — Ela perdeu a voz, agitando o braço na direção da recepção do ateliê. Depois de um longo momento, ela continuou, a voz triste e suave. — Sim. Sim, é claro. Eu o escolheria.

Era a primeira vez que ela admitia isso em voz alta e as palavras foram aterrorizadoras e dolorosas. Ela o queria mais do que qualquer coisa que já quis em sua vida.

— Mas ele não me quer.

— Oh, Lily — Sesily disse, subindo na plataforma e a envolvendo em um abraço. Lily tinha ouvido falar que abraços de amigas faziam tudo ficar melhor, mas aquele abraço não fez. Na verdade, ela se sentiu pior. O abraço a fez querer desistir diante da amiga; chorar e soluçar para descarregar toda sua tristeza, todo seu desespero, aos pés de Sesily.

Mas de algum modo, em meio à sua carência, ela descobriu a verdade. Aquilo fez com que Lily soubesse que não estava sozinha.

— Nós temos outra irmã, você sabia disso? — Sesily disse, e Lily precisou de um instante para acompanhar a mudança de assunto. — Seraphina.

Lily concordou.

— Duquesa de Haven. — A quinta das Cinderelas Borralheiras, acusada de forçar um duque a se casar com ela, desapareceu de Londres meses antes.

Uma sombra passou pelo rosto de Sesily.

— Seraphina não conseguiu conquistar o duque dela. No final, não deu certo.

Às vezes o amor era impossível, Lily entendeu isso. Só que ela parecia não entender as irmãs Talbot, que olharam para ela com determinação renovada.

— Mas o *seu* duque... nós vamos dar um jeito. Vamos ajudar você.

Não era possível, claro, mas como fantasia, era maravilhosa.

Lily se afastou do abraço, enxugando as lágrimas e descobrindo que Seleste e Seline tinham se juntado a elas, que ela não estava sozinha, que ela não era só uma, mas quatro.

Cinco. Pois atrás das irmãs Talbot estava a modista francesa, a costureira mais reverenciada de Londres, segurando um corte de tecido e observando-a com um olhar aguçado e significativo.

— Se você o escolher — ela estendeu os braços, revelando o tecido —, encontre-o. E vista isto.

Lily arregalou os olhos ao receber a oferta, o movimento pontuado por exclamações de entusiasmo de suas amigas. Segurando o tecido em suas mãos, ela admitiu de novo a verdade inegável.

— Eu o quero.

— Então ele é seu — Sesily respondeu, as palavras simples e carregadas de conhecimento. — Sério, se isso não o conquistar, esse homem não pode ser conquistado.

Escândalos & Canalhas

Capítulo 16

XADREZ: TECIDO TENTADOR OU TENDÊNCIA TERRÍVEL?

* * *

Alec não pensou que fosse possível, mas a casa de Kensington, outrora de propriedade do idoso duque Número Nove e sua esposa, era ainda pior que a Casinha do Cachorro.

Era óbvio que Lady Nove tinha sido uma colecionadora. De tudo.

Nos três dias em que ele estava vivendo na casa vazia da Rua Regent — Settlesworth tinha mencionado algo a respeito do acidente de barco, no norte, que encerrou tragicamente a vida do Duque e da Duquesa Nove — Alec sentia como se estivesse afogando em mesas cobertas por miniaturas de animais, prateleiras abarrotadas de estátuas de porcelanas e cristaleiras repletas de conjuntos completos de chá. Ocorreu-lhe, então, que quando a equipe de empregados daquela casa foi diminuída ao mínimo necessário, diversas criadas tiveram que ser mantidas com o único objetivo de tirar pó daquela coleção maluca de inutilidades.

Também lhe ocorreu, quando entrou na casa durante a noite, recebido por Angus, cujo rabo que agitava de alegria errou por pouco uma mesa baixa coberta de sininhos de porcelana, que deveria ter selecionado uma casa diferente. Esse não era um lugar para animais – nem de duas nem de quatro patas.

Alec se agachou para fazer um carinho no cachorro.

— Boa noite, amigo. — Angus se aproximou para uma boa massagem, suspirando de contentamento sob o toque de Alec. — Pelo menos nós temos um ao outro. — Alec levantou os olhos, examinando o vestíbulo. — Onde está o Hardy?

Ele não estava totalmente surpreso que o outro cachorro estivesse sumido. Hardy tinha passado os últimos três dias suspirando e vagando sem rumo pela casa, como se sentisse falta de seu amor perdido.

Como se Lily não tivesse marcado cada parte de Alec durante a semana em que a conheceu, ela também tinha arruinado seus cachorros.

Tinha sido a coisa mais difícil que ele já fez na vida, retornar à Casinha do Cachorro conformado a encontrar uma casa nova, onde ele não ameaçaria o futuro dela, de onde poderia protegê-la à distância.

Ela estava adormecida na sala de visitas quando ele entrou, com os cachorros dormindo perto da lareira.

Se não fosse o perfume de Meg, que persistia em seu kilt, talvez Alec não tivesse conseguido deixar Lily. Mas ele conseguiu, e tinha um cachorro desolado para provar.

Soltando também um suspiro, Alec se levantou e subiu pela escadaria central até o quarto que tinha sido preparado para ele, com Angus acompanhando-o na escuridão. Hardy sobreviveria, ele retomaria sua vida de sempre e recuperaria a disposição quando todos voltassem para a Escócia. Alec só esperava que isso também acontecesse com ele próprio.

O tempo estava ficando curto e a Escócia parecia uma promessa distante. Um lugar onde ele não se lembraria de Lily nem de sua beleza ou de seu sorriso, sua força, de todas as formas que ele desejava... *Amá-la.*

Ele sacudiu a cabeça quando teve esse pensamento insidioso e persistente. Ele não a amava, não a amaria. *Ele não podia amá-la.* Ele só precisava ficar longe dela por três dias. *Três dias.* Três dias para encontrar a pintura e destruí-la. E finalmente dar a Lily a vida que ela merecia. Alec iria lhe devolver a vida. E ela poderia, então, escolher um de seus futuros infinitos, e viver sua vida – forte, linda e brilhante além de qualquer medida. *Sem ele.*

Alec tinha passado o dia com West e Rei, imaginando qual seria o local mais provável para a pintura estar antes da exposição. Planejando suas ações para a noite seguinte, quando Hawkins se apresentaria no palco para toda a Sociedade, enquanto Alec vasculharia os camarins do teatro.

E enquanto ele fizesse isso, enquanto ele a protegia, Lily estaria em um camarote alto, apaixonando-se por Stanhope.

Ele rilhou os dentes ao imaginar a cena. Isso era o melhor para ela, era o modo que a faria sobreviver a tudo – à fofoca, aos boatos, à verdade. Era óbvio que o conde tinha gostado dela e estava disposto a ignorar seu passado. O dinheiro ajudava, sem dúvida, mas ele parecia ser um sujeito decente. Um que Lily merecia, um homem que, talvez um dia, pudesse ser merecedor do amor dela. Ao contrário de Alec.

Ele expirou forte e virou no corredor que levava ao que era chamado, gentilmente, de suíte principal, ignorando as longas prateleiras de estatuetas e lixo inútil colecionado e morrendo de sono. Ansiando por uma noite sem seus surtos de raiva de si mesmo e também sem o desejo quase insuportável de levantar e ir até Lily. Para cair nos braços dela e fazer amor até o passado sumir e restar apenas o presente. *Até que ela fosse tudo que existia.*

Ele sacudiu a cabeça e estendeu a mão para a maçaneta de seu quarto, desesperado para afastá-la de seus pensamentos, mesmo sabendo que não conseguiria, mesmo sabendo que entraria em seu quarto, tiraria a roupa e se deitaria duro de desejo, com as lembranças das mãos, da boca e da inteligência dela.

Alec encostou a cabeça na grande porta de mogno, tomado de vergonha e desejo que o deixavam desesperado para dar meia-volta e ir para Praça Grosvenor possuí-la. Torná-la sua. Deliciar-se com ela... danem-se as consequências.

Ele tentou acalmar a respiração, mantendo-se imóvel. *Três dias. Ele conseguia ficar longe dela por três dias.*

Alec abriu a porta, já detestando a decoração atulhada do quarto e a cama pequena com pernas torneadas e seu dossel frágil. A luz de uma vela se derramava pelo chão, dourada e quente. Hardy levantou sua cabeça em seu lugar ao pé da cama, batendo o rabo na colcha pesada.

Mas Alec não estava olhando para o cachorro. Ele olhava para Lily, que dormia profundamente no centro da cama, envolta por um halo de luz dourada... Vestindo apenas o kilt dele.

Um homem melhor teria ido embora. Teria fechado a porta e procurado outra cama, outra casa, outro país. Um homem melhor teria força para protegê-la de Alec, o maior perigo que Lily enfrentaria. Alec, que queria tomá-la para si, ficar com ela... apesar de ser absoluta e desesperadamente indigno dela. *Ele não era um homem melhor.*

Ele apertou a maçaneta com força. Ele tentou ser, queria ser. Mas ali, naquele instante, testemunhando a perfeição total dela, Alec não teve mais forças.

Ele ansiava por ela, ele a queria e a desejava. Sempre foi só ela, e naquele momento, tudo que ele era, tudo que jamais seria, pertencia a ela. Nessa noite, talvez, Alec poderia se enganar e acreditar que Lily era dele. Ele olhou para Hardy e apontou para o corredor.

— Saia — Alec ordenou e o cachorro obedeceu no mesmo instante.

Alec fechou a porta e foi até ela. Ele parou ao lado da cama e a observou dormindo. O cabelo de Lily era um mar de fogo âmbar contrastando com o lençol branco. A cama não era pequena demais, era do tamanho perfeito para ela – uma rainha das fadas em seu ninho. Ela se mexeu e um ombro nu saiu de baixo do tecido xadrez – um ombro rosado, perfeito e convidativo. Alec não podia fazer nada, então gemeu.

Ela abriu os olhos com o barulho, encontrando de imediato os dele, como se o universo os mantivesse conectados com um fio. Ela não se assustou com a presença dele, como alguém poderia fazer ao encontrar um homem daquele tamanho perto da cama. Ao contrário, ela abriu um sorriso tranquilo e sonolento, e Alec sentiu um prazer intenso.

— Você está em casa — ela murmurou.

Ela esperava por ele.

— Como você me encontrou? — Alec perguntou e o sorriso dela ficou maior.

— Você não é o único que tem acesso a Settlesworth, Vossa Graça. — Ela olhou para a mesa, distante vários metros, que sustentava um chá de bichinhos de porcelana.

— Mas eu nunca teria imaginado que esse era o seu estilo.

Ele poderia ter rido se não a desejasse tanto. Se não estivesse tão abalado pela presença dela.

— Por que está aqui, Lily?

Ela piscou e ele se odiou pela dúvida que surgiu no olhar dela.

— Eu... — Ela parou e inspirou fundo, encarando-o com uma certeza renovada. — Eu vim atrás de você.

Ele sentiu os joelhos fraquejando, mas resistiu ao impulso de ir até ela e tocá-la, de ceder a seu próprio desejo.

— Minha mãe era inglesa — ele confessou.

Uma pausa. E então:

— A minha também.

Ele ignorou a réplica, marcada pelo bom humor, dada por Lily com os olhos brilhando e quase rindo, o que o fez desejá-la ainda mais do que antes. Ela o provocava mais do que Alec jamais sonhou ser possível.

— Ela era linda. Dizem que meu pai era maluco por ela.

— Dizem?

— Quando eu cheguei, eles não ligavam mais um para o outro. Eles viviam na Escócia – nas Highlands – e meu pai trabalhava na destilaria da família. Minha mãe pensou que ele era rico, com terras – e ele era. Mas o negócio – e a propriedade que vinha com ele – não era tocado por funcionários, mas pelos Stuart, como acontecia há gerações. Ele era um homem que colhia trigo, tosava ovelhas, consertava telhados e limpava estábulos. E minha mãe odiava tudo isso.

Lily se sentou enquanto ele falava, com o xadrez do clã dos Stuart enrolado à sua volta, o cabelo ruivo caindo pelos ombros, e Alec resistiu ao impulso de agarrá-la. Ele se concentrou na história, que começou como uma advertência e tornava-se profético.

— Ela não era feita para a Escócia, meu pai dizia. Ela era perfeita demais. Magra como um junco, mas inflexível. Minha mãe não suportava o frio, a umidade, a natureza. Nós nos mudamos para o sul, perto da fronteira, para outra propriedade da família, e meu pai pensou que a proximidade com a Inglaterra a transformaria, que poderia trazer de volta a garota que um dia ele amou.

— Não é assim que funciona — ela comentou e segurou o tecido junto aos seios, e Alec se sentiu provocado pelas sombras que conseguia ver.

— Você me disse uma vez que o amor é uma promessa poderosa. E é mesmo. Meu pai aprendeu isso em primeira mão, e eu também.

Lily arregalou os olhos e Alec detestou a tristeza que viu ali.

— O que aconteceu? — ela perguntou.

— Ela nos deixou.

Os lábios dela se entreabriram em um suspiro contido e silencioso.

— Quando?

Ele precisava tocá-la mais do que precisava respirar, mas aquela história, tão profética, precisava ser contada.

— Quando eu penso nisso, vejo que ela nos abandonou afetivamente muito antes de nos abandonar de verdade. Não consigo lembrar de um momento em que minha mãe estivesse feliz.

Lily não desviou o olhar.

— Nem mesmo com você?

— Principalmente comigo. Eu era muito escocês. Grande demais, grosseiro demais. Quando eu voltava para casa, depois de trabalhar no campo, ela balançava a cabeça, decepcionada, e dizia, tanto para ela mesma como para mim: *Nada em você serve.*

Lily juntou as sobrancelhas.

— O que isso quer dizer? Não serve onde?

— Aqui. — Ele suspirou, a palavra carregada de lembranças. — A tarde no parque, quando você me contou que não recebia um presente de aniversário desde que era criança... — Ela inclinou a cabeça em uma pergunta silenciosa. — Eu acho que você teve a melhor infância possível. Duvido que minha mãe soube, algum dia, quando era meu aniversário.

Que coisa ridícula de se lembrar. Ele era um homem adulto, com 34 anos, pensando nos aniversários da infância como se isso tivesse importância. Ele pigarreou, tentando se manter calmo.

— Ela acabou indo embora. Tinha ficado doente por meses – tísica –, e chegou à conclusão de que a Escócia era a responsável, de que era o país que a estava matando. — Ele desviou o olhar. — Às vezes eu me pergunto se ela pensava que era eu.

— Claro que não — Lily interveio e Alec não pôde evitar olhar para ela e encarar aqueles olhos cinzentos para absorver a certeza que via neles. — Não era você.

E por um instante fugaz, ele se perguntou o que poderia ter acontecido com ele se tivesse Lily na época, quando todo seu mundo desabou à sua volta.

Ela poderia tê-lo salvado, tê-lo amado, poderia ter lhe dado filhinhas lindas, ruivas e perfeitas, vestidas com as roupinhas que Lily costuraria. Ela poderia ter remendado seu coração. Mas...

— Ela morreu menos de duas semanas após voltar para a Inglaterra — Alec concluiu.

Lily soltou uma exclamação e estendeu a mão para ele, que recuou um passo, pois não confiava em si mesmo se aceitasse aquele toque.

— Você não a matou.

— Eu sei... Mas também não a salvei.

Ela meneou a cabeça.

— Você não pode salvar todas nós.

— Assim que eu tive idade suficiente, também fui embora para a Inglaterra, para a escola. Meu pai... — ele se interrompeu.

— O que aconteceu? — ela perguntou, seu olhar caindo na mão dele, onde a cicatriz o lembrava do pai todos os dias.

Ela ficou olhando para ele, mais linda do que uma mulher deveria ser.

— Quando eu estava na escola — Alec começou —, aprendi sobre os mitos. — Ela franziu a testa, demonstrando sua linda confusão, mas Alec não lhe deu tempo de perguntar. — Nós deveríamos traduzi-los do grego, mas todos os garotos da classe detestaram essa tarefa. Rei fez tudo que podia para se esquivar. Ele me pagou para fazer o trabalho por ele mais de uma vez.

Ela sorriu, virando de lado, o que fez o kilt deslizar em seu corpo, emitindo um sussurro da lã sobre a pele.

— Você não tentou fugir aos seus deveres?

— Eu não podia me dar esse luxo.

Ela anuiu.

— Ainda não era duque.

O Bruto Escocês.

Ele meneou a cabeça e observou o tecido sobre a curva do quadril ela, sobre a curva do seio.

— Você conhece o mito de Selene? — ele perguntou.

— Ela era a deusa da Lua — Lily respondeu com um sorriso pequeno e doce.

Ele fez que sim com a cabeça.

— Ela também era irmã do sol e da alvorada, filha de titãs e dona de uma beleza indescritível. Ela era a filha escandalosa, volúvel e causadora de transtornos. Podia movimentar as marés, iluminar o céu e acobertar os feitos nefastos do mundo, se quisesse. O sol vinha todos os dias, assim como a escuridão. Mas a lua era só alegria. Aparecia quando queria. Ela era a rainha da noite.

Lily o observava, atenta, e os dedos dele coçavam de vontade de tocá-la, mas Alec ainda assim se mantinha afastado dela.

— Uma noite, enquanto passava pelo céu, a luz dela tocou um pastor que dormia.

— Endimião — Lily disse o nome com um sussurro encantado.

Ele concordou.

— Ele era a coisa mais linda que Selene já tinha visto: bom e tranquilo, tudo que ela sempre quis. Selene se apaixonou no mesmo instante, apesar de ter consciência de que seria impossível os dois ficarem juntos. Ela não podia ficar com ele. Não todos os dias, nem o dia todo. O tempo que ela poderia passar com Endimião era limitado, efêmero.

Lily sentou na cama então, apertando o tecido contra o corpo, cobrindo todas as suas partes lindas e secretas – todas as partes que ele daria tudo para ver.

— Alec... — ela disse, como se, interrompendo o mito, ela pudesse interromper o desenrolar da história deles.

— Endimião acordou com Selene parada sobre ele. Ao testemunhar a beleza insuportável dela, o jovem também se apaixonou no mesmo instante. Mas ele não aguentava ficar longe dela nem mesmo por um dia, nem mesmo por um instante ou por um piscar de olhos. Então ele implorou aos deuses que lhe concedessem o sono eterno, para que nunca soubesse o que era viver sem ela — Alec levantou uma mão, enfim, e pegou uma longa mecha ruiva que estava caída sobre o ombro dela, e a observou enquanto escorria por entre seus dedos, tentando-o com uma promessa sedosa, fazendo-o querer que seus punhos fossem amarrados com aqueles fios estonteantes, para permanecer prisioneiro dela para sempre.

— Ele aceitaria ficar com uma parte mínima dela, se isso significasse ficar com alguma coisa— Alec disse.

Ela entreabriu os lábios para inspirar e Alec sofreu com a vontade de beijá-la.

— O que aconteceu? — ela perguntou.

— Zeus concedeu o pedido dele. Endimião dormiu para sempre, sem envelhecer nem morrer. E Selene ia até ele de noite e o observava dormindo.

— Não — Lily disse, os olhos cinzentos de repente úmidos. — Eles nunca ficaram juntos?

Alec enxugou a única lágrima que escapou dos olhos de Lily, antes que pudesse manchar a pele perfeita dela.

— Eles ficaram juntos por toda a eternidade — Alec respondeu, as palavras saindo graves e carregadas de desejo. — Ele sonhou para sempre... que tinha a lua em seus braços.

O silêncio se estendeu entre eles, os olhares entrelaçados, Alec querendo aceitar a lição que tentava dar para ela, que amor nem sempre trazia felicidade e, com frequência, trazia tristeza.

E então Lily levou a mão até a dele, segurando-a em seu rosto.

— Eu não quero ter a lua em meus braços, Alec — ela sussurrou, os olhos cinzentos firmes. — Eu quero abraçar você.

Ela soltou o *kilt* e este caiu sobre os quadris dela, expondo-se para ele, toda aquela perfeição sob a luz dourada da vela. Alec acompanhou o movimento do tecido, ficando de joelhos ao lado da cama; o desejo deixando-o incapaz de ficar de pé. Ele baixou a cabeça e sussurrou o nome dela – um sacrifício no templo de Lily.

Ela o tocou – uma delícia –, e seus dedos deslizaram pelo cabelo dele.

— Alec — ela sussurrou. — Por favor... Por favor, me escolha.

Como se ele pudesse escolher qualquer outra coisa.

Ele ergueu a cabeça e pegou a mão dela, segurando-a com firmeza.

— Esteja certa, Lily — ele sussurrou. — Esteja certa de que me quer. Eu sou grosseiro, bruto e nunca serei digno de você. Mas não tenho força de lhe negar seu desejo.

Antes de falar, ela arregalou os olhos por um momento.

— Eu não sou uma criança — ela disse, as palavras quentes e claras como o sol. — Eu sei o que quero. Eu sei quais as consequências dos meus desejos e dos meus atos. Eu me conheço e sei o que vai acontecer, e eu quero tudo isso, Alec. — Se as palavras já não o tivessem submetido, o movimento terminaria o serviço; o modo como ela se inclinou na direção dele, seus lábios a um sopro de distância dos dele.

— *Eu desejo isso.*

E ele se tornou dela. Por uma noite. E pela eternidade.

Escândalos & Canalhas

Capítulo 17

DUQUE POSTIÇO PERDIDO DE DESEJO!

※ ※ ※

Ele a beijou como se Lily fosse o ar, como se fosse tudo que ele sempre quis, como se ela fosse tentação e pecado, e ele não pudesse se segurar.

E ela se deleitou, passando as mãos pelo cabelo dele, depois descendo pelos ombros e braços imensos, ansiando por ficar mais perto, trazê-lo para a cama com ela. Lily se afastou para lhe dizer isso, para implorar que ele se aproximasse, e viu que ele a observava, os olhos castanhos quase pretos, os lábios ardendo com o beijo que ela tinha lhe dado.

— Alec — ela sussurrou.

— Qualquer coisa — ele disse. — Eu sou seu.

Meu. Há quanto tempo ela queria isso? Há quanto tempo ela ansiava por isso? Quantas noites ficou deitada e acordada, desejando que alguém assim – forte, gentil e heroico além de qualquer medida – iria encontrá-la? Iria possuí-la? *Iria amá-la?*

Ela fechou os olhos ao pensar nisso, sabendo que estava pedindo demais. Ele talvez não a amasse, mas nessa noite, pelo tempo que Alec estivesse com ela, Lily poderia amá-lo, e talvez isso fosse o bastante.

— Meu? — ela sussurrou.

Ele a observou com atenção, o olhar se demorando no rosto dela, como se tentasse gravá-la na memória, e Lily fez o mesmo, bebendo aquela beleza forte e insuportável, desejando que as palavras dele fossem verdadeiras e eternas.

— Seu — ele respondeu.

Nos lábios dele, a palavra parecia obscena. E ela o quis ainda mais. Lily meneou a cabeça.

— Mas sou eu que estou enrolada na sua roupa.

Os olhos dele desceram, passando pelos seios nus até o tecido caído e acumulado na cintura dela. Ele estendeu a mão para o tecido, e seus dedos correram sobre ele por um instante. Então Alec olhou para ela com a testa franzida.

— Este não é o meu kilt. É o xadrez dos Stuart, mas é macio demais.

— É caxemira. A costureira me deu hoje de manhã, antes de eu ir embora... — Ela fez uma pausa, sem querer pensar na costureira, do motivo que a levou até a francesa. O vestido para o teatro, o enxoval. Sem querer lembrar da outra mulher que estava lá. A mulher dele.

Alec também não queria que ela pensasse nessas coisas. Os lindos olhos castanhos dele a capturaram.

— Você sabia que isso iria acabar comigo.

— Eu esperava que acabasse. — Ela sorriu.

Ele deu um beijo no ombro dela.

— Pronto — Alec sussurrou junto à pele dela. — Isso foi o que eu vi quando entrei no quarto. Este ombro, nu e perfeito escapando do meu xadrez, e você... — Os lábios dele desceram até a clavícula e foram até a curva do seio. — Você... é linda o bastante para ser uma rainha escocesa.

Ele tomou o bico do seio em sua boca, provocando-o até que ficasse duro e fizesse Lily implorar por tudo que Alec poderia lhe dar, implorar lambidas e mordiscadas, embora ela soubesse que deveria resistir, que deveria ter vergonha. Mas com Alec nada parecia vergonhoso, nada parecia errado. A sensação era de que aquele momento era o objetivo dela. Ele era o destino dela. Lily exclamou com a sensação e ele foi mais brando, acariciando a pele tesa com um roçar leve de seus dentes, fazendo-a ofegar seu nome e implorar por mais. Ele levantou a cabeça.

— É assim que você gosta, *mo chridhe*?

Ele acariciou os ombros dela, deslizando as mãos até o rosto, para incliná-lo para si, para que ela pudesse beijá-lo. Lily sussurrou de encontro aos lábios dele:

— Eu gosto de tudo que você quiser me dar.

Alec assumiu o controle da carícia, deslizando fundo sua língua e a reivindicando para si, marcando-a, garantindo que ela nunca mais pudesse pensar em beijar sem pensar nele. Nesse momento. Nessa noite.

Ele lhe deu beijos longos, vagarosos, que embotaram a mente dela com um prazer suave, sensual, que quase não a deixou perceber quando ele removeu o tecido xadrez de seu quadril. E então os dedos dele começaram a acariciá-la, indo cada vez mais fundo em toques demorados, e aí ela percebeu. Claramente.

Lily se contorceu com o toque dele, suspirando de prazer dentro da boca de Alec.

— Você tem gosto de menta — ele disse junto aos lábios dela, depois de um beijo demorado. — Como isso é possível?

— Sesily — ela suspirou, desesperada para encontrar a informação enquanto os dedos dele a tocavam e tentavam, fazendo promessas do que estava por vir.

Ele levantou uma sobrancelha, com bom-humor nos olhos.

— Outro truque das irmãs Talbot?

— Eu queria que meu gosto fosse bom — ela disse, um rubor subindo às suas faces.

Ele a encarou por um longo momento enquanto deslizava seus dedos mais fundo, e ela prendeu a respiração, exclamou, e então ele os tirou, levando-os até a boca, como tinha feito na carruagem dias atrás. Ela ardeu como o sol ao ver Alec deslizar os dedos para dentro da boca, saboreando os segredos dela, e aquela visão fez Lily tremer.

— Seu gosto é maravilhoso. Não precisa de menta nenhuma. — Ele se aproximou de novo, beijando do queixo à orelha. — Eu quero comer você.

O rosto dela queimou ao ouvir aquilo e ela pensou que iria morrer de vergonha quando os dedos dele voltaram a trabalhar, penetrando, girando e então desaparecendo de novo, para depois subir e pintar, preguiçoso, o bico de um seio com lentos movimentos circulares molhados.

— Você quer que eu te coma, garota?

Antes que Lily pudesse responder, ele se moveu de novo, deslizando pelo corpo dela, lambendo e chupando até ela suspirar de prazer e o segurar perto de si, ansiando por mais. Alec repetiu o movimento no outro seio, deixando-a flutuando em carência, desejando algo que não sabia o que era.

Lily levantou o rosto dele, fazendo com que Alec olhasse para ela.

— Alec — ela sussurrou, contorcendo-se na cama barulhenta. — Por favor... venha.

Ele negou com a cabeça.

— Ainda não terminei de saboreá-la, meu amor.

Amor. A palavra carinhosa foi suficiente para fazê-la se contorcer de novo, ainda mais quando ele a posicionou, puxando suas pernas para a beirada da cama e ela fechou os olhos, afastando suas coxas.

— Deite-se — ele disse, a ordem áspera, grave e ousada.

Ela arregalou os olhos.

— Você não vai...?

— Vou saboreá-la — ele disse, as mãos imensas passeando pelas pernas dela, sobre a pele macia do lado interno das coxas, fazendo o coração de Lily martelar cada vez mais forte enquanto os dedos dele subiam cada vez mais, até se transformarem em uma promessa sensual na junção de suas coxas. Ele a encarou por um longo momento, até que ela fechou os olhos devido ao calor do olhar dele.

Enfim, ele encostou um beijo na pele macia de uma coxa.

— Você é perfeita aqui... não que eu devesse estar surpreso. Suave, molhada e desesperada por mim, não é?

— Eu não sei — ela respondeu, de repente com medo do que ele estava para fazer, do que ele estava para fazê-la sentir.

Ele rosnou ao ouvir isso.

— Você está. Você é a coisa mais perfeita que eu já toquei. — Ele deu um beijo na pele macia da outra coxa. — Você me humilha com seu corpo.

Sem conseguir se segurar, ela se ergueu para ele, ansiando pelo toque.

— Meu corpo é seu — ela sussurrou. — Eu sou toda sua.

Ele rugiu e mordiscou a parte interna do joelho antes de erguer a perna e a colocar, escandalosa e maravilhosamente, sobre seu ombro.

— Está enganada, amor. Eu não sou dono de nada. Você é. — Ele beijou os pelos que escondiam o calor dela. — Seus lábios têm gosto de Escócia — ele sussurrou junto ao centro dela. — Mas aqui, o gosto é do paraíso.

E então ele começou a beijá-la naquele lugar secreto, magnífico, e Lily perdeu o ar com o choque e o prazer que sentiu. Ela fez o que ele mandou, deitando-se enquanto ele a lambia e chupava e se banqueteava nela. Lily suspirou o nome dele, levando as mãos à cabeça de Alec, enfiando os dedos no cabelo.

— Alec — ela sussurrou. — Eu sou sua. Para sempre.

As palavras pareceram destravá-lo, tornando-o selvagem, desesperado, sensual e maravilhoso: um rugido grave ecoou e a vibração que produziu no centro dela também a deixou selvagem e desesperada. Os dedos dela agarraram as mechas morenas, e Lily não hesitou ao segurá-lo junto a si, a se mover de encontro a ele.

As mãos dele deslizaram por baixo dela, erguendo-a, segurando-a aberta para si como um banquete, e ela gritou enquanto ele a chupava, descobrindo todos os seus segredos, dando-lhe tudo que ela sempre desejou.

— Sua — ela sussurrou de novo e de novo e, finalmente, enquanto ele a levava cada vez mais alto, Alec arrancou a palavra dela em um grito desesperado e selvagem.

Ele levantou a cabeça ao ouvi-la, deixando-a na borda de um precipício magnífico. Ele deu um beijo suave na coxa de Lily, fazendo círculos pequenos com a língua até ela olhar para ele, encontrando seu olhar lindo enquanto a admirava.

— Você parou.

Ele ficou sem se mover por um longo momento, e então se inclinou para frente e deu um sopro suave na direção dos pelos escuros dela. Lily se contorceu e o chamou.

— Como eu faço para provar? — ele perguntou, a voz preguiçosa e o olhar travado no centro dela.

— Provar o quê?

— Que eu é que sou seu.

Ela não tinha tempo para isso.

— Alec, por favor.

Ele lambeu o centro dela, o movimento demorado e ousado, e ela gritou antes de ele abrir um sorriso enorme e lindo.

— Eu é que sou seu, *mo chridhe*. Como eu faço para provar? — Ele riu baixo, grave e fluido, encostado nela. — Já sei. Diga-me qual foi o pensamento que fez seu corpo todo ficar corado.

— Você sabe. — Ela suspirou, as palavras quase um lamento.

— Eu sei — ele disse, como se os dois tivessem todo o tempo do mundo. — Mas eu quero que você me diga, amor. Eu quero que você seja minha deusa. E eu, seu sacerdote. Eu quero que você tenha consciência da sua beleza, da sua nobreza e perfeição. Eu quero adorá-la toda com cada parte de mim.

As palavras dele a deixaram em chamas. Não importava que fossem loucas.

Lily olhou para ele, desesperada para sentir aquela boca em seu corpo mais uma vez.

— Então faça isso.

Ele ergueu a sobrancelha como uma pergunta silenciosa.

— Diga. — Ele a lambeu de novo e ela ficou tensa como um arco. — Adore-me, Alec.

As palavras a inundaram de prazer.

— Adore-me, Alec — ela repetiu

— Venere-me, Alec — ele disse.

— Venere-me, Alec. — Ela fechou os olhos.

— Beije-me, Alec.

— Beije-me, Alec.

E ele beijou, deixando-a louca, fazendo amor com ela em carícias lentas e demoradas, com suas mãos puxando-a para si como se fosse um banquete. Ela pressionou os quadris nele, continuando a litania, repetindo sem parar, e dessa vez ele não parou, nem mesmo quando ela caiu da borda, restando apenas as mãos e boca dele como a única coisa discernível no tumulto de prazer.

E enquanto ela o agarrava e gritava as ordens que ele tinha lhe dado, Lily acrescentou mais uma:

— Me ame, Alec.

Me ame. Foi o que ele fez. Naquele momento, ainda que nunca mais acontecesse, ele a amou. Ela teve certeza disso.

Enquanto ela se recuperava de seu ápice de prazer, Lily estendeu as mãos para ele, puxando-o para perto, precisando mais dele, precisando de todo ele. E Alec foi até ela, subindo sobre ela, e a cama – ao mesmo tempo pequena demais e perfeita, porque o mantinha perto o bastante para que ela o tocasse – rangeu com o movimento quando ele empurrou para trás e se abaixou sobre ela, dando beijos quentes e deliciosos do queixo até a orelha dela.

Lily levou a mão por baixo da bainha do kilt, encontrando uma pele quente e músculos definidos por baixo da lã. Ela massageou a coxa longa e musculosa, subindo com a mão para encontrar apenas pele nua e quente. Lily não escondeu seu espanto.

— Você não usa nada por baixo.

Ele levantou a cabeça e encontrou o olhar dela.

— Não.

— Sesily tinha perguntado.

Ele a beijou com intensidade.

— Que Sesily encontre um escocês para ela e descubra. Eu já tenho dona.

Ele era dela. As palavras a deixaram mais ousada e Lily deslizou a mão até a frente dele, onde ele estava duro, quente e...

Alec sibilou de prazer com o toque dela.

— Lily.

— Você é magnífico — ela sussurrou.

— Sou grande demais. Um animal.

Ela o acariciou, demorada e deliciosamente.

— Você é perfeito demais. Um homem magnífico.

Ele fechou os olhos e encostou a testa na dela.

— Obrigado.

Havia algo na voz dele. Uma dor que ela não gostou, uma dúvida que ela não desejou. Ela parou.

— Alec?

Ele meneou a cabeça.

— Não pare. Cristo, Lily. Não pare.

Ela não parou, acariciando-o sem parar, deleitando-se com o tamanho e a força dele.

— Tem uma coisinha sobre a qual eu queria conversar.

Ele riu.

— A palavra *coisinha* incomoda um pouco quando você está tocando esse lugar, garota.

Ela continuou o movimento, demorado e carinhoso, até ele gemer de prazer, e esse som provocou uma sensação semelhante nela.

— Eu gosto disso — ela sussurrou.

— Posso lhe garantir que eu gosto mais. — Ele ficou parado, então a beijou, e pensou por um momento. — O que é que você queria conversar?

Ela teve dificuldade para lembrar.

— Você continuar vestido — ela disse, afinal.

— E? — O olhar dele encontrou o dela.

Foi a vez dela beijar, acariciar, tirar o fôlego e a concentração dele. E, finalmente, sussurrar:

— E eu *quero* você... sem roupa.

Ele fechou os olhos.

— Eu acho que não devo...

— Você é meu? — ela sussurrou. — De verdade?

— Para sempre — ele respondeu, abrindo os olhos.

A resposta a tranquilizou. Iluminou.

— Então prove, Alec. Adore-me. Venere-me. Beije-me. — Dessa vez ela parou aí. Mas ele não.

— Me ame — ele murmurou.

— Eu amo — ela disse a verdade.

Alec fechou os olhos de novo e Lily viu a dor passar pelas feições dele, como se aquelas palavras fossem uma maldição em vez de uma dádiva. A dúvida acendeu dentro dela.

— Desculpe — ela sussurrou, atraindo o olhar dele para si com seu próprio receio. — Não posso segurar a verdade. Eu te amo.

Ele não respondeu, a não ser com movimento, dando-lhe exatamente o que ela queria. Alec ficou de pé, tirou as roupas e revelou sua grandiosidade; os músculos duros e definidos do peito e do abdome, que formavam gomos acima dos quadris, tudo levando àquela parte dele que parecia ansiar por ela tanto quanto Lily ansiava por ele.

Alec voltou para ela e a cama rangeu debaixo do peso dele. Lily estendeu as mãos para ele, abrindo as pernas para acomodá-lo entre elas. Ele desceu sobre ela, apoiando seu peso nos braços, protegendo-a do seu tamanho.

— Nunca se desculpe por me amar. Vou guardar isso no coração para sempre. Mesmo depois que você descobrir que sou indigno do seu amor.

Lily franziu a testa, mas não conseguiu lhe pedir que explicasse, porque Alec começou a beijá-la, acariciá-la, orientá-la, *protegê-la*.

Ele entrou nela com um movimento perfeito, glorioso, fazendo-a suspirar e arfar e se agarrar nele, que se movia num ritmo perfeito, atento às reações dela, encontrando os lugares em que ela mais o desejava, dando-lhe tudo que ela queria, até que – depois que encontrou o ritmo certo para os dois – começou a ir para frente e para trás com os quadris, fazendo-a crescer em uma espiral de prazer, até Lily gritar seu nome, agarrada nele, implorando-lhe com palavras que nunca deveria ter usado.

Mais forte. Mais rápido. Mais fundo.

E ele lhe deu, sem hesitar, tudo que ela pedia. Sem reservas.

— Abra os olhos, Lily — ele sussurrou, os lábios juntos à orelha dela, a língua tocando-a ali e deixando-a louca de desejo. Ela os abriu, as pálpebras pesadas de desejo, e ele a admirou. — Não pare de olhar para mim, amor.

— Nunca — ela murmurou. — Eu nunca vou parar.

— Eu preciso de você. Eu preciso disso. Eu não sei como eu faria para viver sem isso.

— Nunca. Você nunca vai ter que viver sem mim — ela sussurrou. — Eu te amo.

Alec a beijou de novo e Lily percebeu que ele tinha lhe roubado mais que o coração, mais que o fôlego. Ele tinha lhe tirado sua vergonha.

Ela era dele. Sabendo disso, ela se encontrou e encontrou sua força. Foi fantástico. Eles mergulharam juntos rumo ao prazer, rápidos e firmes, até que, enfim, chegaram lá, um paraíso que se abriu e choveu sobre eles, com o prazer sacudindo-os, seus nomes nos lábios um do outro, o chão parecendo ceder. Não. Não o chão. A cama.

Uma perna fina da cama quebrou sob o peso combinado deles, sob a força do prazer deles, e a coisa toda tombou, fazendo os dois escorregarem. Lily soltou um gritinho e Alec se virou para receber o maior impacto da queda, agarrando-a com firmeza enquanto atingia o chão e soltava um grunhido.

Um momento se passou enquanto Lily tentava avaliar a situação – num instante ela estava na cama desfrutando da experiência mais magnífica da sua vida, no outro estava esparramada sobre o peito de Alec no chão do quarto.

Assim que ela conseguiu entender o que tinha acontecido, soou um estalo e Alec praguejou, virando-os no mesmo instante, colocando-a de costas no chão e cobrindo-a com seu corpo enquanto o dossel caía sobre eles com um estrondo poderoso. Uma grande peça de madeira o atingiu nos ombros e bateu na mesa ao lado, derrubando um esquilo de porcelana e uma xícara de chá, que se espatifaram ao atingir o chão.

O incrível é que foi só então que os cachorros latiram.

Lily começou a rir. Nunca, em toda sua vida, ela esteve tão feliz como durante aquela cacofonia desastrosa, quando finalmente se sentiu completa. Nua, com frio e caída no chão... dentro do abraço protetor do homem que ela amava. Sem sentir vergonha, sem se sentir usada, sem se sentir sozinha, pela primeira vez na vida.

Alívio, alegria e emoção fizeram o riso se estender por vários minutos, até Alec sair de cima dela, pegar o dossel onde tinha caído e se sentar.

Foi então que Lily percebeu estar rindo sozinha. Alec, por sua vez, estava com o rosto petrificado.

Ela parou de rir no mesmo instante e também se sentou.

— Alec?

— Isso foi um erro.

Lily sentiu um medo frio tomar conta dela, mas fez o possível para ignorar a sensação, para fingir que era outra coisa.

— Bem, talvez seja melhor nós comprarmos móveis mais resistentes, se vamos ter estes encontros...

— Não estou falando da cama.

Dessa vez ela não fingiu que não entendia, então meneou a cabeça.

— Não foi um erro.

Não podia ter sido. Nada que produzisse uma sensação tão perfeita, tão certa, podia ser um erro. *Ele* não era um erro. *Mas ela...*

A dúvida se insinuou quando ele se virou, virando as costas amplas e musculosas para ela.

— Posso lhe garantir que foi — ele disse sem olhar para trás.

Alec se levantou, magnífico e musculoso como um deus grego, e Lily lembrou da história que ele tinha contado, de repente compreendendo por que Endimião tinha escolhido sonhos intermináveis com seu amor em lugar da possibilidade de perdê-la ainda que por um momento. Se tivesse escolha, Lily adormeceria naquele instante, para sempre, se isso lhe garantisse conservar o gosto dele.

— Nós vamos ter que nos casar.

As palavras saíram tão sussurradas que ela quase não as ouviu. Ou, melhor, quase não acreditou que ele as tivesse dito. Não existiam palavras que ela desejaria mais ter ouvido. Mesmo assim, elas destruíram Lily; a emoção que elas conduziam era de arrependimento claro e inegável.

Vamos ter. Como se isso fosse um sofrimento, como se ele não quisesse... É claro que ele não queria, ela era um escândalo notório, e ele, um duque.

Ela estendeu a mão para o tecido que estava vestindo antes e o tirou de sob o dossel caído, enrolando-se nele, desejando se proteger da verdade.

Alec praguejou e seu olhar caiu sobre o tecido dela e a cama, destruída enquanto faziam amor.

— O que foi que eu fiz? — ele murmurou.

Ela levantou ao ouvir as palavras doloridas, vergonhosas, recusando-se a deixar que a abatessem.

— Não existe nenhuma necessidade de que você se case comigo — ela disse, tentando permanecer calma e controlada. Tentando mostrar força mesmo que as palavras a deixassem fraca.

Ele juntou as sobrancelhas e os ângulos de seu rosto pareceram mais pronunciados nas sombras. Pela primeira vez desde que ele derrubou a porta da casa, ela enxergou nele o animal – selvagem e frustrado. Ele replicou, mas foi como se ela nem tivesse falado.

— Nós vamos casar. É a única opção.

Em seus sonhos, Lily tinha imaginado aquele momento. Alec pedindo-a em casamento. Mas nesses sonhos ele pedia porque estava apaixonado e a amava, não porque se sentia obrigado. E com certeza sem demonstrar arrependimento.

Casar-se com Alec Stuart, Duque de Warnick, podia ser o maior desejo de Lily... mas ela não queria que fosse daquele jeito.

Ela tinha lhe entregado tudo que possuía – seu amor. Mas não foi o bastante para ele. E então ela lhe deu a única outra coisa que podia. A liberdade.

— Está se esquecendo, Vossa Graça, que não pode me obrigar a casar.

Ele arregalou os olhos quando ela invocou a cláusula mais importante do acordo de guarda.

— Lily — ele disse, o nome dela carregando um alerta.

Ela se virou para a porta, incapaz de encará-lo por mais um instante sequer.

— Eu não vou me casar com um homem que se arrepende de ficar comigo. Talvez eu não mereça algo melhor, mas é o mínimo que posso fazer por mim mesma.

Ela não esperava que ele respondesse. E, com certeza, não esperava que Alec respondesse com tanta raiva.

— Maldição, Lily! — ele trovejou, em voz baixa, grave e carregada de sotaque. Ela se virou e viu os músculos daquele peito largo e nu ondulando de fúria reprimida. — Você acha que eu me arrependeria? Você acha que eu ficaria envergonhado?

— Eu acho — ela disse, as palavras saindo em uma onda de confusão. — É claro que sim. Casar com a Linda Lily? A Srta. Musa arruinada? Existe escolha pior para um duque?

Ele se aproximou dela e Lily pensou que fosse pegar sua mão, mas Alec parou de repente e cruzou os braços à frente daquele peito magnífico.

— Lily — ele disse, e sua voz não carregava mais raiva. Ele parecia exausto. Resignado. — Eu juro. Nunca me arrependeria de você, nem por um momento. Você, por outro lado... se arrependeria de cada minuto que ficássemos juntos.

Impossível.

— Eu nunca me arrependeria... Alec... O que eu disse... eu te amo.

Ele deu as costas para ela e pegou o paletó.

— Vou levar você para casa.

Esta é minha casa. Onde quer que você esteja, essa é minha casa.

Lágrimas ameaçaram emergir e ela segurou suas palavras, conformando-se com uma pergunta singela:

— Por quê?

Por um instante, ela acreditou que Alec fosse responder. Houve um movimento no pescoço dele, os olhos castanhos cintilaram. Ela desejou que ele respondesse, para revelar os demônios que o atormentavam. Quando ele falou, contudo, não foi uma resposta, mas uma declaração:

— Você não vai se casar comigo, mas com outro. Alguém que seja digno. — E então ele disse: — Nós vamos encontrar a pintura. E assim libertar você.

Escândalos & Canalhas

Capítulo 18

ALGO MALÉFICO VEM AÍ: BRUTO ESCOCÊS É AVISTADO EM PEÇA ESCOCESA

* * *

A *Inglaterra será sua ruína*. Quando criança, Alec ouviu esse alerta dezenas de vezes. Centenas. Toda vez que implorava ao pai que o mandasse para a Inglaterra. Atrás de sua mãe. Para honrá-la, para conhecer o lugar que ela amava – um mundo com mais possibilidades para ela do que a fronteira escocesa jamais poderia lhe oferecer.

A *Inglaterra será sua ruína*, o velho dizia. *Assim como foi a minha*.

E agora isso era verdade. Assim como o pai, Alec amava uma inglesa da qual não era digno. Ao contrário do pai, ele estava disposto a fazer qualquer coisa para salvá-la de um futuro repleto de decepções.

Eu te amo. Ele nunca deveria tê-la feito dizer isso. Nunca deveria ter se permitido se deleitar com essas palavras.

Mesmo horas depois, as palavras o agitavam, faziam com que sofresse. Saber que bastava pedir para que Lily ficasse com ele tornava ainda mais difícil tudo que estava para acontecer. Saber que ela se rebaixaria para ficar com ele.

Ele só tinha um modo de protegê-la dessa vida, uma chance final de lhe dar a vida com que ela sonhava. E assim ele se viu sozinho no maior camarote do Teatro Hawkins – pertencente aos Sr. e Sra. Duncan West, o magnata da imprensa e sua lendária esposa aristocrata – esperando que o espetáculo começasse. Ele vestia paletó e calças que pareciam lhe servir, mas Alec sentia como se essa roupa fosse sufocá-lo, lentamente, ao longo da noite.

— Sua aparência está amedrontadora — Rei disse ao entrar no camarote, passando pela cortina, de braços dados com a esposa, que estava encantadora.

Alec fez uma reverência completa sobre a mão da marquesa antes de falar.

— Milady — ele disse, ao se endireitar —, eu sempre me surpreendo com a paciência e a tolerância que demonstra para com esse marido absolutamente grosseiro.

Sophie riu daquilo.

— É uma grande provação, como pode imaginar, Vossa Graça. — Ela fez uma pausa. — Mas se quer minha opinião, não acho que esteja amedrontador. Na verdade está bem elegante.

— Mas não tão elegante quanto eu, certo? — o marido interveio.

Ela revirou os olhos, mesmo com Rei puxando-a para perto e corando com o beijo que ele dava em sua testa.

— O pobre Marquês de Eversley — ela disse, a voz dramática —, sempre caluniado por todo mundo.

O beijo de Rei se moveu, apaixonado, para o ombro nu da esposa. Uma demonstração de afeto que, sem dúvida, escandalizaria as mulheres em todo o teatro, que os espiavam através de seus binóculos de ópera.

— Estou muito abalado, meu amor — Rei disse. — Você vai ter que fazer algo, mais tarde, ainda esta noite, para me consolar. — Alec tentou não prestar atenção na inspiração repentina da marquesa quando recebeu o beijo. Então Rei se virou para ele e disse: — Está elegante mesmo, Warnick. Estou vendo que foi ao meu alfaiate.

— Eu fui — ele disse, voltando-se para examinar a plateia do teatro e dando as costas ao casal.

— Tudo isso para vir ao teatro? — Rei perguntou, com tanta inocência que Alec percebeu a aproximação do perigo. — Ou para outra coisa?

— Rei — a esposa disse em tom de alerta.

— É uma pergunta razoável. A gente ouve boatos sobre pupilas lindas e seus guardiões taciturnos.

Alec olhou torto para ele.

— Por que eu me vestiria para ela?

— Por quê, não é mesmo? — Rei disse, e Alec resistiu ao impulso de arrancar aquele olhar malandro da cara do amigo.

— O objetivo é casá-la com outro.

Não totalmente, não mais. Ele não queria que ela casasse, ele queria que ela ficasse livre. Ele a queria com um mundo de opções diante de si. Ele queria lhe dar o futuro que ela desejava – qualquer que fosse.

Eu te amo... O que quer que fosse, além dele.

— Eu entendo o objetivo que você colocou — Rei disse. — Só não entendo uma das variáveis.

Alec olhou feio para o amigo.

— O que isso quer dizer?

— Que eu não entendo por que forçar a garota a ficar com outro, quando ela tem uma possibilidade tão ao alcance dela.

— Rei — a marquesa repetiu o alerta.

Rei se virou para a esposa.

— Olhe para ele. Eu não vejo Alec Stuart vestindo um terno inglês sob medida desde a escola. É óbvio para quem ele está se vestindo, então por que não casar com... — Ele parou de falar e Alec rilhou os dentes.

Não. Não veja. A compreensão lampejou no olhar de Rei.

— Você não vai casar com ela.

— Não vou.

A pena substituiu a compreensão e Alec quis pular do camarote para se salvar da aproximação de Rei. De suas palavras suaves, impossíveis de serem ouvidas por qualquer outro que não eles dois.

— Alec, a escola foi há muito tempo.

— Eu sei disso — Alec respondeu, brusco.

— Sabe mesmo? — Rei fez uma pausa. — Você é um homem diferente. Um homem, ponto final. Ela o aceitaria, aceitaria você do jeito que é. Ela teria sorte de...

Alec se mexeu, detendo as palavras que ainda estavam na boca do amigo.

— Não ouse, nem mesmo sugira que a sorte seria dela nessa eventualidade.

Rei arregalou os olhos e a voz dele ficou mais alta.

— Você é um *duque*. Ela é a filha escandalosa de um...

Alec soltou chispas pelos olhos.

— Chame-a de escandalosa mais uma vez.

O amigo era inteligente o bastante para saber quando ficar quieto.

— Eu mal sou um duque. Eu sou o décimo sétimo na linha de sucessão. Uma maldita farsa. — Ele olhou para o lado. — Isso não importa, não faço parte do futuro dela.

Ele tinha uma chance de restaurar a reputação dela. Uma chance para que Lily se livrasse dele, para sobreviver do modo que preferisse. Sem arrependimentos. E ele pretendia aproveitar essa chance, deixando-a com um homem melhor do que ele jamais poderia ser.

Ele sabia que, em circunstâncias normais, a coisa mais nobre a fazer seria casar com ela. Mas, neste caso, a nobreza estava em criar a oportunidade para que Lily ficasse feliz e protegida por um homem melhor. Um que não carregasse a vergonha consigo.

A noite anterior tinha sido um erro desastroso. Alec sofria com o sentimento de culpa por causa de sua incompetência de resistir a Lily. Por tê-la arruinado de novo com seu corpo e seu passado, com seu desejo.

Aliás, era culpa, não arrependimento. Ele nunca se arrependeria de ter tocado nela, e essa seria sua punição.

Uma visão veio à mente dele. Lily quase nua, rodeada pelas provas da grosseria dele: a cama quebrada, o dossel em pedaços, as estatuetas de porcelana estilhaçadas no chão. Enquanto isso, ela continuava sendo a perfeição encarnada, uma deusa em meio às ruínas. As ruínas criadas por ele. Por seu toque.

Quando ele teve a consciência disso tudo, não pôde fazer nada além de contar a verdade para Lily. *Você se arrependeria de ficar comigo.*

Mas ela não se arrependeria do que ele iria fazer por ela, disso Alec tinha certeza. Então ele estava ali, nessa noite, usando um terno extremamente desconfortável, esperando que o resto de Londres chegasse para poder cometer um crime. E assim dar à mulher que ele amava a vida que ela merecia.

A cortina se mexeu e West entrou de braço dado com a esposa. Os dois pareciam ser da realeza, eles viviam nessa nova era em que as notícias podiam exaltar ou destruir, e o solo parecia instável sob os pés da nobreza. Dentro de poucos anos mulheres sobreviveriam a um escândalo como o de Lily se tivessem a imprensa do seu lado. O mundo poderia enxergar a verdade a seu respeito – que ela era magnífica e digna apenas da adoração de todos.

Naquele momento, contudo, a vida ainda não era assim. Ele precisava de West por algo mais que seus jornais.

West o cumprimentou com um movimento de cabeça da entrada do camarote, para que pudesse dispensar a formalidade quando chegasse até Alec. A presença da esposa, contudo, impossibilitava que Alec fizesse o mesmo. Ele fez a reverência, dispensando-lhe o tratamento a que ela tinha direito, como nobre, apesar de ter casado com um plebeu.

— Lady Georgiana.

Ela abriu seu sorriso amplo e lindo.

— Vossa Graça — ela respondeu, colocando a mão na dele com uma mesura digna de uma duquesa. — Eu não uso o título, sou a Sra. West. — Ela se virou para o marido. — E isso me dá um orgulho imenso.

O amor naquelas palavras era inconfundível e Alec se pegou, pela primeira vez em muito tempo, acreditando nesse sentimento, rodeado por casais que pareciam tocados pelo amor, apesar da condição efêmera deste.

Talvez o camarote abençoe Lily, trazendo-lhe o amor com que ela sonha.

Esse pensamento doeu, mas Alec se obrigou a completá-lo. Afastando o nó em sua garganta, ele olhou para West.

— Diga-me que você conseguiu.

West levou a mão ao bolso do casaco e pegou um maço de papéis.

— Que você tenha que perguntar é um insulto do maior calibre — o jornalista disse. — Eu deveria desafiá-lo para um duelo.

— Eu escolheria espadas. E você não iria gostar do resultado — Alec disse, pegando os papéis.

— Cristo — West disse. — Os escoceses são mesmo um povo pré-histórico.

— Eu gosto da ideia de espadas — comentou a Sra. West, irônica. — Eu gostaria de ver você com uma, meu esposo.

West se virou para ela, com a voz grave e sensual.

— Isso pode ser providenciado.

Alec revirou os olhos e abriu o documento, sem se importar que o resto de Londres pudesse estar observando. Ele examinou o mapa por um longo momento, gravando-o na memória antes de guardá-lo no bolso.

— Não vou perguntar como você o conseguiu, mas estou grato por isso.

West olhou para a esposa.

— Eu tenho ótimos contatos. Eles têm um alcance maior que o meu. — Ele se voltou para Alec. — Existe mais uma coisa que você precisa saber. Hawkins foi despejado da casa dele em Covent Garden. Se podemos acreditar nas fofocas, ele está morando aqui no teatro.

Alec concordou.

— Como a casa dele está vazia, isso não me surpreende.

West arqueou uma de suas sobrancelhas douradas.

— E como você sabe que a casa está vazia?

— Você acreditaria que eu possuo contatos com alcance maior que o meu?

— Não. — Ele fez uma pausa. — Mas se esses contatos valem alguma coisa, eles lhe diriam para amanhã fazer uma oferta para comprar a pintura, se não conseguir roubá-la esta noite.

Alarmado pela franqueza do jornalista, Alec se voltou rapidamente para a esposa de West, que estava no Comitê de Seleção da Real Academia. Ela inclinou a cabeça para o lado.

— Parece-me, Vossa Graça, que você está bancando o Robin Hood nessa história. Minha vontade era que essa coisa tivesse sido banida da exposição no instante em que a Srta. Hargrove virou alvo de deboche.

Alec fez uma nova reverência.

— Milady. — Virando-se para West, ele acrescentou: — Obrigado.

Com o apoio dos dois, ele estava preparado para fazer o que fosse necessário para conseguir a pintura. Só faltava esperar Hawkins entrar no palco, para que Alec pudesse destruí-lo e assim salvar o futuro de Lily.

Como se ele a tivesse invocado com o pensamento, ela entrou no camarote de braços dados com Lorde Stanhope, que tinha ido buscá-la na Praça Berkeley, onde Alec a tinha deixado na noite anterior, depois que eles destruíram juntos a sanidade dele e o quarto do Duque e da Duquesa Número Nove.

Lily tinha lhe implorado para que a deixasse ficar, mas ele recusou, na esperança de que a raiva dela consumisse a outra emoção, mais perigosa, que o tentava.

Ele estava muito orgulhoso de si mesmo, na verdade, por coordenar toda aquela história, pois afastar Lily de si era, provavelmente, a coisa mais difícil que ele já tinha feito na vida.

Lady Sesily Talbot entrou atrás deles – uma acompanhante perfeita, levando em conta que a irmã e o cunhado dela estavam a alguns passos de distância. Perfeita para quem ignorasse o fato de que Sesily Talbot tinha ensinado Lily a fugir do terceiro andar de uma casa e a imaginar o que havia debaixo do kilt de um escocês. Não que ele não tivesse gostado do modo como ela descobriu isso.

Alec pigarreou, mudando seu pé de apoio e desejando a discrição que as dobras do kilt propiciavam.

Não. Sesily era a melhor escolha possível, pois acompanhantes viáveis para Lily eram escassas e ele tinha aprendido sua lição no Hyde Park.

Lily ria para o conde quando os dois entraram, e embora ela não estivesse à vista, no mesmo instante Alec se sentiu atraído pelo som, para os olhos brilhantes, o sorriso amplo e franco que ela ofereceu para o cavalheiro. Veio a lembrança da noite anterior, quando ele aprendeu o que era tê-la nos braços enquanto Lily ria sem hesitação, livre e honesta como o ar.

Alec crispou as mãos nas laterais do corpo, com vontade de derrubar aquele conde perfeito.

E então Lily estava olhando para ele, e foi Alec quem se sentiu derrubado. Ela parou de rir no mesmo instante, incapaz de esconder as emoções do seu olhar. Ele as identificou de imediato: decepção, traição raiva. E por trás de tudo isso, vergonha.

Do que diabos *ela* estava com vergonha? Mas ele não podia lhe perguntar, apesar da forte vontade que sentiu.

Stanhope a soltou para cumprimentar os outros no camarote e Lady Sesily pôs a mão no ombro de Lily, chamando sua atenção. Aproximando-se, a outra sussurrou algo que fez Lily se endireitar e se acalmar. Alec prometeu se lembrar de, no futuro, destruir qualquer homem que falasse mal de Sesily Talbot, pois ela estava sendo uma ótima acompanhante para Lily em um momento em que ele se sentia fraco demais para sê-lo.

A Marquesa de Eversley e a Sra. West se libertaram das atenções dos maridos para cumprimentar Lily, e Alec se sentiu inundado por um sentimento de gratidão pelas duas aristocratas que emprestavam toda a força de seus títulos pela reputação de sua pupila. Com o apoio delas, Lily conseguiria sobreviver à fofoca que viria depois que ele encontrasse a pintura e a destruísse.

As mulheres se afastaram, abrindo caminho e sugerindo que Lily deveria se sentar na frente do camarote, à vista de toda Londres – corajosa, altiva e sem temer ser vista no teatro de Hawkins. Foi então que Alec a viu por completo, da cabeça aos pés. Ele viu o que ela estava vestindo.

O ar, de súbito, sumiu do teatro. O vestido era o azul mais estonteante que ele já tinha visto, em seda e perfeitamente ajustado ao corpo dela, com um decote baixo que fez Alec querer vendar todos os homens do teatro e dar beijos demorados e enlouquecidos por toda a extensão de pele que aquela roupa revelava. Mas não foi o vestido que o destruiu, e sim a faixa amarrada ao redor da cintura dela, que caía até o chão em uma onda vermelha. Era o xadrez dele. De novo.

Aquilo não deveria tê-lo emocionado. Afinal, ele não a tinha visto enrolada naquele mesmo xadrez na noite anterior, sozinha e nua em sua cama? Aquilo não tinha sido mais tentador? Algo capaz de destruir sua paciência e sua nobreza? Como era possível, então, que ali no teatro a situação fosse muito pior?

Na noite anterior, ele sentiu como se recebesse uma dádiva, nessa noite ele sentia como se recebesse uma declaração de guerra. Como se sofresse uma invasão, como se ela tomasse posse. Parecia que Lily estava diante de toda Londres para tomar posse da Escócia. Para tomar posse *dele*. E ele deveria resistir.

Quando ela se aproximou, Alec começou a recuar, até que encostou no parapeito do camarote e ela disse, em voz baixa e sem emoção:

— Cuidado, Vossa Graça, para não cair nos assentos lá embaixo.

Essa possibilidade não era de todo ruim, quando comparada com a alternativa de encarar Lily, que parecia uma rainha.

— Você está usando o meu xadrez.

— É o seu? — Ela levantou uma sobrancelha. — Não notei.

Droga. Ele quis puxá-la para si e beijá-la até Lily perder os sentidos. Em vez disso, ele apenas apertou os olhos e baixou a voz para um sussurro.

— Qual é o joguinho que você está fazendo, Lily?

Ela inclinou a cabeça e falou no mesmo tom.

— Nenhum, a não ser o joguinho no qual você insiste. Nenhum de nós é muito bom com a verdade, não é mesmo?

Por ironia, ele respondeu dizendo a verdade:

— Não, nós não somos.

Ela concordou e apertou os lábios, que formaram uma linha fina.

— E sobre o item que você está procurando? — ela perguntou.

— Ouvi dizer que está aqui.

— E o que eu devo fazer enquanto você banca o herói valoroso?

Alec quis que aquilo fosse verdade, mas o papel não combinava com ele.

— Não sou herói — ele disse. — Sou seu guardião.

— Ah, sim. Meu herói deve ser outro.

Não. Nunca. Ele foi salvo de ter que responder pelas luzes, que diminuíram. Criados por todo o teatro começaram a apagar velas, o que marcava o início do espetáculo e fez Stanhope se aproximar. O conde pôs a mão no cotovelo de Lily, fazendo Alec desejar assassiná-lo.

— Vamos nos sentar, Srta. Hargrove?

Se um duque matasse um conde, a hierarquia aristocrática faria alguma diferença? Isso importava? A prisão de Newgate parecia um preço razoável para se pagar por destruir um homem que ousou tocar Lily enquanto ela vestia o xadrez dos Stuart.

Para sorte de Stanhope, Sesily se aproximou de Alec.

— Vossa Graça, parece que vai ter de ficar comigo, pois estamos rodeados de pombinhos.

Ele precisou de um instante para encontrar a língua.

— Vai ser um prazer, milady.

— É claro que sim — ela disse, arqueando a sobrancelha.

Eles se sentaram e Sesily se aproximou.

— Os lobos estão de olho nela, duque. Sugiro que se abstenha de tornar isso mais difícil do que já é.

— Não sei do que você está falando.

— Eu acho que você entendeu muito bem o que eu quero dizer. As pessoas não estão olhando para o palco, estão olhando para ela.

Alec não olhou para Lady Sesily, pois estava concentrado demais na nuca de Lily, no penteado dela, no decote das costas. Ele inspirou, tentando acalmar suas emoções, mas sentiu o perfume dela, que tinha o aroma de Escócia e sanidade.

Ele olhou para o teatro, desesperado por algo, que não Lily, que chamasse sua atenção. Ele viu, então, que o mundo todo os observava – os binóculos de ópera estavam focados no camarote. Na Linda Lily, que tinha sido a musa de Derek Hawkins e agora era a amante arruinada dele, rodeada por apoiadores que não eram suficientes — não seriam suficientes se Alec não tivesse sucesso em sua missão.

— Ele sabe qual é o papel dele — Sesily disse em voz baixa, chamando a atenção de Alec para o conde, sentado à frente. Stanhope se aproximou de Lily quando o camarote escureceu e a cortina foi aberta, sussurrando algo em seu ouvido e fazendo-a rir. Bancando o salvador dela na frente do júri e dos juízes. Interpretando o papel pelo qual Alec daria tudo.

— Eu não consigo... — as palavras saíram, espontâneas, indesejadas, e ele se interrompeu antes que revelasse demais.

Infelizmente, Sesily Talbot compreendeu tudo.

— Então você não deveria estar aqui — ela sussurrou. — Se você não consegue ser o homem que ela precisa, o correto é que você se retire de cena.

Alec crispou os punhos que descansavam sobre as pernas.

— Está se excedendo, Lady Sesily — ele disse.

— Não seria a primeira vez — ela replicou. — Mas que amiga eu seria, se não dissesse o tipo de covarde que você está sendo?

Se Sesily fosse homem, ele a chamaria para discutir isso lá fora. Mas ela era uma mulher, então Alec foi forçado a reconhecer que ela estava certa.

Lá embaixo, Hawkins entrou no palco e o teatro irrompeu em aplausos. O vagabundo se pavoneou diante da saudação antes de dar sua primeira fala.

— *Não tinha visto ainda dia assim, horrendo e belo.*

Alec saiu em disparada do camarote.

* * *

Ele a deixou de novo.

Lily olhava sem enxergar para o palco, onde o homem que ela um dia imaginou amar encantava Londres com uma interpretação magnífica. Não que ela estivesse prestando atenção, pois estava muito ocupada fervendo de raiva.

Como ele ousava deixá-la outra vez? Como ele ousava fazê-la se sentir como na noite anterior, fazendo-a confessar seu amor, fazendo-a amá-lo ainda mais, para então obrigá-la a ir ao teatro nos braços de outro homem? Para deixá-la?

Eu te amo. Quantas vezes ela tinha dito isso? Quantas vezes ele pediu para ouvir isso dela? E então *ele* falou, cheio de arrependimento e vergonha, palavras que ecoavam nela desde que Alec a depositou, como um pacote indesejado, nos degraus da entrada da casa na Praça Berkeley.

Nós vamos encontrar a pintura e assim libertá-la.

E essa noite ele a repassou para outro homem. Infinitamente melhor. Infinitamente mais gentil, sentado ao lado dela diante de Londres. Assistindo ao instrumento de sua ruína. E, ainda assim, infinitamente menor em tudo.

Por que ele não a queria para si? Alec tinha feito belas promessas na noite anterior, deixando-a sem ar com suas lindas palavras, jurando desejo e paixão. Fez amor com ela como se Lily fosse a única mulher no mundo e ele o único homem na Terra, e então a rejeitou. Arrependeu-se... *Por quê?*

E, o pior, por que Lily o queria mesmo assim? Amor era uma coisa horrível, abominável, que por algum motivo ficava pior na escuridão daquele maldito teatro, esse lugar que não lhe trouxe nada a não ser vergonha – uma vergonha que ela ficaria feliz de assumir se estivesse acompanhada de Alec.

Mas ela não podia ficar com ele. Embora Alec lhe oferecesse o poder de escolher, ele lhe recusava a única escolha que ela queria fazer.

Então ela iria aceitar o resto do que ele ofereceu: *liberdade*.

Ela se levantou, virando-se para os fundos do camarote. Sesily olhou para ela, entendendo, e arqueou uma sobrancelha. Lily não parou, atravessando o camarote às cegas, sem se importar com quem a estivesse vendo, sem se importar com quem soubesse aonde ela estava indo. Sua única preocupação era encontrá-lo para lhe dizer o quanto ela o odiava.

Lily passou pelas cortinas pesadas e saiu para o corredor iluminado, onde não havia ninguém. Todas as pessoas deviam estar assistindo a Derek – detestável e envolvente em medidas iguais.

Não havia sinal de Alec, o que significava que ele já estava se enfiando nos meandros do teatro em busca da pintura. O coração dela começou a bater mais forte só de pensar em Alec vendo a imagem. Por algum motivo, imaginá-lo encontrando a pintura, tocando-a, pegando-a para si, era pior do que a ideia de que toda Londres a visse.

Ela foi na direção da escada dos fundos, a que descia até as coxias, decidida a estar lá quando Alec encontrasse o retrato, para pegá-lo antes dele.

— Srta. Hargrove. — As palavras a fizeram parar e ela se virou para encontrar Lorde Stanhope parado na entrada do camarote dos West.

— Milorde... — ela começou, sem saber o que dizer.

Mas ele encontrou as palavras para ela, aproximando-se.

— Tenha cuidado.

Sesily também apareceu no corredor, detendo-se quando Stanhope olhou em sua direção por cima do ombro.

— Não se preocupe comigo, milorde. Nesta peça sou apenas a acompanhante desajeitada. Imagine que eu preciso de óculos e que minha audição é terrível.

Lily não conseguiu deixar de sorrir para a amiga. Stanhope se aproximou mais, quase a ofuscando com seu sorriso.

— Você tem sorte de possuir amigos assim, Srta. Hargrove.

— Eu tenho, milorde. — Ela hesitou, depois acrescentou: — Essa é uma experiência nova para mim, assim como é ter um cavalheiro tão gentil ao meu lado.

— Eu acho que não iria me considerar gentil se me conhecesse bem.

Ela ficou confusa com as palavras daquele homem que parecia ser perfeito.

— Você está errado — Lily disse. — Está esquecendo que conheço bem homens grosseiros, e você não é um deles. Eu apostaria que você é um homem bom.

— Caçar herdeiras não é uma atividade das mais honradas.

— Espero que você cace herdeiras mais dignas no futuro, milorde.

Ele deu de ombros e um cacho caiu sobre sua testa. Stanhope era atraente sem se esforçar.

— Seria entediante demais, não acha? — ele perguntou. — Eu gosto de interpretar o outro.

— Você não deveria ser o outro. Você deveria ser o principal.

— E você me aceitaria, Srta. Hargrove? Como o principal?

Ela poderia se considerar com sorte, se o tivesse.

— Não, milorde — ela disse. — Eu não despejaria meu escândalo sobre seus ombros.

— Mas e se eu quisesse aceitar o escândalo?

— Então, com toda certeza, você não o merece. — Ela sorriu.

— Mas não tem nada a ver com o escândalo, não é? Tem a ver com o cavalheiro principal.

Lágrimas ameaçaram emergir diante daquelas palavras gentis.

— Isso mesmo. Receio ter escolhido mal.

Ele levantou uma sobrancelha.

— Sabe, eu acho que você está errada. Eu acredito que você escolheu o melhor cavalheiro de todos.

Ela também pensava assim. Mas, por algum motivo, ele não queria ficar com ela. *Você vai se arrepender. Você vai se arrepender.* Ele era o melhor cavalheiro. Se pelo menos ele próprio enxergasse isso.

— Obrigada, milorde — ela disse e partiu, correndo pelas escadas para chegar ao seu escândalo e ao homem que tomaria para si, caso ele permitisse.

Escândalos & Canalhas

Capítulo 19

A ARTE DE WARNICK

* * *

Não estava lá. Alec se encontrava no centro do escritório de Derek Hawkins, virando lentamente, fervendo de raiva e frustração. A pintura não estava lá.

O resto do apartamento vazio de Covent Garden estava ali, cobrindo as paredes, as telas umas sobre as outras; uma coleção de arte que faria os curadores do Museu Britânico soltar gritinhos de alegria. Parecia que, além de ser um vagabundo extraordinário, Hawkins era mesmo um artista extraordinário. O que significava que o retrato de Lily devia ser tão bonito quanto falavam.

Supostamente... Pois não estava ali. E agora? Como ele faria para salvá-la? Não havia tempo, ele tinha dois dias para encontrar a pintura. Dois dias antes que fosse revelada ao mundo e Lily não tivesse escolha a não ser casar com ele. E a droga da tela não estava ali.

Ele resistiu ao impulso de aproximar a vela da pintura mais próxima e colocar fogo no teatro inteiro. Hawkins bem que merecia isso por ameaçá-la. Por usar e, principalmente, por *tocar* Lily.

Alec praguejou no escuro.

— O que isso quer dizer? — ela falou da porta.

Alec não percebeu a porta se abrindo. Ele se virou para ela, e a vela na mão dele jogou um brilho dourado no rosto de Lily, que entrou e fechou a porta atrás de si.

— Você deveria estar lá em cima — ele disse.

Ela se aproximou e Alec recuou até suas pernas tocarem uma grande natureza-morta de peras e ele não ter opção senão parar. Ela, contudo, não parou. *Por que ela não parou?*

— Lá em cima — Lily disse. — Com Stanhope.

— Isso mesmo.

— Em vez de estar aqui embaixo, com você.

— Isso. — Ela não conseguia entender?

— Enquanto você se arrisca para me salvar.

Por que ela não entendia? Ele daria tudo que tinha, tudo que era, só para mantê-la em segurança.

— Isso mesmo — ele confirmou.

Um longo silêncio se estendeu entre eles, abafando os gritos que vinham do palco distante e que tornavam aquele escritório menor e mais íntimo. Alec quis subir pelas paredes para escapar, fugir dela. Mas ela, por algum motivo, parecia calma.

— Não está aqui, está?

— Não. — Ele suspirou.

— Eu imaginei isso quando ouvi você xingar. — *Como ela conseguia estar tão calma?* — Então minha ruína se aproxima. — Ela deu um sorriso irônico e inclinou a cabeça na direção do palco, além da porta. — Igual à Floresta de Birnam.

— O que eu lhe disse a respeito de Shakespeare? — ele retrucou.

— Da última vez, você o estava xingando de verdade. — Ela sorriu.

— É meu direito, como escocês. — Ele tentou não olhar para ela. Lily estava tão perto, o bastante para que ele pudesse cheirá-la, tocá-la, desejá-la. E os dois estavam a sós.

Ela suspirou o nome dele como se fosse um pecado.

— Alec?

— Sim? — Ele engoliu em seco.

— O que significa essa imprecação?

Ele meneou a cabeça.

— Não dá para traduzir.

Ela esperou um longo momento até Alec fitar seus olhos cinzentos, que pareciam prateados à luz da vela.

— E o que *mo chridhe* quer dizer?

— Não dá para traduzir. — Ele meneou a cabeça.

Ela deu um sorriso eloquente.

— É melhor ou pior que a imprecação?

Lily estava acabando com ele. Alec tentava ser nobre, protegê-la. E...

— Por que você não me quer, Alec?

Ele a queria com cada fibra do seu ser, como ela não podia ver isso? Ele fechou os olhos.

— Lily... Agora não é o melhor momento.

— Que momento seria melhor que este? — ela perguntou. — Qual momento seria melhor que a véspera da minha destruição?

— Nós ainda temos amanhã para procurar...

— Não vamos encontrar. Essa nunca foi nossa profecia.

— Pare de se referir à maldita peça de teatro como se fosse relevante. Todo mundo morre no fim.

— Nem todo mundo. Das cinzas vem uma linhagem de reis. — Ela fez uma pausa e então disse, em voz baixa: — Reis escoceses.

— Reis malditos. A Escócia não tem nenhum rei agora.

— Não tem?

Ele passou a mão pelo cabelo, sentindo-se tomado pela frustração.

— Vá embora, Lily. Nós ainda temos um dia e eu vou encontrar a maldita pintura nem que precise revirar Londres do avesso. Volte para Stanhope e veja se consegue ser feliz com ele.

— Não vou conseguir.

— Você não sabe disso.

— Eu sei, sim — ela replicou. — Como é que um homem vai me fazer feliz quando eu amo tanto outro?

Ele se virou para a porta.

— Você não sabe o que está falando.

Eles tinham que sair dali antes que fossem pegos. E ele precisava de ar, pois ela tinha roubado todo que havia naquela sala com sua beleza, como uma fada. Alec estava pensando loucuras como aquele maldito rei no palco.

Ele tinha alcançado a porta quando ela falou:

— Você é um covarde.

Alec olhou para trás e a encontrou parada no mesmo lugar, no centro da sala, rodeada pelas obras de arte do homem que a arruinou. Altiva e forte como Boadicea. Usando o xadrez dele como um estandarte. Ela era perfeita. Alec se virou sem responder e Lily jogou mais uma lança.

— Eu sei que tremo de tanto desejar você.

Warnick inclinou a cabeça, encostando a testa na porta. O teatro ficou em silêncio, então, como se toda Londres tivesse se calado para ouvi-la. E então, em voz baixa e decidida:

— Eu sei que, noite passada, você também tremeu de desejo.

Essas palavras acabaram com ele. Alec começou a se mover antes que pudesse pensar, e logo Lily estava em seus braços, enrolada nele, e seus lábios se encontraram. Ela suspirou dentro da boca dele, e foi o melhor presente que ele poderia ter recebido. Ele a beijou, deleitando-se com a sensação daqueles lábios nos seus, no modo como ela se derreteu no mesmo instante junto dele, como se estivesse esperando por aquele momento – e por ele – durante toda a vida. Assim como Alec esperou por ela.

Ele a pegou nos braços e a carregou até a escrivaninha na extremidade da sala, onde a colocou, pegando o rosto dela com as mãos, tomando seus lábios para sentir o gosto de Lily de novo e de novo, memorizando a maciez daqueles lábios e os gemidinhos lindos que ela soltava quando Alec deslizava a língua por aquela boca, perdendo-se naquela maciez, refestelando-se como um mendigo em um banquete.

Ele a beijou até os dois ficarem ofegantes, sem ar, até ele tirar os lábios e as mãos dela, erguendo-as, abertas e fracas, entre os dois.

— Eu ainda tremo, Lily.

Ela olhou para aquelas mãos grandes, e seus olhos ficaram sombrios e devastadores quando ela notou que, de fato, tremiam. Quando ela pegou uma delas e a levou até os lábios, beijando cada ponta de dedo antes de virar a palma para cima e dar um beijo quente e molhado no centro da mão.

E quando a língua dela saiu e desenhou um círculo ali, marcando-o com seu calor, ele grunhiu e a tomou de novo, em um beijo profundo e lento, até ela começar a se contorcer de novo, ansiando por mais. Ele interrompeu o beijo e deslizou os lábios pela face dela até o lóbulo da orelha, onde sussurrou:

— Eu sempre vou tremer. Nunca vai existir um momento em que eu não a deseje, em que eu não a queira com cada fibra do meu ser.

— Então fique comigo — ela pediu, a respiração quente na orelha dele. — Fique comigo. Possua-me. Eu sou sua. — As palavras ecoaram nele, quase deixando-o surdo de desejo. Mas ele não a merecia.

Alec recuou um passo, soltando-a.

— Eu não sou o herói desta peça, Lily. Você precisa escolher alguém melhor. Alguém que seja digno de você. Esse é o ponto central desta aventura.

Um instante, e então ela desceu da escrivaninha como uma rainha vingadora e o empurrou com força suficiente para desequilibrá-lo.

— Eu escolho você, seu palerma.

Ótimo. Se ela ficasse brava, poderia deixá-lo em paz.

— Eu não sou uma opção — ele disse.

— Ontem você se propôs a casar comigo — ela argumentou.

E ele teria casado. Ainda casaria. Se pelo menos...

— Não sou suficiente.

O som que ela emitiu foi quase um grito, cheio de frustração e raiva.

— Você é um *duque*, Alec. E eu sou a órfã de um administrador de terras, arruinada diante de toda Londres.

— *Arruinada* não. Ainda não.

— Você não estava lá. Posso lhe garantir que isso já aconteceu.

— Não acontecerá até a pintura ser revelada. E não vai ser, não se eu puder evitar.

Ela meneou a cabeça e abriu os braços, indicando o quarto.

— Você não pode evitar! Ele vai vencer essa batalha. Ele venceu no momento em que se aproximou de mim no Hyde Park e me convenceu que atenção era o mesmo que amor. — Ela soltou uma risada sem graça. — O irônico é que agora eu pareço estar presa na mesma situação.

Ele ficou tenso.

— Não é a mesma.

Ela olhou enviesado para ele.

— Tem razão, não é a mesma. Derek nunca me fez sentir vergonha de mim mesma.

Que diabos...

— Tudo isso... Tudo! É para evitar que você se envergonhe. Para evitar que se arrependa.

— Quantas vezes eu preciso lhe dizer que não me arrependo?

Ele perdeu a paciência.

— Droga, Lily! Você não pode apenas aceitar que eu sei do que estou falando? Que o herói de que falou lá em cima não sou eu? Você acredita que eu não queira me casar com você, para protegê-la e amá-la da forma que você merece? Você acha que eu não desejo apagar meu passado, que esse ducado seja meu de verdade, para que possa me pôr de joelhos e implorar que você fique comigo? Para que eu possa fazer de você minha duquesa? Você acha que eu não quero aquelas crianças? As que você planeja vestir com aquelas lindas roupinhas bordadas? As que você planeja calçar com aqueles sapatinhos vermelhos?

Ela estava de olhos arregalados, mas Alec não ligou, ele continuou, enfurecido.

— Você acha que eu não desejo levá-la para nosso leito nupcial e fazer amor com você até pararmos de tremer? Até que não consigamos mais nos *mover*, esgotados de prazer? Você acha que eu não te amo? Como é que não consegue entender? *Eu te amo além da razão.* Talvez eu te ame desde aquele momento em que fechou a porta na minha cara, na Praça Berkeley. *Mas eu não sou o homem que você merece.*

Ele parou de falar, a respiração apressada e nervosa, sentindo raiva de si mesmo. Ainda assim, ele se obrigou a encará-la. Lágrimas brilhavam nos olhos dela, e Alec se odiou pelo que tinha feito.

— Eu não sou esse homem. Não sirvo para passar a vida com você. Nem sirvo para a noite que tivemos. — Ele passou as mãos pelo cabelo. — Nós precisamos sair daqui antes que nos peguem.

Mas ela não saiu de onde estava.

— O que você disse?

Ele estreitou os olhos.

— O quê?

— Você não serve para a vida toda. Você é para uma só noite.

As palavras foram um golpe duro, inesperadamente cruel. Recuperando-se do baque, ele concordou. Pelo menos ela tinha entendido, talvez pudesse deixá-lo em paz, então.

Ele nunca mais teria paz.

— Nós precisamos sair daqui — ele disse, querendo arrancar a gravata que apertava seu pescoço.

Contudo, Lily ainda não tinha terminado.

— O que ela fez com você?

Ele ficou tenso.

— Quem?

— A Condessa Rowley.

Lembranças do passado o agitaram. *Como ela sabia?* Não importava. Ele já deveria ter lhe contado. A verdade a afastaria, com toda certeza. E esse era o objetivo, não? *Não. Sim.* Era o objetivo. Ele se virou para a porta.

— Nós precisamos ir.

— Alec.

— Não aqui, Lily. Não com toda Londres esperando lá fora. — Ele escancarou a porta sem hesitar.

Toda Londres não estava lá fora. Só havia um londrino esperando-os... Derek Hawkins estava do lado de fora, vestindo um figurino renascentista, de espada na mão. Ele levantou a lâmina, colocando-a no peito de Alec, bem na altura do coração.

— Eu não sei como é a lei na Escócia, *duque*, mas aqui na Inglaterra nós temos o direito de matar invasores.

* * *

É claro que Derek tinha que aparecer para atrapalhar tudo. Naquele momento, ela daria tudo que tinha para que ele desaparecesse. Derek estava fazendo uma tempestade em copo d'água, ameaçando matá-los, se ela tinha entendido bem. Que Deus a protegesse de homens com inclinação para o drama. Ela consultou o relógio sobre a escrivaninha.

Era nove e meia e a peça estava no intervalo. Lily pensou, meio distraída, que esperava que Sesily fosse tão boa sendo uma acompanhante desajeitada como era sendo escandalosa, porque Lily e Alec iriam precisar de uma desculpa excelente para sua ausência quando todo o camarote percebesse que eles tinham sumido.

Algo melhor do que: *Oh, eles devem estar invadindo o escritório de Hawkins, roubando o nu de Lily e tendo um encontro amoroso na escrivaninha dele*. Nesse caso em particular, a verdade não era uma boa desculpa. Ainda mais naquele momento, porque parecia que eles iam se atrasar ainda mais.

Com certeza eles não deveriam estar ali, no escritório de Derek, mas ele também não deveria. Ela se aproximou, recusando-se a ser intimidada pelo homem que a usou da pior maneira. O que foi admirável, porque há duas semanas ela teria se intimidado, há duas semanas ela era uma mulher diferente. Há duas semanas ela não tinha Alec.

Alec, seu escocês imenso, cujos ombros largos e altura superior bloqueava a visão dela enquanto Lily avançava, farta de Derek Hawkins.

— Você não deveria estar no palco, Derek?

Foi então que ela viu a espada, perigosa, em posição de ataque, com a ponta sobre o coração de Alec, que parecia mais calmo do que qualquer homem estaria nessa situação. Lily congelou, o terror tomando conta dela ao assimilar aquela imagem.

— O que acha que está fazendo, seu louco?

Derek nem olhou para ela.

— Protegendo o que é meu. Meu teatro, minha arte, e estou disposto a fazer de tudo para isso. — Ele parou e olhou para as mãos vazias de Alec. — Você foi inteligente ao evitar pegar qualquer coisa daqui.

Quando Alec falou, foi com total e completo desdém.

— E você acha que eu quero sua arte? Para quê? Para embelezar minhas paredes com seus rabiscos infantis?

Aquilo foi um grande insulto para Derek. Lily ficou boquiaberta. Como Alec podia provocar um homem que apontava uma espada para o peito dele?

— Eu acho que você quer pelo menos uma peça em especial produzida por mim, Duque Postiço — Derek escarneceu.

— Nisso você tem razão, mas não tenho intenção de olhar para ela.

Derek riu.

— Imagino que você pense que não precisa, já que viu o modelo vivo.

Lily soltou uma exclamação indignada diante da insinuação, mas Alec não se alterou, a não ser para levantar uma de suas manzorras e agarrar a lâmina da espada. Ela baixou os olhos para os dedos dele, esperando vê-los sangrar pelo contato com os gumes. Seu estômago revirou ao pensar que ele tinha se ferido por ela.

— Deixe-nos ir, Derek. Você precisa voltar para o palco, e nós não pegamos nada.

— Como vou saber que isso é verdade? — Derek levantou uma sobrancelha.

Ela olhou torto para ele e abriu os braços.

— Você acha que estou com uma tela escondida debaixo da saia?

Alec não deixou Derek responder.

— Vamos acabar logo com isso, Hawkins? Você tem que voltar para a peça... e eu prefiro fazer qualquer outra coisa a assisti-lo em cena.

Derek fez uma careta.

— Você não é mais bem-vindo aqui.

A resposta de Alec foi seca como areia:

— Você me magoa. De verdade. — Se não houvesse uma espada entre eles, Lily poderia ter rido. Mas ela prendeu a respiração até Alec dizer: — Quanto custa?

Derek não se mexeu.

— Quanto custa o quê?

— Você está falido. Perdeu a casa em Covent Garden, o estúdio. Suas pinturas estão amontoadas aqui porque, sem dúvida, você não tem outro lugar para guardá-las. Pelo que eu soube, o teatro não dá prejuízo, mas você não consegue parar de perder dinheiro nas mesas de jogos. Então vou lhe perguntar de novo, e não me insulte fingindo que não entendeu. Quanto você quer pela pintura?

— Ela não tem preço. — Derek sacudiu a cabeça.

— Não acredito em você.

— Pode acreditar. É a maior obra de arte desde a Criação do Homem. — O olhar dele foi até Lily. — Olhe para ela, Warnick. Você consegue ver a beleza, sem dúvida. Imagine o que é isso retratado por um *gênio*.

Lily só conseguia ver um lado do rosto de Alec, mas era o bastante para ver o músculo do maxilar tremer de raiva e frustração.

— Diga o preço — o duque insistiu.

Derek meneou a cabeça.

— Não tem preço. Minha versão de Lily não está à venda. — O olhar dele procurou Lily. — Está vendo, querida? Talvez eu seja o herói dessa peça, afinal. Seu duque não vê nenhuma dificuldade em vendê-la pela melhor oferta. — Ele fez uma pausa então, parecendo uma criança. — Ah, espere. Não. Ele não a está vendendo, ele a está dando de presente, com uma fortuna de bonificação.

Alec fechou com mais força a mão ao redor da espada e suas articulações ficaram brancas. Lily se aproximou para ver se os dedos não estavam cortados.

— Eu acho que você deveria reconsiderar, Derek — ela disse, ainda olhando para a mão de Alec.

— Por você?

— Faria alguma diferença se eu pedisse?

— Não — Derek respondeu. — Essa pintura vai vender todas as outras. Essa pintura vai imortalizar meu nome.

— E o fato de que sou eu na pintura? E que eu nunca pretendi que ela fosse exibida?

Derek deu um longo olhar de comiseração para Lily.

— Então você não deveria ter posado, querida. Eu vou aproveitar bem a fortuna que vou ganhar, proporcionada por você, como se você mesma tivesse trabalhado... deitada.

Lily ficou atônica com aquela grosseria. No mesmo instante, Alec se moveu, rápido como um gato, e a espada virou no ar como por mágica, terminando na mão do duque. Ele pegou Derek pelas lapelas do figurino e praticamente o carregou até a parede do corredor, encostando a lâmina da espada ameaçadora no rosto do artista.

— Para alguém de tanto renome no palco, eu acho difícil acreditar que você provoque o destino com tanta ousadia enquanto enverga essa fantasia em especial. Você deveria se lembrar do que aconteceu com Macbeth.

O olhar de Derek procurou o de Lily por sobre o ombro de Alec, e ela enxergou ali a esperança de que ela o salvasse, que repetisse o que tinha feito na última vez em que os três se encontraram. Na última vez em que Alec ameaçou Derek. Ela não o salvaria mais.

Derek deve ter visto isso nos olhos dela, pois se voltou para Alec e disse, com desprezo:

— Eu interpreto um escocês grosseiro que tem uma prostituta como esposa. E, vejam só, encontrei uma dupla semelhante vagando pelo teatro.

Alec apertou mais a espada contra o rosto dele. Suas palavras saíram suaves e aterrorizadoras.

— Do que foi que você a chamou?

— Você me ouviu. — Derek apertou os olhos. — E lembre-se, eu estou qualificado a identificar essa característica. — Ele fez uma pausa. — Eu estive lá *antes de você*.

Lily empalideceu ao ouvir aquilo, ao ouvir o insulto contundente. A vergonha a inundou e ela desejou destroçar aquele homem por tudo que tinha feito, por tudo que tinha dito, e por dizer aquilo para Alec. Lembrando-o do passado dela, das coisas que ela tinha feito e que não podia desfazer.

— Hoje, como um tolo, você me entregou uma arma com que fica brincando enquanto dá seus pulinhos no palco. Uma arma com a qual eu treino há décadas.

Ele apertou ainda mais a lâmina e Derek inspirou fundo. Alec continuou:

— O que você acha que seus espectadores diriam se o encontrassem aqui, neste corredor sombrio, eviscerado pela espada de Macbeth? Acha que eles acreditariam que você o invocou aqui, neste teatro? Como é que chamam isso? A Maldição Escocesa? — Derek fechou os olhos e Alec se aproximou. — Eu sou a sua Maldição Escocesa, seu pavão. Sou mais aterrorizador do que qualquer história de fantasma que você possa conceber. Mas anime-se, não tenho intenção de matá-lo.

E continuou:

— Eu prometi, um dia, que o destruiria — Alec disse, as palavras quase inaudíveis, mas que, de algum modo, sacudiam as paredes. — Não se engane: eu vou arruiná-lo assim como você a arruinou. E quando você for velho e enrugado, e ninguém no mundo conseguir lembrar do seu nome, você vai tremer ao lembrar do meu.

Derek inspirou fundo e então soltou um gritinho de dor. Lily se assustou com o som, que foi pontuado pelo tilintar da espada ao cair no chão, depois que Alec a arremessou no corredor escuro.

— Vá buscar, cachorro — Alec ordenou. — Essa é sua deixa.

E foi o que Derek fez, correndo até a espada, pegando-a sem olhar para trás.

Lily observou Alec durante um longo tempo, enquanto a respiração dele entrava e saía em ondas de fúria, e suas mãos continuavam crispadas e aquele tremor no maxilar se tornava mais pronunciado. Ele parecia uma flecha em um arco retesado, como se a qualquer momento pudesse se lançar pelo corredor para subir ao palco e terminar o que tinha começado.

Ela ansiava por se aproximar dele, e foi o que fez, chegando ao seu lado, pegando aquela manzorra linda em sua mão, sentindo os músculos ondularem em contato com seu toque.

— Você não tinha que me defender.

— O quê? — Alec olhou para ela.

— Do Derek. Ele não está errado.

— Como é? — Alec franziu a testa e por um momento Lily se perguntou se seria possível que ela estivesse falando outra língua que não a dele.

— O erro foi meu, não? Eu posei para a pintura. Eu confiei nele. Eu... — Ela hesitou. — Eu pensei...

Ele foi até ela e a pegou pelos ombros, segurando-a com uma firmeza que mais tarde a faria sonhar e ansiar por senti-la outra vez.

— Escute-me, Lillian Hargrove. Você não fez nada de errado. O erro não foi seu, você o amava.

— Não amava, na verdade. Vejo isso agora. — Ela soltou uma risadinha sem graça. — Imagino que deva me sentir grata pela revelação.

— Como? — ele perguntou.

— Como? — ela repetiu, confusa.

— Por que você vê isso agora?

Ela sorriu e disse a verdade:

— Agora eu sei o que é amor. Qual a sensação, e o que eu faria, de verdade, por amor.

Alec fechou os olhos ao ouvir aquilo. Diante da esperança e dos significados que as palavras carregavam. Ele ainda esperava encontrar a pintura e retirá-la da exposição. Libertar Lily.

Era irônico, não, que um dia ela tivesse praticamente lhe implorado sua liberdade. Ela tinha lhe pedido dinheiro para sua independência. Ela implorou que ele a deixasse e voltasse para a Escócia, permitindo que Lily fizesse suas próprias escolhas, que trilhasse seu caminho e encarasse seu destino. E então, quando ele oferecia tudo isso para ela, tudo que Lily desejava era ficar presa. A ele.

Eu te amo além da razão.

— Alec... — Ela não soube o que dizer a seguir. Como faria para mantê-lo, como conseguiria conquistá-lo?

Mas ela não conseguiu fazer nada, pois ele a ignorou, colocando-se em movimento, dirigindo-se à escada, subindo dois degraus de cada vez, enquanto ela corria para acompanhar as passadas compridas dele. Lily era alta, mas Alec era hercúleo, e quando os dois chegaram ao corredor que levava aos camarotes, ele estava vários metros à frente dela e passou, decidido, pelo camarote dos West no momento em que Sesily punha a cabeça para fora à procura de Lily.

— Tem alguma coisa no seu vestido — Sesily disse e arregalou os olhos. — Meu Deus! É *sangue*?

Lily baixou os olhos, observando a marca no ombro do seu lindo vestido azul, onde Alec a tinha segurado com firmeza para lhe dizer que ela não precisava carregar o passado consigo.

Enquanto sangrava por ela.

— É do Hawkins? — Sesily perguntou. — Ele voltou ao palco, mas está com um corte na bochecha que não sei se faz parte da peça. Mas, para ser sincera, eu não estava prestando atenção. Confesso que estou gostando um pouco das bruxas, mas não tanto quanto da ideia de Alec fazer um corte no rosto do Hawkins.

— Não é sangue do Hawkins. É do Alec.

— Meu Deus... — Sesily sussurrou.

— Você não devia blasfemar tanto.

— Você agora vai me dizer que isso é algo que uma lady não deve fazer? — Sesily olhou torto para a amiga.

Lily meneou a cabeça.

— Não sou exatamente um modelo de respeitabilidade.

— Ótimo. Então que se dane quem deseja que eu não blasfeme ou xingue. Às vezes as palavras apenas saem.

Lily concordou. Então, depois de um longo silêncio, ela disse, a voz quase inaudível:

— Merda!

Sesily olhou no mesmo instante para ela e Lily percebeu a expressão de pena.

— O que aconteceu?

E ali, no corredor do Teatro Hawkins – o único lugar de Londres em que ela não poderia fraquejar –, Lily começou a chorar. Ela tinha estragado tudo. A pintura iria ser exposta ao público e não havia nada que pudesse ser feito. Ainda assim, não era isso que a entristecia.

— Ele me ama além da razão.

Sesily inclinou a cabeça.

— Isso não parece ser tão ruim.

— Mas, ainda assim, ele não me quer. Fica dizendo que não é digno de mim por algum motivo ridículo.

— Que motivo?

— Não sei. Se ele me dissesse, pelo menos... — Lily enxugou uma lágrima. — Mas ele não quer me dizer.

— Então você precisa extrair o motivo dele.

— Ele parece ser o tipo de homem de quem se consegue extrair algo?

Sesily não hesitou para responder.

— Ele parece ser o tipo de homem que se jogaria no Tâmisa se você pedisse.

— Eu pedi que ele me aceitasse, mas ele se recusou. — As lágrimas voltaram.

— Porque todos os homens são imbecis, ruins da cabeça, e merecem ser pendurados pelos polegares no St. James Park para serem ferroados por abelhas.

— Isso é criativo e terrível ao mesmo tempo. — Lily arregalou os olhos.

— Eu tenho minhas fantasias. — Sesily sorriu.

Elas riram juntas até as cortinas se mexerem e a cabeça da Sra. West surgir.

— Ah! Vejo que a Srta. Hargrove voltou. — Ela olhou para os dois lados do corredor antes de sair do camarote. — E o seu duque?

— Ele não é meu duque — Lily retrucou.

— Eles nunca são, querida, até que, de repente, se tornam — respondeu, irônica, a mulher do jornalista. — Presumo que você não tenha obtido sucesso em sua busca?

— Por Alec? — Lily perguntou.

A Sra. West levantou uma sobrancelha dourada.

— Eu estava me referindo à pintura.

Lily corou, envergonhada e horrorizada.

— É claro. A pintura. Sim, Sra. West. Nós não tivemos sucesso.

A mulher hesitou por um instante e depois continuou:

— Primeiro, você pode me chamar de Georgiana. Sra. West faz com que eu pareça ser a diretora taciturna de uma escola preparatória do interior. Segundo, sinto muito que o duque seja um idiota, mas a minha experiência diz que todos os homens são idiotas até encontrarem a razão. E os melhores homens conseguem encontrar a razão. — Ela fez uma pausa, então acrescentou: — E terceiro, você deve gostar de saber que a pintura será pendurada amanhã à noite, quando a exposição estiver fechada. Ela ficará coberta até ser revelada na manhã seguinte.

Lily não entendeu o motivo da informação e permaneceu em silêncio até aquela mulher linda sorrir e continuar:

— Eu soube, de fonte fidedigna, que haverá uma janela aberta nos fundos do salão amanhã à noite. À meia-noite e meia, para ser precisa.

Lily piscou várias vezes.

— Você está...?

Georgiana confirmou com a cabeça, parecendo uma rainha.

— Se eu pudesse fazer do meu jeito, aquele palhaço teria sido eliminado da exposição no momento em que ficou claro que ele se aproveitou de você. Não me importa o quão linda a pintura seja, ele é um vagabundo.

Estarrecida, Lily não soube o que dizer. Mas Sesily não teve dificuldade para encontrar suas palavras.

— Bem, isso não é lindo?

— Eu não gosto de homens que se aproveitam de mulheres — Georgiana disse, parecendo entediada. — E assim, minha querida, espero muito que você saiba se vingar. Agora eu vou voltar para assistir à peça, pois pelo corte no rosto do Hawkins e o sangue no seu vestido, presumo que esta seja a última vez que vou ver aquele palhaço pisando no palco — ela disse, e se virou para o camarote.

— Milady... — Lily disse e Georgiana se virou. — Como você pode garantir...

Aquele sorriso eloquente voltou.

— Meu marido não é o único com contatos influentes. — Ela baixou a voz para que só Lily pudesse ouvir. — Mulheres de homens notáveis têm que se manter unidas. Espero que se lembre de mim quando for uma duquesa.

E, assim, ela voltou para o camarote, deixando aquelas palavras como uma promessa.

Lily inspirou fundo, incapaz de desviar o olhar das cortinas, que ainda balançavam com a força daquela mulher. Todos aqueles anos sem amizades... Quantas vezes ela ansiou por uma amiga? E agora elas surgiam do nada, em número suficiente para fazê-la se sentir real, como uma pessoa inteira. *Quase inteira*. Ela nunca estaria inteira sem Alec. Ele queria lhe dar opções? Liberdade?

Então ela aceitaria essa liberdade e faria sua escolha, que seria a escolha mais fácil que Lily já teve que fazer.

Escândalos & Canalhas

Capítulo 20

AÇÕES SÃO MAIS ELOQUENTES QUE PALAVRAS

* * *

Alec passou o dia seguinte inteiro – o último dia antes da exposição – revirando Londres. Ele pediu todos os favores que podia, desesperado para encontrar o maldito quadro. Para salvar Lily de seu destino anunciado. E, afinal, ele mandou chamar Stanhope. O conde foi visitá-lo na casa do Duque Número Nove, com a curiosidade evidente. Stanhope observou o ambiente, as prateleiras e cristaleiras entupidas de estatuetas.

— Eu não imaginava que Vossa Graça fosse um colecionador — ele disse, passando o dedo pela tromba de um elefante de porcelana que havia sobre uma mesa de canto.

Alec não achou graça.

— Não consigo encontrar a pintura.

— Imagino que amanhã será fácil encontrá-la.

A sensação de frustração cresceu. Será que ninguém, naquela cidade inteira, entendia que aquela era a única chance de Lily sobreviver ao escândalo?

Única, não. Era por isso que Stanhope estava ali e Alec sentia o coração na boca.

— Preciso que você a leve embora.

— Perdão? — O conde piscou.

— Não me faça repetir. — Alec pensou que não conseguiria.

Stanhope se virou para o aparador sem perguntar.

— Scotch? Ou o que quer que isto seja?

Nunca, em toda sua vida, Alec precisou tanto de uma bebida.

— Por favor.

O conde serviu dois copos e entregou um para Alec antes de sentar em um sofá baixo, coberto por uma manta horrenda.

— Aonde você quer que eu a leve?

A lugar nenhum.

— Escócia.

Stanhope levantou uma sobrancelha.

— Você não se acha mais bem qualificado para essa tarefa em especial?

Aquelas palavras quase o destruíram. Ele queria mostrar a Escócia para ela, queria observá-la sentindo na pele o borrifo do Rio Forth, no estuário, pela primeira vez. Ele queria estar com ela nas Highlands e sentir o perfume dela até os aromas de urze, murta e Lily estarem entrelaçados para sempre. Ele queria deitá-la em seu xadrez, sobre um gramado ensolarado, e fazer amor com ela sob as montanhas e o céu até Lily gritar seu nome. Ele queria envelhecer com ela, enchendo os aposentos do seu torreão com bebês felizes, e os bebês dos bebês, que calçariam aqueles sapatinhos vermelhos que ela mantinha escondidos do mundo. Mas ele não servia para ela.

— Ela precisa de alguém melhor que eu — Alec disse, finalmente.

— E você acha que esse homem sou eu? — o conde perguntou.

— Eu vi vocês dois juntos. Você a faz... — Ele parou, odiando o que diria a seguir. — Você a faz sorrir.

Eu quero que ela sorria para sempre. Com um homem que a mereça.

— Fazer com que as mulheres sorriam é um talento especial. — Stanhope bebeu um gole, depois tossiu com força. — Acho que eu não deveria ficar surpreso que a bebida desta casa seja uma porcaria.

Alec não riu. Ele não conseguiu reunir energia para tanto.

— Você é um homem bom, Stanhope. E não está ficando mais jovem a cada dia.... Precisa de um herdeiro e de uma fortuna. E Lily é... — Alec bebeu, sentindo que merecia a queimação daquele destilado horrível.

— Ela é perfeita — Stanhope disse. — Com ou sem pintura.

Alec fechou os olhos ao ouvir isso, grato pela compreensão do conde, mas, ao mesmo tempo, odiando-a. Ele não queria que ela fosse perfeita para ninguém além dele próprio.

— Ela é — ele concordou.

— O problema é que Lily também é apaixonada por você. — Os olhos de Alec voaram para os do conde. — Eu faço a garota sorrir, Warnick, mas essa é a parte fácil. Você poderia fazê-la feliz, se quisesse. — Ele pôs o copo sobre a mesa de canto ao lado do sofá e levantou. — Receio ter que declinar sua proposta de um casamento apressado. Embora seja tentadora.

Alec também levantou, sentindo um misto de desespero, medo e júbilo.

— E quanto ao dote? — ele perguntou.

Stanhope não hesitou, soltando um suspiro longo e entediado.

— Não vale a pena. Não se eu tiver que carregar na consciência uma história trágica de amor. Existem outros dotes. Ouvi dizer que teremos um surto de herdeiras americanas nesta temporada. — Ele fez uma pausa antes de dizer: — Posso dizer algo?

— Depois de tudo que já disse até aqui, agora vai hesitar?

— Estamos em Londres, 1834. Tudo pode ser superado com um único ato. Você está certo, mas ao mesmo tempo está completamente enganado.

— Que ato é esse? — Alec perguntou, seu coração começando a martelar no peito.

— Não faça da garota uma condessa por dinheiro. Faça dela uma duquesa, por amor. Não existe nada que o mundo goste mais do que uma boa história de contos de fada. — Ele abriu a porta da sala, revelando um mordomo idoso.

Stanhope passou pelo criado e se virou do vestíbulo para encarar Alec.

— Espero que Vossa Graça seja o príncipe. Ela merece tudo de bom.

E assim tudo desmoronou. Alec tinha chegado a Londres, nove dias atrás, para desempenhar o papel de guardião relutante e nobre salvador. Para restaurar a reputação de Lily, casá-la e voltar para uma vida na Escócia que não a incluía. Uma vida que o satisfazia.

Até que ele a encontrou e todos esses belos planos foram para o esgoto. E ele a decepcionou de todas as formas. E, para piorar tudo, ele se apaixonou por ela.

Alec arrancou o papel da ridícula salva de prata do mordomo e o abriu, sentindo um temor difuso, certo de que aquele dia só poderia piorar.

Preciso da sua ajuda.
Encontre-me esta noite. Meia-noite e meia.
—L

Abaixo, um endereço, do estábulo que fica atrás da Academia Real de Artes. Foi então que Alec entendeu o plano dela — e se sentiu inundado de orgulho. Ela era linda, brilhante e corajosa como uma guerreira.

É claro que ela seria o instrumento de sua própria salvação. Lily era magnífica o bastante para salvar a si mesma e o mundo, de quebra. Se apenas ela conseguisse salvá-lo, também.

Várias horas mais tarde, ele conduziu seu cabriolé até os estábulos que ficavam atrás da Academia Real. A noite projetava sombras escuras e profundas pelo espaço vazio. Ele estava adiantado de propósito, pois queria chegar lá antes dela, para avaliar o perigo daquela missão.

Ele desceu do cabriolé, a atenção voltada para o edifício à frente. Ele considerava executar a missão sozinho, sem ela. Mas já devia conhecê-la melhor, àquela altura.

Lily já estava lá, e saiu das sombras como se pertencesse à escuridão, uma rainha da noite. Uma rainha de calças, com um chapéu puxado sobre a testa. Há quanto tempo ela estava ali? Algo de ruim poderia ter acontecido com ela. E ele teria chegado tarde para salvá-la. Mais um fracasso. Ele nunca era bom o bastante.

Enquanto se encaminhava na direção dela, frustração e desejo se enfrentavam dentro dele.

— O que é isso? — ele disse, fazendo-a voltar para a escuridão, protegendo-a de olhos curiosos.

Ela estendeu os braços para ele e pegou sua mão. Destruindo-o com o simples toque quando passou os dedos pelo curativo na palma dele.

— Você sangrou na noite passada — ela disse.

— E daí?

— Você sangrou por mim. — Ela deu um beijo no curativo e uma dor começou a crescer, no alto do peito dele. Ela levantou o rosto para ele, mas seus olhos estavam escondidos pela aba do chapéu. Alec teria feito qualquer coisa para ver aqueles olhos. Mas eles não eram dele.

— Só por isso eu quero tornar Hawkins motivo de piada — ela afirmou.

Não por ela mesma? Não por todas as coisas que Hawkins fez com ela? Ele engoliu em seco, sentindo um caroço na garganta. O desejo. A necessidade. Ele se esforçou para se manter distante quando tudo que queria era puxá-la para seus braços.

— Você me convocou com duas linhas em um pedaço de papel e vem sozinha, no escuro, para cometer um crime?

Ela não fraquejou.

— Não é a primeira vez que vou tentar este crime em particular, Vossa Graça. Também não é a sua primeira vez. — Ela sorriu, os dentes brancos iluminando as sombras. — Mas vai ser a primeira vez que vamos conseguir.

Cristo. Como ele a amava.

— Tome cuidado, ou você vai lançar uma maldição sobre nós.

Ela ficou séria, então.

— Não. O universo não poderia me negar isso também.

Antes que ele pudesse lhe pedir que se explicasse, ela foi até a janela. Alec baixou os olhos para o traseiro dela, onde as calças que Lily usava aderiam de modo indecente e perfeito. Ele ficou com a boca seca ao observá-la na ponta dos pés, tentando espiar, sem sucesso, dentro do edifício.

— Calças de novo — ele observou.

Lily se voltou para Alec, arregalando os olhos para o saiote dele.

— Bem, um de nós tem que usar calças, não acha?

Ele levantou uma sobrancelha diante da impertinência.

— Você acha que eu não consigo fazer o que é preciso vestindo um *kilt*?

Ela o observou durante um longo momento, fazendo-o pensar que ela não responderia.

— Eu acho que você pode fazer o que quiser — ela respondeu afinal —, vestindo o que preferir.

As palavras o provocaram além do razoável e o fizeram querer encostá-la na parede para lhe mostrar todas as coisas que ele gostaria de fazer.

Mas a missão que tinham em mãos o impediu disso.

— Eu preciso ser içada.

— O quê? — Ele piscou.

— É para isso que você está aqui. — Ela sorriu, como se fosse um pedido muito comum. — Você precisa me içar. Eu entro pela janela, dou a volta e abro a porta. E assim nós vamos conseguir.

— Você não vai entrar sozinha.

Ela se virou para ele.

— O que você acha que vai acontecer? Eu vou ser atacada por uma escultura? — Ele apertou os olhos e ela suspirou. — Eu acho que não consigo içar você, Alec.

Ele estendeu as mãos e agarrou na janela, que abriu sem dificuldade.

— Como você sabia que ela estaria aberta?

— Eu consegui uma amiga — ela disse, abrindo um grande sorriso.

Ele adorou perceber o prazer de Lily em dizer aquilo. A emoção que ela sentiu. Ele quis lhe dar uma centena de amigas. Milhares. O que quer que a deixasse feliz pelo resto da vida.

Você poderia fazê-la feliz. Ele procurou calar a voz do conde em sua cabeça.

— Uma amiga — Alec repetiu e ela concordou.

— Uma amiga ótima, ao que parece.

— Bem, qualquer amiga que encoraja uma vida criminosa pode ser considerada boa — ele respondeu, irônico.

— Me ajude a subir, Alec. Não temos a noite toda.

Ele a empurrou de lado e agarrou no peitoril.

— Encontre-me na porta.

Quando Lily respondeu, Alec sentiu a incredulidade na voz dela.

— Alec, o peitoril está a quase dois metros do chão e você está usando *kilt*. Você nunca vai cons...

Ele se içou para o peitoril e entrou pela janela aberta. Depois, Alec voltou e a encontrou olhando para cima, boquiaberta.

— O que era mesmo que você estava dizendo? — ele perguntou e ela fez uma careta.

— Minha amiga também acha que você é um idiota — Lily respondeu.

Ele não conseguiu se segurar e riu.

— Ela está certa quanto a isso. Encontre-me na porta. — Foi o que ela fez e, em menos de dois minutos, Lily entrava no edifício. Antes, contudo, ela se voltou para a rua. — Um instante, eu quase esqueci.

Ela voltou com uma pintura grande, envolta em tecido, nas mãos.

— Meu último presente para o Derek — ela disse, quando Alec levantou uma sobrancelha.

Ele pegou o embrulho dela.

— Vá na frente — ele disse, e Lily tirou uma vela e um acendedor do bolso da calça. — Você está, mais uma vez, muito bem preparada. — Antes que ela pudesse responder, ele disse: — Deixe-me adivinhar. Sesily.

Ela sorriu.

— Assim Vossa Graça me ofende. Eu tenho muita experiência em escândalos. Isso aqui foi ideia minha.

É claro que sim. Ele a observou acender a vela, e a chama envolveu o rosto dela com um brilho quente e dourado. E então ele a seguiu pela exposição, cujas paredes estavam cobertas do chão ao teto com milhares de pinturas – obras demais para que qualquer uma fosse apreciada.

— Isso é loucura — ele sussurrou. — Como é que alguém poderia prestar atenção em uma única pintura neste mar de arte? Para que você virasse um escândalo?

Ela não olhou para trás quando eles entraram na galeria principal, comprida e impressionante, com um palco em uma das extremidades, sobre o qual havia um local coberto por uma cortina.

— Você acha que é o amor à arte que faz as pessoas quererem o escândalo? — Lily perguntou. — Elas podem encontrar arte em qualquer lugar. Mas fofoca... isso é muito mais interessante. — Ela apontou para uma parede. — Essa é a outra grande pintura da exposição. *Constable*.

Ele parou e admirou a paisagem, pequena e quase invisível na escuridão. Ele olhou para o pacote em sua mão, pelo menos dez vezes maior que aquela aquarela.

— Imagino que eu não possa ter esperanças de que o quadro que procuramos seja desse tamanho?

— Não.

— É claro que não — Alec resmungou. — Hawkins não faz nada pela metade.

— Talvez seja a minha beleza que não possa ser contida em algo tão pequeno — ela disse.

Ele se virou para ela.

— A escuridão aguçou seu humor.

Ela inclinou a cabeça e então se virou, caminhando na direção do palco.

— Acho que isso é obra do pânico, na verdade.

Fosse o que fosse, ele não queria que desaparecesse.

Ela parou ao pé do palco e hesitou. Alec se aproximou, parando perto dela.

— Lily?

— Foi aqui que eu me arruinei — ela disse. Ele a observou colocar os dedos na borda da plataforma e soltar uma risada abafada. — Acho que me arruinei antes disso, mas foi aqui que tudo ficou claro, como se alguém tivesse acendido uma luz em uma sala que eu pensava ser um salão de baile, mas que se revelou uma latrina.

— Não foi você que se arruinou. *Ele* a arruinou. É totalmente diferente.

— É mesmo. Mas não é esse o caso. Eu não sou mais criança, Alec. Eu sabia o que estava fazendo, sabia o que poderia acontecer. Eu sabia que um dia me tornaria um escândalo. — Ela fez uma pausa. — E eu não me importei. Tudo que eu queria era ser do Derek.

As palavras o atingiram como um golpe e o ciúme o agitou, selvagem, quando ele pensou nela com Hawkins, o homem que se isentou de qualquer responsabilidade para com ela. O homem que nunca seria bom o bastante para ela, que nunca seria um herói para ela. Lily continuou:

— O mundo nutre um ódio impressionante por mulheres que cometem os erros que eu cometi. A beleza, usada para qualquer coisa que não o mais sagrado dos atos, é um pecado. — Ela olhou para o alto do palco, para o lugar onde a cortina pesada e imóvel estava pendurada, escondendo a vergonha. — E ninguém estava disposto a questionar o papel dele nisso tudo. Ele seria elogiado por seus atos. Diga-me, o que eu fiz que é tão diferente do que ele fez?

— Nada — Alec respondeu, desejando apenas amenizar a dor que ouvia, aguda e perturbadora, na voz dela. — Você não fez nada de errado.

— A Sociedade não concorda com você.

— Dane-se a Sociedade!

Lily levantou uma sobrancelha.

— O que você fez de errado, Alec?

Aquela pergunta de novo. Astuta e direta. A pergunta que um dia ele teria que responder. Mas não ali. Não naquele momento.

Ele meneou a cabeça. Ela o observou com cuidado, a luz da vela tremeluzindo em seu rosto lindo.

— Se fosse eu que lhe dissesse isso, que você não fez nada de errado, o que você me responderia?

Alec virou o rosto para o outro lado, incapaz de encará-la.

— Eu diria que você está errada.

— Por que você é um homem e ela é uma mulher? — Lily perguntou.

— Porque eu fiz algo muito pior do que você.

— Você acredita nisso.

— Acredito — Alec confirmou.

— E, no entanto, você está aqui, cometendo um crime por mim. Não por si mesmo.

Ele não iria contar para ela. Não naquele instante.

— Então vamos cometer o crime e acabar logo com isso.

Por um instante ele pensou que ela iria discutir, que o pressionaria. E por um instante ele ficou preocupado, porque se ela o pressionasse, ele lhe contaria tudo ali mesmo, na frente de milhares de pinturas, no maldito palco da Exposição Real.

Mas ela não o pressionou. Em vez disso, ela apenas colocou a vela no palco e tirou o pacote das mãos dele antes de subir à plataforma e dizer:

— Vire-se, por favor.

Ele obedeceu sem hesitar. Alec tinha feito uma promessa a Lily e iria honrá-la, mesmo sabendo que aquela era sua única chance de ver a pintura. De saber como era linda. Não que ele precisasse olhar para o quadro para saber que era lindo. Era uma pintura de Lily; claro que tinha que ser magnífica. Mas, na verdade, a arte empalideceria se comparada a ela.

Assim ele ficou imóvel, em silêncio, ouvindo a movimentação dela – as pernas de lã das calças raspando uma contra a outra, na pele dela, os sussurros do tecido que ela desembrulhava da pintura que tinha trazido. O esforço na respiração quando ela removeu a pintura de Hawkins da parede, e depois quando a substituiu pela outra. E os movimentos do tecido quando ela se agachou de novo para embrulhar o nu.

Quando ela terminou, ele estava tomado de ciúme, desejando ser uma das duas pinturas, um pedaço de tela que recebeu o toque suave e determinado de Lily.

— Você pode olhar — ela disse, em voz baixa, e ele se virou, atraído pela voz dela, que deveria ser de alívio, mas, na verdade, parecia querer rir. Lily estava de costas para ele, com os braços na cintura, olhando o local de honra na parede onde...

Ele riu.

Joia. Ela tinha pendurado a Joia da Coroa no lugar do nu.

Ele se aproximou do palco para observar melhor o castigo brilhante, absolutamente perfeito, que seria aplicado a Derek Hawkins. A cadela em seu repouso magnífico sobre a almofada de cetim vermelho; a luz brilhando sobre suas pernas longas e cinzentas, a coroa incrustada de gemas só um pouco inclinada na cabeça.

Lily se virou para ele e seus olhos cinzentos ficaram prateados com o riso.

— Eu acho que ele deveria ficar mais do que satisfeito por termos lhe dado o crédito por esta obra tão querida.

Alec aquiesceu.

— Eu acho que você foi generosa demais. Tanto com Hawkins quanto com o mundo. Não tenho dúvida de que ele vai apoiar a escolha, com seu desejo de levar obras-primas perante a Sociedade.

— Para que todos vejam — ela concluiu.

— Nós prestamos um serviço ao mundo.

— Este presente de aniversário vai compensar todos os presentes de aniversário que eu não ganhei ao longo dos anos. — Ela sorriu para ele. — Obrigada.

Ele andou na direção de Lily, incapaz de resistir à beleza imprudente dela. A empolgação e o suspense da noite – das ações deles – o levaram até ela como um cachorro em uma guia. Quando ele se aproximou, crescendo sobre ela, Lily parou de rir e ergueu o rosto para ele, que levou as mãos à face dela, passando os polegares sobre as maçãs do rosto salientes e perfeitas.

— Adoro sua risada — ele disse, incapaz de esconder dela essa confissão.

Lily pressionou a palma com o curativo contra seu rosto.

— E eu da sua. Eu queria poder fazê-lo rir todos os dias.

Ele fechou os olhos, seus próprios desejos ecoando os dela. Lily passou sua mão livre pelo cabelo dele e acrescentou, com um sussurro quase inaudível.

— Eu poderia tentar, Alec. Você poderia me deixar tentar.

Por um momento, ele se permitiu imaginar essa possibilidade, com a mão dela enrolada na sua, o sorriso provocante de Lily, a risada rouca, a força admirável dela. Ele se imaginou ao lado dela. Honrando-a, adorando-a, *beijando-a*.

E então seus lábios procuraram os dela e não foi imaginação.

Não houve nenhuma loucura no ato, e foi isso que, provavelmente, ameaçou a sanidade dele. Foi um beijo suave, sem urgência, como se eles tivessem a vida toda para se conhecer. Como se estivesse acontecendo depois de algumas risadas no jardim da casa deles, com as crianças ao seu redor, como se fosse a promessa de um futuro – um momento em que eles tivessem mais tempo. Foi perfeito.

E isso acabou com ele, principalmente quando ela apertou os dedos, recuou a cabeça só o suficiente para suspirar, soltando o nome dele por entre os lábios em um sopro de vida que poderia tê-lo sustentado para sempre.

— Deixe-me tentar — ela sussurrou de novo, os lábios encostados nos dele, provocando e tentando.

Sim. Por favor. Sim. Mas essa não era uma resposta viável, a resposta era não. Mas ele teria que lhe contar tudo para provar para os dois que a resposta era não.

Com um último beijo demorado, ele se afastou e pegou a pintura que ela tinha embrulhado com cuidado. Colocando-a debaixo do braço, Alec estendeu a mão para Lily, adorando o modo como ela foi até ele, com a tranquilidade com que ela lhe entregou a mão – sem luva – e suas palmas se encontraram como se fosse a coisa mais natural do mundo.

Sem soltá-la, ele a levou pela galeria em silêncio, parando para pegar a vela. Do lado de fora, ele a ergueu para colocá-la no cabriolé e acomodou a pintura atrás da boleia. Quando sentou ao lado dela e colocou os cavalos em movimento, Alec não conseguiu resistir e pegou a mão dela de novo, adorando a sensação quente e forte.

A meio caminho da Praça Berkeley, ela entrelaçou os dedos nos dele, e Alec se perguntou como é que conseguiria soltá-la. Então, não a soltou – nem quando pararam no estábulo e ele desceu da boleia, nem quando ele a desceu do cabriolé, nem quando ele pegou a pintura. Ele só a soltou quando o cavalariço apareceu para pegar o veículo, pois não queria chamar atenção para a pessoa que tinha voltado com ele.

Os dois entraram na casa pelos fundos. Angus e Hardy os receberam na cozinha silenciosa e escura, abanando os rabos e com as línguas penduradas. Hardy estava mais feliz do que nunca por ver os dois juntos.

Alec entendeu a reação do cachorro. Ele também ficava mais feliz quando estava com Lily. Depois que deu a devida atenção aos cães, ele pegou a mão dela outra vez e a levou até o quarto – aquele quartinho apertado debaixo das escadas, que continuava do jeito que ela o tinha deixado, cheio de livros, papéis e meias de seda penduradas no pé da cama.

Ele colocou a pintura no chão, apoiada no baú de roupas enquanto Lily o observava, confusa.

— Aqui? — ela perguntou.

Ele confirmou com a cabeça.

— É o único lugar desta casa – de todas as casas – que está repleto de você.

— Repleto demais — ela disse. — Nós dois quase não cabemos aqui.

Por isso mesmo. Porque depois que ele lhe contasse todas as suas verdades, ela não iria querê-lo mais. E ele não teria escolha que não ir embora, porque não restaria espaço para ele ficar.

Lily pareceu entender a lógica sem que ele precisasse lhe explicar, e franziu a testa quando pegou a outra mão dele, como se segurando-o firme pudesse mantê-lo perto de si. Mas ela não poderia mantê-lo. Não se ele...

— Diga-me — ela pediu, a voz suave. — O que é que...

Ele inspirou fundo, sabendo o que a verdade faria. Odiando o que faria. E então ele soltou as mãos dela e fez o que Lily pedia... Ele lhe contou tudo.

Escândalos & Canalhas

Capítulo 21

VALE TUDO NO AMOR COM A PUPILA

* * *

— Eu saí da Escócia com 12 anos. — Lily não fazia ideia do que ele iria falar, mas não esperava por isso. E então: — Ou melhor, eu fugi da Escócia com 12 anos.

Ela quis tocá-lo, desesperadamente, para ter certeza de que Alec soubesse que, não importava o que ele lhe contasse, não importava o que tivesse acontecido no passado, ela estaria do lado dele. Mas ela tinha aprendido o suficiente a respeito de Alec Stuart, nos últimos dez dias, para saber que tocá-lo só serviria para lembrá-lo do fardo que ele carregava. Em vez disso, então, ela juntou as mãos e sentou, ajeitando-se na borda de sua pequena cama, como fosse normal os dois estarem ali.

— Minha mãe foi embora quando eu tinha 8 anos — ele continuou e baixou os olhos para as mãos grandes, fortes e perfeitas. — Eu lembro muito pouco dela, mas lembro de como meu pai reagiu à partida dela. Ele ficou furioso e ressentido. E quando ela morreu, alguns meses mais tarde...

Lily precisou de toda sua força para não pressioná-lo a falar. Ele se recompôs.

— O mensageiro veio e meu pai leu a notícia na minha frente. Ele não demonstrou nenhuma emoção, e não admitiu que eu demonstrasse.

Lily fechou os olhos ao ouvir aquilo. Ele era uma criança e não importava quem ela fosse ou que tipo de mãe tinha sido, ela era apenas isso: a mãe dele.

— Alec — ela disse, querendo-o mais perto. Ele se assustou e olhou para ela. — Você vai bater a cabeça se não tomar cuidado. Sente aqui. Por favor?

Lily teria feito qualquer coisa para ele se sentar do seu lado. Mas ele preferiu a cadeira da escrivaninha, sentando-se e fazendo com que ela sumisse com todo seu tamanho, toda sua glória. Ela o admirou, ciente dos joelhos dele à pouca distância dos seus naquele quarto apertado.

— Continue — ela pediu.

— Tudo que eu lembro da minha mãe era como ela falava da Inglaterra. De como era melhor para ela, de como ela amava isso aqui. De como era melhor que a Escócia.

Lily sorriu.

— Acho que ela conseguiu pensar em três coisas em que a Inglaterra é melhor do que a Escócia.

Um lado da boca dele subiu.

— Acho que mais do que três — ele disse e ficou sério. — Era estranho, mas eu sentia a falta dela. Não importava que ela não fosse a melhor das mães. E assim, do mesmo modo que ela, eu sonhava com a Inglaterra. — Ele riu baixo e com ironia. — Eu imagino como deve ser difícil acreditar nisso.

— Para alguém que gosta de falar mal de tudo que é inglês, como você...

— Nem *tudo* que é inglês. Eu descobri que comecei a gostar de uma coisa. — Aquelas palavras a provocaram. *Alec estava falando dela*. Mas ele não deixou que Lily as saboreasse por muito tempo. — Eu queria ir para a Inglaterra e seguir os passos da minha mãe. Ver o país que ela amava, o lugar em que ela desejava estar com tanta intensidade que a fez deixar o filho.

Ele parou, perdido na história, e juntou as mãos. Os dedos de uma mão encontraram a cicatriz na outra. A cicatriz que seu pai tinha lhe dado. Ela observou aquelas mãos por um longo momento, desejando poder acariciá-las.

— E? — ela disse, afinal.

— Meu pai não quis saber disso. Ele jurou me renegar, disse que iria me deserdar se eu partisse. — O coração de Lily começou a bater mais forte. — Mas eu não liguei. Escrevi para todo mundo que podia. Parentes distantes... meu pai era remotamente inglês, também. Isso não pode ser uma surpresa completa para você, considerando que eu era o décimo sétimo na linha de sucessão de um ducado.

— Imagino que ele ficaria tão empolgado quanto você se tivesse herdado o ducado — ela disse e sorriu, irônica.

— Acho que ainda menos empolgado — Alec observou.

— E então? — ela perguntou.

— Um parente distante me enviou uma carta. Ele mexeu alguns pauzinhos. Não sei direito o que ele fez, mas funcionou e me conseguiu uma vaga em uma escola. Meu pai fez o que prometeu e disse para eu nunca mais voltar para casa, mas eu não dei ouvidos. Minha anuidade na escola estava paga. Era um parente generoso, aquele. — Ele sorriu e passou a mão com a cicatriz na nuca, de repente parecendo o garoto que deve ter sido. — Talvez fosse um dos dezesseis, o que seria irônico.

Lily o imaginou, o rei da escola. Atraente, alto e o melhor em todos os esportes que havia.

— Imagino que você era o aluno mais popular.

Ele levantou a cabeça, de repente, e seus olhos castanhos buscaram os dela.

— Eles me odiavam.

Impossível.

— Como isso é...

— Eu era alto como um poste, magérrimo e cheio da arrogância escocesa. Eles eram todos herdeiros de títulos veneráveis e terras antigas, e tinham mais dinheiro do que eu podia imaginar. Eu era um impostor e eles sabiam disso. E resolveram acabar com a minha arrogância à pancada.

Ela sentiu aquelas palavras como os golpes que descreviam. Ainda assim, ela meneou a cabeça.

— Eram crianças. Eles não podiam...

— Crianças são piores — Alec disse. — Adultos, pelo menos, não manifestam seu preconceito.

— O que aconteceu?

— Durante os primeiros três anos, não tive escolha. Eu era pobre e tinha que lavar os chãos e as janelas quando não estava estudando, para pagar pelas coisas que a anuidade não cobria. Os outros podiam sentir a minha necessidade de dinheiro. — Ele sorriu, perdido nas lembranças, e ela conseguiu enxergar o jovem Alec, o garotinho solitário e desesperado por companhia. Isso era algo que Lily compreendia bem. Era algo que ela nunca desejaria a outra pessoa.

— Rei foi o único garoto a não ser cruel.

Aquilo fez Lily desejar que o Marquês de Eversley estivesse ali, para que ela pudesse lhe agradecer por sua antiga bondade. Mas ela teve a sensação de que a história não terminava com os dois garotos sendo amigos felizes.

Alec estava inclinado para frente, com os cotovelos apoiados nos joelhos, a cabeça baixa, como se estivesse se confessando. Lily ficou com o coração apertado pelo garotinho que ele foi. Ela não conseguiu se conter.

— O que aconteceu depois de três anos?

Ele soltou uma risadinha sem graça.

— Eu cresci. — Lily ficou confusa enquanto ele meneava a cabeça e se explicava sem olhar para ela. Enquanto contava a história para suas próprias mãos grandes e quentes, que se apertavam com firmeza. — Mais de trinta centímetros em alguns meses. Fiquei mais alto que todos eles, mais largo, também. — Ele fez uma pausa e olhou para ela. — Isso dói, você sabia? Crescer.

Ela sacudiu a cabeça.

— Como?

Aquele sorriso de novo, que fazia Lily querer abraçá-lo até os dois ficarem velhos.

— Dói fisicamente. Como se os ossos não conseguissem dar conta do próprio crescimento. Mas agora que você perguntou, acho que dói de outras formas, também. Você fica com uma sensação de que não é mais quem era. E que não está indo mais para o lugar que ia. — Ele parou por um instante, então suspirou: — Eu não sabia mais para onde estava indo.

— Alec...

Ele continuou, como se ela não tivesse falado, pois não sabia se conseguiria continuar se parasse naquele instante. Lily apertou os lábios e tentou se conformar em escutar.

— Eles pararam de me criticar, de me provocar, de debochar da minha existência... para me odiar. Porque já não podiam me dominar, então era eu quem dominava. Eu era...

Ela estendeu a mão para ele, então. Ela sabia que as palavras iriam sair. Ela as tinha ouvido da boca dele dezenas de vezes. Ela apertou as mãos dele nas suas.

— Não diga. Eu detesto isso.

Ele a encarou e Lily viu o quanto ele próprio detestava.

— É por isso que eu tenho que dizer, Lily — ele disse, calmo. — Porque é adequado. Porque eu sou o Bruto Escocês.

Ela negou com a cabeça.

— Mas você não é. Nunca conheci um homem menos bruto.

— Eu derrubei uma porta quando nos conhecemos.

Um arrepio a sacudiu com a lembrança, com a pura força da determinação dele.

— Porque você queria falar comigo — ela disse. — Para me proteger.

Por um instante ela pensou que ele fosse negar. Mas ao contrário, ele a encarou no fundo dos olhos, franco.

— Eu queria mesmo proteger você.

— E tem protegido.

Ele desviou o olhar, fixando os olhos nas meias penduradas no pé da cama, onde estavam desde que ela fugiu, dias atrás.

— Não tenho, na verdade. Não consegui protegê-la nem uma vez.

Ela entrelaçou os dedos aos dele, ansiosa por puxá-lo para si.

— Você está enganado.

— Você teve que fazer tudo sozinha.

— Não! — ela exclamou, obrigando-o a encará-la. — Você não vê? Você me possibilitou fazer tudo isso, você me deu forças. Você queria me dar liberdade? Opções? Pois deu. Uma vez após a outra. Sem você...

Ele meneou a cabeça, interrompendo-a.

— Eu fui um bruto, Lily.

— Não foi — ela retrucou. — Eles o machucaram. Você reagiu.

— É verdade, eu reagi. Como um maldito demônio. Eu queria que todos soubessem que eu não servia mais para as brincadeiras deles, que se viessem me provocar, poderiam perder tudo.

Ela aquiesceu, orgulhosa do garoto que ele foi. Sabendo que não devia desejar o sofrimento de um grupo de crianças, mas feliz por ele ter encontrado um modo de vencê-las.

— Ótimo — ela comentou.

Ele riu baixo e sem graça de novo e meneou a cabeça.

— Você não vai pensar o mesmo depois que ouvir o resto.

Ele tentou tirar as mãos das dela, mas Lily não deixou. Ela o apertou com mais força.

— Não — ela disse e ele levantou a cabeça, surpreso e com algo perturbador no olhar. Algo parecido com medo. Ela sacudiu a cabeça. — Você está aqui e eu estou com você.

Ela viu que suas palavras tiveram efeito. Viu como ele inspirou fundo depois que as ouviu. Viu que ele decidiu reagir.

— Os garotos não conseguiam me vencer em uma luta — ele disse em voz baixa. — E então as irmãs deles terminaram o trabalho.

* * *

Ela era a coisa mais linda que ele já tinha visto, e Alec poderia ficar sentado ali, até o fim dos tempos, admirando-a. Mas ele a amava demais para ficar com ela, e assim resolveu lhe contar a verdade, sabendo que isso a afastaria. Sabendo que isso provaria que ele não servia para ela, que ela poderia encontrar outro homem, infinitamente melhor.

Você poderia fazê-la feliz, se quisesse.

As palavras de Stanhope eram do pior tipo de falsidade. O tipo bonito. Tentador o suficiente para arruinar um homem e a mulher que ele jurou proteger. Assim, quando ela franziu a testa sem entender o que ele queria dizer, ele resolveu explicar.

— A anuidade da escola estava paga, mas todo o resto custava dinheiro, comida, bebida. Eu tinha lençóis e precisava lavá-los. E o trabalho que eu fazia, de repente, não estava mais disponível; sem dúvida as cozinheiras e faxineiras da escola foram muito bem pagas para esquecer que eu existia. E eu não poderia sobreviver sem dinheiro. — Veio então a lembrança daqueles meses de desespero, fome e raiva, quando ele não sabia o que aconteceria a seguir. — Rei me dava comida e punha minhas camisas no meio da roupa suja dele de vez em quando, mas eu era orgulhoso; aquilo parecia...

— Amizade — ela sussurrou. — Parecia amizade.

E era isso mesmo. Rei sempre cuidou dele. Mas...

— Parecia caridade.

Ela aquiesceu e Alec percebeu compreensão e tristeza nos olhos dela. Acompanhadas de piedade.

— É difícil acreditar que nós merecemos algo melhor — Lily disse.

Ela não conseguia enxergar?

— Não se compare a mim — ele murmurou. — Você nunca...

— O quê?

A frustração na pergunta dela o destravou. Ele levantou, obrigando-a a largá-lo, sem disposição para suportar o toque dela. Estar ali, no quartinho de Lily, era o pior de tudo. Cada palavra parecia envolvê-la, e enquanto tentava andar de um lado para outro, ele mal conseguia se mover – seu tamanho reduzia o lugar a um passo. Dois.

Ele enfim parou e passou as mãos pelo cabelo. Alec soltou um longo suspiro antes de continuar.

— Meg apareceu na minha vida quando eu tinha 15 anos. — Ele sentiu que Lily ficou tensa ao ouvir o nome. — Era dia da Festa de São Miguel.

— É sempre no dia de São Miguel — ela disse, a voz baixa, mas ele não entendeu. Lily não lhe deu chance de perguntar. — Continue.

— Ela era mais velha, a irmã linda de um colega. Eu estava me escondendo das famílias que tinham ido visitar os outros alunos, dizendo para mim mesmo que precisava estudar.

— Mas você só estava tentando ignorar o que não tinha.

— Isso mesmo — ele confirmou e olhou para ela.

Ela abriu um sorriso pequeno e triste.

— Eu sei muito bem o que é isso.

Ele ignorou a comparação e seguiu em frente.

— Ela me seguia. Não havia ninguém na biblioteca... e então ela apareceu.

— Quantos anos ela tinha? — Lily perguntou, apertando os olhos.

— O bastante para já ter tido uma temporada, o bastante para saber o que o casamento significaria para ela. — Ele pensou em Lorde Rowley, depravado e rico como um rei. — Ela veio até mim e ofereceu...

— Eu posso imaginar.

— Não pode, na verdade. — Essa era a parte que ele tinha que falar em voz alta. Era a parte que a convenceria que eles não serviam um para o outro, que ele nunca seria digno dela. — Quando nós terminamos, eu fiz o que era esperado que eu fizesse. Eu lhe disse que iria conversar com o pai dela, que eu me casaria com ela.

Lily estava concentrada nele e Alec odiou isso, o modo como ela conseguia vê-lo, como ela o entendia mais do que qualquer outra pessoa.

— Ela recusou.

Ele se virou para o outro lado e olhou pela janela, para os telhados escuros de Londres.

— Ela riu — ele continuou, depois fez uma pausa enquanto soltava uma risada frustrada. — É claro que ela riu. — Ele levou a mão ao pescoço, desejando estar em qualquer outro lugar que não ali, revivendo seu passado sórdido. — Ela era filha de um visconde. Prometida em casamento a um conde. E eu era um escocês pobre e sem título. Um maldito idiota.

— Não — Lily sussurrou.

Ele não se virou, não podia. Em vez disso, ele falou voltado para a cidade à sua frente.

— Eu não estava mais pobre. — Ele se perdeu nas lembranças. — Ela me pagou dez libras. Era o bastante para um mês de comida.

— Alec... — Ela estava atrás dele. Lily tinha levantado da cama e ele percebeu o desespero na voz dela. Ele tinha que se virar para ela. Encará-la. Mostrar-lhe a verdade.

E foi o que ele fez, e viu as lágrimas nos olhos dela, detestando-as e amando-as. Como a vida dele poderia ter sido se fosse Lily quem o encontrasse na biblioteca, todos esses anos atrás. Mas na verdade...

— Depois disso, ela enviou as amigas até mim — ele continuou. — Garotas aristocratas que desejavam uma oportunidade para brincar na sarjeta, para saciar sua sede de sujeira, para cavalgar o Bruto Escocês.

Ele viu que as palavras a abalaram e se odiou por fazer aquilo, mesmo se sentindo obrigado a terminar.

— Elas pagaram minhas despesas na escola e eu banquei o gigolô. Eu imagino que deva me sentir grato porque, como homem, a vergonha não é a mesma que seria se eu fosse mulher. Eu era reverenciado. Elas sussurravam meu nome como se eu fosse o brinquedo favorito, uma diversão fugaz. Meg costumava dizer que eu era o primeiro perfeito e o pior último.

— Eu não gosto dela — Lily disse.

Meg não era a questão. Ele apontou para o baú junto à parede e se explicou de novo.

— Quando eu lhe digo que não sou digno de você, não é um joguinho. Não é uma falsidade. Todas essas roupas brancas, imaculadas, cujas bainhas você bordou com amor e dedicação, esses malditos sapatinhos com solas de couro... tudo isso é para os filhos de outro homem. Seu vestido é para outro homem arrancar de você. Um homem infinitamente melhor do que eu.

Ele implorou para que ela entendesse.

— Não está vendo, Lily? Não sou o homem com quem você deve se casar. Eu sou o *outro*. O animal do qual você vai se arrepender. Mas agora... você pode ter um homem melhor. Um homem que você mereça. — Ele apontou para a pintura. — Essa *coisa*... a pintura que teriam usado para destruí-la... não é mais sua cruz. Você pode escolher um caminho diferente, distante da ruína. O caminho que você quiser. Não está vendo? A possibilidade de escolher é a única coisa que eu posso lhe dar.

Ela abriu a boca para responder, mas ele fez um gesto brusco com a mão, pedindo-lhe silêncio.

— Não. Não me escolha. Como você não consegue enxergar a verdade? Eu nunca vou servir para você. Não consegui nem mesmo... eu cheguei a Londres com uma única missão: protegê-la. E não consegui. Eu não consegui protegê-la deles, das fofocas, de Hawkins. Por Deus, você quase foi pisoteada no Hyde Park. E isso foi antes de eu me aproveitar de você. Eu nunca deveria ter tocado em você.

Ele esperava que ela concordasse com ele, que o criticasse. Ele esperava que ela fosse embora. E quando Lily se mexeu, ele se preparou para vê-la partir. Só que ela não foi embora. Na verdade, ela foi até ele. Alec recuou um passo, desesperado para evitá-la. Exposto demais para suportar o toque dela. Mas o quarto era pequeno demais e ela era um oponente formidável.

Lily não o tocou. Pior. Ela levou as mãos à cabeça e soltou os grampos do cabelo, deixando-o cair pelos ombros como seda ruiva. Alec sentiu a boca secar e estreitou os olhos antes de ela começar a falar.

— Eu tenho algo a dizer, se for possível — Lily disse.

Como se ele pudesse impedi-la, aquela princesa guerreira, vestida como um batedor de carteiras pronto para roubar seu maldito coração.

— É uma grande falácia a noção de que o *primeiro* tem um significado especial. Ou que o *segundo* tem, que qualquer outro tem, que as circunstâncias desses encontros iniciais são mais importantes do que quem a gente escolhe para sempre. É a mentira que o mundo conta para nós, mas você me ensinou o que de fato é importante.

Lily o encarou, e o amor nos olhos dela fez com que ele perdesse o fôlego.

— Eu ouvi você contar sua história — ela continuou. — E agora você precisa ouvir a minha. Quando eu for velha, Alec, e pensar nas lembranças desbotadas da minha vida, sabe no que eu vou pensar? Não vai ser nele. E quando eu pensar no meu escândalo, vou me sentir grata por ter acontecido, pois foi isso que me trouxe você. Mas também não vou perder muito tempo com isso, porque estarei ocupada demais pensando em você. Nos dias que nós enfrentamos e nas noites que desejei que nos enfrentássemos, nas horas que passei enrolada no seu tecido xadrez, enrolada em você. No modo como você me olha, como se nunca tivesse existido outra mulher no mundo.

E nunca existiu. Não para ele. Lily pôs a mão no peito dele, onde o coração de Alec ameaçava saltar para fora.

— No modo como você me abraçou. E no modo como eu te amei. Então diga-me, Alec Stuart, homem que se fez sozinho, tornado duque, forte, bondoso e brilhante além de qualquer medida. — Ela iria destruí-lo com aquelas palavras e aquele olhar. — Quando você for velho, em quem vai pensar?

De repente, aquela era a única pergunta que importava.

— Você — ele disse, estendendo as mãos para ela. Ou talvez ela tenha ido até ele, mas isso não importava, pois Lily estava em seus braços. E era verdade, ele pensaria nela.

— Sempre você. Para sempre você.

Mesmo que essa noite fosse tudo que ele tivesse.

— Nada mais importa — ela disse, as palavras fortes tocando os lábios dele. — Nem o passado, nem as mulheres, nem o escândalo. Nada disso importa quando nós estamos aqui e temos um ao outro. — E então ela o beijou e ele a levantou em seus braços e Lily o envolveu com as pernas, como se ali fosse seu lugar.

E era. Sem interromper a carícia, Alec voltou com ela para a cama, baixando-a até sentá-la na borda, ajoelhando-se à frente dela. Ela soltou os lábios dele e se afastou.

— Não — Lily disse. — Não quero vê-lo de joelhos.

— Você vai gostar quando eu lhe mostrar tudo que pretendo fazer com você nesta posição — ele disse e levou os lábios à pele macia e quente do pescoço dela. Lily então inclinou a cabeça, dando-lhe acesso a todo o pescoço e ao lóbulo da orelha. — Deixe que eu fique assim para adorá-la, meu amor, e vou fazer com que valha a pena.

Ele tomou os lábios dela outra vez, adorando o suspiro que ela soltou, o modo como ela amoleceu com seu toque, como se não conseguisse resistir, como se ele fosse tão irresistível quanto ela.

A carícia durou até ela colocar as mãos nos ombros dele e o empurrar, colocando espaço entre eles de novo.

— Eu não quero você de joelhos, Alec — ela repetiu. — Eu quero você.

Ele passou as mãos pelo cabelo dela.

— Eu estou com você, amor. Não poderia estar em nenhum outro lugar.

— Você não entende. — Ela meneou a cabeça e se afastou um pouco mais. — Eu não quero que você fique comigo. Eu quero que nós fiquemos um com o outro.

Quando ele afinal entendeu o que ela queria dizer, as palavras dela o atingiram como um golpe na cabeça. Ele sentou nos calcanhares ali, no chão do quartinho sob as escadas, e a observou por um longo momento, enquanto as faces dela ficavam coradas.

— Você entende, amor? — ela disse. — Eu quero que fiquemos juntos.

Ela queria que eles fossem iguais. Não um guardião e sua pupila. Não um duque e uma mocinha. *E não a outra.* Alec engoliu em seco.

— Entendo — ele respondeu, incapaz de encontrar outras palavras.

Mais uma vez, ela o tinha arruinado.

Lily viu a verdade nele e abriu um sorriso amplo e alegre, antes de ir de joelhos até a cama, tirando o casaco e a camisa que tinha usado como disfarce nessa noite – como se já tivesse despido roupas masculinas uma dezena de vezes –, revelando seus seios lindos e empinados, macios e perfeitos como pêssegos e creme de leite.

Alec ficou com água na boca e olhou para o cabelo ruivo dela, que caía em cascata pelos ombros. E então Lily levou as mãos ao fecho das calças.

Ele a observou por um longo momento, suas pálpebras ficando pesadas de desejo.

— Pare — ele rosnou, o olhar grudado naqueles lindos dedos longos que trabalhavam o fecho das calças. Ela parou.

Alec passou o dorso da mão pela boca, dolorido de desejo por ela. Com medo dela.

— Você vai fazer isso? — ela sussurrou.

Com esforço, ele levantou os olhos para ela.

— Fazer o quê?

Lily sorriu para ele, mas não foi aquele sorriso sedutor que Alec tinha visto nas mulheres em situações semelhantes àquela. Foi algo muito mais perigoso. Ela parecia feliz, alegre, ansiosa.

Você poderia fazê-la feliz, se quisesse. Ele afastou o pensamento. Alec não queria Stanhope ali. E então ela respondeu e o conde se tornou a coisa mais distante do seu pensamento:

— Vai me dizer o que você quer que eu faça?

Ele foi tomado por imagens – centenas de ideias de coisas que ele gostaria que ela fizesse por ele. Com ele. Com ela mesma. Ele voltou sua atenção para as calças, onde meia dúzia de botões bloqueavam o que ele queria, e fez o que lhe foi pedido.

— Tire-as.

O sorriso dela se abriu numa expressão de satisfação completa.

— Com prazer — ela concordou.

As calças saíram antes que ele tivesse tempo de apreciar a habilidade dela com o fecho, e depois foram atiradas do outro lado do quarto, revelando pernas nuas que prometiam pecado e salvação ao mesmo tempo. Ela deitou na pequena cama com um braço cobrindo os seios e o outro atravessado sobre a barriga linda, com a mão cobrindo o lugar que ele queria mais que tudo no mundo.

— Vamos lá, Vossa Graça — ela provocou, sabendo que o deixava louco com cada movimento, cada respiração, cada sorriso estonteante. — O que eu posso fazer por você agora?

— Abra-se para mim. — A ordem chocou a ele próprio quando Lily abriu os lábios em uma exclamação surpresa, assustada. Por um instante ele pensou que tinha ido longe demais, e então ela obedeceu e abriu suas coxas lindas em cima da cama estreita. Contudo, ela não moveu a mão.

— Atrevida — ele disse, levantando uma sobrancelha.

— Você vai ter que ser mais específico a respeito de seus desejos, Vossa Graça — Lily sorriu.

Ela era magnífica.

— Eu desejo você — ele disse.

Lily abriu mais o sorriso, mas a mão não se moveu.

— Muito mais específico.

Ele soltou o alfinete do próprio ombro, o que mantinha seu kilt no lugar, e Lily arregalou os olhos, apertando os dedos só um pouco, uma tensão difícil de notar. Quer dizer, difícil de notar se Alec não estivesse tão duro, quente e desesperado por Lily, com os olhos tão grudados no corpo dela. Ele ficou nu em segundos, com o pau duro e dolorido por ela. Ela arregalou os olhos e – droga – lambeu os lábios, com a atenção fixa nele.

— Mais específico ainda.

— Eu desejo que você mexa sua mão, garota — ele disse, aproximando-se dela e a observando, deleitando-se com a nudez magnífica de Lily. — Para que eu possa admirá-la melhor.

Ela ergueu uma sobrancelha.

— Só admirar? Isso é o tipo de coisa que os escoceses fazem pela metade?

Ele sorriu com a provocação dela e deixou seu sotaque aflorar.

— Depois que eu admirar, garota, se você tiver sorte, eu posso tocá-la. E depois que eu tocá-la, pode apostar que vou provar seu gosto.

Ela riu, então, livre e selvagem, como as Highlands.

— Eu acho, Sr. Stuart — ela sussurrou, movendo a mão e revelando um triângulo secreto de pelos ruivos —, que se você vai me tocar, é você quem vai ter sorte.

E ela estava certa. Ele era o homem mais sortudo do mundo por essa noite.

Para honrar essa boa sorte, ele se deitou ao lado dela e começou a fazer o que tinha prometido, sussurrando o tempo todo, revelando os segredos de Lily naquele quartinho, enquanto fazia amor com ela.

— Tão macia — ele disse junto à orelha dela, seus lábios demorando-se na pele macia do pescoço. — Tão molhada. — Ele lambeu o lóbulo, mordendo-o de leve, enquanto deslizava um dedo para dentro dela, que estava encharcada de desejo. — Tão quente — ele disse, e aquele dedo foi mais fundo e voltou, de novo e de novo, girando e acariciando, até ela começar a se contorcer debaixo dele, quando Alec desceu sobre o seio.

Ele lambeu com movimentos lentos e demorados, antes de tomar o bico duro entre os lábios e chupá-lo, em ritmo suave e sincronizado com os movimentos de sua mão, e o corpo dela arqueou como se puxado por cordões. Ela enfiou uma mão no cabelo de Alec e a outra desceu até a dele, que se movimentava, forte e decidida, na parte de baixo dela, diminuindo o ritmo quando ela atingiu o clímax, conduzindo-a ao final magnífico.

E foi magnífico. Ela ficou rosada de prazer. E quando Lily terminou, suspirando o nome dele e abrindo os olhos para encontrar os de Alec, este pôde ver que os pensamentos dela estavam embaralhados.

Lily arrastou a boca dele para a sua mais uma vez, dando-lhe um beijo lento, profundo e completo. E quando ela o soltou, ele disse:

— Eu quero de novo.

Ela arregalou os olhos e formou a letra O com os lábios. Ele se moveu e dessa vez abriu as coxas dela com os ombros, erguendo-a até sua boca com as mãos, transformando-a em um banquete. Adorando-a com mãos e boca até ela se desfazer em seus braços, dizendo o nome de Alec primeiro com um suspiro, depois um grito.

E quando ela desmoronou mais uma vez sobre a cama, ele deu beijos suaves na barriga dela.

— Você, Lily. Vai ser sempre você. Tudo. Sempre. Você — Alec ficou sussurrando até a respiração dela voltar ao normal e ele rugir: — De novo. — Para então colar a boca ao centro dela, onde Lily brilhava, quente, rosada e saciada.

— Alec — ela suspirou, quase sem encontrar as palavras. — Por favor. Amor. E você?

Como se pudesse existir no mundo alguma coisa que daria mais prazer a Alec do que o sabor dela em seus lábios, o som dela em seus ouvidos e a sensação de Lily em suas mãos. Uma última vez.

— Mais uma vez — ele disse. — Mais uma. — E ele fez amor com ela usando carícias lentas, delicadas e completas, adorando-a. Venerando-a. Dando-lhe prazer até Lily encontrar mais uma vez o ritmo e começar a se mover em sincronia com os toques dele, com seu próprio desejo. Até que ela gozou de novo – forte, demorada e magnificamente, enrolando o cabelo dele nas mãos e o nome na língua.

Nisso. Era nisso que ele iria pensar quando fosse velho.

* * *

Ele a tinha destruído com prazer. Lily estava despedaçada na cama, sem capacidade de se mexer ou pensar, quando ele se deitou ao lado dela, amparando-a enquanto ela tremia, fraca, devido às mãos, boca e palavras dele. Lily se virou para ele, que a envolveu com os braços grandes e quentes.

— Você me traiu — ela disse encostada no peito amplo, deslizando a bochecha nos fios macios, incapaz de reunir energia para falar com mais convicção. — Nós devíamos ficar um com o outro.

— E ficamos.

Ela negou com a cabeça.

— Você não sentiu prazer.

Alec deu um beijo na cabeça dela.

— Essa foi a experiência mais prazerosa da minha vida, amor. Durma. — As palavras ressoaram no peito sob sua orelha.

Como se ela pudesse dormir com ele ali, com a extensão dura dele encostada na coxa dela como uma promessa. Ela não iria dormir, não até ele ter recebido o prazer que merecia – do mesmo modo que ela. Não até que ela lhe desse isso.

— Não — ela sussurrou, passando a mão pela extensão do peito dele, apreciando o modo como os músculos do tronco dele se retesaram e Alec gemeu de prazer sob seu toque. — Eu tenho outros planos.

— Lily — ele balbuciou o nome dela sob a luz trêmula da vela e levou a mão até a dela, detendo-a em seu caminho no momento em que os dedos de Lily encontravam o lugar em que os pelos macios de Alec ficavam mais espessos. — Você não tem que...

Ela virou o rosto para o calor dele e deu um beijo suave na pele de seu peito. E outro. E mais outro, até a respiração de Alec começar a ficar difícil e Lily sentir o coração dele pulsando sob seus lábios. Só então ela deslizou a língua para fora, traçando um círculo pequeno, adorando o modo como ele ficou tenso sob seu toque, parecendo a corda de um arco.

Lily se moveu, deslizando os lábios pelo corpo dele, por todo o tronco, e a mão livre de Alec alcançou seu cabelo, enquanto ele repetia o nome dela em tom baixo, sensual e maravilhoso. Ela imaginou que ele pretendesse impedi-la de continuar, mas então Lily beijou a barriga dele, inspirando seu cheiro, e ele começou a tremer com seus toques e – graças aos céus – se esqueceu de detê-la.

Alec não pensou nisso nem quando ela moveu a mão, afastando a dele, abrindo caminho até o lugar que desejava desesperadamente alcançar. Ela se afastou, deleitando-se com o tamanho e a força dele – aproveitando o fato de ele ser dela naquele momento em que estava com água na boca e seus dedos ansiavam por pegá-lo.

E então ela subiu com os lábios por aquela extensão dura e tesa dele, murmurando seu nome enquanto ele arqueava o corpo ao mesmo tempo em que soltava uma imprecação, e ela adorou o poder que Alec tinha lhe dado. A força. A alegria de que aquele homem não só era dela, mas que ela estava para lhe dar tudo o que ele desejava.

Ela lambeu a ponta dele, o doce e salgado tentando-a enquanto ele gemia seu nome, e as mãos dele chegaram nela, os dedos penetrando em seu cabelo – sem puxar nem afastar, mas aninhando-a com uma delicadeza quase insuportável.

— Mais uma vez — ela repetiu para Alec as próprias palavras dele, que gemeu mais grave, contraindo os dedos na pele dela quando Lily abriu os lábios e o tomou em um movimento lento e profundo, adorando aquela sensação, a dureza dele. O desejo que o fazia pulsar.

E a agitava, também, enquanto ele exclamava de prazer em um eco sensual e tentador do que ela tinha experimentado há apenas alguns minutos.

Nunca, em toda sua vida, Lily quis algo mais do que queria o prazer de Alec, e esse desejo a fez ir mais longe, lambendo, chupando e tomando-o o mais fundo que podia, brincando com velocidade e sensações, encontrando os lugares que pareciam enlouquecê-lo e tentando – desesperadamente – fazê-lo chegar ao clímax. As mãos dele se crisparam em seu cabelo.

— Não posso... Lily... Por favor... Se você não... Não vou conseguir... — As palavras saíram em um rosnado grave e feroz. — *Lily.*

— Eu não quero que você pare — ela murmurou para a cabeça linda e pulsante dele. — Não quero que você se segure. Eu quero que me dê isso tudo. Deixe que eu me deleite com você.

Ele sussurrou o nome dela naquele quartinho, um gemido carregado de sensualidade e desejo, e Lily exultou com o poder que sentiu. Com paixão, com seu próprio desejo enquanto chupava mais fundo, lambia, encontrando um ritmo que levou os dois à beira do precipício, evocando palavras em gaélico dos lábios de Alec, que se entregou a ela, à paixão, e finalmente, dizendo o nome dela, chegou ao clímax.

Ela continuou com ele, adorando-o, enquanto Alec aproveitava seu prazer. Depois ele a puxou para ficar ao lado dele, acolhendo-a em seus braços, passando as mãos pelo corpo nu dela, sussurrando frases em seu idioma lírico, lindo, intercalando as palavras com beijos doces, demorados, até ela começar a tremer e ele puxar um cobertor sobre os dois.

— Isso foi...

As palavras foram quase inaudíveis, um tremor debaixo da orelha dela, e sumiram, deixando o pensamento dele incompleto. Ela sorriu e beijou o peito dele.

— Eu concordo.

— Lily — ele sussurrou, ainda movimentando as mãos, envolvendo-a com calor, amor e segurança. — Minha Lily.

Ela fechou os olhos e suspirou.

— Sua.

As mãos dele pararam ao ouvir isso, só um pouco, o bastante para ela se mexer com a mudança, e ele começou de novo – toques demorados, lânguidos, que a provocavam com uma sensação de conforto que ela nunca tinha sentido.

— Durma — ele disse, e houve algo na palavra suave e áspera que fez uma sensação de intranquilidade passar por ela, mas Lily estava exausta demais para pensar a respeito. Consumida demais por ele para conseguir pensar em um momento em que Alec poderia não estar com ela. Tocando-a. Sendo parte dela.

As mãos dele continuaram a acariciá-la até que evitar o sono se tornou uma impossibilidade. Lily fechou os olhos e se aproximou mais dele com um último pedido.

— Esteja aqui pela manhã, vamos começar tudo de novo. — E então, quase adormecendo: — Não me deixe. Fique aqui.

Seja meu.

Menos de duas horas depois, ela acordou no escuro – com frio e sozinha sob as cobertas de sua cama na Praça Berkeley. As cortinas estavam abertas, mas a noite de Londres era escura como fuligem – a escuridão que vinha pouco antes da alvorada.

Ela se sentou para acender a vela que estava na mesa de cabeceira, sabendo o que descobriria antes mesmo que a fagulha se tornasse chama... Ele tinha partido.

Lágrimas vieram, desesperadas e inevitáveis, enquanto ela observava o quarto, aquele quartinho que ela tinha porque estava tão sozinha, e que agora transpirava a lembrança dele, do toque dele. Seu beijo, seu passado que o destruiu ao mesmo tempo que o transformava no homem que era. *Ele a tinha deixado.*

Ela pôs os pés no chão e Hardy acordou com um pulo, soltando um ganido de surpresa que acordou Angus, que dormia na entrada do quarto.

A esperança brotou dentro dela. Os cachorros estavam lá. Ele não tinha ido embora. Ainda assim, um fio de incerteza permaneceu.

Ela pôs uma mão na cabeçorra de Hardy e encarou os olhos emotivos do cachorro.

— Onde ele está?

Hardy suspirou, melancólico, e ela entendeu aquele som patético melhor do que qualquer coisa que tivesse ouvido em sua vida.

Ele tinha ido embora, sem dúvida pensando que ela ficaria melhor sem ele.

Foi então que ela viu a carta... Sobre a escrivaninha, perto da pintura ainda embrulhada, estava o envelope familiar. Ele tinha lhe deixado um bilhete, escrito no papel dela. Apoiado em um par de sapatinhos de bebê – aqueles com solas vermelhas de couro. *Ele a tinha deixado.*

Temendo a verdade, Lily pegou o envelope que trazia seu nome escrito com uma caligrafia forte, determinada e o abriu.

O dote é seu, e também o dinheiro que lhe é devido hoje. E, é claro, a pintura, para que você lhe dê o destino que desejar.

Deixo-lhe Angus e Hardy - eles a amaram desde o início e poderão protegê-la melhor do que eu poderia. Não que precise deles. Você sempre foi forte o bastante para se manter em segurança.

Você é a mulher mais magnífica que eu já conheci. Linda, passional e forte além de qualquer medida. Nenhum homem é digno de você, muito menos eu.

Uma vez você me pediu liberdade, Lily, e embora eu tenha sido um guardião terrível, hoje eu lhe dou isso. Liberdade para ir embora deste lugar ou para continuar nele. Para ser a rainha de Londres e do mundo. Para ter a vida que você quiser, a vida com que sonhou. As crianças, o casamento, os pezinhos que vão caber nessas lindas botinhas vermelhas.

Tudo que você quiser.

Não duvide que eu vá pensar em você, Lily. Sempre.

Feliz aniversário, mo chridhe.

— Alec

Essas palavras nadaram em lágrimas. Ele a tinha deixado.

Lillian Hargrove tinha ficado sozinha pela maior parte de sua existência. Desde o momento em que perdeu o pai, ela viveu debaixo da escada de serviço de uma mansão ducal, entre o mundo brilhante da aristocracia e o mundo comum. Ela aprendeu a ser sozinha ali, naquele quartinho, naquela casa, levando uma vida pela metade, na qual faltava a esperança de que seus sonhos se realizassem, até que um escândalo ameaçou até isso.

Então Alec Stuart derrubou a porta e jurou protegê-la. E então a vida dela mudou, seus sonhos mudaram. Agora ela só sonhava com ele. Mas Alec se julgava indigno de fazer parte desses sonhos.

Durante sua vida toda, Lily teve medo da solidão, medo de viver sua vida sem ter ninguém com quem dividi-la. E ali, naquele momento, ela soube qual era a verdade: ela trocaria sua vida inteira de solidão por um dia com Alec. Sem hesitar.

Para um homem inteligente, o Duque de Warnick era um tolo de verdade. Ele a tinha deixado, como Endimião, que escolheu uma eternidade de sonhos no lugar de uma vida com a deusa que ele amava. Houve um tempo em que Lily pensou compreender essa escolha. Afinal, sonhos podem parecer incrivelmente reais. Mas naquele momento em que ela o teve nos braços – e riu com ele e o amou –, Lily percebeu que os sonhos não são nada comparados à realidade de Alec.

Os olhos dela encontraram a pintura, envolta pelo tecido, encostada no baú onde ela guardava seus sonhos – sonhos que pensava terem sido destruídos pelo escândalo.

O escândalo que trouxe Alec para ela, o escândalo que ele a ensinou a enfrentar, sem se envergonhar. Ele não podia deixá-la, não quando ela precisava tanto dele, não quando ela o amava tanto, não quando ele tinha se tornado seu sonho mais completo.

Se Alec quisesse que ela colocasse aquelas botinhas em uso, ele mesmo teria que ajudá-la a preenchê-las.

𝔈scândalos & ℭanalhas

Capítulo 22

LINDA LILY NUA!
SRTA. MUSA OU SRTA. ABUSADA?

* * *

Toda Londres parecia ter resolvido comparecer à última manhã da Exposição Real, e por que não? A lenda da obra-prima de Derek Hawkins tinha sido narrada em todos os jornais de fofoca da cidade, apregoada pelos jornaleiros e fofocada nos salões de festas.

Contudo, não foi a arte que atraiu Londres, foi o escândalo. A Linda Lily, revelada.

— Na verdade, é horrível isso que ele fez. — Alec ouviu ao seu lado enquanto abria caminho pela multidão. — Nenhuma garota merece isso. — Aparentemente, as palavras eram simpáticas a Lily, mas carregavam tal alegria obscena que o fizeram rilhar os dentes.

— Ela não deveria ter posado para a pintura se não desejava que se tornasse público. — Veio uma resposta desdenhosa e ele percebeu que comparecer à exposição tinha sido uma péssima ideia, pois ele queria assassinar cada pessoa que falava mal de Lily. É fácil jogar pedras nos outros quando seu próprio escândalo continua em segredo.

Ele foi abrindo caminho em meio à multidão até chegar ao salão da exposição.

— E aí está — uma mulher ali perto disse, alto o bastante para ser ouvida, mas baixo o suficiente para fingir que não era para Alec escutar. — O guardião.

— Um guardião péssimo, ao que parece — disse outra com uma risadinha alegre. — E isso é surpresa? Olhe para ele, vestido como um bárbaro. Há senhoras presentes, nós podemos ver os *joelhos* dele.

— E que lindos joelhos ele tem — a primeira respondeu, a voz carregada de insinuação.

Aquela não era a declaração mais nobre que ele já tinha ouvido, considerando que as duas estavam tão bravas com sua simples presença, mas

Alec deixou o comentário passar. Ele não podia matar todas as fofoqueiras de Londres, não importava o quanto quisesse fazê-lo. Em menos de uma hora ele estaria no alto de seu cabriolé, viajando a toda velocidade pela Grande Estrada do Norte, a caminho de casa.

Casa, não. Ele nunca mais estaria em casa. Não enquanto Lily estivesse em outro lugar. Ele pigarreou ao pensar nisso. *Casa, sim.* A Inglaterra sempre foi sua ruína, e esse dia não seria diferente. De fato, se os últimos dez dias lhe ensinaram alguma coisa, foi que a maldição de seu pai continuava verdadeira.

Não importava que ele tivesse abandonado a mulher que amava. *Todo mundo que eu amei foi embora.* Ela tinha lhe dito isso quando tudo começou, quando ele a convenceu a ficar e encarar Londres, a casar com outro homem. Quando ele a convenceu de que poderia salvá-la. Um homem que não a mancharia com seu passado, e que lhe daria tudo com que ela sempre sonhou.

Sim. Alec a tinha deixado. Mas ele fez isso para que ela tivesse uma vida melhor, uma que permitisse a Lily abrir aquela droga de baú e usar todas aquelas coisas que havia lá dentro, se ela assim desejasse. Uma vida que lhe permitiria ter um herói cavalheiresco, uma família amada e um final feliz que ele... Alec parou. *Que ele faria qualquer coisa para participar.*

Quando Alec chegou a Londres, dez dias antes, ela lhe pediu liberdade. E opções. Na noite anterior ele deu tudo isso a ela.

O salão estava lotado, de parede a parede, como uma lata de sardinhas, com todos se esticando para enxergar o palco na frente do salão comprido e imenso. Alec nunca se sentiu tão grato por sua altura. Ele não teve que se esticar, era alto o bastante para ver a ruína de Hawkins de seu lugar. E embora sentisse muita vontade de ir até a frente e enfiar a mão na cara do sujeito, ele sabia que não podia fazê-lo. Ele iria assistir à revelação de Joia, depois partiria em meio ao choque que isso provocaria.

E Alec então voltaria para a Escócia em paz. E esqueceria aquele lugar. *Mentiroso.* Ele se remexeu em seu lugar ao pensar nisso e cruzou os braços.

— Você acha que ele está aqui para desafiar o Hawkins? — um homem perto dele perguntou.

— Pelo bem do Hawkins, espero que não. Olhe só para ele.

— Deve haver um motivo para que o chamem de Bruto Escocês.

— Talvez ele *vá mesmo* desafiar o Hawkins! — Isto foi dito em tom de expectativa.

Alec apertou o maxilar. Duelos eram para garotos mimados. Ele tinha outros planos para Hawkins. Enquanto Alec aguardava a revelação, esperando que o canalha pomposo chegasse, Hawkins estava sendo notificado do cancelamento de sua associação ao Anjo Caído – com toda certeza, Duncan West tinha amigos poderosos nos lugares certos.

Da mesma forma, logo seria feito um anúncio que vários aristocratas muito ricos – incluindo o Duque de Warnick – iriam patrocinar uma nova companhia teatral, com o objetivo de competir com o Teatro Hawkins, o que tornaria muito difícil para Derek conseguir patrocinadores.

Mas nessa manhã aconteceria o pior dos castigos impostos a Hawkins. Ele seria atingido com violência e rapidez, no meio do rosto pomposo e arrogante. Por isso Alec estava ali, para assistir. Porque ele talvez não pudesse ficar com Lily, mas salvaria a honra dela.

E então o convencido Hawkins subiu ao palco acompanhado de outro inglês, o que fez a multidão silenciar. O único som que Alec ouvia era o de seu próprio coração.

— Como vocês sabem — o homem mais velho que o acompanhava começou —, a Academia Real de Artes seleciona uma única peça para ser revelada no último dia da exposição anual, uma peça que nós acreditamos ser tão indicativa da qualidade da arte britânica que sai daqui diretamente para a entrada do Museu Britânico e depois viaja pelo país. Este ano, o artista selecionado para essa grande honra é Derek Hawkins.

Nenhuma menção ao fato de Hawkins ter destruído uma reputação ao fazer sua obra. Nenhuma menção, também, ao fato de Hawkins ser um cretino. Hawkins estava adorando a atenção que recebia do público, e então Alec pensou que, em toda a história, nunca houve um homem que merecesse tanto o que estava para lhe acontecer.

E Hawkins começou a falar algo sobre seu gênio, sobre a dádiva que concedia ao mundo, sobre seu talento excepcional. Então ele disse:

— Eu só gostaria que a modelo estivesse aqui para que vocês todos pudessem compará-la à pintura e perceber como meu talento transformou latão em ouro inestimável.

Arruinar financeiramente aquele homem não era suficiente. Ele merecia morrer de algo lento e doloroso.

— E assim, meus admiradores, não vou detê-los mais! — Ele recuou um passo e, com um gesto afetado: — Eu lhes apresento, *Beleza Concedida*!

Com aquele título arrogante ecoando pelo salão de exposições, Alec encontrou algo com que se divertir naquela manhã. Porque quando a cortina caísse e Joia fosse revelada, aquele sorriso convencido sumiria e Derek Hawkins estaria arruinado.

A cortina caiu e um alfinete caindo poderia ter ecoado por todo o salão silencioso, onde milhares de pessoas estavam absolutamente cativadas. Não por Joia. *Por Lily*.

Ela tinha devolvido a pintura, que era uma obra-prima.

Ela estava estendida sobre um sofá, em um quarto escuro, com a luz brincando em sua pele linda; as curvas, os montes e vales de seu corpo glorioso eram valorizados por pinceladas hábeis e cores que pareciam ao mesmo tempo impossíveis e perfeitas. Mas não foi o corpo de Lily que chamou a atenção de Alec. Foi o rosto dela, o modo como encarava o observador, sem timidez nem vergonha. Sem hesitação. Como se o momento retratado envolvesse apenas duas pessoas – Lily e o observador.

Era uma pintura que não demonstrava arrependimento. E era de Lily, mais do que jamais seria de Hawkins.

Ela tinha devolvido a pintura à exposição. É claro que sim. Esse era o ato de uma mulher que não aceitava sentir vergonha, que não seria transformada em escândalo sem sua própria permissão, e embora fosse maravilhosa, a pintura empalidecia em comparação com a mulher – magnífica e inigualável.

Alec sentiu um orgulho profundo. Ele nunca a deixaria. Não depois disso, não depois de ver aquele ato de suprema coragem – um que sempre o inspiraria a tentar igualá-lo. Ele queria passar sua vida ao lado dela, tentando ser o homem que essa mulher – corajosa, forte e linda – merecia. Ele era egoísta demais para deixar que outro ficasse com ela.

Ele não iria voltar para sua casa na Escócia. Ele iria voltar para *ela*, que era sua casa. E depois que dissesse para Lily o que pensava dela se esgueirando pela noite londrina, Alec iria reconquistá-la.

Porque, se a revelação daquele quadro significava algo, era isso: sua Lily estava extremamente infeliz com Alec por ele a ter deixado.

O que fazia todo sentido, claro, pois aquilo tinha sido um ato de suprema estupidez.

Ele iria compensá-la por isso. Ele também iria convencer Lily a escolhê-lo e a se casar com ele, e então Alec passaria o resto da vida compensando-a. Com prazer.

Foi só então, petrificado pela pintura estonteante e por saber que aquela representação empalidecia em comparação a Lily, que ele se lembrou de sua promessa a ela. A promessa de que ele nunca olharia para a pintura.

Ela tinha razão, é claro. Aquilo não era para ele. Assim como ela não era para o mundo. No instante que se lembrou disso, Alec deu as costas para o retrato.

Ele se colocou em movimento – para ir até ela, para encontrá-la, para casar com ela. Para amá-la.

Ele não precisou ir muito longe, porque ela estava ali. Esperando por ele. Vestindo o xadrez dele.

Ela estava ereta e altiva como uma deusa, sem ligar para o fato de estar a alguns passos do seu nu. Mas Lily não olhava para o salão. Nem para o palco. Nem para qualquer coisa que não fosse ele, e Alec quis rugir de prazer por ter a atenção total dela.

Dois desejos sacudiram Alec — fazendo-o querer pegá-la nos braços e carregá-la para longe dos olhares críticos de Londres e também puxá-la para si e beijá-la até que nenhum dos dois conseguisse pensar. E então levá-la para o vigário mais próximo.

Mas ele não tinha uma licença de casamento, outro motivo para odiar a Inglaterra. Droga de proclamas, ele não iria esperar por elas. Parecia mesmo que eles tinham que ir para a Escócia.

Ele resistiu ao impulso de carregá-la naquele mesmo instante para seu cabriolé, contudo, devido a outra emoção que chamejava nos lindos olhos cinzentos dela.

Lily estava furiosa.

— Eu não quero seu dinheiro — ela disse, as mãos na cintura, como se os dois estivessem em qualquer outro lugar que não ali, na frente de toda Londres. Como se meia dúzia de cabeças não tivessem virado para eles no momento em que ela falou.

— Eu também não quero meu dinheiro — Alec replicou.

Ela estava brava, mas havia outra emoção ali, algo parecido com medo. Alec detestou isso e quis afugentar a sensação. Ele deu um passo na direção dela, mas Lily ergueu a mão, detendo-o apenas com o olhar, como uma rainha.

— E com toda certeza eu não quero seus cachorros.

Ele se aproximou mais um pouco ao ouvir a mentira, chegando perto o bastante para poder tocá-la. Para que pudesse segurá-la, se ela quisesse fugir.

— Você arruinou meus cachorros com suas migalhas e seus carinhos — ele disse, suave. — Eles pertencem a você agora, meu amor.

Foi então que as lágrimas vieram.

— Não me chame disso — ela disse, fazendo-o sofrer e esticar a mão para ela. Lily recuou um passo. — Não. Não ouse me tocar. Eu tenho que dizer algumas coisas.

— Então receio que você tenha que parar de chorar. Eu acho que não vou conseguir escutar você, chorando, sem querer te tocar.

Lily enxugou uma lágrima errante do rosto.

— Eu não quero nenhum dos seus presentes bobos. E não quero que você me jogue no mundo para escolher uma vida diferente. Eu escolho *esta* vida.

Ele aquiesceu.

— Não ouse concordar comigo, como se soubesse disso o tempo todo. — Ela levantou a voz e Alec percebeu sua força. — Ele não destruiu meus sonhos com essa pintura, Alec.

Ele sabia disso agora. Mas não tinha compreendido até então.

— Aquela pintura não sou eu. É tinta e tela. Ele pode ficar com ela. *Eles* podem ficar com a pintura — ela disse, acenando com o braço na direção do público. — Eles podem exibir a pintura em todo o mundo, que nunca serei eu. Mas você... — Ela fez uma pausa e, de repente, suas palavras ficaram mais suaves. Alec prendeu a respiração ao ouvir a acusação: — *Você* destruiu meus sonhos.

Essas palavras agitaram Alec com um medo frio. Ele estendeu as mãos para ela.

— Não — ela disse, e ele se deteve. — Você me abandonou. Quantas vezes você me disse que minha vergonha não tinha sentido, que eu merecia mais? Algo melhor? Um homem digno de mim? Você tinha razão. Eu mereço tudo isso. Mais do que *isso!*

O medo se transformou em terror. Meu Deus. Ela iria se livrar dele. Com a sensação de que tinha acabado o ar no salão, Alec fez força para respirar.

— Você sabe por que eu a recoloquei no lugar? — ela exclamou, depois de uma pausa. — Eu a recoloquei porque era errado negar essa coisa que é uma parte de mim. Da qual eu me recuso a sentir vergonha. Porque *você* me ensinou a não ter vergonha dela. Eu não tenho vergonha da minha paixão, das minhas escolhas. Eu não tenho vergonha do meu passado, Alec.

Ela não devia mesmo ter. Ele abriu a boca para lhe dizer isso, mas Lily acrescentou:

— E com certeza não tenho vergonha de você.

Alec voltou a respirar.

— Você quer que eu escolha? Então deixe que *eu escolha.*

Ele concordou e encontrou a voz.

— Faça isso. Escolha.

Ela se aproximou dele, então, chegando perto o bastante para que Alec visse o prateado em seus lindos olhos cinzentos.

— Eu escolho tudo, droga. O escândalo, a Escócia, os cachorros, o castelo com correntes geladas de ar. Eu quero Burns em vez de Shakespeare. Mas acima de tudo, eu escolho você, Alec Stuart, seu duque pateta, parvo, covarde, cabeça de vento. — Ela fez uma pausa antes de acrescentar: — Apesar de achar que não deveria.

Ela o escolheu. Aquela maluca magnífica o escolheu, por algum motivo. Ele era o vagabundo mais sortudo da cristandade.

Então Alec estendeu as mãos para ela, incapaz de resistir ao impulso de tocá-la. Aninhando o rosto de Lily em suas mãos, ele o inclinou para si, sem conseguir encontrar palavras em meio ao turbilhão de alegria que passava por ele.

— Lily.

— Você me abandonou, — Ela colocou as mãos sobre as dele. Aquelas palavras, suaves e magoadas, quase acabaram com ele.

— Amor... — ele começou.

Ela sacudiu a cabeça.

— Eu fiquei sozinha. De novo. Só que dessa vez foi pior. Dessa vez eu sabia como era não estar sozinha, eu sabia o que era amar.

Mas Alec não soube como responder. E assim ele fez a única coisa em que conseguiu pensar, sem querer afugentá-la. Ele a soltou e se ajoelhou.

Lily arregalou os olhos.

— O que você está...

Era a vez dele falar.

— Eu achei que a estava salvando — ele disse em voz baixa, encarando-a, adorando cada centímetro dela, querendo-a com um desespero que ameaçava enlouquecê-lo, que o fez imaginar se algum dia se livraria dessa sensação. — Quando eu cheguei a Londres, só pensava em protegê-la. Em cumprir meu dever de guardião e salvador.

— Eu não precisava de um guardião — ela disse.

— Não, *mo chridhe*. Você não precisava. Mas eu sim. E foi você que bancou a salvadora. Lily... você me salvou.

— Alec... — Ela estendeu as mãos.

Ele inclinou a cabeça, ansiando pelo toque dela.

— Eu sou seu, meu amor, minha alma, meu corpo — ele declarou. — Quando eu estiver velho, não quero pensar em você. Quero *estar* com você. Quero estar *amando* você.

— Levante-se, meu amor — ela pediu, as mãos no cabelo dele, e quando ele levantou os olhos, as lágrimas dela eram abundantes. — Por favor, Alec, levante-se.

Ele obedeceu e se endireitou, voltando as mãos ao rosto dela, inclinando-o para si, para que pudesse ver a resposta que ela sussurrou tão baixo que ele mal conseguiu ouvir.

— Você — ela disse. — Você.

— Sempre — ele respondeu. — Para sempre.

Ele a beijou, então, uma carícia demorada e profunda, erguendo-a com os braços até Lily envolver seu pescoço. Ele a levantou do chão durante o beijo, que durou uma eternidade e um piscar de olhos. Eles só se separaram depois que perderam a capacidade de respirar, mas Alec não a recolocou no chão. Ele a puxou para mais perto e enterrou o rosto na curva quente de seu pescoço, inspirando fundo, querendo que seu coração diminuísse o ritmo.

Lily riu e ele levantou a cabeça.

— O que foi? — Alec perguntou.

— Parece que nós temos uma plateia.

— Não. — Ele meneou a cabeça. — Todos estão muito distraídos com a pintura. — Como você fez para recolocá-la?

— Adivinhe. — Ela sorriu.

Ele gemeu.

— Sesily.

— Eu precisava de um apoio — ela disse apenas. — Mas...

— Vocês duas são uma encrenca — ele a interrompeu. — Você consegue entender que agora eu vou ter que matar metade de Londres, por tê-la visto nua?

Ela inclinou a cabeça.

— Talvez não, na verdade, considerando que ninguém está olhando para a pintura.

Ele se virou para o salão imenso e lotado de londrinos que compareceram para ver a lendária obra-prima de Derek Hawkins. Contudo, ninguém estava voltado para a frente da sala. Todos – até a última pessoa – estavam de costas para a pintura, testemunhando uma fofoca muito mais interessante.

Ele levantou uma sobrancelha.

— Eles continuam olhando para você. Eu não gosto disso.

— Pelo menos aqui eu estou vestida. — Ela sorriu. — Continuo sendo um escândalo, mas um escândalo com roupa.

— Bobagem. — Ele a beijou de novo; um beijo lento e profundo que fez as mulheres ao redor deles exclamar, chocadas. — Duquesas nunca são escandalosas.

— Nem mesmo quando nós tentamos de verdade?

— Bem — ele respondeu —, se existe alguma duquesa que consegue ser um escândalo, essa é você, meu amor.

— Eu vou precisar de um parceiro.

— Sem dúvida é uma tarefa difícil, mas não vejo como poderei evitar — ele brincou.

Ela encostou os lábios nos dele; um beijo suave e demorado.

— Quando poderemos nos casar?

— Nós podemos chegar à Escócia em quatro dias, se partirmos agora.

Ela sorriu e ele prendeu a respiração.

— Então eu acho que está na hora de você me levar para a casa — Lily disse.

* * *

Beleza Concedida viajou por toda a Grã-Bretanha e pela Europa, chegando a S. Petersburgo, na Rússia, e a Nova York, na América. A pintura foi exibida nos maiores museus do mundo, louvada como uma obra-prima única, comparável à *Mona Lisa*.

Mas *Beleza Concedida* era diferente de outros retratos. Não era a pintura de uma musa sem nome, era o retrato de Lillian Stuart, nascida Hargrove, vigésima-primeira Duquesa de Warnick, o escândalo de 1834.

E sempre que era exposta, sempre, sua história era contada. A história *deles* era contada. A história da Linda Lily e do duque que a adorava tanto que a jogou sobre o ombro e a carregou para a Escócia na última manhã da Exposição Real de Arte, sob os olhos vigilantes e invejosos de toda Londres.

Não é de admirar que ninguém se lembre do nome do artista.

𝕰𝖘𝖈𝖆𝖓𝖉𝖆𝖑𝖔𝖘 & 𝕮𝖆𝖓𝖆𝖑𝖍𝖆𝖘

Epílogo   Dez meses depois

A CIDADE CELEBRA!
O DUQUE E A DUQUESA RETORNAM

* * *

A porta da sala de estar entre os aposentos do senhor e da senhora, no número 45 da Praça Berkeley, foi aberta de supetão, batendo na parede e voltando, enquanto o Duque de Warnick carregava sua duquesa para dentro.

— Alec — ela sussurrou com um misto de alegria e horror. — Alguém pode ouvir!

— Não se preocupe — ele rosnou, fechando a porta atrás deles e apoiando Lily contra a madeira. — Você devia estar grata por eu não ter derrubado a porta para entrar com você. Venha aqui, minha esposa.

Lily passou os braços ao redor do pescoço dele, adorando sentir as mãos dele no corpete de seu vestido, desejando que o vestido sumisse.

— O que aconteceu com você? — ela perguntou.

— Você dançou com homens demais esta noite — ele disse junto aos lábios dela. — Todos queriam admirar a rainha da temporada. Não gostei disso. Ingleses abusados. Stanhope foi a gota que transbordou o copo.

Ela riu disso. O Conde de Stanhope tinha se tornado o homem menos ameaçador da Inglaterra, depois que encontrou uma linda viúva jovem, que diziam ser muito rica. Considerando que o Conde e a Condessa ficaram juntos na extremidade do salão de baile, parecendo não dar atenção ao seu entorno, Lily pensou que os dois formavam um belo casal, na verdade. Assim como ela e Alec.

Lily se afastou para observar o marido sob a luz do luar que invadia o quarto.

— Um dia você quis me casar com um desses ingleses.

— Uma falta de bom senso temporária.

— É verdade — ela disse e Alec a beijou, apaixonado, afastando-se só um pouco para passar os lábios pelo queixo dela, fazendo-a suspirar de prazer. — Eu precisava disso.

Uma risada grave retumbou dentro dele.

— Eu a tenho negligenciado, meu amor? — As mãos dele desceram para a saia dela e Lily ansiou por aquele toque enquanto o tecido subia cada vez mais. — Só faz algumas horas, mas fico feliz por me esforçar mais.

— Vossa Graça faz o que pode — ela disse, arfando quando as mãos fortes dele encontraram a pele de suas coxas acima das meias. — Mas, às vezes, uma mulher rodeada pela Inglaterra precisa de um gostinho da Escócia.

Ele parou ao ouvir isso, levantou a cabeça e seus olhos cor de uísque encontraram os dela na escuridão.

— O que você disse?

Ela sorriu.

— Eu sei que só estamos aqui há uma semana, mas sinto saudade de casa.

— Nos dez meses que se passaram desde que eles foram embora de Londres, Lily tinha feito seu lar em Dunworthy, aprendendo os detalhes a respeito da destilaria, aproveitando o quente verão escocês, enrolando-se na lã das ovelhas do castelo no inverno – quando não era o marido que a aquecia, algo raro. Ela voltou para mais um beijo antes de acrescentar: — E você... você tem gosto de Escócia.

— E você gosta? — ele perguntou, e a dúvida manifesta na pergunta surpreendeu Lily. Fazia meses desde a última vez que ela a percebeu. Essa dúvida costumava surgir tarde da noite, quando se infiltrava nos pensamentos dele e Alec então se oferecia para levá-la de volta à Inglaterra, se isso fosse fazê-la feliz. Mas a Inglaterra não a deixava feliz. Não do mesmo jeito que ele.

Ela o beijou de novo, e fingiu não o compreender.

— Sim, meu marido. Eu gosto do seu gosto. Um bocado.

A dúvida foi substituída por desejo.

— Eu perguntei da Escócia, sua gatinha.

Ela o encarou.

— Sim, *mo chridhe*. Eu gosto muito.

Ele rosnou ao ouvir as palavras ditas com perfeito sotaque escocês e soltou um suspiro longo.

— Muito bem, então, por que diabos estamos aqui?

— Porque você tem uma irmã que implorou para ter uma temporada.

Cate ficou entusiasmada em receber Lily em Dunworthy quando eles voltaram de Londres. A jovem adorou ganhar uma irmã, e Lily sentiu o mesmo. As duas logo se tornaram amigas e, poucas semanas depois, Alec concordou que Cate poderia ter a temporada com que sempre sonhou.

Não tinha lhe ocorrido, contudo, que isso exigiria passar meses em Londres.

— Vamos deixá-la aqui e voltar para casa — ele sugeriu.

— Não — Lily respondeu. — Você a viu esta noite? A felicidade dela?

— Não — ele mentiu. — Por causa de vocês duas eu passei a noite inteira tentando afastar a população masculina de Londres com um porrete — ele a beijou de novo, demorada e apaixonadamente. — Vamos para casa, garota. Eu quero fazer amor com você na neblina.

Ela estremeceu com as palavras.

— Londres também tem neblina.
— Não é como a escocesa.

A risada de Lily foi substituída por um gemido longo quando as mãos dele se moveram de novo, subindo mais, chegando ao lugar em que ela estava desesperada para recebê-lo.

Ele praguejou, a voz baixa e sensual.

— Duquesa?
— Hum?
— Por que você não está vestindo as coisas de baixo?

Ela suspirou.

— Por este exato motivo.
— E você não me contou isso durante o baile? Sabe o que eu poderia ter feito com essa informação? Nós poderíamos ter corrompido diversas salas da Casa Eversley.
— Eu pretendia contar — ela disse, querendo que ele subisse mais as mãos. Desejando que ele lhe desse o que ela queria. — Mas eu fui deixando para depois. — Ela fez uma pausa. — Entre garantir que Cate fosse apresentada corretamente e o Duque de Montcliff...
— O que tem o Montcliff?
— Fiquei com muito orgulho de mim mesma, na verdade. O Duque de Montcliff colaborou com cem mil libras para o fundo de educação esta noite.

Inspirada por sua própria infância e pelo passado de Alec, Lily trabalhava para garantir que crianças sem dinheiro ou contatos tivessem condições para assegurar o futuro que desejavam. O futuro que mereciam. Ela desejava oferecer essa possibilidade ao maior número de crianças que pudesse. E a doação surpreendente do estoico Duque de Montcliff fez seu objetivo parecer ainda mais real nessa noite. Aquela informação capturou a atenção de Alec.

— Cem mil libras? Sério?

Ela estendeu a mão para ele, passando os dedos pelo cabelo que lhe caía sobre a testa.

— Incrível, não? Pense nas escolhas que as crianças poderão fazer. Pense na liberdade que terão.

Ele curvou a cabeça, aproximando a cabeça do toque dela, antes de pegar Lily nos braços mais uma vez.

— É você, meu amor, que é incrível.

Ela corou com o elogio ao mesmo tempo que se deliciava ao escutá-lo.

— Parece que ele gostou da ideia de entrar nessa parceria conosco. Você sabia que nós somos os queridinhos da Sociedade? O que é uma decepção, na verdade. Eu pensei que escândalos durassem mais tempo.

— Hum. Decepcionante mesmo — ele concordou, distraído de novo, virando-a de frente para a porta e começando a abrir os botões nas costas do vestido. — Mas eu me contento em escandalizar você agora, se quiser.

— Se Vossa Graça não se importar demais...

— De modo algum. — Ele mordiscou a orelha dela. — Eu quero dar uma olhada nessa roupa de baixo inexistente — ele continuou a soltar os botões e suspirou. — Por que tantos botões?

— Você precisa de um gancho de botões — ela riu.

— Perdão — ele disse, fingindo estar ofendido. — Não preciso de nada disso. — As mãos dele foram para o alto do vestido e Lily soltou uma exclamação quando ele deu um puxão forte no tecido, o que fez com que os botões saíssem voando pelo quarto.

— Você arruinou meu vestido! — ela exclamou, sem ligar nem um pouco.

— Eu vou lhe comprar mais uma dúzia — ele disse quando o vestido aos pés dela. — Valeu a pena. Vire-se.

Ela obedeceu, altiva e confiante, querendo ser admirada por ele. Querendo ser tocada por ele. Por ele.

— Você é magnífica.

Ela sorriu e um rubor lhe aqueceu as faces.

— Eu tenho uma coisa para você — Lily disse.

— Eu sei. — Ele levantou uma sobrancelha.

O sorriso dela ficou maior.

— Outra coisa. — Ela o pegou pela mão e levou para a entrada dos aposentos da duquesa, que serviam de guarda-roupa e escritório, em vez de dormitório, o que era bom, porque a cama estava sendo ocupada pelos cachorros.

Duas grandes caudas cinzentas começaram a se agitar quando eles apareceram, e Alec teve que fazer um carinho nos cachorros enquanto Lily ia até a escrivaninha no canto do quarto. Ela acendeu uma vela, revelando a caixa que tinha deixado para aquele momento. Erguendo o pacote, ela se virou para encarar o marido.

— Eu conversei com Bernard no início desta semana.

— Amor — Alec começou —, eu preciso dizer que ouvi-la invocar o nome do nosso advogado estando nua, com a luz da vela tremeluzindo sobre sua pele perfeita, não é exatamente o modo como eu imaginava esta noite.

— Acontece, meu marido, que amanhã é seu aniversário.

Ele calculou com rapidez a data.

— É mesmo — Alec concordou.

— E eu garanto que depois nós vamos ter uma conversa séria sobre o motivo de você esconder essa informação de mim. E vou fazer o mesmo com a sua irmã. Eu não deveria precisar que o advogado me informasse disso. Mas ainda bem que nós temos o Bernard.

— Sim, eu sempre o considerei um recurso muito valioso — ele disse e ela riu do jeito seco dele. Alec se aproximou e apontou para a caixa. — Isso é meu presente?

— É sim, na verdade.

— Posso ficar com ele?

— Será que você merece? — ela o provocou. É claro que ele merecia. Ela nunca conheceu um homem que merecesse mais.

O olhar dele ficou misterioso.

— Só me diga o que eu preciso fazer para merecer, meu amor, e eu farei com prazer.

Essas palavras provocaram um arrepio de prazer em Lily, que imaginou todas as coisas que ele poderia fazer por ela e com ela. As coisas que ela poderia fazer para retribuir. A respiração dela ficou acelerada e ele se aproximou, estendendo os dedos para a caixa, retirando-a das mãos dela enquanto falava, a voz baixa, grave e sensual:

— Eu não preciso de um presente, só preciso de você.

Ela sacudiu a cabeça para clareá-la de seu próprio desejo.

— Não — ela disse. — Abra.

Ele obedeceu, deslizando a parte de cima do pacote quadrado e olhando para dentro. Lily estava com a atenção fixa no belo rosto dele, ainda mais bonito sob a luz trêmula e dourada da vela; seus lábios tentadores curvados pela expectativa.

E então a expectativa sumiu, substituída pela confusão. E veio a surpresa. E então alegria, quando ele tirou de dentro da caixa um par de sapatinhos brancos com solas vermelhas de couro.

A alegria se transformou em adoração quando ele olhou para ela.

— Seus sapatinhos.

Lily sorriu.

— Não são mais meus.

Alec se pôs de joelhos, então, e a puxou para si, dando beijos na pele macia e nua da barriga dela, sussurrando em gaélico para a criança que se desenvolvia lá dentro.

— Você já me deu tanto — ele disse, depois, para Lily. — E agora...

Lily levou as mãos à cabeça dele, enquanto ela se deleitava com seu escocês forte e altivo – o homem que tinha lhe dado tudo com que ela sempre sonhou. E o abraçou. Ela o amava.

Eles ficaram assim por muito tempo, até o Duque de Warnick ficar de pé e pegar a duquesa em seus braços, carregando-a até a cama resistente deles, onde a amou por completo.

Escândalos & Canalhas

Observações da autora — Edição especial

    A inspiração para este e todos os livros da série Escândalos e Canalhas vem da fofoca moderna de celebridades, algo que as leitoras que – como eu – mantêm um gosto secreto por *US Weekly*, *TMZ* e *Tatler* vão notar de imediato. Embora Escândalos e Canalhas seja criação minha, os periódicos de fofocas não são novidade. Pinturas de nus hoje parecem bastante inócuas, mas só precisamos pensar nos telefones celulares hackeados e vídeos íntimos "vazados" recentemente para perceber que quanto mais o mundo muda, mais ele continua igual. Sinto que tenho uma dívida com as mulheres atuais que permaneceram altivas frente a revelações como a de Lily.

    A série Escândalos e Canalhas não poderia ter sido escrita sem as vastas e fascinantes coleções da Biblioteca Pública de Nova York e da Biblioteca Britânica – as colunas de fofocas de jornais há muito extintos continuam em seus arquivos. Para este livro, sou grata também aos arquivos da Real Academia de Artes – agora em seu 248º ano –, que continua a exibir arte britânica contemporânea ao público durante sua exposição anual de verão. É preciso ficar claro que, embora as ideias no livro a respeito da Exposição estejam historicamente corretas, a noção de uma peça final, a ser revelada no último dia da exposição, é somente minha.

    Como acontece com todos os meus livros, este seria uma versão pálida do que é se não fosse por Carrie Feron (que está sempre certa), Nicole Fischer, Leora Bernstein e a equipe fantástica da Avon Books, incluindo Liate Stehlik, Shawn Nicholls, Pam Jaffee, Caroline Perny, Tobly McSmith, Carla Parker, Brian Grogan, Frank Albanese, Eileen DeWald e Eleanor Mikucki. Um agradecimento especial a Lucia Macro por conversas maravilhosas sobre as melhores partes do romance. E, é claro, meu muito obrigada ao incrível Steve Axelrod.

    Obrigada a Lily Everet pela extensa "pesquisa" sobre celebridades, a Carrie Ryan e Sophie Jordan por sempre atenderem o telefone, à minha irmã Chiara pela primeira leitura crítica e a Ally Carter pela última.

    Para Eric, obrigada por ser o melhor dos homens. Para V, que você consiga sempre encarar o escândalo com força e que isso a deixe melhor. E para minhas incríveis leitoras, obrigada por sempre fazerem essa jornada comigo – nada aconteceria sem vocês.

Este livro foi composto com tipografia Electra Std e impresso
em papel Off-White 70 g/m² na gráfica Rede.